REBECCA KEAN - 1

Traquée

Cassandra O'Donnell

REBECCA KEAN - 1

Traquée

J'AI LU

Chapitre 1

Je me demandais si je devais rouler ou non sur le cadavre. De toute façon, je ne pouvais pas le contourner. La route bordée par les arbres était trop étroite et il était allongé en plein milieu de la chaussée. Mais ce n'est pas parce qu'on n'a pas le choix que ça rend les choses plus faciles. On a beau tenter de se convaincre qu'une voiture ne peut pas causer de dommages à un mort et qu'il est plus simple de l'écraser que de le déplacer, on a quand même du mal à appuyer sur l'accélérateur. Putain d'éducation. Je descendis de ma voiture en râlant et jetai un coup d'œil autour de moi. La peur et la douleur avaient imprégné les arbres et j'entendais le pouvoir de la terre me murmurer sa souffrance. La victime était humaine. Je me penchai au-dessus du corps et écartai les mèches de cheveux bruns qui lui collaient au visage. C'était une jeune femme, plutôt jolie. Elle n'était ni blessée, ni dépecée, ni mutilée (c'était toujours ça de gagné). Je passai mes mains au-dessus de son corps et laissai mon pouvoir explorer sa chair en décomposition. Il ne me fallut que quelques secondes pour trouver ce que je cherchais et un signal d'alerte s'enclencha directement dans mon cerveau. Je devais déguerpir et virer ce bout de barbaque de ma route au plus vite. J'attrapais fermement les jambes de la fille et commençais à la tirer doucement sur le côté.

(Non, déplacer un corps inerte n'est pas aussi facile qu'on peut l'imaginer.)

J'étais presque parvenue à mes fins lorsque je sentis tout à coup une bourrasque glacée me parcourir le dos. Les battements de mon cœur s'accélérèrent. Je fermai les yeux et me concentrai sur les alentours – la forêt était devenue étrangement silencieuse et la nuit commençait à tomber. Un halo de lumière protecteur m'entoura puis mon pouvoir se mit à ramper à la recherche du prédateur.

Je n'avais aucun mal à décrypter son énergie : elle était aussi perceptible que l'odeur de la mort.

— Sors de là, dis-je d'un ton ferme.

J'avais beau essayer, je n'arrivais pas à le localiser. Pourtant, je le sentais près de moi, il se demandait s'il pouvait m'approcher.

— Très bien, tu l'auras voulu, murmurai-je.

Je respirai un grand coup et laissai la magie m'envahir. Une vague de chaleur me traversa aussitôt le corps et l'énergie jaillit de mes mains pour s'élancer vers les arbres comme une tornade de feu.

— C'est un simple avertissement, criai-je d'un ton menaçant.

J'entendis tout à coup un éclat de rire situé à quelques pas, juste derrière moi.

— C'est noté.

La voix était sensuelle, chaude et envoûtante.

Je me retournai aussitôt.

— Je croyais les vampires plus discrets, lançai-je, exaspérée.

— Et moi, je croyais les sorcières plus prudentes, rétorqua-t-il, visiblement amusé.

Il portait un jean noir et un pull de laine beige. Des cheveux blonds et lisses tombaient jusqu'en bas de son dos et recouvraient partiellement les traits fins et aristocratiques de son visage sublime. Il était d'une beauté dévastatrice et inhumaine comme peuvent l'être, parfois, ceux de son espèce.

— Désolée de te le faire remarquer, mais la nuit n'est même pas encore complètement tombée, fis-je en haussant les sourcils.

Il se mit à sourire en dévoilant ses crocs.

— Je suis un lève-tôt.

Et en plus, c'est un marrant. Il y a des jours comme ça, où on se sent tellement verni qu'on a envie de se jeter à travers une fenêtre juste pour que ça s'arrête.

— Des problèmes d'insomnie ? raillai-je.

— Parfois. Je ne savais pas que les sorcières aimaient tripoter les cadavres humains, dit-il en jetant un coup d'œil à la fille, c'est une pathologie intéressante.

— Ce foutu corps n'est pas à moi, elle est morte depuis plus de douze heures… me défendis-je aussitôt.

Il se rembrunit.

— Je sais. Ce foutu corps, comme tu dis, nous appartient.

— Personne ne vous a prévenu que la chasse aux humains était interdite ? dis-je d'un air réprobateur.

— Sache pour ta gouverne que celui qui a fait ça – il montra le cadavre – a été durement puni et que ce n'était pas moi. Je venais juste…

— … faire le ménage ?

— Exactement.

Il s'avançait vers moi. Je me mis à reculer et tombai maladroitement sur les fesses.

— Tu sembles effrayée, susurra-t-il.

Tu m'étonnes. Croiser la route d'un vampire n'était déjà pas une partie de plaisir, alors en rencontrer un assez puissant pour se déplacer en plein jour, c'était carrément l'horreur…

— C'est un réflexe, une stupide histoire d'instinct de conservation, dis-je en me relevant et en frottant mes mains sur mon jean.

Il me fixa. Ses yeux bleus étaient si clairs qu'ils en paraissaient presque blancs.

— Au moins, je ne te laisse pas indifférente, la peur, c'est toujours mieux que rien.

Je n'avais qu'une envie, ficher le camp au plus vite.

— Tuer un vampire ne me pose généralement pas de problème, mais tu n'es pas un vampire ordinaire, pas vrai ? dis-je en affectant un air décontracté.

— Non. Mais si ça peut te rassurer, sache que je n'étais même pas un humain ordinaire.

C'était sans doute étrange, mais je le croyais. Habituellement, j'étais capable de reconnaître l'origine de la plupart des vampires.

Ils utilisaient des intonations et une syntaxe propres à leur époque, mais j'étais incapable de deviner l'âge et l'origine de celui qui se tenait devant moi.

Il me dévisagea soudain comme s'il avait pu lire le déroulement de mes pensées et dit d'une voix condescendante :

— Je suis scythe, mais je doute que cela te dise grand-chose.

Scythe ? Ces nomades avaient vécu dans les steppes d'Ukraine et de Sibérie plusieurs siècles av. J.-C. On les considérait comme les « premiers vampires humains » parce qu'ils avaient pour habitude de boire le sang du premier ennemi qu'ils tuaient au cours d'une bataille et s'abreuvaient dans des crânes sciés qui leur servaient de coupes. Beurk...

— Tu ne fais pas tes deux mille cinq cents ans, dis-je d'un ton narquois.

Une lueur admirative passa dans son regard.

— Tu t'intéresses à l'histoire ?

— Cela m'arrive, répondis-je d'un air évasif.

Deux mille cinq cents ans... J'étais sacrément dans la panade et mon intuition me disait que ça ne risquait pas de s'améliorer. J'avais fait la guerre et j'étais une combattante aguerrie, mais je ne m'étais jamais retrouvée en face d'un tel adversaire.

— Je sens ton angoisse, mais elle est inutile. Je ne peux pas te tuer. Comme tu le sais, les règles du Traité de paix sont strictes et aucun de nous ne peut y déroger, dit-il avec un regret évident.

Les sorcières et leurs alliés (les lycanthropes, les chamans et les muteurs) n'étaient officiellement plus en guerre avec les vampires et les démons, mais on ne pouvait pas dire que ça réjouissait tout le monde. Et si la population surnaturelle mondiale n'avait pas diminué de moitié ces deux cents dernières années, nous serions tranquillement en train de continuer à nous entre-tuer.

— Bien, sur ces paroles réconfortantes, je vais prendre congé et te laisser vaquer à tes occupations, dis-je en lui montrant le cadavre du doigt.

Ses mouvements furent si rapides que je n'eus pas le temps de réagir. Son corps était maintenant collé au mien. Son torse contre mon dos. Et je trouvais ça particulièrement inconfortable.

— Tu crois que je vais te laisser repartir aussi facilement ? chuchota-t-il dans mon oreille tandis qu'il me caressait la joue.

Mes genoux tremblaient et j'avais l'estomac noué.

— Tu ne viens pas de dire que tu n'avais pas le droit de me tuer ?

— C'est parfaitement exact, fit-il en laissant glisser sa main le long de mon dos.

Je tentai d'ignorer les frissons qui commençaient à me parcourir le corps.

— Alors, qu'est-ce que tu veux ? demandai-je d'un ton hargneux.

Ses lèvres pleines et sensuelles étaient presque collées aux miennes.

— Qui es-tu ? me souffla-t-il.

— Cela ne te regarde pas, répondis-je en haletant comme si j'avais fait un cent mètres.

Ce salopard de vampire tentait d'utiliser son pouvoir sur moi.

— J'aurais dû être informé de la présence d'une sorcière sur ce territoire, dit-il d'une voix vibrante en serrant son corps contre le mien.

— Sans blague ? Eh bien, pour ton information, sache que j'en ai croisé au moins une dizaine depuis mon arrivée ici !

Il afficha un sourire condescendant.

— Tu crois que je ne sais pas faire la différence entre quelqu'un comme toi et une vulgaire potioneuse ?

Pratiquement toutes les sorcières étaient des potioneuses. Elles avaient besoin de concocter leurs filtres et leurs mixtures pour pouvoir exercer leur magie. Pas moi.

Je sentais ses doigts caresser ma peau.

— Arrête ça, tu me fatigues…

Il me saisit les cheveux et plongea son regard dans le mien.

Ses yeux s'emplirent soudain de flammes incandescentes et une violente douleur se propagea à l'intérieur de mon crâne. Je me retins pour ne pas hurler. Son attaque psychique m'avait percutée de plein fouet. L'air se mit à vibrer tout autour de nous. Je sentais son pouvoir tenter de fouiller mon cerveau à la recherche de mes souvenirs. Et ça, je ne pouvais pas le permettre. Je me concentrai et renforçai mes défenses mentales. Ça ne leur prit que quelques secondes pour le propulser violemment hors de ma tête.

Le vampire me jeta aussitôt un regard surpris mais ne relâcha pas son étreinte.

— La curiosité est un vilain défaut, dis-je tandis que je laissais ma magie s'embraser et se diffuser à travers mon corps.

— Tu es pleine de surprises… constata-t-il avec un rictus au coin des lèvres.

— Tu n'as pas idée, dis-je en posant mes mains sur son torse.

Mes cheveux noirs se mirent à virer au rouge écarlate et se dressèrent tel un arc-en-ciel de feu au-dessus de ma tête.

Le vampire recula comme si je venais de le brûler.

— Écarte-toi, ordonnai-je d'une voix glaciale.

Il se raidit et une expression étrange passa sur son magnifique visage.

— Une sorcière de guerre... Qu'est-ce que tu fais aussi loin des tiens ?

Ses yeux luisaient de curiosité.

— Je te le répète, cela ne te regarde pas, répliquai-je d'un ton cinglant.

— C'est là que tu te trompes, jeune dame...

Je ne voyais pas où tout ça allait nous mener, nous n'étions pas censés nous affronter, alors...

— Écoute, je n'ai pas du tout l'intention de répondre à tes questions et tu n'as pas l'intention de me tuer, alors, qu'est-ce qu'on fait ? On se bat en enfreignant les règles ? Tu tentes de satisfaire ta curiosité coûte que coûte ou tu me laisses partir ? demandai-je, à bout de nerfs.

Son visage était impassible, mais ses yeux semblaient transpercer mon âme comme une lame fine et tranchante.

— Je ne romprai pas le traité, finit-il par répondre d'une voix neutre.

Chouette, enfin une bonne nouvelle.

— Bien, alors on s'est tout dit, fis-je en me dirigeant vers ma voiture.

— Je ne crois pas, répondit-il, tandis que je grimpais dans ma vieille Chrysler et démarrais sur les chapeaux de roue.

Quelques minutes (et plusieurs excès de vitesse) plus tard, j'apercevais les lumières rassurantes de la ville. Enfin... ville, c'était peut-être beaucoup dire.

Burlington, Vermont, Nouvelle-Angleterre, était considéré par le reste du pays comme un trou perdu.

Charmant, mais terriblement ennuyeux. Ça me convenait plutôt bien au début, du moins jusqu'à ce que je réalise que ce paisible petit bled abritait en secret l'une des plus vieilles communautés surnaturelles du pays. Vous me direz, rien n'est parfait… peut-être, mais si je l'avais su, j'y aurais regardé à deux fois avant de venir m'y installer six mois plus tôt. Les humains de l'office de tourisme auraient dû le mentionner dans leurs prospectus. Ça aurait donné un truc du genre : « Venez visiter Burlington, l'été, vous pourrez pratiquer les sports nautiques ou pêcher sur le lac Champlain et l'hiver, les très longs et très froids hivers du nord-est du pays, vous pourrez faire du ski ou de la randonnée en raquettes, ah, au fait, n'oubliez pas d'amener avec vous quelques fusils munis de balles en argent, un ou deux pieux, trois ou quatre lance-flammes, les habitants du coin sont du genre irritable… »

Évidemment, pour faire ce genre de pub, il aurait déjà fallu que les humains ordinaires se rendent compte de notre présence et ça, ça ne risquait pas d'arriver. Les miens cachaient par tous les moyens notre existence au grand public. C'était une question de survie. Mais il ne fallait pas se faire d'illusions. Il était peu probable que nous réussissions à garder le secret encore très longtemps, du moins pas avec le développement d'Internet, de la science et des médias. Et je devais bien avouer que cette menace n'était pas sans m'inquiéter. Tout comme le fait, d'ailleurs, que nous soyons si nombreux dans une ville si peu peuplée. Une telle concentration de pouvoir était loin d'être habituelle. J'avais bien effectué quelques recherches pour comprendre ce qui avait bien pu attirer autant de loups-garous, de muteurs, de sorcières et de vampires dans ce coin perdu, mais je n'avais rien appris. Rien, excepté que les plus dangereux d'entre eux, les vampires, avaient été ramenés de France jusqu'au Canada voisin en 1609 par Samuel de Champlain et les colons français.

Comme disait ma grand-mère : « Quand il y a du chaos quelque part, tu peux être sûre que les Français y sont pour quelque chose. »

Et elle savait de quoi elle parlait. Elle était française et c'était une guerrière des éléments. Tout comme moi.

Chapitre 2

Je n'eus même pas le temps d'introduire la clé dans la serrure de mon appartement du centre-ville que la porte s'ouvrit brutalement. Beth Mattison, ma chef de département à l'université et ma meilleure amie, fulminait littéralement.

— Tu as vu l'heure ? J'ai une vie privée moi aussi, ce serait sympa de t'en souvenir.

— Je sais, je sais… je suis désolée, dis-je en posant mon sac.

— Je te signale, Rebecca Kean, que ta fille est couchée, qu'elle a bien mangé et que tout s'est très bien passé. Non, je te dis ça au cas où ça t'intéresserait, fit-elle d'un ton sarcastique.

J'ai souvent entendu dire que les petites rousses avaient sale caractère, mais pour Beth, c'était vrai, et le fait qu'elle soit née loup-garou n'arrangeait rien à l'affaire, bien au contraire. Je décidais de laisser un peu passer l'orage et de faire profil bas en attendant qu'elle se calme. Je ne me sentais d'humeur ni à gérer ses coups de gueule ni à endurer un de ses fameux sermons.

— Merci Beth, dis-je en me jetant sur le canapé et en levant vers elle des yeux faussement penauds.

Elle fronça les sourcils et se mit soudain à humer l'air autour de moi.

— Mais qu'est-ce que… qu'est-ce que tu sens ?

Elle était pire qu'une mère. Une mère avec un odorat de loup. Le cauchemar…

— Le vampire. Je pue le vampire, dis-je en soupirant.

Ses yeux noirs me fixaient et scrutaient mon visage.

— Donc, je suppose que ta balade ne s'est pas très bien passée ?

— Oh si. J'ai trouvé un cadavre, un vampire m'a pelotée puis a tenté de violer mon esprit, mais à part ça…

— Quel vampire ?

— Aucune idée.

Elle se baissa et colla son nez sur mon pull. Ses narines frémirent et un dégoût profond s'afficha sur son visage.

— Oh non, dit-elle, c'est Raphael.

— Raphael ?

— Le maître des vampires de Nouvelle-Angleterre. C'est lui que tu as croisé.

— Tu veux dire que c'était le Magister ?

Le Magister dirigeait tous les maîtres vampires d'une région. En général, c'était pas un cadeau…

— Oui. Toi qui voulais rester discrète, c'est raté.

Dès la naissance de ma fille Leonora, j'avais passé mon temps à déménager de ville en ville en prenant soin d'éviter tout contact avec les autres créatures surnaturelles – à part Beth, bien entendu. Mais Beth était une exception.

Je l'avais aidée sept ans plus tôt à combattre un démon particulièrement coriace, elle m'en avait été tellement reconnaissante que je n'avais pas pu m'en dépêtrer – c'est l'inconvénient quand on sauve la vie d'un loup-garou – et j'avais fini par m'attacher sincèrement à elle.

— Bon, d'accord, le Magister sait que je suis une sorcière et alors ? dis-je en grimaçant.

Elle haussa ses sourcils minces et parfaitement épilés.

— Et alors, ça nous promet une foule d'ennuis. Raphael dirige les vampires de six États différents, mais il fait partie du Directum du Vermont. Et il habite ici, à Burlington.

Le Directum est la haute autorité des créatures surnaturelles. Il regroupe un représentant de chaque clan présent sur un territoire depuis la fin de la guerre, ils en ont installé un dans chaque État. Il fait office de conseil municipal, d'état civil, de tribunal et de bourreau.

— Aïe.

— Oui, comme tu dis. Les membres du Directum vont vouloir te voir et telle que je te connais, tu ne vas certainement pas vouloir répondre à leurs questions.

— Arrête de paniquer. Je n'ai rien fait de mal, à ce que je sache…

— Non, mais tu aurais dû aller te présenter au conseil. C'est la loi et tu ne l'as pas fait.

Elle se mit à arpenter nerveusement la pièce de long en large. Comme à chaque fois qu'elle était contrariée, son joli nez droit se retroussait et des plaques rouges apparaissaient sur ses joues.

— Oh, je n'aurais pas dû te faire venir ici, Rebecca. Au moins, à Boston, tu pouvais te faire passer pour une humaine et vivre ta vie tranquillement. Tu m'en veux ? demanda-t-elle d'une voix angoissée.

Beth était une intello. Elle avait enseigné durant dix ans la littérature comparative dans les plus prestigieuses universités du pays et son influence au sein du conseil d'administration de l'université du Vermont m'avait permis de décrocher six mois plus tôt, à vingt-six ans, un poste d'enseignante de français. Et je trouvais ça plutôt chouette.

Je secouai la tête et répondis d'un ton rassurant.

— Non, bien sûr que non. De toute façon, je savais que ça risquait d'arriver. C'est le problème des petites villes, on ne peut pas se fondre dans la masse.

Quoique, en général, j'y parvienne plutôt bien. La magie me permet non seulement de décrypter les énergies des autres espèces surnaturelles et de les éviter, mais aussi de me faire passer pour un être humain ordinaire à leurs yeux.

Malheureusement, avec ce qui s'était passé aujourd'hui, ça ne risquait plus d'arriver.

Là, il fallait bien le reconnaître : j'avais franchement déconné.

— Remarque, on peut toujours déménager, murmura-t-elle d'une voix triste en s'asseyant près de moi sur le canapé.

Je remarquai pour la première fois depuis mon arrivée qu'elle s'était maquillée et élégamment vêtue d'une robe noire et de talons hauts. Elle était sublime.

Sublime et jeune. Beth avait quarante-cinq ans mais elle n'en paraissait pas plus de trente, c'était l'une des singularités des loups-garous : ils vieillissaient plus lentement que les humains.

— Ne me dis pas que je t'ai fait louper un rendez-vous galant ? dis-je en affichant un sourire taquin.

— Si, mais je m'en fous, fit-elle avec un geste désinvolte.

— Beth, tu n'es pas ma mère, laisse tomber ton instinct protecteur et pars t'amuser un peu.

— Alors, c'est tout ?

— Oui. De toute façon, qu'est-ce que tu veux qu'on fasse maintenant ? On ne va tout de même pas aller trucider cet abruti de vampire pour l'empêcher de parler…

Ses yeux noirs se mirent soudain à briller.

Je secouai la tête vigoureusement.

— C'est hors de question, dis-je d'une voix ferme.

— Je suis le porte-parole du Directum, je peux nous faire entrer chez Raphael et…

— … je t'ai dit non et je ne plaisante pas, Beth.

Elle fit crisser son collant avec ses ongles d'un air buté et me défia du regard.

— Pourquoi ?

Je la regardai, plutôt perplexe.

— D'abord, il y a peu de chances pour que l'une de nous puisse survivre à un combat avec Raphael, particulièrement si ça se passe chez lui.

Elle ouvrit la bouche pour m'interrompre.

— Laisse-moi continuer. De plus, tu n'es pas un assassin, Beth. Je te vois mal tuer quelqu'un froidement sans y être contrainte, même si c'est un vampire.

Elle baissa la tête et dit d'une voix enrouée :

— J'ai pas mal de sang sur les mains, pourtant…

— Oui, mais c'était toujours pour te défendre et à chaque fois, tu as fait des cauchemars pendant des semaines. Je n'ai pas envie de t'infliger ça.

Elle fronça les sourcils, mais ne prit même pas la peine de me contredire, c'était inutile.

— C'est sûr que mon palmarès n'a rien à voir avec le tien, fit-elle d'un ton amer. Comment fais-tu, toi ? Pourquoi ai-je l'impression que ça ne te touche jamais ?

Que voulait-elle que je réponde ? Que j'avais été élevée par un clan de psychopathes pour lesquels tuer était aussi naturel que de respirer ? Qu'il n'y avait pour nous ni bien ni mal, mais seulement des luttes de pouvoir ?

Beth était droite, courageuse et fidèle et elle m'aimait sincèrement mais je n'étais pas certaine qu'elle soit capable d'encaisser ce que j'aurais pu lui révéler sur moi ou sur les miens. D'ailleurs, je n'essayais même pas.

— Je suis crevée, je vais prendre un bain et me relaxer, dis-je d'un air las, en me dirigeant vers la salle de bains. Bonne soirée, Beth.

Une seconde plus tard, j'entendais, soulagée, la porte d'entrée claquer violemment. Je n'avais plus envie de discuter ou de continuer à écouter Beth délirer sur une pseudo-attaque suicide.

De toute façon, il n'y avait pas trente-six solutions. Je pouvais soit réveiller Leonora et quitter la ville immédiatement, soit attendre patiemment la décision des membres du Directum et leur réaction quant à la présence d'une sorcière de guerre sur leur territoire.

Mais pour l'instant, j'étais bien trop crevée pour réfléchir sereinement. Je tournai les robinets de la baignoire et me déshabillai lentement.

J'espérais qu'un bon bain me rendrait les idées claires. Cet après-midi, j'avais agi comme une débutante. Comme si toutes ces années de clandestinité ne m'avaient rien appris. Ça ne me ressemblait pas d'être aussi légère et inconséquente. Les miens ne m'auraient jamais pardonné une telle erreur. Ils m'auraient éliminée. Et ils auraient eu parfaitement raison.

À croire que la société des humains, leur faiblesse, commençait à avoir une influence négative sur mon comportement. Je relâchais la pression. Je n'étais plus assez sur mes gardes. Je perdais mes réflexes. Je devais me ressaisir, et vite, sinon je ne donnais pas cher de ma peau.

Cette erreur avec le vampire était le symptôme angoissant des changements que je constatais dans ma manière d'agir, ces dernières années. Et contrairement à ce que pouvait penser Beth, ce n'était pas la réaction du Directum que je redoutais, mais c'était de me regarder dans la glace un beau matin, et d'y croiser le regard d'une étrangère.

Une demi-heure plus tard, j'étais sortie de l'eau. Et je n'avais toujours pas pris de décision (si ce n'était celle de m'entraîner plus régulièrement et de rouler sur tous les cadavres que je trouverais désormais sur ma route). J'avais enfilé un peignoir et je me dirigeais vers ma chambre lorsque je me figeai tout à coup. Quelque chose ou quelqu'un m'attendait. Je sentais son énergie parcourir ma peau comme autant de coups de semonce.

— Tu fais des entrées fracassantes, dis-moi, fis-je en ouvrant la porte.

— Je ne voulais pas de malentendu. Alors, j'ai préféré m'annoncer, répondit-il, perché sur le rebord de ma fenêtre.

Raphael m'avait suivie et je n'avais rien senti.

— Qu'est-ce que tu veux ?

— Puis-je entrer ?

Il ne pouvait pas pénétrer dans une maison sans y avoir été préalablement invité. Et je n'avais pas du tout l'intention de prendre un tel risque.

— Non, répliquai-je en secouant la tête.

Je l'entendis pousser un soupir.

— Je ne viens pas pour me battre. J'ai vraiment besoin de te parler, insista-t-il.

— Eh bien, parle, je t'entends très bien d'ici.

Je m'assis sur le lit et croisai les jambes assez maladroitement si bien que la ceinture de mon peignoir de soie se desserra et laissa entrevoir malgré moi une partie très intime de mon anatomie.

— Superbe, fit-il en me lançant un regard admiratif, mais ce n'est malheureusement pas du tout l'objet de ma visite…

Je sentis mes joues devenir écarlates.

— Qu'est-ce que tu veux, Raphael ? dis-je en me réajustant rapidement.

— Qui t'a dit qui j'étais ? Beth ?

— Ça a vraiment de l'importance ?

— Ça dépend. Est-ce que tu as l'intention de partir ?

Mon pouls s'accéléra.

— Pourquoi le ferais-je ? mentis-je.

— Parce que tu sais que j'appartiens au Directum et que tu n'as pas cru bon de nous demander la permission de séjourner dans cet État.

— J'ai toujours eu du mal à me plier aux obligations administratives, fis-je en souriant.

— Et ça n'a rien à voir avec le fait que tu comptais nous cacher ta présence ?

— Viens-en directement au fait, dis-je d'un ton glacial.

— Je suis passé t'avertir que tu n'es pas obligée de partir. Je ne parlerai pas de toi au conseil pour le moment.

Je le fixai à travers les carreaux. Il se tenait de profil. Ses cheveux cachaient les traits parfaits de son visage.

— C'est très généreux de ta part, et que dois-je faire en échange ? demandai-je, méfiante.

— Rien.

— Tu veux dire que tu fais ça pour mes beaux yeux ? raillai-je.

Il se mit à rire.

— Non, mais je préfère te savoir ici plutôt que sous la coupe d'un autre conseil.

Les conseils de chaque État se livraient une sorte de guerre intestine et tentaient d'attirer à eux les membres les plus forts et les plus influents de chaque clan. La politique et ses zones d'ombre avaient fait place aux armes et au sang.

— Tu veux dire que tu as peur que ma présence renforce le pouvoir de l'un de tes rivaux ? Tu plaisantes, j'espère ?

— Non. L'appui d'une sorcière de guerre augmenterait considérablement l'influence du Directum qui pourrait s'en prévaloir. C'est un fait et tu le sais.

J'ouvris complètement la fenêtre et plongeai mon regard dans le sien.

— Raphael, les sorcières comme moi ne servent que leurs propres intérêts. Nous vivons en marge de votre société et ça ne risque pas de changer. Je ne travaillerai jamais pour un Directum.

— Moi je le sais, mais d'autres pourraient ne pas comprendre ou, plutôt, ne pas vouloir le comprendre. Tu as une fille, non ?

Il avait dû apercevoir Leonora à travers la fenêtre de sa chambre.

— Elle te rend fragile, vulnérable au moindre chantage, ajouta-t-il.

— C'est une menace ?

— Non, une constatation. Si tu choisis de rester, je te promets de ne pas révéler qui ou ce que tu es et de ne faire appel à toi qu'en cas d'absolue nécessité. Le marché me semble équitable, tu ne trouves pas ? demanda-t-il d'une voix douce.

Je savais qu'il ne mentait pas. S'il avait vraiment voulu m'empêcher de partir et me déférer devant le conseil, rien ne lui aurait été plus facile. Et la perspective de mettre fin à onze années de fuite et de déménagements n'était pas pour me déplaire.

J'étais épuisée, épuisée de devoir courir sans cesse et de vivre une vie de clandestinité et d'instabilité permanentes. D'ailleurs, je n'étais pas la seule. Leonora supportait de plus en plus difficilement de devoir continuellement abandonner son école, sa maison et ses amis…

— Qu'est-ce que tu appelles « une absolue nécessité » ?

Il y avait un piège. Avec les vampires, il y avait toujours un piège quelque part. J'étais bien placée pour le savoir.

— Disons que tu vas devoir me faire confiance sur ce point, fit-il d'un ton suave.

La dernière fois qu'un vampire m'avait demandé de lui faire confiance, ça avait brisé ma vie, je n'étais pas vraiment certaine de vouloir remettre ça.

— Je ne crois pas que ça pourra fonctionner, Raphael.

— Pourquoi ?

— Je n'ai pas du tout l'intention de devenir ta marionnette, ni que tu me fasses le moindre chantage.

— Manipuler une sorcière de guerre, c'est comme jongler avec de la nitroglycérine, ça finit toujours par vous exploser au visage. Je suis beaucoup trop expérimenté pour m'y risquer. Tu n'as rien à craindre à ce sujet.

Nos visages étaient désormais si proches l'un de l'autre que le vent posa une mèche de ses cheveux sur mon front.

— Alors je vais y réfléchir, Magister, fis-je avec un rictus. Mais je tiens à te dire que si tu me trahis, je n'aurais de cesse de te tuer.

— Cela va sans dire… répondit-il en souriant.

— Oui, mais c'est mieux en le disant.

— Bonne nuit, ma douce, fais de beaux rêves, ajouta-t-il, avant de s'élancer dans les airs et de disparaître complètement dans la nuit.

— Cabotin ! lançai-je, certaine qu'il m'entendrait, avant de refermer la fenêtre.

Chapitre 3

Six mois plus tard...

Ce matin d'avril, je prenais tranquillement mon café en observant, par la fenêtre de mon appartement, les commerçants de Church Street installer leurs terrasses et ouvrir leurs boutiques d'antiquités. Mme Tillbourn, la voyante, leva soudain la tête vers moi et m'adressa un signe de la main. Une humaine n'aurait pas pu m'apercevoir derrière les voilages, mais Mme Tillbourn n'était pas tout à fait humaine et je lui fis signe à mon tour.

Cela faisait déjà un bon moment que je ne m'étonnais plus du comportement étrange des habitants de Burlington. Dans cette petite cité rurale et touristique du nord-est du pays, les loups-garous, les vampires, les chamans et autres créatures surnaturelles représentaient près d'un dixième de la population.

Cela ne rendait pas la ville plus dangereuse, seulement plus intéressante.

Je reposai mon bol dans l'évier, jetai un rapide coup d'œil à ma montre et me précipitai hors de la cuisine.

— Leo, dépêche-toi, ça urge ! criai-je en passant devant la porte de la salle de bains.

Leonora l'ouvrit aussitôt en souriant. Elle était pratiquement prête.

— Maman, tu peux me coiffer ?

Ma fille venait de fêter ses neuf ans, mais sa maturité était celle d'une adolescente humaine de treize ou quatorze ans. Elle avait hérité de mes longs cheveux noirs, de mes yeux vert émeraude, de mon teint pâle et de mes traits fins et réguliers.

— D'accord mais vite fait, dis-je, j'ai pris ma douche, mais je ne suis pas encore habillée.

Je lui brossai rapidement les cheveux et les attachai avec un élastique.

— Ça ne te fait pas mal ? lui demandai-je.

— Très drôle, maman, répondit-elle en levant les yeux au ciel.

Il m'arrivait parfois d'oublier que Leonora ne ressentait pas la douleur. Ce don était plutôt rare, même pour quelqu'un comme elle.

— Bon, voilà, j'ai terminé, dis-je d'une voix stressée en regardant ma montre pour la troisième fois depuis deux minutes.

— T'inquiète, tenta-t-elle de me rassurer, mon professeur nous a prévenus qu'elle n'arriverait pas avant 10 h 30, ce matin.

— Oui, mais tu oublies que moi aussi, je dois aller bosser, dis-je en fonçant aussitôt dans ma chambre.

J'ouvris la porte de mon placard, posai la main sur mon jean et me ravisai. En jean, j'avais l'air d'une adolescente, pas d'un professeur d'université. Il y a encore peu de temps, ma garde-robe n'était pratiquement constituée que d'une quinzaine de jeans de toutes formes et de couleurs différentes. Depuis que j'étais devenue enseignante, j'avais investi dans des tenues un peu plus féminines.

Le plus dur dans cette transformation vestimentaire avait été de m'habituer à porter des talons hauts sans risquer de me faire une entorse et c'était toujours pas gagné.

Je me tournai vers la penderie et saisis une jupe droite anthracite, un chemisier blanc et une veste courte en cuir noir.

Je complétai ma tenue par une paire d'escarpins.

— Maman, il est presque 10 heures, tu vas être en retard, dit Leonora en entrant brutalement dans la pièce.

Elle se figea et me jeta un regard admiratif.

— Waouh, t'es vraiment belle.

Je jetai un coup d'œil dans la glace en grimaçant et décidai de me passer de maquillage. Je ne pouvais peut-être pas passer inaperçue, les humains accordent beaucoup trop d'importance au physique pour ça, mais au moins je pouvais limiter les dégâts.

Leonora dut voir passer la contrariété dans mon regard parce qu'elle se renfrogna aussitôt.

— Pourquoi est-ce qu'à chaque fois que je te dis que t'es belle, tu fais une drôle de tête ? demanda-t-elle d'un ton agressif.

— Être belle, c'est attirer l'attention, Leo, c'est comme ça…

— Ouais, eh bien, on ne va pas se défigurer pour ne pas se faire remarquer, râla-t-elle.

Je me mis à rire.

— Non, bien sûr que non.

Elle hocha la tête et ajouta :

— Ah, au fait, tu sais, j'ai vu une lampe dans une boutique, elle serait super bien dans le salon.

Je fronçai les sourcils.

— De quelle couleur ?

— Orange, annonça-t-elle fièrement.

Je soupirai, un peu blasée.

Il y a quelques mois, j'avais décidé de refaire complètement notre appartement. Leonora, qui rêve depuis toute petite d'être décoratrice, m'avait suppliée de la laisser choisir seule le revêtement des murs et la couleur des meubles. Résultat, le couloir, le salon et la salle à manger étaient rouge vif, la cuisine jaune et les chambres roses. Quant aux meubles, ils étaient aussi colorés que le reste de la maison. J'avais l'impression de vivre dans une caserne pour pompiers légèrement efféminés.

— Tu peux me laisser le temps d'y réfléchir, on est un peu juste côté fric ce mois-ci, mentis-je avec un sourire angélique.

— Mais c'est soldé, répondit-elle avec enthousiasme.

— Leo, je t'ai dit que j'y réfléchirai.

Mais ma fille était tenace.

— Maman, s'il te plaît. Je travaille bien à l'école, je suis sage, je n'ai blessé personne et je me suis même fait des copines humaines. Allez, s'il te plaît.

Elle n'avait pas tort. Pour une fois, je n'avais pas dû m'enfuir de la ville et effacer les traces de ses bêtises et je trouvais ça reposant.

— Alors, écoute-moi bien, si tu continues à te montrer raisonnable et à contrôler ton tempérament, je t'autoriserai à acheter cette foutue lampe. Attention, ne me déçois pas, Leo.

Elle acquiesça et me lança :

— Ne t'inquiète pas pour ça, je n'ai pas envie que tu me colles un sort de mutisme comme la dernière fois.

Ne pas pouvoir prononcer un mot pendant deux mois l'avait traumatisée et (du moins je l'espérais) suffisamment effrayée pour l'empêcher de commettre d'autres bévues et risquer de se faire repérer par les humains.

— On y va ?

Je sentis soudain l'appel de l'air et un vent de douleur se mit à pénétrer à l'intérieur de l'appartement. Leonora me lança un regard terrorisé et ses membres se mirent à trembler brusquement.

— Maman… murmura-t-elle.

Je la pris dans mes bras et lançai un sort de fermeture sur la porte et les fenêtres.

— Je sais, je l'ai senti, dis-je d'une voix que je voulais rassurante.

— Elle a peur et elle a mal…

— Oui, ma puce.

Leonora me regardait, l'air accablé.

— Qui c'est, maman ?

— C'est Mme Tillbourn.

— Mais c'est une voyante, ils ne peuvent pas lui avoir fait mal, elle l'aurait vu sinon…

C'était bien ce qui m'inquiétait.

— Elle est… ? demanda-t-elle d'une voix apeurée.

J'avais ressenti le dernier battement de son cœur et la tristesse qui s'était échappée de son âme. Oui, Christine Tillbourn était bel et bien morte.

— Je ne sais pas, mentis-je.

— Si. Tu sais toujours, maman, dit-elle en me fixant, le regard grave.

— Écoute, ma chérie, on va attendre quelques minutes et descendre dans la rue comme si de rien n'était, d'accord ? De toute façon, moi je dois aller travailler et toi tu dois aller à l'école, pas vrai ?

Elle hocha la tête et dit :

— D'accord, mais…

— … mais quoi ?

— Tu m'avais dit que la guerre était finie et que la vie allait être géniale, mais en fait c'est comme avant.

— Non, lui dis-je, ce n'est pas comme avant. Tu sais, malheureusement, guerre ou pas guerre, il y aura toujours des criminels et des victimes, c'est une question de nature…

— Et nous, maman, on est quoi ?

— Des armes, répondis-je d'une voix ferme.

Elle me lança un regard noir.

— Et pourtant, tu ne vas pas tuer ceux qui ont fait ça.

Je me figeai en la regardant.

— Je ne peux pas, Leo. Si je les punis, on devra partir encore une fois. C'est ce que tu veux ?

— Franchement, si c'est pour qu'on vive cachées, je ne vois pas l'intérêt de rester ici… dit-elle d'un ton écœuré.

Je ressentais sa frustration et la comprenais parfaitement. Ne pas descendre et botter le cul à ceux qui avaient tué cette sympathique vieille dame m'avait pas mal coûté à moi aussi.

— Je sais ce que tu penses, mais si tu veux survivre dans ce monde de dingues, il va falloir que tu choisisses intelligemment tes priorités et que tu apprennes à réfléchir avant d'agir.

— Je sais, je sais. La raison avant les sentiments, c'est ça ?

Elle me regardait en serrant les poings.

— Oui, ma belle, dis-je d'une voix triste, c'est ça.

Pourtant, j'aimais bien Mme Tillbourn. La première fois que j'avais croisé cette dame de soixante-quinze ans aux cheveux blancs tirés dans un chignon impeccable, et à la démarche fière, elle avait eu un sourire charmant et m'avait dit qu'elle était heureuse de mon arrivée à Burlington puis m'avait murmuré d'un air mystérieux qu'elle savait que je m'y plairais. Je n'avais aucune idée de ce qu'elle avait vu dans ses visions, ni à quel point elle m'avait percée à jour mais elle ne m'avait jamais créé d'ennuis et avait toujours été extrêmement discrète à mon sujet.

— Eh ben, ça craint.

— Comme tu dis, fis-je en saisissant mon sac et en la poussant vers la porte d'entrée.

Nous descendîmes les escaliers prudemment. Je ne tenais à tomber ni sur les nôtres, si tant est qu'ils aient déjà été mis au courant, ce dont je doutais fortement, ni sur le ou les agresseurs de la voyante. Je sortis la première et jetai un coup d'œil aux alentours. La rue commençait à se remplir de touristes venus par ferry du Canada ou de l'État de Washington. Tout était calme.

Je fis signe à Leonora d'attendre un peu et je traversai la rue. Vue de l'extérieur, la petite boutique d'antiquités semblait normale. Des murs en pierre rouge et les boiseries extérieures peintes en blanc rendaient l'endroit sympathique et joli. Les grilles de la vitrine étaient levées, mais la porte était fermée à clé. Je sondai rapidement l'intérieur. L'effluve de Mme Tillbourn persistait comme si son âme avait décidé de s'attarder un peu plus longtemps, mais je ne trouvai aucune trace de son enveloppe charnelle. La voyante avait tout bonnement disparu.

Je rejoignis ma fille et nous nous dirigeâmes rapidement vers ma voiture, garée un peu plus loin. Trouver des places en centre-ville devenait de plus en plus compliqué et le fait que ma rue, Church Street, soit piétonne n'arrangeait rien (en partie à cause des courses).

Leonora ne desserra pas les dents durant le trajet jusqu'à l'école. Je ne lui en voulais pas, un nœud me nouait l'estomac et je me demandais si j'avais bien fait de ne pas être intervenue, même si je savais qu'il était trop tard pour sauver l'antiquaire et que le jeu n'en valait probablement pas la chandelle.

— Leo, je suis désolée, dis-je en lui caressant les cheveux.

Elle se contenta de hocher la tête sans répondre, prit son cartable et descendit de la voiture sans se retourner. J'attendis quelques secondes qu'elle pénètre dans l'école et je redémarrai le cœur gros, en direction de la verte et luxuriante université du Vermont.

Durant le trajet, je réfléchis à ce que j'allais bien pouvoir faire au sujet du meurtre. Cette histoire de voyante n'était pas bon signe. À ma connaissance, la vieille chamane était la seule à pouvoir lire aussi clairement dans l'avenir et sa mort allait rendre aveugle le reste de la communauté surnaturelle de Burlington. Ce qui était certainement le but recherché par ses meurtriers, et d'après mon expérience, le prélude à des événements à venir encore plus sombres. La question était maintenant de savoir si je comptais ou non en parler à quelqu'un.

Mon instinct me disait que ne pas communiquer une information aussi importante risquait d'avoir de fâcheuses conséquences, mais d'un autre côté…

Au bout de quelques minutes d'hésitation, je me décidai finalement à appeler Beth. Je tombai sur son répondeur et lui narrai brièvement les événements de la matinée en lui demandant de me retrouver durant l'interclasse.

Quand je me garais sur le parking de l'université, il était déjà près de 11 heures. La pluie commençait à tomber. Je saisis aussitôt ma sacoche et ouvris précipitamment la porte de ma voiture afin d'éviter le déluge qui se préparait. C'est alors que j'entendis le bruit d'un choc, suivi d'un rugissement de rage.

— Vous ne pouvez pas faire, attention, non ? grogna une voix masculine derrière la portière.

— Oh, je suis désolée, je ne vous avais pas vu, m'excusai-je en sortant de la voiture.

Je levai la tête et me figeai. Il devait bien mesurer près d'un mètre quatre-vingt-quinze et avait une corpulence et une musculature plutôt impressionnantes.

Je fis la moue et jetai aussitôt un coup d'œil à l'état de ma portière. Il y avait bien une bosse.

Le géant se mit à éclater de rire.

— Vous voulez qu'on fasse un constat ?

J'allais commencer à l'incendier et lui dire où il pouvait bien se fourrer son constat quand je croisai soudain son regard. Ses yeux noirs et profonds brillaient d'amusement.

— Vous vous trouvez drôle, je suppose ? dis-je, agacée.

— Pas du tout. Il y a eu un accident, j'estime qu'il est normal qu'on fasse un constat.

Son nez était droit et sa mâchoire bien dessinée. Ses cheveux bruns bouclés tombaient en cascade au niveau de ses épaules. Il n'était pas beau à proprement parler, mais ne manquait pas de charme. Du moins, si on aimait le style « Conan le barbare » et le côté viril.

— Ce qui est arrivé est votre faute. Si vous aviez fait attention, vous auriez remarqué que j'étais en train de me garer, et donc, bien évidemment, que je n'allais pas tarder à sortir de ma voiture, lançai-je avec une parfaite mauvaise foi.

Il haussa les sourcils.

— Donc, si je comprends bien votre raisonnement, je suis responsable de ce qui vient d'arriver ?

Mon regard s'attarda malgré moi sur ses pectoraux puissants que cachait mal son pull noir et moulant.

— Absolument, mentis-je avec aplomb.

— En tant que professeur de droit et avocat, je ne suis pas certain de partager votre appréciation des faits.

Il était terriblement attirant, mais je n'avais pas le temps de jouer, j'étais déjà en retard.

Je lui lançai un regard hargneux.

— Eh bien, faites-moi un procès, raillai-je.

La pluie tombait en trombe, j'étais complètement trempée et je commençai à frissonner.

— Ne me tentez pas, dit-il avec tellement d'ambiguïté dans la voix que je me mis à rougir.

— Telle n'est pas mon intention, rétorquai-je.

Il s'approcha et avant que j'aie eu le temps de réagir, il écarta mes cheveux de mon visage et posa sa main sur ma joue.

— Vous êtes trempée, dit-il d'une voix tendre.

Il était si près de moi que je pouvais sentir son souffle sur mon visage.

— Et à qui la faute ? Qui fait une tonne d'histoires pour pas grand-chose, vous n'êtes même pas blessé, dis-je d'une voix tremblante.

Ce type me troublait. La partie rationnelle de mon cerveau semblait avoir du mal à fonctionner.

Je vis un sourire ironique se dessiner sur ses lèvres.

— Ça, c'est vous qui le dites. Allez, venez, je vous emmène prendre un café, ça va vous réchauffer.

Je secouai la tête.

— Désolée, je… je ne peux pas, bafouillai-je.

J'avais envie de me cogner la tête contre un arbre, histoire de m'éclaircir les idées.

— Vous ne pouvez ou vous ne voulez pas ? dit-il en approchant sa bouche près de la mienne.

Je me reculai.

— Les deux. Je dois y aller, mes étudiants m'attendent.

— Je vois, dit-il d'une voix neutre. Eh bien, au revoir, heu… au fait, comment vous appelez-vous ?

— Rebecca, je m'appelle Rebecca Kean.

— Eh bien, au revoir, Rebecca. Je pense que nous nous reverrons bientôt.

— C'est une promesse ? lui lançai-je.

— Sans aucun doute… répondit-il d'un ton énigmatique.

Je percevais encore le poids de son regard dans mon dos tandis que j'entrais en courant dans le hall en passant sous les magnifiques colonnes blanches situées à l'entrée de l'université. Les étudiants grouillaient dans les couloirs. Je me dirigeais immédiatement vers ma salle de classe. Mes chaussures, pleines d'eau, faisaient un bruit sourd et humide sur le sol. Je me sentais à la fois furieuse parce que j'avais l'impression de m'être comportée comme une gamine gouvernée par ses hormones et déstabilisée. Les humains n'étaient généralement pas capables de faire naître chez moi le moindre désir. Ce n'était pas que je les méprisais ou quoi que ce soit de ce genre, mais je n'étais simplement pas programmée pour. Mon système métabolique était différent. La dernière fois que j'avais fait l'amour, j'avais à peine seize ans et mon amant n'avait rien d'humain.

— Rebecca ? m'interpella Beth avant que j'entre dans ma salle de cours.

Je remarquai immédiatement son air soucieux.

— Tu vas bien ? lui demandai-je d'une voix inquiète.

— Je dois te parler, me dit-elle.

— Je sais.

— Non, ce n'est pas à cause de la voyante.

— Il y a un problème ?

Elle jeta un coup d'œil méfiant autour de nous et hocha la tête.

— Ce n'est tout de même pas à propos de mon travail ? demandai-je, irritée.

Certains étudiants me trouvaient trop rigoureuse et trop sévère dans mes notations et s'étaient plaints auprès de la direction de l'université.

— Ça n'a rien à voir avec le boulot, ça concerne la meute, me rassura-t-elle aussitôt.

Je fronçai les sourcils, soudain inquiète. Beth ne discutait jamais des affaires de la meute avec moi et s'était toujours montrée très pointilleuse à ce sujet.

— C'est grave ?

— Question idiote.

Je ne pus m'empêcher de sourire.

— Bon, je ne peux faire attendre mes élèves plus longtemps, mais je te propose de se retrouver d'ici deux heures dans mon bureau, ça te va ?

Elle regarda sa montre et acquiesça.

— D'accord, on dit 13 h 30 dans ton bureau.

Je la regardai s'éloigner doucement et ne pus m'empêcher de frissonner. Beth ne m'avait rien dit, mais c'était inutile. Ça sentait les grosses emmerdes à plein nez et elle allait me demander de plonger les mains dedans. Et avec le sourire en plus.

Chapitre 4

À la fin du cours, j'étais passée à la cafétéria prendre un sandwich au thon puis je m'étais rendue directement dans la minuscule pièce aux murs gris qui me servait de bureau. J'avais une tonne de boulot en retard, à commencer par deux énormes tas de copies à corriger. J'aimais enseigner. Bon, au début, j'avais trouvé ça un peu curieux que Beth soit parvenue à me dégotter une place pour laquelle je n'avais aucune compétence véritable, mais j'avais vraiment pris ce boulot comme un défi. Et je ne m'en étais pas si mal sortie. J'étais véritablement calée en littérature française, ça, au moins, c'était réel et j'avais récupéré les cours d'un célèbre professeur à la retraite pour élaborer les miens, ce qui rendait mon enseignement plutôt intéressant. Évidemment, je manquais parfois de pédagogie, mais je parvenais petit à petit à y remédier. C'était du moins ce que me faisaient sentir mes étudiants qui restaient désormais volontiers à discuter avec moi après les cours. Bien sûr, durant les premiers mois, j'avais eu droit à quelques sourires appuyés et à une petite cour discrète de la part des garçons, ça, malheureusement, je savais que je n'allais pas y couper. Quand on a vingt-six ans, qu'on en paraît vingt (l'âge de la plupart des étudiants), c'est inévitable. Agaçant, énervant, mais inévitable.

Lorsque Beth entra dans la pièce, je commençai à peine mes corrections. Son visage était décomposé. Elle s'assit dans le vieux fauteuil de cuir élimé juste en face de moi en se tordant nerveusement les mains.

— Bon, alors, que se passe-t-il ?

— Le fils de Jerry a disparu, fit-elle d'un ton lugubre.

D'horribles plaques rouges avaient envahi son ravissant visage.

— Jerry Wikman ?

— Oui.

Jerry était un gros producteur de sirop d'érable et un loup-garou influent de la meute locale.

Que les autres membres de son clan ne soient pas parvenus à retrouver son fils était pour le moins inhabituel, pour ne pas dire improbable. Il existe une sorte de lien mystique entre les loups qui les relie les uns aux autres et leur permet de savoir où chacun se trouve sur le territoire.

— Et tu penses que ceux qui l'ont enlevé ont aussi tué la chamane ?

Elle hocha la tête.

Je savais bien que le meurtre de la voyante n'était qu'un prélude à de plus gros emmerdements, mais j'aurais préféré que Beth n'y soit pas mêlée.

— Qu'est-ce que tu veux que je fasse ? Vas-y, si je peux t'aider, tu sais très bien que je le ferais.

Elle rougit brusquement.

— Je ne suis pas là de mon propre chef, Rebecca. Si ç'avait été un service personnel, je serais passée chez toi et…

— Alors, qui t'a envoyée ? Ton Alpha ? Tu lui as dit que je suis une sorcière ?

— Non, bien sûr que non.

Je poussai un soupir de soulagement puis réfléchis rapidement. À part le mâle Alpha, le chef de son clan, Beth n'avait à se soumettre à aucune autorité, à part…

— Ne me dis pas que tu es ici sur ordre du Directum ?

— Tu sais que je suis leur porte-parole, répondit-elle d'un air gêné.

Tous les signaux d'alarme étaient enclenchés dans ma tête.

— Pourquoi veulent-ils me voir ?

— Tu ne vas pas me faciliter la tâche, hein ?

Je pinçai les lèvres.

— Pas vraiment.

— Voilà. Dès que j'ai eu ton message concernant la mort de la voyante, j'ai prévenu le Directum et je suis tombée sur Raphael. Il m'a demandé qui m'avait donné l'information et je n'ai pas eu d'autre choix que de lui dire que c'était toi. Elle est morte, Rebecca, je ne pouvais pas faire autrement, et puis avec la disparition de Franck…

— Inutile de te justifier, je connaissais les risques quand je t'ai prévenue, dis-je sobrement.

Elle se détendit, visiblement soulagée.

— C'est dommage, j'ai tout fait pour qu'il m'oublie, soupirai-je.

Depuis ma rencontre avec le maître vampire de la Nouvelle-Angleterre, quelque temps plus tôt, je ne sortais plus le soir, je ne me rendais pas aux réunions publiques après le coucher du soleil, je n'allais même pas faire les boutiques passé une certaine heure.

Elle eut une expression amusée.

— Raphael n'oublie jamais rien. C'est une machine. La machine la plus implacable, la plus cruelle et la plus redoutable que j'aie jamais rencontrée.

Oui, mais jusque-là, il avait tenu parole. Il n'avait pas révélé aux autres membres du Directum qu'une sorcière de guerre s'était installée à Burlington.

— Bon. Alors comment ça va se passer ? demandai-je, la mâchoire serrée.

— Le Directum veut que tu assistes à la réunion qui aura lieu ce soir.

— Où ?

— Nous nous réunissons en général chez Raphael. Sa maison est assez isolée. Si tu veux, je viens te prendre à 19 heures.

J'avais autant envie de m'y rendre que de me jeter dans l'eau bouillante.

— Je ne peux pas, rétorquai-je, je n'ai personne pour garder Leonora.

— Ne t'inquiète pas pour elle. J'ai demandé à Caroline de jouer les baby-sitters ce soir.

Caroline était une lycanthrope et une amie de Beth. Elle était sensée et responsable, du moins suffisamment pour que je puisse lui confier Leo quelques heures.

— Parfait, grognai-je. Qu'a dit Raphael au conseil, Beth ?

— D'après ce que je sais, rien de trop compromettant. Il leur a juste dit que tu étais une jeune sorcière et que tes dons pouvaient s'avérer intéressants, fit-elle d'un ton rassurant.

Il continuait à tenir sa langue. Je soupirai de soulagement.

Elle le remarqua et me regarda d'un air intrigué.

— Qu'aurait-il pu leur raconter d'autre, Rebecca ?

— Je... j'ai été un peu imprudente ce jour-là, dis-je d'un ton soucieux.

— Imprudente... imprudente comme le jour où tu m'as aidée et que j'ai découvert à quel point tu pouvais être puissante ou... ? demanda-t-elle, angoissée.

— Très imprudente.

— Je vois, fit-elle d'un air renfrogné.

— Je ne crois pas, non...

Elle me jeta un regard plein de tristesse.

— Cela fait combien de temps qu'on se connaît, toutes les deux ?

— Près de sept ans, pourquoi ?

— Parce que au bout de sept ans, je n'ai jamais révélé à personne que tu es une sorcière, même pas à ma propre meute. Et tu ne me fais toujours pas assez confiance pour me dire ce que tu fuis depuis toutes ces années.

— Je suis désolée, ce n'est pas possible.

— Pourquoi ?

Elle était au bord des larmes.

— Tu devrais savoir au bout de tant de temps que jamais je ne te trahirais...

On m'avait appris que les marques d'amitié les plus sincères ne résistaient pas à la torture. Et c'était une leçon que je n'avais pas oubliée.

— Pas volontairement, c'est vrai. Mais il n'y a pas que ma vie qui est en jeu, il y a aussi celle de Leonora.

— Et la vie du fils de Jerry, est-ce qu'elle compte pour toi, la vie du fils de Jerry ?

Franchement, je m'en tapais du fils de Jerry et si ça n'avait pas été aussi important pour elle, je l'aurais laissé crever sans broncher.

— Évidemment, dis-je, mais je dois rester prudente quoi qu'il m'en coûte.

— C'est pour cette raison que tu n'as pas aidé Christine Tillbourn ?

Je la fixai soudain droit dans les yeux.

— Je n'aurais pas eu le temps de lui sauver la vie, seulement de la venger, c'est une maigre consolation, tu ne trouves pas ?

— Non. Je ne trouve pas que faire justice soit une maigre consolation, répondit-elle avec aigreur.

— Je suis un soldat, Beth, pas un flic ou un justicier.

Elle acquiesça, mais je savais que je l'avais déçue et ça ne me plaisait pas. Je ne voulais surtout pas qu'elle imagine que j'allais la laisser tomber.

— Le meurtre de la voyante coïncide étrangement avec la disparition du fils de Jerry, non ? Pourquoi n'êtes-vous pas allés la voir avant qu'elle ne se fasse tuer ? demandai-je.

— Mais nous l'avons fait. Nous sommes allés la voir dès que nous avons découvert la disparition de Franck. Elle a essayé de le retrouver, mais elle n'y est pas arrivée. Elle a dit que son aura était cachée par quelque chose et qu'elle était comme éteinte.

— C'est peut-être le cas, dis-je d'une voix plus douce.

— Non. Lorsque l'un des nôtres meurt, son pouvoir rejoint celui de la meute. Il ne peut pas en être autrement. Bref, elle nous avait rassurés en nous promettant qu'elle allait faire son possible pour nous aider et qu'elle allait appeler une de ses connaissances à la rescousse. Elle était vraiment douée, tu sais…

— Et c'est pour ça qu'un petit malin a décidé de l'éliminer. Je ne voudrais pas que tu me prennes pour une parano, mais j'ai l'impression qu'on se donne beaucoup de mal pour vous empêcher de retrouver Franck.

— Oui, mais je te promets que si je tombe sur ces types, je…

Elle s'interrompit brusquement. Ses yeux étaient devenus jaunes et je perçus de légers tremblements sur le sol.

— Calme-toi. Si tu ne te maîtrises pas, je vais devoir t'éclater contre le mur, dis-je d'un ton autoritaire.

Je n'avais aucune envie de me trouver face à un loup enragé, ni de la voir arpenter les couloirs devant de pauvres étudiants terrorisés.

Elle inspira un grand coup et sembla reprendre le contrôle.

— On ne t'a jamais dit que ce n'était pas très prudent de menacer un loup durant sa transformation ? demanda-t-elle.

— Et on ne t'a jamais dit, à toi, de ne pas te transformer devant une sorcière suffisamment irascible pour t'envoyer durant quelques semaines à l'hôpital ?

— Arrête de te vanter, plaisanta-t-elle, je récupère trop vite pour ça.

Je soupirai.

— Contre un muteur ou un vampire, c'est vrai, mais n'oublie pas ce que je suis, Beth.

— Je ne l'oublie pas, dit-elle soudain d'un ton sérieux, je sais ce dont tu es capable. Je n'ai pas oublié cette nuit-là et puis celles qui ont suivi… c'est pour ça qu'on a besoin de toi.

Je la fixai longuement.

— Et si je refuse de venir ?

Elle blêmit. Je la détrompai aussitôt.

— Non, je me suis mal exprimée. Ce que je veux dire, c'est que je préférerais t'aider sans que les autres le sachent.

— Sans aller voir le Directum ?

— Exactement

— Je ne crois pas que tu aies vraiment le choix. Bien sûr, si tu décides de ne pas y aller, je respecterais ta décision, mais ne t'y trompe pas, ils prendront ça pour un défi et on ne sera jamais assez fortes pour les combattre tous.

Et merde, pensai-je, elle avait raison. Je n'avais pas le choix.

Après ce constat déprimant, je décidai de me rendre à la bibliothèque, histoire de me changer un peu les idées. À 13 heures passées, les étudiants ne sont pas encore rentrés de déjeuner et l'endroit est presque désert. Je regardai les numéros inscrits sur les côtés. Évidemment, le livre que je cherchais se trouvait en haut des étagères.

Je pris l'échelle et tentai maladroitement de grimper. Ma jupe était trop serrée. Et zut, pensai-je, ça t'apprendra à ne pas avoir mis de culotte pour ne pas faire de marque. Je me maudissais intérieurement pour ma coquetterie déplacée. Je jetai un rapide coup d'œil autour de moi pour vérifier que personne ne pouvait me voir et la remontai en haut de mes cuisses. Je tendais la main pour saisir le bouquin quand je sentis ma chaussure se mettre à glisser. Une seconde plus tard, j'étais affalée sur le sol, les fesses à l'air, les genoux écorchés, et je jurais comme un charretier.

Lorsque je levai la tête, l'emmerdeur du parking se tenait devant moi. Il était toujours grand, brun et terriblement viril.

— Charmante, dit-il d'un air goguenard.

J'étais pétrifiée.

Il me releva sans ménagement et dit :

— Voulez-vous venir dîner avec moi demain soir ?

— Pardon ? dis-je en écarquillant les yeux.

Il me regarda avec compassion comme si j'étais une demeurée.

— Je réitère ma proposition. Voulez-vous dîner avec moi ?

— Je ne connais même pas votre nom.

— C'est parce que vous ne me l'avez pas demandé ce matin, Rebecca. Je m'appelle Mark, Mark Feldman, je suis professeur de droit et avocat. Je viens d'arriver en ville.

C'est bizarre, je ne l'imaginais pas porter un nom aussi banal. Non, lui, c'était plutôt le genre de type que j'aurais volontiers imaginé en train d'arpenter les champs de bataille muni d'une immense hache et découpant ses ennemis, le visage couvert de sang, en poussant d'effroyables hurlements. Il aurait dû porter un nom viking ou à la rigueur écossais.

— Enchantée, dis-je en lui tendant la main.

Il la prit entre les siennes et je sentis mon corps s'embraser. Je reculai, un peu surprise.

— Italien, ça vous va ? demanda-t-il.

— *A priori*, c'est d'accord, mais laissez-moi tout de même votre numéro de téléphone, juste au cas où j'aurais un empêchement – et que j'aie le temps de reprendre suffisamment mes esprits pour changer d'avis, pensai-je.

— Vous n'envisagez pas de me faire faux bond ? dit-il en souriant.

Il commençait déjà à me fatiguer.

— Non, bien sûr que non.

— Alors, voici ma carte. Puis-je avoir votre adresse ?

— Mon adresse ?

— Afin que je puisse venir vous chercher. Vous n'avez pas l'habitude de sortir, n'est-ce pas ?

— Je n'ai surtout pas l'habitude d'accepter, dis-je, un peu irritée. J'habite au 87, Church Street. C'est en plein centre-ville. Vous désirez aussi mon numéro de téléphone ?

— Non. Moi, je sais que je n'aurai aucun empêchement. On dit 20 heures ?

— D'accord.

Pourquoi avais-je accepté son invitation ? C'était un mystère. Peut-être en avais-je tout simplement assez de refuser toutes les propositions que les hommes me faisaient depuis dix ans ? Ou peut-être étais-je grisée de ressentir enfin du désir pour quelqu'un d'autre que pour Michael, le père de ma fille ? Un peu des deux sans doute. Et puis, Mark était pas mal physiquement et ça pourrait être amusant d'agir un peu comme le font les humaines. De sortir, d'aller le samedi soir au restaurant ou simplement au cinéma.

Ouais… Bon, d'accord, je n'y croyais pas vraiment, mais j'étais sûre d'une chose, au moins, c'était que cet homme avait réveillé chez moi un désir que je n'avais jamais ressenti pour un humain et c'était largement suffisant pour susciter mon intérêt. En tout cas le temps d'une soirée…

Chapitre 5

La pièce était gigantesque. Le sol était couvert de marbre et les murs étaient en pierre taillée. D'immenses bougeoirs pendaient sur les cloisons. De longs rideaux de velours rouge couvraient les fenêtres. Les membres du Directum étaient assis autour d'une lourde table de bois sculpté posée devant une cheminée si grande qu'on pouvait se tenir debout à l'intérieur. L'ambiance faisait très XVIIe siècle. J'avais l'impression de me retrouver dans un film d'horreur.

— Dis-moi que tout va bien se passer, murmurai-je.

— Tu ne me croirais pas, répondit Beth en souriant.

Je m'avançais en sentant leurs regards braqués sur moi. Génial, pensai-je, je vais être l'attraction de la soirée.

— Ah, Rebecca, nous n'attendions plus que toi pour commencer cette réunion, fit Raphael de sa voix chaude et sensuelle.

Il se leva et vint vers moi en souriant. Il portait un pantalon noir et une chemise de soie bleu saphir. Il avait attaché ses longs cheveux blonds avec une lanière de cuir et les traits de son visage me parurent encore plus parfaits que lorsque je l'avais rencontré.

— Raphael, dis-je en hochant la tête.

— Laisse-moi t'accompagner jusqu'à ta chaise.

Il me tendit galamment le bras et je n'eus d'autre choix que d'obtempérer et d'avancer à ses côtés comme une mariée conduite devant l'autel. (Sauf que la mariée était lamentablement vêtue d'un jean délavé, d'une paire de bottes et d'un vieux pull à col roulé bleu ciel, un peu feutré.)

— Bien, il est temps de faire les présentations. Je te présente Gordon, le chef de meute des loups-garous, Maurane Blackfield, la maîtresse des potions, Tyriam, le maître chaman, et Aligarh, le représentant des muteurs.

— Il n'y a pas de démons en Nouvelle-Angleterre ? demandai-je aussitôt.

— Baetan s'est excusé. Il sera présent à la prochaine réunion, dit Raphael d'un ton sec.

Le chef du clan des démons n'était pas là, enfin une bonne nouvelle.

— Je vois, dis-je, soulagée.

Je les saluai poliment et m'assis.

— Messieurs et dames, représentants des clans de Nouvelle-Angleterre, je vous présente Rebecca, une jeune sorcière installée depuis peu dans notre ravissant Vermont.

— Nous sommes ravis de faire ta connaissance, dit Gordon d'un ton bourru.

Gordon avait le physique d'un bûcheron et la sauvagerie d'un animal.

Nous nous étions déjà rencontrés à de multiples reprises lors de soirées organisées chez Beth, mais il me prenait alors pour une humaine et ne voyait en moi que l'amie de l'un des membres de sa meute. Aujourd'hui, les circonstances avaient changé et quelque chose dans son regard me disait qu'il n'appréciait pas la plaisanterie.

— Personnellement, je trouve ces présentations un peu trop tardives, fit Maurane d'un ton acerbe, tu aurais dû nous présenter tes respects dès ton arrivée.

— J'aurais pu, dis-je d'un ton froid.

Tous – à part Raphael – me fixaient désormais d'un air réprobateur.

— Personne n'est au-dessus des lois, sorcière, fit Tyriam.

Pourquoi les sorciers chamans étaient-ils si désagréables ? Celui-ci était petit, maigrichon, il avait des yeux de serpent et une expression arrogante qui en disait long sur son caractère acariâtre.

— Je n'ai pas enfreint les lois. Simplement, je vis et je me comporte comme une humaine. La magie ne fait pas partie de mon quotidien et je me sens très bien comme ça, mentis-je avec aplomb.

— Tu as honte de ce que tu es ? demanda-t-il.

— Non, mais je n'ai pas de quoi en être particulièrement fière non plus.

Beth se tenait devant la porte. Elle me lança un regard étonné et rencontra celui, furieux, de Gordon. Elle baissa aussitôt les yeux. Je ne doutais pas qu'il lui ferait passer un sale quart d'heure pour lui avoir caché la vérité à mon sujet.

— Raphael, c'est une blague ? Comment veux-tu que cette gamine nous aide ? Elle ne veut même plus pratiquer la magie… fit Tyriam avec mépris.

Visiblement, mon petit numéro avait marché. Ils allaient peut-être me foutre la paix.

Raphael se mit à sourire. Quelques dixièmes de secondes plus tard, il se tenait derrière mon siège et me chuchotait à l'oreille :

— Oh Rebecca, que vais-je faire de toi ?

Il posa sa main sur mon épaule et me broya l'omoplate. La douleur était intenable. J'envoyais un flux d'énergie pour lui faire lâcher prise et le projetais contre la cheminée.

— Qu'est-ce que… dit Maurane, surprise.

J'entendis soudain un éclat de rire.

— Tu as raison, Tyriam, cette gamine ne va pas servir à grand-chose, si ce n'est à botter les fesses de Raphael et, entre nous soit dit, je trouve ça déjà pas mal, fit Aligarh.

Mon pouvoir avait envahi la pièce, chaque membre du conseil l'avait humé, senti, mais en l'absence de représentant du clan des démons, aucun d'entre eux n'était capable de le reconnaître. Ils me fixaient maintenant avec curiosité.

— Tu n'es pas l'une des nôtres, fit Maurane.

— Elle ne fait pas partie des miens non plus, dit Tyriam.

— Elle ne fait partie d'aucun clan présent sur ce territoire, surenchérit Gordon.

— Il existe de multiples espèces surnaturelles dans ce monde et certaines sont si rares que nous en avons oublié l'existence, dit Raphael d'un air agacé. Bien que cette petite digression ne manque pas d'intérêt, j'aimerais qu'on en vienne à ce qui nous préoccupe aujourd'hui, dit-il en s'asseyant.

Je le regardais avec étonnement. Lui me scrutait, impassible.

— Bien. Alors, petite, tu es prête à nous aider ou non ? demanda Gordon.

— J'ai promis à Beth que je le ferai et je tiendrai ma promesse. Tout ce que je vous demande, c'est qu'une fois cette affaire réglée vous oubliiez ma présence et ne fassiez plus jamais appel à moi, dis-je d'un ton ferme.

— Si tu avais été un membre de nos clans, nous n'aurions pas pu t'accorder cette faveur, mais puisque tu es l'unique représentante de ton espèce, nous sommes d'accord sur le principe, dit Gordon.

Maurane secoua la tête en repoussant ses épais cheveux roux.

— Moi, je ne suis pas d'accord. Rebecca est une sorcière et, comme telle, elle dépend de mon autorité.

— Et pourquoi pas de la mienne, dans ce cas ? dit Tyriam.

— Ce n'est pas une chamane, Tyriam, et tu le sais parfaitement, répondit Maurane en se redressant.

— Cette discussion est inutile, dit Raphael. Vous avez tous deux reconnu que Rebecca n'était pas des vôtres, par conséquent, elle n'a à se soumettre ni à l'un ni à l'autre.

— Je suis d'accord, dit Aligarh, cette fille n'a rien à voir avec nos clans. Néanmoins, je n'aurais rien contre quelques précisions supplémentaires concernant cette étonnante jeune femme.

Le chef des muteurs se leva et se mit à marcher vers moi avec une grâce toute féline.

Sa peau mate contrastait étrangement avec ses incroyables yeux gris ; je n'eus aucun mal à décrypter son énergie.

— Je suis allergique aux fauves, dis-je.

C'était vrai. J'étais allergique aux poils de tous les félins et je devais à tout prix éviter leur contact.

Aligarh s'arrêta d'avancer et me toisa :

— À quelle espèce appartiens-tu, ma jolie ?

— Je suis une sorcière, répondis-je calmement.

— Et moi un muteur, mais ça ne veut rien dire. Certains d'entre nous se transforment en serpent, d'autres en lion, en tigre, en singe…

Je sentis soudain la caresse d'une énergie glacée sur ma main. Je levai les yeux vers Raphael, il semblait vouloir me dire quelque chose. Je hochai imperceptiblement la tête et abaissai mes défenses mentales pour laisser son pouvoir télépathique pénétrer dans ma tête.

— *Mens,* chuchota soudain sa voix dans mon crâne.

— *Pourquoi ne leur as-tu pas raconté la vérité à mon sujet ?*

— *Nous en parlerons plus tard,* répondit Raphael.

— Je ne sais pas, je ne l'ai jamais su, dis-je.

— Qu'est-ce que tu veux dire ?

— Je veux dire que mes parents sont morts et que j'ai été élevée par une sorcière braggan. Je ne sais rien d'autre, mentis-je de nouveau.

— Une braggan ? Vraiment ? s'étonna Maurane. C'est un vrai gâchis. Les braggans ont si peu de pouvoir…

— C'était une très bonne mère, fis-je sèchement.

— Bon, maintenant que tu as eu tes « précisions supplémentaires », Aligarh, tu n'as pas envie de passer à des choses plus sérieuses ? demanda Raphael, exaspéré.

— Oui, à la mort de Christine, par exemple, cracha Tyriam. Comment peux-tu savoir qu'elle est morte et qu'elle n'a pas été enlevée, sorcière ?

Cet abruti de chaman est capable de me causer une crise d'eczéma, songeai-je alors que des démangeaisons commençaient à me piquer le dos.

— Je le sais, c'est tout. Mais si ça vous fait plaisir de croire le contraire, faites comme bon vous semble, ça m'est égal. Après tout, ce n'est pas moi qui peux communiquer avec les morts ou voir l'avenir, dis-je, blasée.

Tyriam me foudroya du regard mais ne répliqua pas. Il me croyait mais ça l'agaçait prodigieusement.

— Je suppose que Beth t'a dit que Franck du clan des loups gris avait disparu ? Eh bien, il n'est pas le seul, Maurane vient de nous avertir que l'une de ses potioneuses, Kathryn Germann, s'est elle aussi volatilisée il y a quelques jours. On ne peut que regretter qu'elle ne l'ait pas dit plus tôt, ajouta Raphael d'un ton de reproche.

Maurane baissa la tête, embarrassée, et se mit à mâchouiller ses jolies lèvres en signe de contrariété.

— La collaboration entre les clans est très récente, je ne suis pas habituée à déballer nos affaires privées devant mes ennemis, se justifia-t-elle.

— La guerre vient à peine de se terminer, c'est déjà pas mal que vous parveniez à discuter sans vous entretuer, dis-je d'un ton admiratif.

— La petite n'a pas tort, il fut un temps où je t'aurais ouvert les tripes pour les bouffer, vampire, grogna Gordon.

— Crois-moi, plus de vingt meutes ont essayé, Gordon, et je les ai saignées, eux, leurs familles, leurs amis et leurs alliés occasionnels, répondit Raphael.

Son expression et sa voix étaient neutres.

Maurane blêmit et Aligarh baissa la tête. On m'avait parlé de ces massacres et de celui qui les avait perpétrés, un général vampire aux yeux blancs et à l'âme noire surnommé « la mort blanche » et je découvrais éberluée que c'était Raphael.

Depuis dix ans, j'avais tout fait pour échapper au Mortefilis, l'assemblée dirigeante des vampires, je me retrouvais dans la même pièce que l'un de leur plus haut dignitaire.

Il y avait de quoi pleurer…

— On aurait dû te crever, espèce de monstre, rugit Gordon.

Je sentis soudain la brûlure d'une énergie animale frôler ma peau. Gordon s'était transformé en un énorme loup à la robe brune et aux crocs acérés. Il bondit sur le vampire mais ne fut pas assez rapide. Raphael avait disparu de sa chaise et était réapparu sur son flanc gauche.

Moins d'un dixième de seconde plus tard, le vampire maintenait la bête au sol, une main posée sur sa gorge, prêt à lui arracher la tête.

— Vous avez des réunions mouvementées, dis-je d'un ton taquin.

Raphael me regarda en souriant et je crus discerner une lueur amusée dans ses somptueux yeux de nacre.

— Les loups-garous ont un tempérament colérique, ils ont du mal à se maîtriser, comme tu peux le constater, mais on essaie de faire avec, dit le vampire avec flegme.

Une odeur de défaite se dégageait du loup et je tournais la tête pour éviter son regard.

— Bien. Alors qu'est-ce que vous attendez de moi ? demandai-je en ouvrant le dossier posé sur la table.

Je tombai immédiatement sur une série de photographies. Sur chaque cliché, un des deux disparus. Je trouvais également deux résumés détaillés de la vie et des habitudes de chacun.

— Vous m'avez prise pour un détective privé ? m'étonnai-je en souriant.

Raphael et Gordon, toujours sous sa forme animale, se rassirent comme si de rien n'était.

— Non, petite impudente, dit Maurane, mais Raphael pense que tu es capable de décrypter les énergies mieux que les muteurs ou les loups. Est-ce que c'est vrai ?

Je lançai un regard assassin à Raphael et acquiesçai.

— Bien, alors, effectivement, tu peux nous être utile, fit-elle en passant ses doigts dans sa lourde chevelure rousse.

— Je suppose que vous voulez que je sillonne la ville et ses environs afin de capter l'énergie du jeune loup-garou, celle de la sorcière ou de n'importe quelle autre créature suffisamment puissante pour attirer mon attention, dis-je d'un ton blasé.

Tyriam eut un petit rictus.

— Ça va, elle comprend vite…

Il commençait sérieusement à m'agacer.

Je me tournai vers Beth puisque Gordon ne s'était pas encore transmuté.

— Franck a-t-il une place importante au sein de la meute ?

Elle opina du chef.

— Il devait succéder à Gordon, ce n'est pas un Alpha mais un Bêta très puissant.

Je me tournai ensuite vers Maurane.

— Et Kathryn ?

Un éclair de compréhension passa sur son joli visage.

— C'était l'une des meilleures potioneuses de mon clan.

— Ce ne sont pas vraiment des victimes types. Leur disparition a surtout pour conséquence d'affaiblir vos deux clans. Si j'étais médisante, je dirais que ça me rappelle quelques souvenirs…

Je fixai Raphael d'un air faussement innocent.

— Conclusion logique mais erronée, dit-il d'un ton sec.

— En tout cas, c'est une possibilité.

— Nous avons décidé de faire confiance à Raphael et Baetan, fit Maurane.

— Vraiment ? m'exclamai-je d'un ton surpris.

Faire confiance à un vampire et à un démon me semblait pour le moins risqué…

— Je te l'ai déjà dit, soupira le vampire, la guerre est terminée et je n'enfreindrai pas les termes du traité.

— Bien, puisque ce n'est apparemment ni la faute des vampires ni celle des démons, dis-je, dubitative, c'est donc que l'attaque vient de l'extérieur. Vous avez un gros problème et je risque de me retrouver en plein milieu de la ligne de tir.

— Tu as peur ? ricana Tyriam.

— Bien sûr. Je ne suis pas stupide.

— Mais tu vas quand même le faire ? demanda-t-il, étonné.

— Le meilleur moyen pour ne plus avoir peur, c'est d'éliminer celui ou ceux qui ont provoqué cette peur.

— N'est-elle pas adorable, plaisanta Maurane d'un ton acide.

Je l'ignorai et plongeai mon regard dans celui du vampire.

— Je suis simplement rationnelle.

Raphael comprit ma menace sous-jacente et m'envoya un baiser. Notre petit manège n'échappa pas au regard perçant de Maurane qui se pencha vers moi en susurrant :

— Tu ne devrais pas défier le grand méchant loup si tu ne veux pas qu'il te dévore, ma jolie.

— S'il n'a pas peur des indigestions… murmurai-je.

— Bien entendu, tu as carte blanche sur les méthodes à employer pour retrouver les disparus ou pour punir les responsables, dit Tyriam.

Tous les autres acquiescèrent en silence.

— Très bien. Je ferai ce que vous me demandez, dis-je en me levant.

— Petite !

Je tournai la tête en direction de Gordon. Le vieil Alpha s'était retransformé et se tenait maintenant complètement nu devant moi. Je savais que ce comportement était naturel pour les lycanthropes, de toute façon, ils déchiraient systématiquement leurs vêtements lors de la mutation mais ça ne m'empêchait pas d'être gênée. À croire que dix ans d'abstinence m'avaient rendue pudibonde.

— Oui ? fis-je en essayant de ne pas le regarder.

— Beth t'accompagnera pour te protéger. Nous ne voulons pas qu'il t'arrive quoi que ce soit.

— Ce n'est vraiment pas nécessaire.

— J'estime, moi, que ça l'est, dit-il d'un ton péremptoire.

Il n'y avait pas trente-six possibilités. Ou j'avais trop bien joué mon rôle de jeune sorcière inexpérimentée, ou Gordon se méfiait de moi. Dans un cas comme dans l'autre, il venait de la mêler à ce foutu bordel et ça ne me plaisait vraiment pas.

— Si vous le dites, répondis-je d'un ton aigre en me dirigeant vers la porte.

— On se revoit bientôt, Rebecca, dit Raphael avec un sourire un coin.

Je me tournai vers la table, hochai la tête et sortis de la pièce en les laissant terminer seuls leur petite réunion hebdomadaire. Dès que je me retrouvai dans le couloir, je respirai profondément et laissai échapper un soupir de soulagement. J'avais l'impression de ne pas m'en être trop mal sortie, en partie grâce à l'aide de Raphael, ce qui ne laissait pas de me surprendre. Les vampires ne font jamais rien pour rien et mon petit doigt me disait que je n'allais pas tarder à payer l'addition.

De fait, elle arriva plus vite que prévu…

Chapitre 6

Un homme grand et brun à la peau diaphane, en tenue de maître d'hôtel, se tenait devant la porte d'entrée et m'en bloquait sciemment l'accès. Il me fixait d'un sourire condescendant en laissant entrevoir deux crocs bien aiguisés.

— Je suis Hector. Le maître vous demande de bien vouloir patienter avant de vous en aller. Il souhaiterait vous parler, dit-il d'un ton guindé.

Son accent était anglais. Je situais sa naissance au milieu du XVIIIe siècle, ce qui lui faisait environ deux cent cinquante ans. C'était un vampire d'âge moyen, si je puis dire.

— Raphael a-t-il dit pour quelle raison il souhaitait s'entretenir avec moi ? J'avoue que je suis un peu fatiguée et la baby-sitter m'attend à la maison.

— Je comprends, mais je suppose que ça doit être important. Il n'est pas dans l'habitude de mon maître d'inviter les dames de manière si cavalière.

— Ne vous en déplaise, je ne suis pas une de ses « dames », Hector.

Le vampire eut un sourire suffisant.

— C'est une évidence, madame.

Je le suivis dans le superbe escalier aux marches de pierres blanches, couvertes d'un tapis rouge, qui menait au premier étage, et pénétrai dans une grande pièce aux murs bleu roi, superbement décorée d'un salon Louis XV et d'un immense lit à baldaquin.

Sur les oreillers et la couverture était brodée une fleur de lys, ressemblant à celle des rois de France (quoique plus réaliste). Raphael avait dû passer pas mal de temps en Europe et j'aurais mis ma main au feu qu'il avait séjourné longtemps dans mon pays natal.

Je grimaçai.

— C'est une blague ?

— Pardon, madame ?

— C'est sa chambre à coucher ?

— C'est l'une des nombreuses chambres de cette maison, madame, dit-il d'une voix calme.

— Arrêtez de jouer au majordome et cessez de m'appeler « madame », ça me rend nerveuse, fis-je en serrant les dents. Bon. Autant que vous le sachiez tout de suite, je ne resterai pas ici.

Il s'approcha de moi d'un pas résolu.

— Je suis désolé mais mon maître insiste pour s'entretenir avec vous ce soir. Voulez-vous que je vous serve quelque chose à boire ou que je prépare une collation afin de rendre l'attente plus supportable ?

— Non, merci beaucoup, mais je ne veux rien. Dites-lui de me passer un coup de fil, on prendra rendez-vous et je promets de venir, dis-je.

Soudain, il posa sa main glacée sur mon bras nu et je craquai. La rage et toutes les émotions que j'avais contenues jusqu'à présent réveillèrent la magie. Elle le submergea comme une lame de fond gigantesque et il se mit à tomber en hurlant sur la moquette blanche.

— Rebecca, arrête de jouer avec Hector, ordonna Raphael de sa voix inimitable.

— Je ne l'ai pas fait exprès, il m'a touchée et… mais je ne voulais pas lui faire de mal, dis-je sincèrement.

Le vampire se tordait de douleur sur le sol et je ne pouvais pas m'empêcher de culpabiliser. Hector s'était comporté en homme prévenant et en parfait gentleman. Et moi, comme une harpie hystérique.

— Tu sais que tu es mignonne quand tu fais une bêtise ? dit-il en souriant. Ne t'inquiète pas, je vais arranger ça.

La voix de Raphael était comme une caresse. Il se baissa près du vampire, mit sa longue main fine sur son front et les soubresauts de son serviteur cessèrent aussitôt.

— Merci, Hector, je n'ai plus besoin de vos services, dit-il tandis que le majordome se relevait un peu lourdement.

Le vampire me jeta un coup d'œil où se reflétait un mélange de surprise et de peur.

— Je vous présente mes plus plates excuses, vraiment, dis-je avec un pauvre sourire.

— C'est moi qui ai été imprudent, madame, le maître m'avait prévenu de ne surtout pas poser les mains sur vous, répondit-il doucement.

Puis il se dirigea rapidement vers la porte comme s'il avait le diable aux trousses.

— Je crois qu'il ne m'apprécie pas beaucoup…

— Disons que se faire torturer par une sorcière n'était probablement pas à son programme du jour. Ne t'en fais pas pour lui, il ne commettra pas deux fois la même erreur, dit Raphael en s'approchant de moi.

— Ne le prends pas mal, j'ai apprécié ton soutien lors de la réunion, crois-moi, mais je préférerais que tu me laisses un peu d'espace vital. Ta proximité me rend un peu nerveuse, l'avertis-je en reculant.

— Tu n'apprécies pas la compagnie des vampires ? Ce n'est pourtant pas ce qu'on m'a dit… fit une voix juste derrière moi.

Le monstre se tenait sur le seuil de la chambre. Deux mètres au garrot, quatre pattes poilues, de longs crocs, une odeur nauséabonde, il était impressionnant, je devais bien le reconnaître.

Nos regards se croisèrent et je me mis à blêmir – ses yeux n'étaient pas jaunes comme ceux des loups-garous, mais rouges comme ceux des démons. Il avait simplement « emprunté » l'enveloppe charnelle d'un lycanthrope.

Je manquai de m'étrangler en essayant de réprimer un hurlement de panique et me tournai vers Raphael.

— Je te présente Baetan, le représentant des démons de Nouvelle-Angleterre, dit Raphael d'un ton contrarié.

Pourquoi n'avais-je pas senti son énergie plus tôt ?

— Alors, Rebecca, c'est vrai ? Tu ne succombes plus au charme des buveurs de sang ? dit le démon d'un ton plein de sous-entendus.

Je me mis instantanément à rougir et me mordis les lèvres jusqu'au sang. Il savait.

— Qui t'a parlé de ça ? demandai-je, choquée.

Il me jeta un regard éloquent mais éluda ma question et tourna nonchalamment sa gueule vers Raphael.

— Désolé de n'avoir pas assisté à votre petite réunion de tout à l'heure, mais j'avais quelques affaires à régler. Peux-tu nous laisser quelques minutes en privé ?

Une lueur étrange passa dans les yeux bleu pâle du vampire.

— Rebecca ?

— Je ne sais pas, murmurai-je.

Le démon se mit à ricaner.

— Ne t'inquiète pas, si j'étais venu pour te tuer, tu serais déjà morte, dit-il.

J'ouvris la bouche pour lui répondre mais aucun son n'en sortit. Il n'avait pas tort. Je ne l'avais pas entendu approcher et j'avais été plutôt lente à réagir.

Il leva ses gros yeux au ciel en balançant sa gueule avec réprobation et s'installa sur le canapé, comme l'aurait fait un invité.

— Quoi ? Tu as peur de parler avec un démon, sorcière ?

Sa voix était grave et chaude mais son ton condescendant.

Vexée, je m'assis en affectant un air décontracté et dis sèchement :

— Ta bave est en train de couler sur la moquette et ton odeur risque d'imprégner mes vêtements, alors ne m'en veux pas si je préfère que tu en viennes directement aux faits.

Raphael sortit de la chambre sans dire un mot, impassible.

— Qu'est-ce que tu veux ?

La diplomatie n'avait jamais été mon fort.

— Je suis venu solliciter ton aide.

Je haussai les sourcils.

— Mon aide ?

Mais qu'est-ce qu'ils avaient tous en ce moment ? Ils ne pouvaient pas me foutre la paix, non ?

— Enfin… plus exactement celle de l'héritière du clan des Vikaris.

Je ne pus m'empêcher de faire la grimace. Je n'étais pas l'héritière des Vikaris, je ne faisais même plus partie de leur clan. Les sorcières m'avaient bannie et condamnée à mort. Je n'avais pas envie de repenser à cette période de ma vie.

Je lui répondis d'un ton las :

— Je suis désolée, je ne comprends pas.

Il leva sa grosse patte velue et la posa sur ma jambe. Ses griffes étaient rentrées. Un bon signe.

— Tu t'appelles Rebecca, tu as vingt-six ans et tu es la Prima, la fille de la Gardienne des Sorts et la future Reine du clan des Vikaris.

Je commençais à regretter de ne pas l'avoir déjà tué. Enfin du moins de ne pas avoir essayé.

Je croisai les bras et lui dis hargneusement :

— Non, je ne suis plus rien, plus rien depuis longtemps.

À ma grande surprise, la bête se mit à rire. Elle riait à gorge… non, plutôt à gueule déployée. Le spectacle était à la fois grotesque et terrifiant.

— Ah, petite fille, finit-il enfin par articuler, je crois que tu n'as pas idée de ce que tu es ni de ce dont tu es capable.

Je n'aimais pas le tour que prenait cette conversation. Je me levai brusquement.

— Je n'ai pas fini, dit-il d'un air menaçant.

Une vague de froid me submergea tout à coup. L'attaque avait été rapide. La bête n'avait besoin ni de ses crocs ni de ses griffes pour tuer. Je sentais son pouvoir m'envahir. Il s'infiltrait par ma bouche, par mes pores, par toute la surface de ma peau.

J'étais paralysée et je ne parvenais plus à respirer.

— Ici, on m'appelle Baetan, mais pour toi, je suis le Dikat, gronda-t-il.

Je tombai à genoux, terrassée par une magie ancienne et terriblement puissante. J'avais tellement mal que je ne parvenais plus à penser, à bouger. Mes pouvoirs semblaient avoir disparu. J'étais incapable de lutter.

— Le Dikat ? parvins-je à articuler.

Le Dikat était un démon du premier cercle, une sorte de croque-mitaine terrifiant et maléfique, il ne pouvait pas s'agir du monstre assis en face de moi, du moins je l'espérais parce que, sinon, j'étais foutue.

— Je veux que tu m'écoutes attentivement, Rebecca, d'accord ?

Démons et sorcières de guerre sont ennemis depuis la grande trahison. On m'avait entraînée à combattre et à vaincre les démons depuis mon plus jeune âge. Et, je dois bien l'avouer, il fut un temps où ma foi en cette guerre était immense. Un temps où abandonner un combat contre un démon m'aurait semblé dégradant et honteux. Aujourd'hui, ce conflit ne me concernait plus, je n'étais plus une Vikaris.

Je hochai donc la tête doucement, le visage blême, déformé par la souffrance.

Ma reddition rapide et sans condition parut le satisfaire parce que la douleur disparut instantanément en laissant mon corps totalement engourdi.

Je me redressai lentement et m'assis sur le canapé maladroitement. J'étais sacrément sonnée.

Une étrange lueur passa dans ses yeux et il dit calmement :

— J'ai moi aussi un ami disparu et je veux que tu le retrouves. Il s'appelle Tom Cohen.

— Attends… Je pensais que les démons étaient capables de localiser leurs semblables où qu'ils se trouvent.

— C'est bien ce qui m'inquiète…

Décidément, les liens mystiques ne sont plus ce qu'ils étaient. D'abord les loups, maintenant les démons… bientôt, il faudra créer un département de recherche spécialisé dans les disparitions inquiétantes de monstres en tout genre.

— Et tu n'as rien trouvé de mieux qu'une sorcière pour faire ce job ?

Le loup fit une drôle de grimace.

— Rien trouvé de mieux qu'une Vikaris, en tout cas.

— Logique… approuvai-je, sauf que je ne peux pas faire appel à l'assemblée pour réunir l'énergie dont j'ai besoin pour retrouver votre démon.

— La puissance d'une sorcière dépend de l'assemblée. Elle lie son pouvoir à celui de ses semblables. Les rituels de localisation des démons sont complexes et demandent une puissance considérable, sans l'aide de mes sœurs, je serais incapable de le retrouver.

— Je suis au courant

J'essayais de garder une expression neutre.

— Vraiment ?

— Tu as été rejetée par les tiens et condamnée à mort. D'ailleurs, si tu veux mon avis, la sanction était justifiée.

Je tentais de me débarrasser du sentiment de colère, de frustration et d'indignation qui me nouait la gorge. Je ne voulais pas lui montrer à quel point il m'avait blessée, mais je ne pus empêcher mes mains de se crisper sur l'accoudoir du fauteuil.

— Je n'ai pas trahi mon clan et je ne vais certainement pas commencer en aidant un démon.

Il se mit à grogner.

— C'est là où tu te trompes. Comme tu le sais, la disparition de mon ami n'est pas un événement isolé, il se prépare des choses graves, Rebecca…

Je le regardai avec suspicion.

— Et en quoi est-ce que ça pourrait te gêner ? Après tout, les démons aiment le chaos, la mort, le sang…

Il me saisit le bras avant que j'aie eu le temps de réagir et me hissa au-dessus de lui en collant sa gueule près de mon oreille.

— Aucun être surnaturel n'est plus en sécurité dans cette ville, sorcière, pas même toi ou… ta fille.

Mes cheveux se hérissèrent sur ma nuque.

Raphael pénétra dans la pièce tout à coup et me libéra de l'étreinte de Baetan. Ses yeux étaient devenus entièrement blancs. Il était prêt à combattre.

— Doucement, Baetan, dit-il d'une voix à la fois douce et menaçante.

Le démon se mit à rugir.

— Elle ne craint rien avec moi et tu le sais.

Ah bon ?

— Que t'arrive-t-il, Raphael ? Si je ne te connaissais pas aussi bien, je croirais que tu t'intéresses à cette gamine.

Son ton était indubitablement menaçant.

— Je prendrai soin d'elle tant qu'elle nous sera utile, répondit-il.

Le démon sembla vouloir dire quelque chose puis se ravisa.

— Rebecca, je te laisse un dossier et deux numéros de téléphone, sers-t'en, fais de ton mieux pour retrouver Tom et les autres.

Il se dirigea vers Raphael et le fixa d'un air étrange.

— Ne t'approche pas d'elle, même si elle te le demande, compris ?

— Et pourquoi est-ce que je le lui demanderais ? dis-je, outrée.

Il me jeta un regard éloquent.

— Va te faire foutre ! criai-je.

Mais il avait déjà disparu.

Raphael se tourna vers moi. Je n'avais pas mangé depuis hier et j'étais prête à tourner de l'œil.

— Où est la salle de bains ? demandai-je.

Il me fit un léger signe en m'indiquant une petite porte que j'avais de prime abord prise pour un placard et je filai directement vers la salle de bains. J'avais mal à l'estomac. La bête ne m'avait peut-être pas tuée, mais elle était en train de me coller un ulcère. Je me regardai dans la glace au-dessus du lavabo. Mes longs cheveux noirs flottaient sur mes épaules, mes traits étaient tirés et mes grands yeux clairs semblaient complètement affolés.

Arrête de flipper, pensai-je, tu ne t'intéresses pas du tout à ce vampire et même si cela était, tu n'es plus une adolescente rebelle : tu ne referas pas deux fois la même erreur…

— Je suis désolé, je ne savais pas qu'il serait là, dit Raphael en s'appuyant dans l'encadrement de la porte.

— Baetan, toi… qui d'autre sait ce que je suis ou qui je suis ? demandai-je d'une voix glaciale.

— Il n'y a que nous deux, dit-il. De toute façon, j'aurais appris la vérité sur toi avec ou sans Baetan. Je suppose que tu sais que tu es recherchée ?

— Oui, et ça fait un bout de temps, maintenant. J'espérais qu'elles avaient laissé tomber.

— Je ne te parle pas de ton clan, mais du mien.

— Je ne voudrais pas te vexer, mais les vampires me foutent bien moins les jetons que les Vikaris…

— Ça, c'est stupide, Rebecca, fit-il en levant les yeux au ciel, l'air exaspéré.

Depuis la fin de la guerre, le Mortefilis a décidé de reprendre les affaires en cours et vous faites partie des priorités, toi et ta fille. On m'a annoncé l'arrivée d'un pisteur en Nouvelle-Angleterre. Il ne devrait d'ailleurs plus tarder.

— C'est une blague ?

— Non.

— Alors, je dois m'en aller, dis-je d'une voix paniquée.

Il secoua ses longs cheveux blonds et posa délicatement sa main sur ma joue.

— Je sais que tu ne m'apprécies pas beaucoup, mais tu vas devoir me faire confiance. Pourquoi te cherchent-ils ?

Je soupirai.

— J'ai liquidé pas mal des vôtres durant la guerre, je suppose qu'ils ont du mal à le digérer.

— Le haut conseil est au-dessus de ce genre de considérations. Tu ne vois rien d'autre ?

Si, mais je ne vais certainement pas me confier à un vampire.

— Non, répondis-je.

— Tu mens. Écoute-moi bien, soit tu ne me dis rien et je te livre aux miens, soit tu me confies la raison pour laquelle ils te recherchent et je peux éventuellement t'aider.

Son intonation était douce mais ses yeux me révélaient qu'il ne mentait pas.

— M'aider ? Pourquoi voudrais-tu m'aider ? Tu es l'un des plus puissants et des plus importants membres de ton clan, je ne vois pas ce qui pourrait t'inciter à me protéger. À moins que tu n'espères te servir de moi pour passer un marché avec eux...

Un sourire énigmatique éclaira soudain son magnifique visage.

— Le Mortefilis ne peut pas m'offrir ce que je recherche, Rebecca.

— Pourquoi ? Tu n'es pas comme tous les autres, obsédé par le pouvoir et le sang ? demandai-je, cynique.

— Si cela avait été le cas, il y a bien longtemps que j'aurais accepté ma nomination au haut conseil, répondit-il.

Là, il marquait un point. Un vampire aussi puissant et âgé que Raphael aurait dû en faire partie.

— Alors, c'est quoi ton problème ?

— Mon problème, pour l'instant, c'est une petite sorcière obtuse qui ne se rend pas compte du danger qu'elle court. Bon, alors, quelle est ta décision ?

Son visage était impassible. J'aurais dû avoir envie de le tuer, ne serait-ce que parce qu'il venait de me poser un ultimatum et que je détestais les ultimatums.

D'habitude, c'était toujours comme ça avec les vampires. Je les tuais pour rien, par haine, parce qu'ils étaient déjà morts ou parce que je tenais mon pouvoir de la puissance de la nature et que je ne supportais pas de la voir corrompue par ces parasites. Alors pourquoi n'avais-je pas envie d'arracher le cœur de Raphael ?

— Qu'est-ce que t'a raconté Baetan au sujet de mes relations avec les vampires ? fis-je en soupirant.

— Il m'a juste dit qu'ils ne te laissaient pas indifférente, dit-il pudiquement.

J'éclatai de rire.

— Il a fait d'un cas particulier une généralité.

Raphael haussa les sourcils.

— Tu aimes les histoires d'amour ? demandai-je.

Je n'étais pas vraiment certaine que les vampires soient capables de sentiments véritables mais ils avaient une forte inclination pour les décors et les vêtements « prétendument romantiques ». C'était une question de style et de bon goût, pas une question de fond et d'émotions.

Il me fit un clin d'œil amusé.

— J'en ai connu et vécu quelques-unes il y a très longtemps…

— Celle-ci raconte l'histoire d'une jeune sorcière, une future reine, et d'un vampire…

— Intéressant... continue.

— ... Il y a dix ans, en France, la guerre faisait rage et les combats sanglants qui avaient lieu partout sur le territoire commençaient à attirer l'attention des humains. Nous n'avions pas le choix, il fallait absolument trouver une solution. Les chefs de clans tentèrent de mener des négociations secrètes pour faire une trêve. Les deux parties envoyèrent des représentants pour négocier. Je me trouvais parmi les négociateurs.

— Quel âge avais-tu ?

— Seize ans et cesse de m'interrompre, dis-je avec un sourire un peu triste. Les discussions ont duré des semaines. J'étais jeune, inexpérimentée, et je me suis laissé séduire par l'un de nos plus dangereux ennemis, Michael. Nous avons eu une liaison.

Je cessai brusquement de parler.

— Et que s'est-il passé ? insista Raphael.

J'avais la gorge trop serrée pour continuer mon récit. Je décidai d'abréger.

— Lorsque je suis rentrée après les négociations, j'étais enceinte. Les sorcières de mon clan ne sont autorisées à avoir de relations qu'avec les mâles de notre espèce. Faire l'amour avec le membre d'un autre clan, *a fortiori* un clan ennemi, est considéré comme de la haute trahison. Elles m'ont condamnée à mort et j'ai dû m'enfuir. Fin de l'histoire.

— Nous sommes incapables de procréer, Rebecca, dit le vampire d'un ton cassant.

— Tu crois que je ne le sais pas ? Tu crois que je ne me suis pas posé un million de fois la question ? hurlai-je, excédée.

— Qu'est devenu ton amant ?

Son ton était amer et je sentais une onde de colère qui émanait de lui.

— Son « créateur », Baldius, l'a rappelé, je crois, de toute façon, je n'avais absolument pas l'intention de prendre de ses nouvelles… dis-je en le fusillant du regard.

— Tu viens de dire que le père de ton enfant est Michael, de la lignée de Baldius ? demanda Raphael d'une voix glaciale.

— Oui, mais je ne vois pas…

— Michael est devenu le maître vampire le plus puissant d'Europe, il dirige le haut conseil là-bas. Lui et ses hommes sont de véritables sauvages, nous avons eu un mal fou à les convaincre de signer le traité de paix et nous ne sommes pas sûrs qu'ils vont continuer à le respecter…

— Ce n'est pas possible, dis-je en tremblant.

Une lueur passa dans ses magnifiques yeux clairs.

— Je comprends maintenant pourquoi les membres du Mortefilis tiennent tant à vous retrouver. Toi et ta fille feriez d'excellents otages et un sacré moyen de pression sur ce dément…

J'écarquillai les yeux.

— Tu crois qu'ils pensent réellement que Michael va se préoccuper de notre sort ? C'est ridicule.

Raphael secoua la tête d'un air exaspéré.

— Je ne crois pas qu'il sache que tu es toujours vivante.

Je plongeai mon regard dans le sien.

— Quoi ?

— On raconte que la rage qui l'anime est due à la mort d'une jeune fille, une jeune fille d'une très grande beauté assassinée par son clan pour l'avoir aimé...

— Et tu penses que...

— Je suppose qu'il s'agit de toi.

— Jolie légende. Mais il ne peut pas s'agir de moi.

— Et pour quelle raison ?

— J'ai quitté Michael le jour où son maître l'a rappelé.

Raphael ne put s'empêcher de sourire.

— Pourquoi ?

— Il m'a marquée comme on marque le bétail.

Raphael fronça les sourcils mais ne dit rien, attendant que je continue.

— Cela faisait déjà deux mois qu'il me rejoignait tous les soirs. Cette nuit-là, il m'a mordue pour la première fois pendant que nous faisions l'amour et a introduit quelques gouttes de son sang dans ma bouche pendant qu'il me faisait jouir. Après il a procédé à une sorte de rituel. C'était horrible, j'étais comme hypnotisée, j'avais envie de hurler mais je ne pouvais pas bouger.

Je soulevai mes cheveux et lui montrai la cicatrice en forme de spirale que j'avais sur la nuque.

— Ce n'est pas possible... murmura Raphael.

— Oh si, c'est possible, crois-moi, j'y étais.

— Non, ce n'est pas ce que je veux dire. S'il t'a vraiment marquée, alors cela signifie que, selon notre loi, tu lui appartiens, dit-il en plantant son regard dans le mien. Mais un tel lien laisse des traces, Rebecca, il crée une connexion psychique et métaphysique entre deux êtres et je l'aurais senti si tu avais été unie avec l'un des miens.

— Je sais, ça n'a pas fonctionné. Il faut croire que vos petits trucs ne marchent pas sur moi, dis-je fièrement.

— Ces « petits trucs », comme tu dis, sont sacrés pour nous, dit-il sèchement. Marquer une femme, c'est lui déclarer son amour et la faire sienne pour l'éternité. Michael était très sérieux. Je ne comprends pas comment il a pu te laisser partir.

Je baissai la tête, un peu gênée.

— Je ne lui ai rien dit. J'étais trop en colère pour ne pas avoir terriblement envie de le tuer, et comme je n'étais pas certaine de parvenir à me contrôler, je lui ai simplement laissé une lettre.

— Tu aurais aussi bien pu lui planter un pieu dans le cœur, ça aurait été moins douloureux, dit Raphael avec amertume.

— Tu plaisantes ? Il pouvait avoir n'importe quelle femme et ne se gênait pas. Une de plus ou une de moins, je ne vois pas la différence.

— Tu n'as aucune idée de ce que tu dis, fit Raphael en fermant les yeux. Un vampire ne marque qu'une ou deux femmes dans toute son existence, Rebecca. S'il apprend que tu es vivante, il fera n'importe quoi pour te récupérer.

Ben voyons. Comme si j'avais la moindre importance pour lui...

— Arrête. Il est incapable d'aimer qui que ce soit... si c'est bien moi la fille de la légende, celle pour laquelle il tue, alors il a menti, il a menti pour justifier sa sauvagerie... je trouve ça minable !

Raphael devint flou et lorsqu'il réapparut, il tenait son visage à quelques centimètres du mien et avait passé son bras autour de ma taille.

— Il n'avait pas besoin de se justifier pour commettre tous ces massacres, c'était la guerre. Il pouvait faire ce qu'il voulait y compris se venger parce qu'il croyait que tu avais été tuée, dit-il d'un ton neutre.

Je sentis soudain que quelque chose clochait.

— Se venger ?

Raphael hocha la tête d'un air grave.

— Ne me dis pas… il n'a quand même pas osé s'en prendre aux miens ? demandai-je en sentant soudain l'angoisse m'envahir.

— D'après ce que je sais, une bataille a eu lieu dans l'ouest de la France, il y a environ sept ans. En Bretagne. Il semble que Michael ait pris une jolie déculottée, mais il y a quand même eu pas mal de victimes…

Je me mis à trembler. J'avais mal, tellement mal que je n'arrivais plus à respirer. Tout semblait tourner autour de moi. Une douleur me transperçait l'âme.

Je sentis tout à coup un masque noir me tomber sur les yeux, puis plus rien.

Lorsque je me réveillais, j'étais allongée sur le lit, Raphael penché au-dessus de moi.

— Tu as les nerfs fragiles pour une sorcière de guerre.

— Je vais le tuer, le découper en petits morceaux avec mes ongles et lui faire bouffer sa propre chair.

— Tu me rassures, je craignais que tu ne sois encore quelque peu énervée… dit-il en me caressant les cheveux.

— Qu'est-ce que tu as décidé ? Tu me livres au Mortefilis ou tu me laisses m'occuper de Michael ?

— Ni l'un ni l'autre, dit-il d'une voix ferme.

— Je dois le tuer, je dois le faire payer, dis-je en me redressant.

— Aller combattre Michael en Europe serait un véritable suicide, Rebecca.

— Tu ne comprends pas, répondis-je en tremblant de rage, il s'en est pris aux miens. Il s'est servi de moi, de mon erreur de gamine inconséquente, pour s'attaquer aux miens. Je suis responsable…

— Tu le tueras, déclara-t-il avec autorité, mais pas sur son terrain, pas maintenant.

— Ma grand-mère était vivante lorsque je suis partie. C'est grâce à elle, si j'ai pu m'échapper. Si ce salaud l'a tuée…

À cette pensée, je sentis l'émotion gagner ma gorge et les larmes me submerger.

Raphael s'allongea derrière moi, sur le flanc. Il me prit dans ses bras et se mit à me bercer doucement.

— Calme-toi, ma douce, chuchota-t-il en me caressant les cheveux.

— Je n'ai pas envie de me calmer. J'ai envie de lui ouvrir le bide et d'arracher ses tripes avec mes dents, fis-je entre deux sanglots.

La souffrance et la culpabilité me submergeaient tellement que je n'étais plus capable de me contrôler. Il me serrait contre lui et ma magie se mit à circuler entre nos deux corps et à passer de l'un à l'autre comme à travers un circuit.

L'énergie de Raphael m'envahit alors à son tour, sa brume pénétra ma peau et grimpa lentement vers mon cœur. Elle n'était pas glaciale ou amère, mais rafraîchissante et douce.

Je posai instinctivement ma poitrine contre la sienne et entendis comme un bruit sourd battre à l'intérieur. C'est alors que nos pouvoirs se rejoignirent et fusionnèrent.

La magie explosa en nous comme une bombe et déferla en ondes de choc violentes, martelant nos corps et les emplissant d'une énergie que je n'avais jamais connue auparavant.

Je mis quelques secondes avant de réaliser que j'étais en train de crier et que Raphael poussait des gémissements de douleur ou de plaisir, je ne savais pas trop.

— Raphael ?!!!

— Chut… tout va bien, ne t'inquiète pas, dit-il en m'embrassant sur la nuque.

— Ce n'est pas possible, murmurai-je, nous ne sommes pas censés pouvoir lier nos pouvoirs. Et puis, tu es mort… tu es mort, non ?

Raphael ne répondit pas. Je me tournai vers lui et m'aperçus qu'une larme rouge sang coulait lentement sur sa joue.

— Qu'est-ce que… ?

— Tais-toi, dit-il doucement.

Je le regardai ébahie se relever et quitter la chambre sans même m'accorder un regard.

Et merde, et merde, et merde et merde.

Chapitre 7

Beth conduisait et je me tortillais sous ma ceinture de sécurité. Avec un holster et mon mètre soixante-dix, j'avais un peu de mal à trouver une position confortable dans son mini-coupé noir.

Elle m'emmena d'abord à l'endroit où Franck, le jeune loup, avait disparu. Un homme vint à notre rencontre. Il mesurait près d'un mètre quatre-vingts. Il avait les cheveux raides et gris et des yeux noisette aux contours ridés. Son pantalon et sa chemise étaient sales et froissés et son visage particulièrement expressif reflétait l'inquiétude et la tristesse.

— Bonjour, Beth.

Je reconnus immédiatement Jerry, le père de Franck.

— Jerry, je te présente Rebecca, tu l'as déjà rencontrée il y a quelques semaines au barbecue, chez Gordon.

— C'est ton amie la sorcière qui préfère la compagnie des humains à celle de sa propre espèce ?

Je fermai les yeux et comptai jusqu'à dix.

— Je suis ici pour vous aider, monsieur Wikman, pas pour débattre avec vous de ma vie privée ou de mes choix.

— S'il te plaît, Jerry, fit Beth d'un ton presque suppliant.

Il me jeta un regard méprisant et finit par dire, l'air mécontent :

— Bon, d'accord. Tenez, c'est la chemise de mon fils.

Il me tendit un vêtement bleu uni d'une très grande marque, je le saisis et le humai aussitôt.

Son énergie était verte et légèrement poivrée, tout comme son odeur.

— Suivez-moi. Mais je ne vois vraiment pas comment cette pauvre fille pourrait le retrouver alors que la meute au complet n'y est pas arrivée.

Je le suivis sans enthousiasme vers un bâtiment gigantesque à l'allure délabrée.

— Franck sortait du refuge, fit-il en tendant le doigt vers une porte en fer rouillé. On a perdu sa trace dix mètres plus loin.

Enlever le môme aussi près de son clan relevait de l'exploit et en disait long sur la détermination et le sang-froid du ou des kidnappeurs. Je pris une longue inspiration et me dirigeai vers l'arbre le plus proche. Le pouvoir de la terre se mit soudain à chanter et la magie m'envahit. J'entrai dans l'âme du vieux chêne et captai aussitôt l'énergie du jeune loup.

— Je ne comprends pas, dis-je en me tournant vers Beth, il n'y avait personne d'autre, enfin, je veux dire, personne à part les membres de la meute…

— Tu es sûre ? demanda-t-elle, visiblement déçue.

Je hochai la tête, perplexe.

— Je l'avais dit à Gordon, les sorcières, c'est de la merde. Elles sont aussi nocives qu'un furoncle sur le cul d'un paralytique, grogna-t-il en s'éloignant d'un pas rageur.

— Le cul d'un paralytique ? dis-je à Beth en haussant les sourcils.

— Jerry aime les discours imagés, fit-elle d'un ton neutre.

— Ah...

— Gordon veut te voir.

— Maintenant ?

Elle fit la grimace et acquiesça.

Une minute plus tard, j'avançais au milieu de l'horreur. Partout, des morceaux de cadavres d'animaux gisaient sur le sol. Les crocs des lycanthropes les dépeçaient lentement et goulûment. L'odeur était infecte et j'arrêtai de respirer de peur de me mettre à détaler en courant.

— Tu peux m'expliquer ce qui se passe ?

— Certains d'entre nous préfèrent manger sous leur forme animale, dit-elle, soudain agressive.

Je déglutis et hochai la tête.

— Je n'ai rien dit.

— Non, mais tu n'en penses pas moins. Bon, je vais voir où est Gordon, attends-moi là-bas, dans cette pièce un peu plus loin. Il n'y a personne.

Je n'eus même pas le temps de protester qu'elle avait déjà disparu. L'endroit que m'avait indiqué Beth était la pièce des hauts-fourneaux de l'usine désaffectée et l'ambiance n'était pas des plus chaleureuses. Je frissonnais de froid.

— Vous cherchez quelque chose ?

L'homme qui se tenait devant moi était petit et mince, ses cheveux étaient noirs et son teint mat. Il ne paraissait pas avoir plus de vingt ans et me dévisageait comme une pièce de viande plutôt appétissante.

— Les humains sont interdits sur ce territoire, mais toi, je compte bien te baiser avant de t'égorger, j'espère que t'aimes l'amour bestial…

Son visage commença à s'allonger et je compris qu'il allait se transformer.

En temps normal, je n'éprouvais aucune antipathie envers les loups-garous, mais celui-là manquait singulièrement de retenue.

— Essaie d'approcher et je te descends, dis-je en pointant mon browning dans sa direction.

— Tu n'as pas l'air d'avoir peur, fit-il en stoppant net la mutation.

— Non seulement elle n'a pas peur, mais elle fera ce qu'elle a dit. Elle te descendra comme un chien avec des balles en argent et ça ne l'empêchera pas de dormir, fit Beth en surgissant soudain près de moi.

— Des balles en argent, c'est une blague ?

Il paraissait plus étonné que véritablement effrayé

— Non, William, ce n'est pas une blague, fit tout à coup une voix grave provenant du fond de la pièce.

Gordon, le chef de meute, s'avançait vers nous. Une aura de danger l'entourait.

Beth fronça les sourcils et me lança un regard apeuré. Je me demandais ce qui pouvait bien avoir contrarié le vieux loup – à part le fait que j'étais prête à tirer sur un membre de son clan, bien sûr.

— Alors, Beth, tu la laisserais tuer froidement l'un des tiens ?

Bon, d'accord, ce n'était pas vraiment diplomatique de menacer de buter le gamin...

— Non, mais je ne sais pas si ça aurait changé grand-chose, ni si j'aurais pu arrêter Rebecca à temps. Quand elle se sent en danger, elle a tendance à réagir de manière excessive, c'est dans sa nature, dit-elle en baissant la tête.

Je ne m'étonnais pas de la voir adopter une attitude si soumise devant l'Alpha. Les louves célibataires devaient courber l'échine devant les mâles solitaires qui n'hésitaient pas à les blesser au moindre signe de rébellion ou à abuser d'elles lorsqu'ils le souhaitaient. Et si la plupart des jeunes femelles préféraient régler définitivement le problème en choisissant très tôt leur compagnon, parfois même avant leurs premières transformations qui avaient lieu aux alentours de quinze ans, Beth, elle, avait fait un autre choix. Elle s'était battue et avait défié les mâles mieux placés qu'elle dans la hiérarchie, jusqu'à atteindre le poste enviable de Raani, le bras droit du chef de clan et son second.

Depuis, elle ne courbait la tête que devant lui. Et lui seul.

— Et la tienne n'est-elle pas de défendre ta meute ?

— Ma meute est censée se comporter correctement avec ses invités, grogna-t-elle, la tête toujours baissée.

— Pourquoi voulais-tu tuer le petit ? me demanda Gordon.

— Il a été extrêmement grossier, fis-je sèchement.

— William, viens ici.

Le jeune loup s'avança en baissant la tête.

— Tu as manqué de respect à une dame ?

— Oui, grand-père, avoua-t-il en tremblant.

Gordon le saisit violemment et lui mordit la gorge. Le sang coulait le long du cou du gamin. Il le relâcha et le toisa avec mépris.

— Rentre tout de suite à la maison et dis à ton père qu'on va devoir parler de ton éducation.

— Je suis désolé, je vous ai prise pour une humaine, bredouilla-t-il en me regardant.

Pour un peu, j'aurais éprouvé de la pitié pour ce petit con.

— Je te conseille de modifier tes méthodes de drague et d'arrêter de te fier aux apparences, si je n'avais pas entendu Beth arriver, tu serais mort, dis-je d'une voix douce.

Il me fixa et dut lire dans mes yeux que c'était la vérité parce qu'il blêmit.

— Allez, déguerpis maintenant, dit Gordon d'un ton brusque.

Le gamin ne se fit pas prier et disparut aussitôt.

— Les gosses… soupira le vieux loup.

— À qui le dites-vous…

Nous échangeâmes un regard de compréhension mutuelle.

— Je voulais te voir en privé (il fit signe à Beth de partir et attendit qu'elle s'éloigne avant de continuer). Je sais que tu n'as pas confiance en nous, petite, et tu as certainement de bonnes raisons pour ça, aussi, je veux tout de suite te rassurer, je ne chercherai pas à en apprendre davantage. En fait, je m'exprime certainement mal, mais ce que je voudrais te dire c'est que si tu as les moyens, quels qu'ils soient, de trouver Franck et Kathryn, je ne veux pas que tu aies peur de les utiliser. Beth m'a révélé que tu étais très secrète et qu'elle en savait très peu sur toi, mis à part le fait, dit-il en souriant, que tu es la meilleure combattante qu'elle n'ait jamais rencontrée.

— Elle vous a dit ça ? fis-je d'un ton furieux.

— Elle n'a pas eu le choix. Je suis son Alpha, si je lui pose une question directe, elle ne peut pas faire autrement que de me répondre. C'est sans doute la raison pour laquelle elle m'a caché si longtemps que tu étais une sorcière.

Il eut un léger sourire.

— Dès que j'ai vu ce que tu as fait à Raphael, j'ai compris que tu nous avais menti. Je sais reconnaître le pouvoir quand je le croise, petite. D'ailleurs, je me demande…

— … quoi ? Qu'est-ce que vous vous demandez, Gordon ?

Son regard se fit vague comme s'il se plongeait dans d'anciens souvenirs.

— J'ai entendu pas mal de choses étranges durant la guerre concernant une sorcière très puissante, une chasseuse de démons…

— Vraiment ? dis-je en affectant un air décontracté.

— Vraiment, répéta-t-il en me lançant un regard appuyé, mais ce ne sont pas mes affaires. Si tu as besoin d'aide, quelle qu'elle soit, ou d'autre chose, n'hésite pas à me le demander, je ne te poserai pas de questions.

— Merci. Pour l'instant, je travaille en aveugle. Les seules énergies que j'aie pu relever sur les arbres à l'extérieur sont celles de Franck et des autres membres de la meute. Il n'y en a pas d'étrangères. Vous êtes certain que c'est bien l'endroit où il a été enlevé ?

— C'est là que nous avons perdu son odeur et qu'il a rompu son lien avec moi, dit-il en soupirant.

— Aurait-il pu le faire seul ? Après tout, il allait vous succéder, il doit être très puissant, non ?

— Oui, mais nous tenons notre pouvoir du lien qui nous unit les uns aux autres. Sans lui, Franck n'est plus que l'ombre de lui-même. Il va dépérir et se laisser mourir.

— Justement, à ce propos... comment pouvez-vous être certain, en tenant compte du fait que le lien entre Franck et la meute est rompu, qu'il n'est pas déjà mort ?

— Franck peut rompre le lien ou on peut le rompre pour lui, mais s'il meurt, son pouvoir revient à la source pour nourrir la meute. Le pouvoir nous est simplement prêté le temps d'une vie, petite, il ne nous appartient pas.

— D'accord, je comprends. Qui pourrait être capable de briser un tel lien ?

Il réfléchit pendant quelques secondes et me dit d'un air triste :

— Seul un Alpha en a le pouvoir.

— Un Alpha d'une autre meute ?

— Oui, mais si un autre Alpha avait pénétré ces temps-ci sur notre territoire, je l'aurais immédiatement senti, affirma-t-il.

Eh bien voilà qui ne risquait pas de m'arranger. Si j'étais auteur de roman policier, je dirais une phrase débile du genre : « Le mystère s'épaissit » mais je suis un soldat. Et les soldats n'ont pas besoin de résoudre une énigme pour trouver leur ennemi, ils le connaissent déjà et se contentent de le tuer. C'est généralement simple, expéditif et efficace.

Autant dire que cette histoire commençait à me gonfler.

— Je ne peux pas vous promettre de retrouver le petit vivant, mais je vous jure que je vais utiliser tous les moyens que je possède pour découvrir le ou les responsables et les éliminer. On est d'accord ? dis-je d'un ton sérieux.

— D'accord, petite, mais je n'aurais rien contre le fait que tu me préviennes avant de t'en occuper, je te donnerais un petit coup de main, fit-il avec un sourire carnassier.

— J'appellerai, répondis-je en souriant.

Beth m'attendait dans la voiture. Elle écoutait la radio en chantant à tue-tête et massacrait « Help ! » des Beatles avec conviction.

— On t'a déjà dit que tu chantais horriblement faux, dis-je en m'asseyant près d'elle.

— Jamais, répondit-elle avec une parfaite mauvaise foi. Gordon t'a-t-il appris quelque chose qui pourrait nous aider ?

— Oh oui. Il m'a proposé de m'aider à liquider les responsables une fois que je les aurais trouvés.

— J'aurais préféré qu'il nous dise où les trouver et nous laisse les liquider.

— Qu'est-ce que tu veux, c'est le même problème que quand on fait la vaisselle. Tout le monde veut laver et personne ne veut essuyer. Bon, alors qu'est-ce qu'on fait ? On sillonne les rues en attendant que je sente quelque chose ?

Elle secoua la tête.

— Non, j'ai une meilleure idée.

Chapitre 8

Le portier portait de longs cheveux tressés à l'africaine et un costume croisé gris admirablement bien coupé. Il mesurait environ un mètre quatre-vingt-dix et sa chemise blanche faisait joliment ressortir le teint foncé de sa peau et ses grands yeux chocolat.

— Bonjour, Khor, fit Beth tandis qu'il nous ouvrait galamment la porte.

— Bonjour Beth, répondit-il en souriant chaleureusement à mon amie.

— Je te présente Rebecca.

Il me fixa un moment puis me bloqua l'entrée avec son bras.

— Attendez. Elle est nouvelle ? Je ne parviens pas à sentir son énergie. À quel clan appartient-elle ?

— Ne t'inquiète pas, je me porte garante pour elle.

— Beth, tu sais que tu ne peux pas amener d'humains ? dit-il, affolé.

Elle se mit à rire et dit d'un ton mystérieux :

— Je te promets qu'elle n'a rien d'une humaine.

— Tu ne peux pas sentir mon énergie, mais je capte la tienne, lion, dis-je en posant ma main sur la sienne et en lui envoyant une onde de pouvoir.

Il grimaça et s'écarta aussi brutalement que si je l'avais électrocuté.

— Qu'est-ce que vous êtes, au juste ? demanda-t-il en me jetant un regard soupçonneux.

Je ne répondis pas et me contentai de lui adresser un magnifique sourire avant d'avancer à l'intérieur.

Beth m'avait dit qu'elle connaissait un endroit où on pourrait obtenir des renseignements intéressants sur les personnes récemment débarquées en ville. Contrairement aux bars où s'entassaient les humains, l'endroit en question n'avait pas de vitrine, il ressemblait à une immense maison d'habitation à un détail près, toutefois : le bâtiment n'avait pas de fenêtres mais seulement quatre murs blancs et une porte que je devinais aussi blindée que celle d'un coffre-fort. Beth salua deux couples assis au fond de la pièce. Ils lui adressèrent un signe discret de la main et continuèrent à discuter tranquillement.

Un pianiste jouait du jazz derrière un magnifique piano à queue. Je l'écoutai quelques instants puis me hissai près de Beth, sur un des nombreux tabourets qui entouraient le comptoir. Elle avait insisté pour que je porte une tenue sexy et avait choisi dans mon armoire un dos nu noir, une jupe en daim noir et une paire de hauts talons en verni noir. Elle m'avait également maquillée et coiffée.

Tous les mâles de la salle avaient les yeux braqués sur moi et je n'avais qu'à claquer des doigts ou à sourire pour me faire inviter. C'était l'effet voulu par Beth, ravissante et élégante dans une robe en lamé argent de chez Paco Rabanne qui avait dû lui coûter une fortune.

— Dzung, voici Rebecca, dit-elle.

Le barman, un Asiatique aux yeux vert foncé, me salua d'un discret hochement de tête. La lumière des néons qui brillaient derrière lui mettait en relief ses pommettes saillantes et ses cheveux noirs aux reflets argentés. Il était indéniablement joli garçon.

— Bienvenue au Glam's, mademoiselle, dit-il avec le sourire obséquieux d'un employé des pompes funèbres. Que puis-je vous servir ?

— Je voudrais un Coca light, s'il vous plaît, et toi, qu'est-ce que tu veux boire ? demandai-je en me tournant vers Beth.

Elle n'eut même pas le temps de répondre que le bel Asiate lui versait déjà un verre de Dimple, sec et sans glace. Cela ôta mes derniers doutes quant à savoir où elle passait ses nombreuses soirées et dégottait ses amants de passage.

— Il est un peu tôt pour boire de l'alcool, non ? fis-je en grimaçant.

— On a eu une dure journée… répondit-elle en soupirant.

— C'est pas faux.

Dzung essuyait frénétiquement un verre avec un torchon, mais je savais qu'il ne manquait pas une miette de notre conversation. Je ne savais pas pourquoi, mais son attitude m'irritait et je me tournai pour observer la salle de plus près.

Elle était bien plus luxueuse que ce qu'on pouvait s'attendre à trouver dans un coin comme Burlington. Le premier étage avait été supprimé, ce qui laissait près de dix mètres de hauteur sous plafond pour une surface au sol d'au moins deux cent-cinquante mètres carrés. Les fauteuils et les canapés étaient en velours noir, les tables basses dessinées par Philippe Starck, les bougeoirs en cristal de Bohême et les tapis indéniablement persans. Le charme de l'ancien était en parfaite harmonie avec le style chic et épuré du design contemporain.

— À qui appartient cet endroit ? demandai-je à Beth.

— À Raphael, répondit-elle avec un sourire en coin.

Sous l'effet de la surprise, j'avalai de travers et m'étranglai en toussant lamentablement ; Beth éclata de rire et me tapa si fort dans le dos que je manquai de tomber du tabouret. Puis elle posa son verre sur le comptoir et dit toujours en riant :

— Sers-nous-en deux.

En tant que loup, Beth pouvait écluser une bouteille entière de whisky sans en ressentir les effets, mais ce n'était pas mon cas. Il me suffisait d'un malheureux verre pour que je perde tout contrôle et que la magie explose tout, autour de moi.

— Non, non, dis-je, pas pour moi, merci.

— Pourquoi est-ce que tu ne relâches pas un peu la pression ? On est dans un bar, détends-toi un peu… fit Beth d'un ton désapprobateur.

Il y avait bien des endroits où j'aimais me détendre, mais les bars et les discothèques n'en faisaient pas partie. Particulièrement depuis la prohibition de la cigarette. L'odeur de la clope avait été remplacée par celle de l'urine et de la transpiration. On ne demandait plus où se trouvait le petit coin : on suivait désormais les effluves nauséabonds de nos fluides corporels. Et comme si ça ne suffisait pas, il y avait aussi le problème de la clientèle masculine : À savoir les dragueurs compulsifs, les mecs bourrés dont on ne parvient pas à se débarrasser, les vieux beaux un peu ringards, les dépressifs, les prédateurs déviants…

— Beth, pourquoi m'as-tu amenée ici, au juste ?

Elle reposa son verre et soupira :

— T'es vraiment pas marrante, hein ?

Puis elle se tourna vers le barman, attentif et silencieux.

— Comme tu as pu le constater, ma copine n'est pas le genre de la maison. En fait, on est venues te voir parce qu'on a besoin d'avoir quelques renseignements.

— Tu connais la loi, Beth. Le Glam's a été légalement décrété neutre. Ici, on ne parle de rien, on ne se mêle de rien, on vient boire, s'amuser et baiser. Ceux qui ne respectent pas les règles ne sont plus les bienvenus, dit-il froidement.

— Franchement, tu pourrais quand même faire ça pour moi, en souvenir du bon vieux temps… fit-elle d'un ton aguicheur.

— Ce serait prendre bien trop de risques pour quelque chose que tu ne m'accordes plus depuis longtemps, dit-il avec un regard méprisant.

Pas de doute, celui-là avait un compte à régler avec Beth. Un compte très personnel. Mais moi, je n'avais pas l'intention de laisser un petit con mesquin m'emmerder plus longtemps.

— C'est ennuyeux, dis-je d'une voix neutre.

— Oui, mais c'est la règle, jolie dame.

Sa voix était mielleuse et assez agaçante.

— Non, ce que je voulais dire, c'est que c'était ennuyeux pour vous, dis-je en souriant.

Je me tournai vers Beth.

— Tu crois qu'il changerait d'avis et nous ferait des confidences si je le pendais par les pieds et l'éventrais comme un porc ?

Elle fit une moue dubitative.

— Hum... je ne sais pas mais on peut toujours essayer.

Il haussa nonchalamment les épaules puis posa son foutu torchon.

— Je suis sous la protection de Raphael, Beth. Si tu tentes quoi que ce soit contre moi, il te tuera.

— Ça dépend, répondit-elle.

— De quoi ? demanda-t-il.

— De l'intérêt des informations que tu vas nous donner et que tu n'as pas cru bon de révéler à ton patron, fit-elle, les yeux brillants. Je sais qu'il t'arrive souvent de fermer les yeux sur certaines choses, Dzung, et de monnayer tes silences.

Il afficha un sourire arrogant.

— Ça, c'est toi qui le dis. Tu sais, chérie, tu risques de t'attirer de gros ennuis, fit-il en s'appuyant au comptoir. Ton Alpha n'a pas la réputation d'être très tolérant envers ceux qui posent des problèmes et il déteste les pétasses avec une grande gueule.

Il se tourna vers moi et me fit un clin d'œil.

— Par contre, ta copine, là, apparemment sait la fermer. Elle a l'air gentil, peut-être que si je la connaissais davantage, j'aurais envie de discuter un peu avec elle.

— Il n'est vraiment pas psychologue pour un barman, dis-je à Beth.

— Non, mais il a un joli cul...

Je projetai une onde de pouvoir qui explosa le miroir, les néons et les bouteilles derrière lui. Il hurla tandis que je dirigeais les éclats de verre vers son corps et vers son visage provoquant ainsi des milliers de lacérations.

— Mon amie t'a dit que nous avions des questions à te poser, dis-je d'une voix neutre.

Une lueur d'incrédulité passa dans ses yeux verts.

La musique avait cessé. Un épais silence s'était abattu dans le club. Les clients nous regardaient en tendant l'oreille. Beth me donna un coup de coude et dit d'un ton amusé :

— Sécurité.

Je sentais l'énergie de Khor et celle d'un autre muteur s'approcher rapidement. Visiblement, le beau Black était furax et le grand blond barbu du genre culturiste qui l'accompagnait, un gorille, me semblait-il, ne paraissait pas de meilleure humeur.

— Mesdames, veuillez sortir, s'il vous plaît, dit Khor en s'approchant.

— Ça va être difficile, je n'en ai pas encore terminé avec votre ami, lançai-je en foudroyant du regard le barman, planqué derrière son comptoir.

— Messieurs dames, l'établissement est dans l'obligation de fermer momentanément ses portes, nous nous en excusons et vous prions de bien vouloir quitter les lieux le plus rapidement possible, cria le barbu aux clients dans la salle.

J'entendis des soupirs et des murmures de désapprobation et sentis une vague de déception. Le spectacle risquait d'être intéressant et les bonnes bagarres se faisaient rares de nos jours.

— Messieurs dames, s'il vous plaît, insista-t-il.

Certains émirent bien quelques grognements mais les potioneuses, les muteurs, les chamans et les loups (il était trop tôt pour les vampires) finirent par obtempérer et par se diriger docilement vers la sortie.

— À quoi est-ce que tu joues, Beth ? demanda Khor en la regardant avec des yeux de félin couleur or.

— On ne joue pas, Khor. Je compte discuter avec ton pote un moment. S'il se montre coopératif, je le laisserais partir, s'il continue à jouer au con, tu le retrouveras découpé en petits morceaux au fond du lac Champlain, dis-je froidement.

— Elle plaisante ? demanda-t-il.

— Non, elle ne plaisante pas, dit Beth en secouant la tête.

— Je ne peux pas la laisser faire ça.

— Je sais, fit-elle.

L'air devint tout à coup si épais qu'il en était presque irrespirable. Le pouvoir des métamorphes se mit à éclater, les traversant de part en part, pour se répandre autour d'eux comme une pluie invisible.

— Ne les tue pas, fit Beth en entamant sa transformation, Aligarh nous en ferait une jaunisse et sois gentille avec Khor...

— Ne me dis pas que c'est aussi l'un de tes amants ?

— Alors je ne te le dis pas, grogna-t-elle tandis que son corps s'allongeait et prenait une taille impressionnante.

D'accord, je n'allais pas égratigner son précieux étalon, mais pas question de faire comme elle et de me battre au corps à corps contre un gorille ou un lion muteur aussi rapide et costaud qu'un vampire de deux ou trois cents ans.

Je rassemblai mon énergie et appelai la magie de l'air, le seul des quatre éléments qui n'avait pas le pouvoir de tuer mais qui se révélait assez puissant pour mettre K.-O. deux beaux métamorphes de 200 kilos chacun.

Un vent se leva comme une tempête et j'aperçus dans la bourrasque la terreur s'afficher soudainement sur le visage du barman qui observait la scène. Il fit mine de bouger et je le propulsai contre le mur, l'assommant tout à fait.

Puis je me tournai vers les deux gardes du corps qui terminaient leur mutation. Un grognement bestial et impatient me confirma que Beth était, elle, déjà prête. Son pouvoir suintait par tous les pores de sa peau. Soudain, ce fut le chaos. Elle bondit sur le gorille et le renversa sur le dos tandis qu'il tentait désespérément d'échapper aux crocs qui s'étaient plantés dans son estomac et déchiraient ses entrailles.

Le lion, lui, avançait doucement vers moi, avec assurance. Je décidai de m'amuser un peu et bloquai sa progression en créant une mini-tornade qui le souleva brutalement dans les airs. L'énorme fauve se retrouva coincé plusieurs mètres au-dessus de nos têtes, planant comme un gros ballon sans ficelle. Je le regardai rugir et frapper le néant de ses grosses pattes et je me mis à rire. Adolescente, je m'amusais à faire voler les enfants de mon clan et les petits adoraient jouer avec moi. Ça rendait mes professeurs fous furieux. Ils m'accusaient d'utiliser la magie de manière trop futile, mais ni les coups de fouet ni les jours de cachot et de jeûne n'étaient parvenus à me débarrasser de mes « mauvaises habitudes » et à me faire renoncer à ces instants de plaisir.

— Beth, finis-en vite, je ne vais pas pouvoir le maintenir comme ça encore très longtemps, lançai-je en me tournant vers elle.

Beth se tenait au-dessus du gigantesque gorille, près du bar. Il ne remuait plus du tout.

Je secouai la tête.

— T'exagères, tu me dis de ne pas les tuer et regarde dans quel état tu l'as mis, fis-je en riant.

Elle me grogna dessus deux ou trois fois, lécha le sang étalé sur ses poils, puis vint se poster près de moi. Je levai la tête en regardant le lion toujours planté sous le plafond et demandai :

— Bon, qu'est-ce que tu préfères ? Que je le fasse atterrir en douceur ou que je l'explose par terre ?

Khor poussa un grognement de frustration. Beth tira le bas de ma jupe avec sa gueule, laissant une tache humide sur mes mollets, elle paraissait sacrément contrariée.

— Oh, ça va, j'ai compris.

Je levai de nouveau la tête.

— Khor, je vais te faire descendre mais je te préviens, si tu tentes quoi que ce soit, je serais dans l'obligation de te tuer.

Je sortis une arme, un Beretta 9 millimètres que j'avais caché sous ma jupe et attaché contre ma cuisse. Le chargeur était rempli de munitions en argent.

Beth émit de nouveau un grognement.

— Il est hors de question que je prenne le moindre risque parce que tu aimes baiser avec lui, fis-je d'un ton glacial.

La tornade s'estompa et posa délicatement le lion au sol, juste devant nous.

Je reculai rapidement en pointant mon arme vers lui mais il n'attaqua pas et se contenta de lancer un regard triste et inquiet en direction du gorille inanimé sur le sol.

Pendant ce temps, Beth reprenait sa forme humaine et son joli visage de rousse incendiaire. Évidemment, ses vêtements étant totalement déchirés et étalés à même le sol, elle se retrouvait comme à chaque fois nue comme un ver.

— Je ne l'ai pas tué, seulement blessé, il sera remis dans quelques jours, dit-elle à Khor dès qu'elle fut capable de reprendre la parole.

Les blessures infligées aux muteurs guérissent décidément à une vitesse vertigineuse. Moi, si j'avais un trou de ce genre au milieu de l'estomac, j'aurais droit à une crémation en solde chez Morbin & Hamer, le croque-mort local.

Le lion vint poser son museau contre sa poitrine et lécha la peau de Beth. Le geste était si surprenant et intime que je détournai le regard, gênée.

— Je suis désolée, ajouta-t-elle.

Je baissai enfin mon arme. Elle n'était pas du genre à s'excuser devant un mec, fût-il un as au lit, ce qui impliquait que ces deux-là entretenaient une liaison beaucoup plus sérieuse qu'elle ne l'avait laissé entendre.

— Vous avez été rudement discrets, remarquai-je.

— Je ne tenais pas à te mêler à mes emmerdes, tu en as déjà assez comme ça, fit-elle en grattant la crinière de Khor.

Ça, pour des emmerdes, c'étaient des emmerdes. Les loups ont en général une libido très active et il leur arrive de baiser avec les autres espèces, par contre, il ne leur est absolument pas permis de prendre un amant régulier ou, pire, un compagnon hors de la meute. Ce qui est plutôt logique si on intègre le fait que, contrairement aux idées reçues, on ne devient pas lycanthrope : on naît lycanthrope. C'est une question de gènes, pas de virus ou autres billevesées.

— D'accord… heu… Il va rester comme ça ?

Je regardais Khor, l'animal, ronronner sous les caresses de Beth, indifférent aux problèmes que devrait gérer plus tard Khor l'humain.

— Tu n'es pas une métamorphe. Il ne tient pas à te choquer en apparaissant nu devant toi. Du moins, tant que ce n'est pas absolument nécessaire.

J'appréciais sa galanterie. D'habitude, les muteurs et les loups se moquent comme de leur première chemise de heurter la pudeur des autres espèces. Mais il y avait tout de même un petit problème.

— Écoute, Khor, si tu gardes ta forme animale, sache que je suis allergique aux fauves, euh… en fait, aux fauves, aux chats, bref à tous les félins, alors, s'il te plaît, garde tes distances et essaie de ne pas t'ébrouer ou de faire d'autres trucs dans ce genre, parce que, sinon, je risque de passer au moins une heure à éternuer.

Il se mit à pousser un rugissement qui m'indiqua qu'il avait compris.

— Merci beaucoup, dis-je avec gratitude. Bon, désolée de casser l'ambiance, mais il va falloir se mettre au boulot et s'occuper de l'autre crétin.

Je croisai le regard inquiet du lion et tentai de le rassurer.

— Ne t'inquiète pas, s'il répond à mes questions, je le laisserai en vie.

Bon, d'accord, ce n'était si rassurant que ça mais c'était vraiment tout ce que je pouvais faire.

Beth m'accompagna derrière le bar et souleva le barman toujours inconscient. Ses coupures commençaient déjà à cicatriser.

— Si beau mais si fragile… fit-elle d'un air dégoûté.

— Qu'est-ce que tu croyais ? C'est un chat muteur, pas Musclor.

Elle prit un verre, le remplit d'eau et le balança au visage de Dzung qui finit tout de même par ouvrir les yeux.

Quand il croisa mon regard, il poussa un gémissement affolé.

— Bonjour, chaton. Alors, comme ça, tu me trouves gentille ? dis-je avec un rictus.

— Beth, dis à ton amie que ce qu'elle fait est contraire à toutes nos lois et que si elle me touche, elle se fera tuer, souffla-t-il d'une voix pâteuse.

— Ça ne sert à rien, Dzung. Rebecca se moque complètement des règles. Elle fera ce qu'elle voudra et quand elle le voudra.

Les métamorphes sont de véritables détecteurs de mensonge ambulants, ils sont capables grâce à leur odorat de sentir la moindre modification de nos glandes sudoripares. La peur qui s'affichait sur le visage du barman se transforma aussitôt en une véritable panique.

Je passai derrière le bar et saisis un grand couteau. Je fis signe à Beth de le maintenir allongé. Avec sa force herculéenne, ça lui demandait très peu d'efforts.

— Bien alors, allons-y...

Elle jeta un coup d'œil inquiet en direction de Khor qui avait repris discrètement forme humaine et nous tournait délibérément le dos. Il portait une nappe autour de la taille et se tenait accroupi au-dessus du gorille.

Je comprenais parfaitement qu'elle répugne à torturer un homme devant son petit ami. C'est le genre de trucs que les mecs ont du mal à avaler, même s'ils ne sont pas tout à fait humains.

— As-tu vu des gens nouveaux arriver ces dernières semaines ? demanda-t-elle.

— Évidemment. Il y a des tonnes de touristes canadiens par ici. Ils entrent, viennent boire un verre.

— Et parmi eux, tu n'as rien remarqué d'inhabituel ? Je veux dire, il n'y a personne qui ait attiré ton attention ?

— Non, répondit-il.

— Il dit la vérité, dit Beth en fronçant les sourcils.

— Je n'en doute pas, fis-je en souriant. Connais-tu Kathryn Germann et Franck Wikman ?

— Bien sûr. Franck, on le voit juste une fois de temps en temps, mais Kathryn, c'est une habituée.

— Ils se connaissaient ?

— Oui, sans doute, mais ils ne traînaient pas ensemble. Kathryn, elle était mariée avec un humain, alors de temps en temps, elle aimait bien se taper un vrai mec.

— Un vrai mec ?

— Ouais. Elle aimait les vampires, le côté cadavre et tout ça, ça l'excitait.

Je ne pouvais pas lui jeter la pierre.

— Et c'est quand la dernière fois où tu l'as vue ?

— Le patron m'a déjà posé la question. Je l'ai vue la semaine dernière.

— Elle était seule ?

Il déglutit et dit :

— Non. Avec un type mais je m'en souviens pas.

J'apercevais dans ses yeux verts quelque chose que je ne comprenais pas…

— C'est la salade que t'as sortie à Raphael ? Et il t'a cru ?

— Oui, parce que c'est la vérité.

Beth hocha la tête.

— Eh bien moi, tu vois, je ne suis pas de son avis Beth, vire son pantalon et son caleçon.

Elle écarquilla les yeux, un peu surprise, mais fit ce que je lui demandais pendant que je l'empêchais de se débattre en pointant mon arme sur sa tempe.

Deux secondes plus tard, il était presque complètement nu.

— Tu vois, Dzung, pendant la guerre, on m'a fait découvrir une potion un peu spéciale, elle servait à brouiller les sens d'un vampire ou d'un métamorphe…

— Je ne comprends pas. De quoi est-ce que tu parles ?

— Je parle d'une potion qui nous rend incapables de détecter tes saloperies de mensonges. Qui te l'a donnée ?

— T'es complètement folle, fit-il d'une voix rauque.

Je descendis la lame du couteau et la collai dans son entrejambe.

Une expression horrifiée s'afficha sur son visage tandis qu'il réalisait ce que je m'apprêtais à faire.

— Tu... tu n'oserais pas...

Les parties génitales sont les seuls organes qu'un muteur ne peut régénérer. Je n'avais donc pas le choix.

— Il n'a peut-être pas menti, dit Beth, le visage blême.

— Tu crois ? répondis-je en commençant à découper son testicule gauche.

Il gesticulait, le sang coulait, mais je m'en moquais.

— Beth, renforce ta prise, dis-je, il bouge trop et ce putain de couteau n'est pas suffisamment aiguisé, je vais devoir tirer dessus pour l'arracher.

Elle me jeta un regard tellement furax que je faillis stopper net. C'est le moment que choisit le barman pour craquer.

— Arrête, s'il te plaît, arrête, je vais parler, supplia-t-il, les yeux exorbités par la douleur.

— Vas-y.

— Il y a un type, un dénommé Quentin, pleurnicha-t-il. Il vit dans une maison avec des amis à lui mais je ne sais pas exactement où.

— Et ?

— Il est venu avec Kathryn.

— Pourquoi n'as-tu rien dit ?

— C'était un humain. Kathryn a débarqué avec lui en début d'après-midi. J'étais seul. Ils m'ont payé très cher pour fermer ma gueule.

Il me regardait maintenant comme s'il ne cherchait qu'à me contenter.

— Si le patron l'avait appris, j'étais mort, tu comprends ?

— Je comprends. C'est Kathryn qui a fabriqué la potion ?

— Oui, elle disait que, grâce à elle, je pourrais mentir à Raphael et qu'il ne soupçonnerait rien vu qu'une telle potion n'était pas censée exister.

— De quoi est-ce qu'il avait l'air ?

— Euh… la trentaine, brun, plutôt bronzé, très élégant.

— Pas de marque, de cicatrice, de tatouage ?

— Non, j'en ai pas vu en tout cas.

Je me tournai vers Khor qui posait des pansements sur le ventre du gorille muteur qui avait enfin repris une apparence humaine mais ne bougeait toujours pas.

— Khor, appelle Raphael et dis-lui de rappliquer au plus vite, s'il te plaît.

— Qu'est-ce que tu crois ? Que j'ai attendu patiemment que tu mutiles ce pauvre gars pour le faire ? cracha-t-il en me jetant un regard écœuré.

Je ne m'étais pas fait un copain et je ne pouvais pas lui en vouloir. Moi non plus je ne me sentais pas au top de ma forme et ça faisait déjà quelques minutes que je luttais contre l'envie de me précipiter aux toilettes pour vomir.

Je sentis Beth se dandiner en observant Khor. Il regardait Dzung qui se tordait de douleur et pleurait comme un enfant.

— Je vais avoir du mal à lui faire oublier ça, dit-elle, la gorge nouée.

— C'est un lion muteur, pas une fillette, dis-je, il s'en remettra.

— Décidément, tu n'y connais vraiment rien aux mecs, répondit-elle en soupirant.

— Je suis de l'avis de Beth, tu n'y connais absolument rien, fit une voix derrière moi.

Je n'eus même pas besoin de me retourner.

— Tu as fait vite, Raphael, dis-je.

— Khor m'a téléphoné pour me prévenir qu'une sublime psychopathe s'amusait à martyriser mon personnel, tu peux m'expliquer ?

Il portait un jean et une chemise en lin noire, qu'il laissait entrouverte suffisamment pour découvrir un torse musclé et une peau blanche et imberbe. Habillé comme ça, il avait presque l'air humain. Presque parce qu'une telle beauté tenait plus de la divinité que de l'humanité.

— Il a un peu exagéré, dis-je en m'efforçant de détacher mon regard de son magnifique visage.

— Je ne trouve pas, fit-il en jetant un regard appuyé sur ma tenue et mon décolleté, tu es incontestablement sublime et tu viens effectivement de blesser Jonah, mon videur, et de torturer Dzung, mon barman.

Il parlait d'une voix douce mais je savais que j'avais intérêt à m'expliquer et vite.

— Évidemment, si tu te fies aux apparences, ça risque d'être un peu compliqué, dis-je en grimaçant.

— Bien. Alors, que s'est-il passé ?

Son regard commençait à être difficile à soutenir et me donnait envie de baisser la tête. Je serrai les dents et continuai comme si de rien n'était.

— J'ai voulu avoir une discussion avec Dzung mais il ne s'est pas montré très coopératif, tes mecs de la sécurité sont intervenus et ça a un peu dégénéré.

— Et ?

— Une fois que Khor et Jonah ont été mis hors service, j'ai décidé de procéder à un interrogatoire musclé du barman.

— Pourquoi ne me l'as-tu pas demandé ? Si tu avais besoin de renseignements, c'était à moi que tu aurais dû t'adresser. Ce sont mes employés, ils sont sous ma protection.

Son ton restait calme. Il devait faire du yoga ou un truc dans le genre pour maîtriser autant ses émotions.

— Le Directum a chargé Rebecca de retrouver Kathryn et Franck. Elle a agi dans le cadre de sa mission, intervint Beth.

— Cette fille est l'Assayim du Directum, patron ? demanda Khor, surpris.

L'Assayim était le tueur à gages du Directum, celui qu'on envoyait faire le ménage et liquider les encombrants.

D'après ce que je savais, les clans du Vermont n'avaient pas encore eu le temps de procéder au recrutement d'un nettoyeur attitré. Si cela avait été le cas, ce serait lui qui serait chargé de cette mission et moi je serais tranquille, peinarde, à vaquer à mes petites affaires au lieu de discuter avec un vampire qui se la jouait tellement zen que ça en devenait angoissant.

— Le conseil lui en a donné les prérogatives et j'ai l'impression qu'elle est bien décidée à s'en servir, répondit Raphael d'un air narquois.

— Je vois, fit-il en me jetant un regard empli d'appréhension.

— Je sens l'odeur de son sang et de sa peur, Rebecca. J'espère pour toi que ça en valait la peine.

Sa voix était douce, feutrée, mais je n'étais pas assez stupide pour ne pas sentir la menace sous-jacente.

— Ne rejette pas la faute sur moi. Si tu ne t'étais pas reposé sur le fait que tu étais capable de déceler n'importe quel mensonge et si tu avais pris le temps d'entrer dans sa tête, je n'aurais pas été obligée de faire ça, lançai-je.

— Ce qui signifie ?

— Dzung t'a menti. Kathryn est venue ici avec un humain et cet abruti s'est laissé acheter.

— C'est vrai, Dzung ? Tu as osé me mentir ? fit Raphael toujours aussi stoïque.

Pas de doute, vivre deux mille cinq cents ans, ça vous blase un homme...

Il avança vers le chat muteur qui lui lança un regard terrifié. Je crus bon d'intervenir :

— Ne le tue pas encore, s'il te plaît, je crois qu'il n'a pas encore tout raconté.

— Non, mais ça ne saurait tarder, pas vrai, mon petit chat ? fit Raphael en souriant.

Un frisson me parcourut l'échine. Les yeux du vampire avaient viré couleur nacre et je sentais son pouvoir violer le cerveau du métamorphe sans précaution, comme un rouleau compresseur sur une fleur délicate. Le chat muteur se mit à pousser un hurlement inhumain.

Du sang coulait de son nez et de ses oreilles. Sa souffrance commençait à pleuvoir sur moi comme une averse de grêle. Elle pénétrait ma peau et me brûlait l'âme.

Je réalisais alors que ce que je venais de faire subir à Dzung n'était pas grand-chose en comparaison de ce que Raphael était en train de lui infliger. Et certainement rien en comparaison de ce qu'il lui réservait encore.

— Euh... bon, d'accord, si tu n'as pas besoin de moi, je vais prendre congé, dis-je en luttant contre l'avis de me ruer dehors en hurlant.

Je cherchais Beth des yeux. Elle avait disparu avec Khor dans l'arrière-salle. Je supposais qu'elle essayait de trouver des vêtements de rechange. Mais je n'avais plus le courage d'attendre, du moins pas si je voulais éviter la crise d'hystérie.

— Rebecca ? fit Raphael en se tournant vers moi tandis que je me dirigeais vers la sortie.

— Oui ? fis-je sans me retourner pour cacher les larmes qui coulaient sur mes joues

— Sois prudente, ma douce.

— Raphael... tu voudrais me rendre un grand service ? Arrête de m'appeler comme ça...

Tout à coup, il se planta devant moi sans que je l'aie même senti bouger.

— Je t'appelle comme cela parce que c'est ce que tu es, dit-il en me tendant un mouchoir.

— Tu es un grand malade, Raphael.

C'est drôle, j'avais assisté à de terribles séances de torture dans mon clan et je n'avais jamais détourné le regard. Mais j'aurais préféré endurer n'importe quelle brûlure ou mutilation plutôt que de subir les attaques psychiques de Raphael.

— Demande-le-moi, Rebecca, demande-moi de ne plus torturer le petit chat...

— Ça servirait à quoi ?

— Khor, emmène Dzung dans mon bureau et soigne-le, dit-il à voix haute.

Je vis immédiatement Beth et le lion muteur surgir comme par enchantement. Mon amie avait revêtu un jogging noir trop grand pour elle, mais au moins elle n'était plus nue.

Elle s'assit près du gorille qui achevait sa guérison tandis que Khor prenait Dzung dans ses bras et l'emmenait par une porte dérobée située derrière le bar.

— Pourquoi est-ce que tu fais ça ?

— Ne pose pas de question si tu n'es pas prête à entendre la réponse, dit-il en approchant suffisamment sa bouche de la mienne pour que je sente son souffle se poser sur mes lèvres, comme une caresse.

— Bute ce con de barman ou découpe-le en morceaux, ça m'est égal, mais ne crois pas que je vais te donner un bon point parce que tu as décidé de cesser de te comporter comme un sadique pervers, crachai-je en marchant vers la porte.

— Je fais ce qui me semble nécessaire, Rebecca, toujours et seulement ce qui me semble nécessaire.

Une fois dehors, je respirai profondément. L'air était frais et le ciel couvert. Mes cheveux tombaient sur mon visage, balayés par le vent qui me soufflait dans le dos. En y repensant, accepter cette mission n'avait pas été une très bonne idée. Non seulement ça me contraignait à prendre des risques, mais ça m'obligeait surtout à fréquenter Raphael alors que je savais instinctivement que je devais tout faire pour l'éviter.

Je me dirigeais vers la voiture pour jeter un coup d'œil sur le plan de la ville que Beth avait soigneusement rangé dans la boîte à gants. Elle avait laissé sa mini ouverte, dans le coin les vols étaient quasi inexistants et la petite délinquance totalement insignifiante.

La police locale n'avait pas grand-chose à voir avec la sécurité et l'ordre qui régnaient à Burlington mais tout à voir avec le fait que la communauté surnaturelle ne tolérait aucun écart de comportement et qu'elle s'occupait elle-même des perturbateurs éventuels.

La plupart du temps, ils disparaissaient, se suicidaient ou étaient victimes d'un tragique accident. Je dépliai la carte doucement et la posai sur le capot.

— Par où veux-tu qu'on commence ? demanda Beth qui avançait vers moi.

— Par les agences immobilières. Dzung a dit que l'humain vivait avec des amis, peut-être a-t-il loué la maison… et Quentin n'est pas un prénom hyper courant.

— Marché conclu, on se tape le porte-à-porte. Et après ?

— Après j'irai voir sur le listing de l'université, on ne sait jamais.

— D'accord, et ensuite ?

— Ensuite, je me taperai les bars et les boîtes, ça te va ?

— Hum…

— Et toi ? T'as une autre idée ?

— On pourrait demander à la meute de nous aider…

— C'est à double tranchant. Si le ou les kidnappeurs sont au courant, ils pourraient se débarrasser de Franck et de Kathryn. Je pense qu'il faut qu'on reste discrètes.

On a une piste mais je ne suis même pas certaine que l'humain dont nous a parlé Dzung ait quelque chose à voir dans cette histoire.

— De toute façon, il en sait beaucoup trop, on va devoir le tuer.

— Tu veux dire que « je » vais devoir le tuer, rectifiai-je.

— C'est le boulot de l'Assayim, fit-elle en riant.

— Ne commence pas avec ça, Beth, je ne suis pas l'Assayim et je ne le serai jamais, dis-je en repliant la carte rageusement.

— C'est fou ce qu'un simple petit mot peut te rendre complètement barge, susurra-t-elle.

— Tu m'étonnes... Les Assayims sont des malades dévoués corps et âme à leur boulot de tueur sanguinaire, des intégristes et des fondamentalistes. Ils ne connaissent ni la pitié ni le remords. Franchement, je ne vois pas le rapport avec moi.

— Euh... je peux te poser une question sans que tu t'énerves ?

Je la regardai d'un air soupçonneux mais je hochai la tête.

— Combien d'ennemis as-tu exécutés pendant la guerre ?

Je haussai les sourcils.

— Je ne sais pas...

À quinze ans à peine, j'avais déjà participé à l'exécution d'une centaine de démons et même après ma fuite et la naissance de Leo, j'avais continué à chasser et à traquer systématiquement les vampires et les démons qui avaient la malchance de croiser ma route.

— Tu ne t'en souviens pas ?

— Non. Je me souviens de certains visages mais principalement de ceux qui m'ont donné du fil à retordre.

— Et tu n'éprouves aucun remords, pas vrai ?

— Je trouve que tu es drôlement mal placée pour m'en faire le reproche. Si tu ne t'étais pas proposée comme baby-sitter et que tu n'avais pas pris Leonora avec toi aussi souvent, je n'aurais jamais pu en éliminer autant…

— N'essaie pas de changer de sujet. Ce n'est pas de moi qu'on parle. Pourquoi les as-tu tués ? Vraiment, je veux dire…

— Je sais où tu veux en venir et je n'aime pas ça, Beth, fis-je en lui lançant un regard noir.

— Pourquoi les as-tu tués, Rebecca ? insista-t-elle.

— Je les ai tués parce que c'était nécessaire, dis-je d'un ton dur.

Oh non, voilà que je parlais comme Raphael, maintenant.

— Eh bien voilà : un bon Assayim est comme toi, il ne tue pas gratuitement, il agit selon les lois, nos lois. Il n'est ni fou ni psychopathe, c'est un soldat, un garant de la paix et de la sécurité, dit-elle d'un ton sérieux.

— Tu oublies quelque chose, Beth. C'est que l'Assayim ne réfléchit pas, il se contente d'obéir aux ordres du Directum, il n'a pas son mot à dire sur ce qui est juste ou ce qui ne l'est pas.

Elle fit le tour de la voiture et me balança les clés en souriant.

— T'as vraiment un problème avec l'autorité, tu le sais, ça ?

— Qu'est-ce que tu veux, je ne suis pas un être inféodé, moi. Je n'ai pas à me plier aux règles contraignantes d'une meute ou d'une hiérarchie…

— Non, tu es une sale anarchiste et une emmerdeuse de première mais c'est pour ça que je t'aime, dit-elle en s'asseyant sur son siège.

J'entendis le téléphone sonner dans la poche de mon blouson. Le temps que je décroche, mon répondeur s'était mis en marche. J'écoutais le message. C'était la voix de Raphael, il me demandait de le rappeler de toute urgence.

— Raphael ? C'est Rebecca, qu'est-ce qu'il se passe ?

— Je viens de terminer l'interrogatoire de Dzung…

Je jetais un coup d'œil à ma montre, ça faisait quoi ? Cinq minutes que j'étais sortie du Glam's.

— Il m'a dit que l'humain qui accompagnait Kathryn l'avait attendu le soir où il était venu boire un verre et qu'il lui avait proposé 50 000 dollars en échange d'un service.

— C'est une jolie somme, ça devait être un gros service.

— Il était censé verser une sorte de potion dans le verre de Franck à chaque fois qu'il passerait au club.

— Ne me dis pas que cet abruti a accepté ?

— C'est effectivement un abruti mais il n'est pas fou. Il a commencé par refuser mais l'autre a insisté. Il a bu une grande rasade de la potion et l'a fait tester à Dzung qui n'a rien senti de particulier non plus. Il a donc fait ce que l'humain lui demandait et pris l'argent.

— Je suppose qu'il n'avait aucune idée de ce qu'il y avait dans la potion.

— Absolument aucune.

— Ça ne nous avance pas beaucoup mais on sait maintenant que l'humain a quelque chose à voir dans les disparitions. Ce sera plus facile pour moi de le tuer.

— Si tu as besoin de quoi que ce soit, Jared et Camille se feront une joie de t'aider.

— Jared et Camille ?

— Deux amis à moi. Je leur ai demandé de se mettre à ta disposition en cas de besoin.

Je n'avais absolument pas envie de côtoyer des vampires et encore moins de travailler avec eux.

— J'apprécie ton offre mais je pense que Beth et moi, nous devrions être capables de nous en sortir toutes seules.

— Comme tu veux, ma douce.

— Je t'ai déjà demandé d'arrêter de m'appeler comme ça, dis-je rageusement.

Il se mit à rire et je ne pus m'empêcher de sourire.

— Est-ce que tu peux revenir au club ce soir ? fit-il d'une voix si sensuelle que les battements de mon cœur s'accélérèrent aussitôt.

— Pour quoi faire ?

— S'il te plaît, Rebecca, j'ai besoin de te parler…

— Je… je ne peux pas. Je ne préfère pas.

Il soupira.

— Très bien, dans ce cas, j'attendrai que tu sois prête.

Je raccrochai sans répondre. De toute façon, il n'y avait rien à dire. Nos pouvoirs avaient fusionné par accident et c'était tout ce que ça pouvait être : un accident. Les images de mes sœurs, de toutes les Vikaris se bousculaient dans ma tête. Je revoyais les cérémonies d'union et la joie de celles, trop rares, qui avaient trouvé un compagnon capable de mêler son pouvoir aux leurs et je me mis à trembler.

— Ça va ? demanda Beth, inquiète.

Elle m'observait.

— Oui, ne t'en fais pas. Je suis juste un peu fatiguée.

— Tu sais que j'ai une excellente ouïe ? Alors, pourquoi Raphael t'a-t-il demandé de passer le voir au club ce soir ? Qu'est-ce qu'il te veut ?

— Écoute, on passe un marché : je ne te pose pas de questions sur ta relation avec Khor et tu évites de m'en poser à propos de Raphael, d'accord ?

— Non, je ne suis pas d'accord. je vous ai observés tous les deux, on a l'impression... je ne sais pas, moi, mais c'est comme si vous ne veniez pas seulement de vous rencontrer... oui... c'est comme s'il y avait une sorte de complicité entre vous. Il te laisse lui parler sur un ton... et toi, tu te comportes... tu devrais te voir avec lui ! Je te jure, c'est vraiment bizarre...

Quand Beth ne finissait pas ses phrases, c'était qu'elle était particulièrement contrariée. Mais elle avait visé juste. Et pas seulement parce qu'elle sentait confusément que Raphael m'attirait, non, ça, à la limite, j'aurais pu le gérer, mais parce que je ressentais un lien étrange entre nous, une forme d'intimité, et ça me terrifiait.

— Tu sais que tu as une imagination délirante ?

— C'est ça, prends-moi pour une conne... grogna-t-elle, mais je te jure que tu n'échapperas pas à cette discussion. Alors, où est-ce qu'on va ?

— On va faire un tour chez les potioneuses.

Elle eut un sourire en coin et démarra sans dire un mot.

— Mais je dois passer à la maison d'abord, ajoutai-je.

— Pourquoi ?

— J'ai quelque chose à prendre dans le frigo.

— Tu te moques de moi ?

— Tais-toi et roule.

Chapitre 9

Maurane, le chef du clan des potioneuses du Vermont, aimait la déco anglaise, les canapés liberty et le thé au jasmin. Ses mains fines et délicates versaient avec grâce et élégance un breuvage bouillant et parfumé dans trois tasses de porcelaine à fleurs blanches et roses. J'avais l'impression d'être dans un livre d'Agatha Christie. Tout en elle respirait la douceur, la féminité et la fragilité, y compris sa robe bleu ciel de soie fine et légère et son ravissant collier de perles, mais je m'attendais à voir surgir à tout moment un couteau dans ses mains délicates et devoir me jeter à terre pour éviter d'être éventrée. Elle releva la tête vers nous et je ne pus détacher mon regard de ses yeux sombres qui brillaient sous ses longs cheveux roux et frisés. Les naïfs qui s'étaient fiés à son adorable apparence l'avaient très probablement regretté.

— Je suis heureuse de pouvoir te rencontrer en privé.

Elle jeta un coup d'œil irrité en direction de Beth et but une gorgée avant de continuer.

— Je n'ai que très peu d'éléments à te donner concernant Kathryn si ce n'est qu'elle portait toujours sur elle une potion de Gladalys.

— Je connais cette potion, c'est un sort d'autodéfense, elle est puissante mais ne se conserve pas très longtemps. Avait-elle des raisons de se sentir menacée ?

Maurane éclata d'un rire franc.

— Toutes les potioneuses ayant fait la guerre sont restées, comment dire... prudentes. Je suis étonnée que tu connaisses le Gladalys, ce sort est d'un niveau tellement élevé que seule une toute petite minorité d'entre nous est capable de le concocter.

— Et rares sont ceux qui peuvent y échapper, dis-je en souriant.

— Exact, fit-elle d'un air grave.

— A-t-elle une famille ?

— Oui. Elle a un mari et deux enfants. Sa fille, Sophia, est l'une de mes meilleures élèves. Inutile de te préciser qu'elle est très inquiète pour sa mère.

— Quel âge a-t-elle ? dis-je en croquant dans un délicieux cookie au chocolat.

— Quinze ans. Pourquoi ?

— J'aimerais la rencontrer. C'est possible ?

— Sophia est l'une de nos pensionnaires. Elle fait ses études ici, à l'école.

— C'est une novice ?

Elle hocha la tête.

— Oui, et c'est aussi bien, parce que ça me permet de veiller sur elle et sur sa sécurité.

— Mais tu ne t'inquiètes pour son père et son frère ?

Elle eut l'air surpris et me répondit d'un ton méprisant :

— Ils n'ont aucun intérêt, ce ne sont que des sans pouvoirs.

Traduction : ils étaient nés dans des familles de sorciers mais n'avaient pas hérité des pouvoirs de leur espèce, ce qui était courant dans la gent masculine y compris dans mon clan. Et c'était d'ailleurs pour cette raison que filles et garçons étaient séparés dès la naissance et que hommes et femmes vivaient chacun de leur côté. Les pères s'occupant seuls de l'éducation de leurs fils.

— Mais ils pourraient servir d'otages.

— Tu penses que ceux qui l'ont enlevée veulent utiliser Kathryn ?

— J'avoue que j'ai envisagé cette possibilité, pas toi ?

— Bien entendu, fit-elle en pinçant ses lèvres étroites.

— Alors pourquoi ne protèges-tu pas ces deux hommes ?

— Tu m'as demandé si je m'inquiétais pour eux et je t'ai répondu par la négative, mais ça ne veut pas dire que je n'ai pas pris les dispositions nécessaires pour leur faire momentanément quitter la ville…

— Si je faisais un terrible effort, j'arriverais presque à t'apprécier.

Elle eut un rire léger et dit :

— Je prends ça pour un compliment.

— C'en était un, fis-je en reposant ma tasse. On peut voir la petite ?

— À cette heure-ci, dit-elle en jetant un coup d'œil à sa montre, elle doit être avec Stéphanie en cours de mathématiques.

— De mathématiques ?

— Tu te trouves dans une école privée avec un enseignement on ne peut plus traditionnel en ce qui concerne les programmes scolaires. La seule différence avec une école humaine normale, c'est qu'ici, nos élèves sont des sorcières et qu'elles ont des options supplémentaires comme la posologie ou l'herboristerie.

— Et il y a beaucoup d'étudiantes ?

— Deux cent dix, elles viennent de tout le pays.

— Tant que ça ?

— C'est la rançon de la gloire, fit-elle en souriant. L'école fait partie des meilleurs établissements de l'État.

— Mais si elle a si bonne réputation, j'imagine que les humains postulent eux aussi pour y entrer, dis-je, intriguée.

— Exact, mais l'inscription ne se fait que sur recommandation, ce qui limite le nombre de demandes et donc les refus.

— Très bien, dis-je. Écoute, cette conversation est très intéressante mais je suis un peu pressée par le temps. Puis-je parler à Sophia ?

— Sans problème, mais à condition que tu la voies seule. Je t'y autorise uniquement parce que tu es l'une des nôtres.

Beth, qui n'avait rien dit jusqu'à présent, se racla la gorge et la foudroya du regard.

— Je ne suis pas l'une des vôtres et tu le sais parfaitement, dis-je d'un ton blasé, mais j'apprécie ton geste. Je sais que les apprenties potioneuses ne sont pas autorisées à avoir de contacts avec l'extérieur durant leur formation.

— Tu sembles en savoir, des choses… fit-elle d'un ton narquois, tu ne veux pas me tenir encore un peu compagnie, je préférerais que tu attendes la fin du cours, je ne veux pas que ses petites camarades lui posent trop de questions.

— Si tu attends que le sort de vérité que tu as versé dans le thé fasse effet, tu risques d'attendre longtemps, dis-je en plantant mon regard dans le sien.

Elle haussa les sourcils.

— Tu le savais ?

— En devinant qu'on allait devoir te rendre une petite visite, j'ai préparé mes arrières et fabriqué une potion de neutralité, juste au cas où…

— Tu sais faire un sort de neutralité assez puissant pour contrer l'effet d'une de mes potions ? Ça, c'est extraordinaire ! s'exclama-t-elle, stupéfaite.

— Non. J'ai trouvé ça plutôt simple, dis-je d'un ton condescendant. Tu me conduis à Sophia ?

En fait, j'avais mis près de trois ans pour créer une potion de neutralité digne de ce nom durant ma formation chez les Vikaris et nombre de mes sœurs n'y étaient jamais parvenues, mais la potioneuse m'avait agacée et j'avais envie de la titiller un peu.

— Suis-moi, Rebecca. Je suis désolée, Beth, dit-elle en se tournant vers mon amie, ce n'est pas… personnel.

Beth blêmit mais acquiesça.

Maurane habitait une immense propriété composée de plusieurs bâtiments de bois gris aux volets blancs. Elle se situait à l'extérieur de la ville et la vue donnait sur le lac Champlain. Les jardins qui entouraient le domaine étaient vastes et paysagés. Nous sortîmes de la jolie maison de gardien où habitait la potioneuse et nous dirigeâmes vers une grande bâtisse au charme ancien. C'était là que se trouvaient les salles de cours et au dernier étage, les appartements de ces demoiselles. En grimpant les escaliers, nous aperçûmes un groupe de fillettes âgées d'une dizaine d'années. Elles attendaient, devant une porte close d'où provenaient des cris stridents. Elles semblaient nerveuses et angoissées.

Maurane se renfrogna puis se dirigea au-devant d'elles :

— Que se passe-t-il ? Où est Mme Malloy ? demanda Maurane d'un ton sévère à une grande bringue au visage ingrat.

— Gilda a fait boire une potion d'hallucination à Mary parce qu'elle avait pris son journal intime, fit-elle, mais après, elle s'est mise à crier et à voir des trucs, alors Mme Malloy l'a enfermée dans la classe et elle est partie chercher l'antidote.

— Et elle vous a laissées seules ?

Les fillettes hochèrent la tête en chœur.

— C'est inadmissible, râla Maurane en tentant d'ouvrir la porte.

— Elle est fermée à clé, madame, fit une ravissante blondinette.

— Laisse-moi faire... dis-je en lançant un sort d'ouverture.

Lorsque la porte s'ouvrit, une petite furie aux joues rouge vif était en train de jeter une chaise contre la fenêtre en tentant de la briser. Elle hurlait.

— Mary Frédérique Miller, veuillez cesser tout de suite ! la réprimanda Maurane.

La petite l'ignora et en balança une seconde. Un bruit de verre se fit immédiatement entendre et l'enfant se rua vers l'ouverture.

— Non ! hurla Maurane.

Je fis appel au pouvoir de l'air et la gamine se trouva bientôt soulevée du sol et propulsée vers le plafond. Elle gigotait mais était désormais incapable de se faire mal.

— Où est l'antidote ? demandai-je à Maurane qui se tenait près de moi, les yeux écarquillés.

— Je vais voir, dit-elle en se tournant vers la porte.

Une petite femme forte aux cheveux ondulés et aux yeux globuleux fit soudain son apparition sur le seuil. Elle tenait un flacon dans sa main.

— Oh mon Dieu ! se mit-elle à crier en apercevant Mary qui flottait dans l'air.

— Taisez-vous, dis-je en la poussant pour fermer la porte et échapper aux regards curieux des gamines qui se tenaient derrière elle.

— Où étiez-vous, Malloy ? rugit Maurane.

— Je… je suis allée prendre un antidote à la potion mais j'ai… je suis désolée, madame… je ne pensais pas…

Non, ça, visiblement, elle n'avait pas l'habitude de penser, celle-là…

— Donnez-moi ça, fit Maurane en lui arrachant la fiole des mains.

Je regardais l'enfant, elle continuait à pousser des cris déchirants. Ses hallucinations devaient être cauchemardesques. Ses yeux étaient exorbités et elle tentait d'arracher des bêtes invisibles de ses longs cheveux châtains.

— Ses parents ne vont certainement pas apprécier, fis-je en regardant Maurane, tu as de la chance qu'ils ne puissent pas te coller un procès.

— Non, mais je connais sa mère, répondit-elle, je vais devoir faire très attention à ce qu'elle va m'envoyer comme petits cadeaux dans les prochaines semaines, fit-elle en mordillant ses lèvres, je n'ai pas envie de me colleter un urticaire géant.

Les humains entamaient des procédures en réclamant des millions de dommages et intérêts aux écoles, les nôtres se vengeaient en balançant des sorts à tout va. À chacun sa conception de la « justice ».

— Je vais la redescendre mais il va falloir la maintenir. Elle est en plein délire, elle a peur et est complètement désorientée. Elle va se débattre, dis-je d'un ton calme.

— On y va, fit Maurane en hochant la tête.

Je déposai Mary sur le sol et saisis aussitôt ses bras tandis que Mme Malloy, son professeur, la plaquait contre sa poitrine proéminente et lui maintenait l'estomac. Elle nous martelait de coups de pied et gesticulait pour se libérer. Maurane pinça le nez de l'enfant qui ouvrit aussitôt la bouche et ingurgita enfin l'antidote.

Cinq secondes plus tard, elle était allongée et inerte sur le sol.

— Malloy, transportez-la à l'infirmerie et prévenez Mme Bates qu'elle se réveillera dans moins d'une heure. Il faudra la faire manger et surtout la faire boire, elle risque d'être complètement déshydratée, dit Maurane d'un ton autoritaire.

— Oui, madame, fit le professeur en soulevant l'enfant.

— Et envoyez-moi Carolyn pour prendre en charge le reste de vos élèves.

— Tout de suite, murmura Malloy en rougissant.

La prof n'en menait pas large. À sa place, je raserais les murs pendant quelque temps. Une école n'est pas l'armée, il n'y a pas de quota acceptable de pertes de vies humaines.

— Merci, Rebecca, dit-elle en se tournant vers moi.

— De rien, répondis-je sobrement.

— Si. Si, tu viens de sauver la vie d'une de mes élèves, je t'en suis vraiment reconnaissante.

Elle sourit et me dévisagea.

— Tu avais raison, tu n'as rien d'une potioneuse, ni même d'ailleurs d'une braggan.

— Je te l'avais dit.

— C'est vrai, tu me l'avais dit, dit-elle, songeuse.

Puis elle riva son regard sur le mien.

— Est-ce que tu es une sorcière de guerre, Rebecca ? Es-tu capable d'appeler les trois autres éléments ?

— Écoute, quand tu auras envie de collaborer sérieusement à cette enquête, fais-moi signe, mais pour l'instant, je n'ai pas de temps à perdre, fis-je en me dirigeant vers la porte.

— Attends, ce n'est pas... je ne veux pas t'embarrasser, dit-elle d'une voix douce. C'est juste que je n'ai jamais rencontré quelqu'un comme toi. C'est seulement de la curiosité. Vois-tu, il existe des légendes sur un clan qui serait quelque part dans l'ouest de la France... Tu es bien professeur de français, n'est-ce pas ?

— Où est la classe de Sophia ? Si tu ne m'y conduis pas tout de suite, je m'en vais et vous vous débrouillerez sans moi.

Nous nous affrontâmes du regard durant quelques secondes puis elle finit par céder.

— Très bien. Je t'y conduis, dit-elle en soupirant, mais tu sais, c'est dommage. Je voulais juste savoir comment les trouver. Mon but est d'échanger, de partager nos magies, pas…

Je l'interrompis :

— Les sorcières de guerre sont dangereuses. Si tu les trouves, elles te tueront. Elles tuent tous les étrangers sans exception, dis-je d'un ton glacial, et maintenant, laisse-moi faire mon boulot, d'accord ?

— Euh… oui, fit-elle d'un air troublé.

Je commençais à me demander si Maurane avait vraiment les épaules nécessaires pour diriger un clan. Il fallait soit être totalement stupide, soit complètement naïf pour imaginer un seul instant qu'une sorcière Vikaris, et *a fortiori* un clan tout entier, daigne échanger des informations concernant la magie avec d'autres tribus, quand bien même il s'agirait d'une tribu de sorcières. Les miens ne communiquaient avec l'extérieur que pour synchroniser les attaques ou pour parlementer.

Un peu perplexe, je suivis la potioneuse jusqu'à l'entrée d'une salle de cours trois portes plus loin. Elle me fit signe de l'attendre et disparut quelques secondes.

— Le cours de mathématiques est terminé, Sophia est à présent en cours particulier avec le professeur des potions. Viens.

J'entrai. Une jeune fille brune était assise derrière une table. Elle prenait des notes et écoutait les conseils de son professeur sur les dosages de la potion d'endormissement. Elle me rappelait une autre jeune fille, une adolescente précoce, avide de savoir et de pouvoir, elle aussi. Mais heureusement pour Sophia, l'enseignement se déroulait bien plus sereinement chez les potioneuses qu'il ne l'était chez les Vikaris.

— Bonjour Sophia. Je m'appelle Rebecca et je souhaiterais te parler.

Elle me jeta un regard surpris et se tourna vers Maurane.

— J'ai donné mon accord, confirma-t-elle en lui adressant un sourire rassurant.

— Très bien, dit-elle en levant vers moi ses yeux marron clair.

Son enseignante, une sorcière d'une soixantaine d'années aux cheveux courts poivre et sel, pinça les lèvres et sortit sans même m'adresser la parole. Tant mieux, j'ai toujours détesté les vieilles biques au cul serré.

— Sophia, je suis chargée par le Directum de retrouver ta mère et j'aurais besoin d'avoir une conversation avec toi.

— J'ai vraiment le droit de lui parler ? demanda de nouveau la jeune fille en replaçant ses cheveux bruns coupés au carré derrière ses oreilles.

Maurane acquiesça et dit en franchissant la porte :

— Je vous laisse papoter tranquillement, j'ai une tonne de travail qui m'attend et je dois préparer mon prochain cours sur les filtres de relaxation.

— Merci, Maurane, fis-je.

— Alors c'est vous l'Assayim ? demanda Sophia, après le départ de Maurane.

— Non, je ne suis pas l'Assayim, seulement une intérimaire.

— Oh, vous êtes à l'essai, dit-elle d'un air condescendant.

Elle ne manquait pas d'aplomb. Je l'observais un peu plus attentivement.

Elle n'était pas vraiment jolie mais ses traits avaient du caractère et se révélaient globalement harmonieux.

— Non. Je donne simplement un coup de main, c'est tout. Maintenant que tu en as fini avec tes questions, j'aimerais que tu répondes aux miennes.

— Bien. Qu'est-ce que vous voulez savoir ?

— Tu te souviens de la dernière fois où tu as vu ta mère ?

— C'était le 6 avril. Elle m'a dit qu'elle rentrait à la maison mais elle n'est jamais arrivée.

— Toi, tu habites ici avec les autres novices, c'est ça ?

Elle hocha la tête.

— On m'a donné un dossier, je sais que ta maman est partie à 17 heures mais ce que je ne sais pas, c'est ce que tu as ressenti ce jour-là.

— Je ne comprends pas.

— Tu as trouvé ta mère nerveuse, inquiète… ? Rien ne t'a surprise ou étonnée dans son comportement ?

— Je ne crois pas, je ne sais pas.

— Réfléchis bien.

Elle sembla hésiter mais secoua la tête.

— Non, je ne vois pas.

— Prends ma main.

— Pourquoi ?

— Fais-moi confiance. Prends ma main.

Elle tendit son bras et je saisis délicatement sa main en appelant le pouvoir de l'air.

Tous mes muscles se mirent à vibrer sous l'effet de l'onde et je laissai la magie m'envahir et la propulsai en Sophia. Elle écarquilla les yeux sous l'effet du pouvoir qui se propageait en elle.

— Ferme les yeux et laisse-toi porter par le vent. Pense à ce que tu as ressenti ce jour-là.

Elle soupira de bien-être et dit d'un ton rauque :

— Je me sens légère, puissante.

— Parfait. Tu es une potioneuse, tu vois des choses que les autres ne voient pas. Laisse-toi aller.

— Elle est venue, elle portait le tailleur noir que papa lui avait offert pour son anniversaire et aussi le chemisier en satin rouge que j'aime bien. Je la trouvais très jolie. Au début, je lui parlais de mes dernières notes et de Mme Stenwick qui arrêtait pas de m'engueuler. Elle m'a dit de faire un effort et que je devais l'écouter. Moi, ça m'a énervée parce que la mère Stenwick est une vraie emmerdeuse. Et puis, elle est partie discuter avec Maurane et elles ont préparé quelque chose toutes les deux, une potion je crois. Elles n'étaient pas d'accord sur les dosages. De toute façon, elles se chamaillaient souvent à cause des dosages.

— Continue.

— Après, elle est revenue pour me dire au revoir, elle était normale sauf que…

— … Sauf que quoi ?

— Sauf qu'à un moment, je me suis sentie mal. Elle m'a regardée bizarrement et je croyais qu'elle n'était pas contente à cause de mes dernières évaluations et de mon attitude envers Stenwick mais en y repensant…

— Quoi ? Qu'as-tu remarqué ?

— Son aura. Son aura est devenue étrange.

— Je ne comprends pas ce que tu veux dire.

— Je ne sais pas, c'est juste une impression.

— Utilise la magie. Concentre-toi sur tes souvenirs, laisse le vent souffler sur eux et les ramener vers toi…

Elle respira bruyamment.

— Son aura, son aura est devenue pâle, trop pâle…

Sophia leva les yeux vers moi.

— Qu'est-ce que ça veut dire ?

— Rien, ma jolie, rien d'important, dis-je d'un ton rassurant.

Elle fit une grimace qui signifiait qu'elle ne me croyait pas mais qu'elle n'avait pas l'intention d'insister.

— Vous êtes drôlement forte, je n'ai jamais senti quelque chose comme ce que vous avez fait. Vous m'apprendrez ? C'est drôlement mieux que le cours d'herboristerie.

— Désolée, ce n'est pas possible.

— Mais j'y arrivais, je sentais la magie, insista-t-elle.

Je secouai la tête.

— Elle provenait de moi, j'en étais la source et toi le catalyseur. Tu ne pourras jamais utiliser ce genre de pouvoir mais tu en possèdes un autre, non ? Et à ce qu'on m'a dit, tu es une potioneuse très douée.

Elle parut soudain terriblement déçue.

— N'empêche, avec une énergie comme la vôtre, on doit pouvoir tuer n'importe qui en un seul geste...

Je fronçai les sourcils.

— C'est ce que tu veux ?

— Quoi ?

— Tuer.

— Oh oui. Je veux que vous retrouviez ceux qui ont fait ça et que vous leur fassiez payer.

Je la sondai. La haine déformait son visage et je sentais qu'elle n'avait qu'une idée en tête, démembrer lentement les responsables de l'enlèvement de sa mère.

Cette gosse n'était pas du genre à s'encombrer de scrupules inutiles.

— Tu peux compter sur moi, fis-je sobrement.

— Vous pourrez leur arracher le cœur ?

Prélever le cœur d'un être surnaturel empêchait toute guérison, courante chez les muteurs ou les loups, ainsi que toute autre possibilité de ressusciter comme le font les vampires ou les démons. Sa demande était donc parfaitement légitime, et je n'étais pas du genre à frémir d'horreur devant une petite incision, mais l'attitude de cette gosse me mettait mal à l'aise.

— Pas de problème, ça devrait s'arranger, dis-je froidement.

— Plus tard je serai comme vous, je deviendrai Assayim.

— Je te le répète, je ne suis pas l'Assayim et je ne compte pas le devenir, dis-je, excédée.

— Moi, c'est ce que je veux faire et je sais que ça me plaira.

J'allais commencer à argumenter lorsque j'aperçus quelque chose de profondément cruel et de fou dans le regard de Sophia qui me confirma qu'elle ferait peut-être effectivement une bonne recrue.

— Prends soin de toi, me contentai-je de répondre en quittant la salle de classe.

Maurane m'attendait patiemment devant la porte d'entrée.

— Ça s'est bien passé avec la petite ?

— À la place de sa mère, je me serais fait ligaturer les trompes et j'aurais adopté des yorkshires, dis-je. Au fait, vous avez un conseiller d'orientation ?

— Non, pourquoi ? me demanda-t-elle, surprise.

— Parce que Sophia semble avoir choisi de devenir sociopathe, avec en matière principale, « magie », et en option, « meurtre ».

La potioneuse sourit et je me demandai si elle avait conscience que la jeune fille ne parviendrait plus encore très longtemps à gérer ses instincts meurtriers et qu'elle risquait de faire des victimes parmi les autres élèves.

— Elle est jeune, ça la rend un peu excessive, admit-elle.

— Ouais, on va dire ça comme ça… dis-je en grimaçant.

Puis je me tournai vers elle.

— Maurane, existe-t-il une potion capable d'absorber momentanément ou non le pouvoir d'une créature surnaturelle ?

La potioneuse écarquilla les yeux et me lança un regard inquiet.

— Pas que je sache.

Elle mentait. Je sentais qu'elle mentait et je commençais à en avoir ras le bol.

— Très bien, dis-je en lui lançant un regard noir. Pas la peine de me raccompagner, je connais le chemin.

Beth m'attendait dehors près de la voiture en fumant une cigarette. Dès qu'elle m'aperçut, elle laissa éclater sa colère.

— Non mais j'y crois pas, quelle garce cette fille ! Pourquoi est-ce qu'elle ne m'a pas permis de voir la gosse avec toi ? Qu'est-ce qu'elle croit ? Que je m'amuse, peut-être ? Elles se prennent pour qui, ces pétasses de potioneuses ?

Je ne pus m'empêcher de sourire. Quand j'avais rencontré Beth, elle avait le côté pontifiant des profs de fac et s'exprimait de manière châtiée. Elle évoluait dans des milieux d'intellectuels et de gens raffinés. Je supposais que c'était sa manière à elle de nier la bête primaire et violente qui se tapissait dans le fond de son être. Mais ma mauvaise influence avait eu raison, au fil des ans, de sa bonne éducation et avait quelque peu enrichi son argot.

— Chaque clan a ses règles, Beth, dis-je d'une voix calme. Si je ne m'abuse, les loups sont même champions dans ce domaine.

— Non. Nous, on ne se serait jamais permis de faire ça. On a trop le sens de l'hospitalité.

— T'as raison. Pas plus tard qu'hier, un de tes petits copains a menacé de me violer puis ensuite de m'égorger parce que j'étais entrée sur votre territoire. Maurane, elle, au moins, m'a servi des petits gâteaux avant de tenter de me droguer avec son thé.

— Faut toujours que tu critiques, dit-elle en amorçant un sourire.

— Qu'est-ce que tu veux, c'est mon côté français, on n'est jamais content, dis-je d'un ton las. Au fait, quand est-ce que le conseil compte recruter l'Assayim ?

Elle me jeta un regard surpris, toussota et dit prudemment :

— Je n'en sais rien. Pourquoi ?

— Parce que, ces derniers temps, tout le monde semble me prendre pour lui et ça commence sérieusement à me gonfler.

— D'habitude, c'est Gordon qui se charge lui-même du boulot, je crois que depuis la fin de la guerre, ça lui manque de ne plus buter à tout va.

— Super, alors pourquoi m'a-t-il refilé le bébé ?

— D'abord t'as des capacités que lui n'a pas, et puis, c'est le conseil qui a décidé, tu sais. (Elle me lança un regard faussement inquiet.) Ils ont dû penser que t'avais le profil.

— Et ? dis-je en haussant les sourcils d'un air menaçant.

— Et comme je te l'ai déjà dit, tu as le profil, répondit-elle en éclatant de rire.

— Génial, râlai-je en la fusillant du regard.

— Alors, qu'est-ce que t'a raconté la petite ? demanda-t-elle en essayant de garder son sérieux.

— Rien de bien rassurant. L'aura de sa mère était considérablement affaiblie avant l'enlèvement.

— Comprends pas.

— C'est pas compliqué, je viens de te dire que les tordus qui ont enlevé Kathryn et Franck ont trouvé le moyen d'affaiblir leurs pouvoirs avant de les kidnapper. C'est pour ça qu'ils n'ont pas pu se défendre et que je ne parviens pas à capter leur énergie.

— Tu plaisantes ?

— J'aimerais, répondis-je en soufflant.

— Comment c'est possible ?

— Aucune idée mais on est très très mal, fis-je d'un ton lugubre.

— C'est vrai que c'est surprenant mais tu ne crois pas que tu dramatises un peu, là ?

— Non.

— Non ?

— Non.

— Fait chier.

Chapitre 10

Beth me déposa devant mon immeuble à 18 heures. Elle devait passer chez elle pour se changer et prendre une douche. Je récupérais le sac à dos qui contenait la tenue que je portais au club de Raphael, deux couteaux et des munitions, sur la banquette arrière.

— Je serai là dans une heure, dit-elle.

— Très bien.

Je claquai la portière sans rien ajouter. Je n'avais pas envie de parler et j'avais mal aux pieds à force de marcher. Les recherches chez les loueurs et dans le fichier de l'université n'avaient rien donné et mon moral était au plus bas. Et pour couronner le tout, j'avais rendez-vous avec le nouveau prof de droit, Mark et je n'avais plus du tout envie d'y aller. Je l'aurais volontiers décommandé si Beth n'avait pas insisté lourdement durant ces deux dernières heures pour que je me rende à ce foutu rencard. Selon elle, mon absence totale de vie privée expliquait mes fréquents accès d'humeur et ma propension à la violence. Je ne savais pas d'où elle sortait ces imbécillités mais je ne me sentais pas la force d'en débattre plus longtemps avec elle.

— Maman ?

— Bonjour ma chérie, l'école s'est bien passée ? dis-je en la prenant dans mes bras.

— Il n'y a eu aucun problème, si c'est ce qui t'inquiète, fit-elle avec un sourire espiègle.

Elle avait déjà pris sa douche et enfilé une ravissante chemise de nuit bleue de petite fille modèle.

— Tu as fait tes devoirs ?

Elle fit la grimace.

— Et je suppose que tu n'as pas goûté non plus ?

— Non, et j'ai drôlement faim.

— Allez, viens, on va faire des crêpes, tu iras bosser plus tard, dis-je en souriant.

Leonora adorait les crêpes à la française. Elles se cuisinaient salées avec de la farine de sarrasin, directement importée de France, j'y ajoutais du jambon, du fromage, des pommes de terre et des petits morceaux de lard.

J'ouvris la porte du frigo, pris le lait et me tournai vers Leonora.

— Tu me passes la farine ?

Ses mouvements étaient gracieux et fluides, elle se déplaçait trop vite pour qu'on puisse la prendre pour une humaine.

Je ne pus m'empêcher de lui en faire la remarque :

— Leo, moins vite, s'il te plaît.

Elle me regarda sans ciller.

— Mais il n'y a personne ici, maman. Je ne peux pas toujours faire semblant. C'est dur, tu sais.

Je soupirai et esquissai un sourire.

— Je sais, mais un jour tu risques d'oublier et de te faire remarquer par les humains ou pire…

— Et alors ? Je ne suis pas un monstre ! J'en ai assez de me cacher.

Je me figeai.

— Leo, personne ne doit jamais découvrir ce que tu es…

— Quoi ? Une sorcière ? aboya-t-elle. Arrête, maman, tu crois que je n'ai pas remarqué que je ne suis pas comme toi, que je n'ai pas les mêmes pouvoirs que toi ?

Je ne pus m'empêcher de blêmir.

— Toutes les sorcières n'ont pas les mêmes dons ou les mêmes capacités, nous sommes toutes différentes, dis-je.

Elle me foudroya du regard.

— Tu veux dire que c'est normal pour une sorcière d'avoir autant de force que l'incroyable Hulk ou de se déplacer à la vitesse de la lumière ?

J'avais la gorge nouée mais je tentai de plaisanter :

— Là, tu exagères un peu.

Son menton se mit à trembler.

— Je ne sais pas lancer un malheureux sort mais je peux balancer un camion à trois cents mètres, et c'est moi qui exagère ?

Qu'est-ce que je pouvais bien lui répondre ? Qu'elle avait plus hérité des pouvoirs de son père que des miens ? Qu'elle n'était pas une sang pur et que c'était ma faute ? Pas question, elle n'était pas plus prête à entendre la vérité que moi à la lui révéler.

— Pour les sorts, tu as fait d'énormes progrès, dis-je d'une voix que je voulais rassurante.

Elle acquiesça.

— Oui, mais… c'est comme si j'avais des murs autour de moi, comme si j'étais bloquée par quelque chose… Je crois que la magie ne m'aime pas, maman…

Je la pris dans mes bras.

— Tu dis des bêtises. Passe simplement plus de temps à t'entraîner et les choses s'arrangeront toutes seules, tu verras, lui murmurai-je à l'oreille.

Elle me serra très fort.

— Je vais faire un effort.

— Bon, alors, on les fait ces crêpes ? dis-je en m'installant derrière les fourneaux.

Quinze minutes plus tard, une louve affamée dévorait allégrement son repas avec ma fille tandis que je me préparais pour sortir.

— Tu veux un coup de main ? cria Beth en finissant de mastiquer.

— Non, merci, hurlai-je de ma chambre.

— Tant pis pour toi.

Beth et Leonora avaient surgi sur le palier de la porte à la vitesse de la lumière. Leurs yeux brillaient d'excitation.

— Leo, je t'ai dit de ne pas te déplacer aussi vite.

— Arrête, j'adore faire la course avec ta fille, fit Beth en riant.

— C'est ce que tu vas porter, maman ? demanda Leonora en faisant une grimace.

Je me regardais dans la glace. Un jean noir, un pull noir, des ballerines noires, il n'y avait rien à redire. De plus, j'avais fait un effort quant au maquillage.

— Après le restaurant, je dois me rendre dans les bars de la ville, dis-je en haussant les épaules.

— Hum… fit Beth en regardant Leonora qui secouait la tête, l'air réprobateur.

— Pour une fois que tu sors avec un homme, maman, je trouve que tu pourrais mieux faire.

— Je suis tout à fait d'accord avec ta fille, dit Beth en me tendant un paquet.

— Qu'est-ce que c'est ?

— Un petit cadeau, dit-elle avec un sourire mystérieux.

Je déballai le papier et trouvai une robe portefeuille en mousseline verte de la couleur de mes yeux.

— Essaie-la, fit ma fille en caressant le tissu fin et soyeux.

Je soufflai bruyamment mais me déshabillai sans broncher. De toute façon, ces deux-là étaient de vraies sangsues, elles ne me lâcheraient pas avant de me voir porter cette fichue robe.

Et le reflet dans la glace me dit qu'elles avaient eu raison d'insister. Elle m'allait à la perfection.

— Tu as dû payer ça une fortune, dis-je à Beth.

— Oui, mais ça en valait la peine, répondit-elle.

— Oh, ça oui, fit Leonora d'une voix émue.

— Eh bien merci pour ces compliments, les filles. Quant à toi, ma petite chérie, dis-je en me tournant vers Leonora et en regardant ma montre, il est l'heure d'aller te coucher.

— Tu ne me laisses pas voir à quoi il ressemble ? demanda-t-elle, visiblement déçue.

Grand, brun, sexy, viril et humain. Bref, rien qui puisse intéresser une petite fille de ton âge.

— Écoute. Je ne sais pas pourquoi j'ai accepté son invitation, mentis-je en lançant un regard furibard à

Beth, et je ne pense pas le revoir. C'est un simple dîner au restaurant avec un ami, pas un rendez-vous amoureux.

— Ça m'étonnait aussi, dit Leonora en soupirant.

— Quoi ? On n'est pas bien toutes les deux ? Enfin, je veux dire toutes les trois ? dis-je en souriant à Beth.

— Si, maman, mais tu as quand même le droit de t'amuser un peu.

— M'amuser ?

— Ben oui. Les autres mères de mes copines, elles ont des maris ou des mecs, toi, tu n'as jamais personne, c'est quand même bizarre. Et puis...

— Et puis quoi ?

— Tu ne parles jamais de mon père. À part pour me dire qu'il est mort.

Ah ça, pour être mort, il est bien mort. Depuis dix siècles, au moins...

— C'est faux, je t'ai déjà parlé de lui, répondis-je.

— Oui, si on veut. Tu m'as dit comment il était mais jamais ce que tu ressentais pour lui, ni que tu l'aimais ni rien sur vous deux.

— Je t'en parlerai quand tu seras en âge de comprendre, répondis-je.

Beth dut sentir mon embarras parce qu'elle choisit d'intervenir :

— Allez, viens, ma belle, je vais te raconter une histoire de loups très très méchants...

— Beth !

— Ben quoi ? Tous les enfants aiment les histoires de grands méchants loups, répondit-elle en prenant la main de Leonora pour la conduire dans sa chambre.

Ma fille avait beau être extrêmement mûre pour son âge, il ne fallait tout de même pas pousser…

— T'inquiète, maman, il n'y a que les très méchantes sorcières qui m'impressionnent vraiment, dit Leonora en riant.

— T'as raison, elles sont bien plus terrifiantes, répondit Beth en éclatant de rire à son tour.

Chapitre 11

Durant le trajet qui menait au restaurant, je regardais par la fenêtre en maudissant Beth de toute mon âme. Mark Feldman avait beau être terriblement séduisant, j'avais d'autres chats à fouetter en ce moment que de me rendre à un rendez-vous galant.

— Tout va bien ? demanda-t-il au bout de quelques minutes.

Je me tournai vers ses prunelles brunes qui m'observaient.

— Pas vraiment. Je suis désolée mais je crains de ne pas être de bonne compagnie ce soir.

— Une dure journée ? Je sais ce que c'est, un peu de détente ne vous fera pas de mal.

Ça, c'était sûr. Et je savais exactement ce qui m'aurait parfaitement détendue, mais je doutais que le meurtre d'un humain dénommé Quentin soit le style de détente auquel Mark faisait allusion. Je me contentais donc d'acquiescer en silence.

— Vous n'êtes décidément pas bavarde, dit-il en souriant.

Ses boucles de cheveux bruns cachaient en partie son visage et adoucissaient ses traits incroyablement virils.

— Pas très, c'est vrai, reconnus-je.

Je n'étais jamais sortie en tête à tête avec un homme. Avec Michael, il était hors de question de s'afficher en public et, après lui, j'avais passé plusieurs années à décliner systématiquement les invitations de mes nombreux prétendants humains. Il faut dire qu'entre la guerre, Leo et le boulot, j'étais déjà bien assez débordée. Sans compter qu'avoir une relation avec le sexe opposé n'était pas vraiment naturel chez les Vikaris (en dehors du fait de procréer, je veux dire). Les hommes et les femmes vivaient séparément depuis des siècles. Et pour moi, c'était pire : j'étais la Prima.

— Depuis combien de temps êtes-vous installée ici ?

— Depuis quelques mois…

— Vous vous êtes déjà fait des amis ?

— Non, pas vraiment. J'ai une amie que je connais depuis longtemps mais à part elle… vous savez, je ne suis pas d'un naturel très sociable, en général. Alors ne m'en veuillez pas si j'ai parfois un peu de mal à échanger des banalités.

— Génial. Je vous trouve encore plus distrayante que je ne l'imaginais, dit-il en s'esclaffant.

Le rire le rendait chaleureux et sympathique. Je me mis enfin à sourire.

— Distrayante ? C'est un terme qui peut me convenir d'une certaine façon, en effet, fis-je d'un ton ambigu.

— Vous savez, je vous ai cherchée tout à l'heure à la fac, les services de l'administration m'ont dit que vous étiez souffrante.

— J'avoue, j'ai séché les cours. C'est mal, hein ?

— Je serais curieux de savoir à quoi vous avez occupé votre journée…

Hum… laisse-moi réfléchir… j'ai failli tuer un jeune loup, j'ai pratiquement émasculé un barman et sauvé la vie d'une fillette tout en jouant au détective privé pour la communauté surnaturelle de la ville. Après je suis rentrée tranquillement chez moi pour m'occuper de ma fille.

— J'ai eu plusieurs problèmes personnels à régler, dis-je.

— Et alors ? Tout s'est arrangé ?

— Pas tout à fait mais je ne désespère pas, fis-je en regardant la route défiler.

— Si vous avez besoin d'un coup de main, n'hésitez pas, dit-il d'un ton très sérieux tout à coup.

Si cet humain était capable de remettre en marche ma libido inexistante, je doutais sincèrement qu'il puisse faire quoi que ce soit d'autre pour moi.

— Euh… oui, merci, c'est… gentil, dis-je en esquissant un sourire.

Il caressa doucement ma joue avec son doigt et ajouta :

— Si c'est un problème de petit ami, je peux…

— Je n'ai pas de petit ami, l'interrompis-je.

— Pas de petit ami ? Non, là, je ne vous crois pas.

— Écoutez, je préfère être franche. Je ne cherche pas de relation suivie et je ne veux aucune intrusion dans ma sphère privée, j'ai une fille et nous aimons vivre toutes les deux et seulement toutes les deux.

Je ne pouvais pas partager le quotidien des humains. On ne peut vivre vingt-quatre heures sur vingt-quatre avec quelqu'un et lui cacher ce qu'on est vraiment. Mais je ne considérais pas ça comme un problème.

— Vous avez l'air sincère, dit-il en plantant son regard dans le mien.

— Ça a l'air de vous surprendre.

— Un peu, j'avoue. En général, les femmes disent qu'elles veulent être indépendantes, libres, mais elles recherchent toujours l'homme idéal pour fonder une famille, et ça, quel que soit le milieu social ou culturel. Vous, vous ne cherchez ni à séduire ni à être aimée, ce n'est pas banal.

« Aimer » était un terme que j'avais appris sur le tard, en donnant naissance à Leonora, puis en rencontrant Beth. Avec ma fille, j'avais découvert la tendresse, les bisous, les câlins, et avec Beth l'amitié, la complicité et le rire. J'avais changé, évolué, je m'étais petit à petit ouverte aux émotions, mais le chemin à faire était encore très long pour ressembler vraiment à l'idée que les humains se faisaient d'une femme ordinaire.

— Ça vous déstabilise ?

— Non. Ça m'intrigue et ça me fait m'interroger sur ce qui vous a fait accepter mon invitation à dîner.

— À dire vrai, je n'en ai aucune idée, répondis-je en riant.

— Vraiment ? fit-il en tournant dans un chemin de campagne et en coupant le moteur un peu plus loin.

— Qu'est-ce que vous faites ?

— Je compte vous aider à répondre à cette question, dit-il en approchant ses lèvres des miennes.

Je ressentis soudain une sensation étrange dans mon bas-ventre.

— Je ne suis pas certaine que… haletai-je.

— Vraiment ? dit-il en posant son bras sur le dossier de mon siège.

— Vraiment, chuchotai-je tandis que des frissons me parcouraient le corps.

— Menteuse.

Il posa doucement ses lèvres contre les miennes et m'embrassa. Sa langue s'enroula autour de la mienne et je sentis une vague de désir entre mes cuisses. C'était étrange de ressentir de nouveau cette sensation, un peu comme quand on est malade et qu'on finit enfin par guérir. On se sent à la fois euphorique et terriblement vivante.

— Tu me trouves trop rapide ? demanda Mark d'un ton anxieux.

Ses yeux reflétaient un tel besoin que je cessais un moment de respirer. J'étais surtout habituée à voir ce genre de réactions chez les lycanthropes ou les muteurs. Eux étaient bien trop soumis à leurs pulsions ou à leurs désirs pour pouvoir y résister.

— Non, dis-je en me collant à lui comme un naufragé à une bouée de sauvetage.

Je ne ressentais rien pour lui mais ça m'était égal. J'avais passé dix ans sans avoir la moindre envie de faire l'amour avec un homme. Dix ans sans être caressée, enlacée, ni même embrassée. Mon corps avait choisi cet humain pour renaître et même si mon âme, mon cœur ne tressaillaient pas à son contact, sous son regard, ça n'avait pas la moindre importance. Bien au contraire.

Lui, au moins, ne pouvait pas me blesser ou me trahir, pas plus qu'il n'avait la possibilité de me faire souffrir comme Michael ou… comme Raphael, si je lui en laissais l'opportunité.

— Si tu savais depuis combien de temps je t'attends, murmura-t-il en collant son front contre le mien.

Euh… faut quand même pas s'emballer. Les mecs sexy et expérimentés comme lui ne sont pas censés dire ce genre de mièvreries. Si ?

Heureusement pour lui, il m'embrassa de nouveau et j'oubliais l'impression désagréable qu'il venait de me faire pour me perdre dans un torrent de sensations. Il glissa une main sous ma jupe. Je gémis de plaisir et me surpris à haleter sans pudeur sous la pression de ses doigts experts. Soudain une chaleur intense me submergea et je me mis à crier.

— Viens, murmurai-je.

— Supplie-moi… dit-il.

Son odeur agissait comme un appel sensuel, je n'arrivais pas à lutter.

— S'il te plaît, m'entendis-je murmurer, stupéfaite.

Il me lança un regard triomphant, allongea mon siège et se glissa au-dessus de moi. Je ne l'avais même pas vu enfiler son préservatif.

— Tu es magnifique, souffla-t-il.

Il remonta ma robe sur mes hanches et me pénétra doucement. Des gémissements sortaient de ma bouche, mais je ne reconnaissais pas ma voix. À chacun de ses mouvements, j'étais secouée de spasmes de plaisir et ma respiration se faisait de plus en plus haletante. Il passa alors sa main sous mes fesses et s'avança en moi, dans la partie la plus secrète de mon intimité, et je criai jusqu'à en avoir le souffle coupé.

— Ce n'est pas fini… l'entendis-je me chuchoter à l'oreille.

Il souleva mes jambes et se mit à s'enfoncer encore plus profondément et à accélérer la cadence de son va-et-vient. Je le voulais encore et encore plus et tout mon corps commença à trembler. Lorsque l'orgasme me submergea, violent, puissant, presque douloureux, la sensation était si forte que je crus que mon cœur allait exploser.

Je hurlai son prénom et m'écroulai presque sans connaissance.

— Ça, c'était une petite baise d'urgence. La prochaine fois, je te ferai vraiment l'amour et je te jure que notre petite séance d'aujourd'hui te paraîtra bien fade en comparaison, dit-il tandis qu'il se rasseyait rapidement sur son siège et démarrait le moteur de la BMW.

Alors là, chapeau. Pour quelqu'un qui n'avait fait l'amour qu'avec un seul homme – enfin avec un seul vampire – j'avais fait très fort. Mais bon. Il fallait voir le bon côté des choses, lui au moins était humain, vivant, et il baisait comme un dieu.

— Heu… tu comptes vraiment aller au restaurant ? demandai-je d'un ton gêné, en défroissant ma robe.

— Pourquoi, ça t'a coupé l'appétit ?

— Je préférerais rentrer. Écoute, tu peux croire ce que tu veux et je ne t'en blâmerais pas mais ce n'est pas dans mes habitudes de…

— Je sais, fit-il en m'interrompant aussitôt.

Je ne savais pas comment réagir. Faire comme si de rien n'était et mettre un terme à cette histoire ou au contraire continuer à me servir de lui comme d'un repoussoir à vampires ? Tout bien considéré, je n'avais pas vraiment le choix, et puis, ça liait l'utile à l'agréable. Assouvir mes désirs et mes besoins avec Mark me rendrait peut-être moins sensible au charme de Raphael et à l'étrange sentiment que je commençais à ressentir pour lui.

C'était sans doute lâche et un peu glauque mais beaucoup plus prudent que d'attendre stoïquement qu'une catastrophe se produise.

— Comment s'appelle-t-il ?

Je sursautai et le dévisageai.

— De qui parles-tu ?

— C'est pas grave, dit-il en affichant un sourire narquois tandis que la voiture accélérait brutalement.

Quinze minutes plus tard, je remontai les marches qui menaient à la maison.

Beth, assise devant la télévision, leva la tête, surprise.

— Tu as oublié quelque chose ?

— Oui, mon cerveau, dis-je en me dirigeant vers ma chambre.

Elle me suivit, l'air intrigué.

— Tu sens… merde, mais tu as baisé.

— Vas-y, crie plus fort. Je te signale que ma fille est dans la chambre à côté, fis-je, excédée.

— Tu es partie durant moins d'une heure, y a pas à dire, il est doué ce mec, dit-elle avec une pointe d'admiration dans la voix.

— C'est tout ce que tu trouves à dire ? lançai-je en m'écroulant sur mon lit.

Elle soupira et dit d'un air moqueur :

— J'ai cru que tu avais définitivement renoncé aux hommes, excuse-moi, mais ça me soulage de savoir qu'il n'en est rien.

— Génial, il y en a au moins une de nous deux que ça réjouit que je me sois envoyée en l'air, raillai-je.

— Attends, c'est quoi le problème ? Je l'ai vu par la fenêtre ton type, c'est un vrai canon. Ne me dis pas que c'était un mauvais coup ou qu'il t'a larguée ?

— Non, rien à voir…

Elle me fixa en prenant tout à coup un air sévère.

— Je parie que tu l'as laissé te toucher mais que tu as insisté juste après pour rentrer te terrer. Tu sais, avoir des relations, discuter avec les gens, apprendre à les connaître, ça peut avoir du bon, parfois. Tu me raconteras un jour ce qu'a bien pu te faire le père de ta fille pour que l'amour te fasse si peur ?

— Je n'ai pas peur, Beth. Je ne ressens pas les choses comme toi, c'est tout.

— Je ne te crois pas. Je sais que tu as eu un problème grave avec le père de Leo et que tu t'es barricadée dans ta solitude par peur de souffrir. Jusque-là, je me suis tue. J'ai respecté ton silence à son sujet parce que je respectais ta vie privée mais je ne supporte plus de te voir gâcher ton existence. Mets-toi bien dans la tête que les hommes ne sont pas tous…

— Arrête ça, l'interrompis-je, tandis que les larmes me montaient aux yeux. Son père n'était pas un homme.

— Tu chipotes. Évidemment qu'il n'était pas humain. Tu crois que je n'ai pas été étonnée par la force de ta fille et par ses autres capacités ? Entre nous soit dit, je n'ai jamais vu une sorcière comme elle. Ton clan doit vraiment être spécial pour…

— Mon clan n'a rien à voir là-dedans. Leo est une métisse. Son père n'est pas de mon espèce et elle tient beaucoup de lui, lâchai-je, à bout de nerfs.

— Pourquoi ne me l'as-tu pas dit ?

— Parce que je n'en voyais pas l'utilité et aussi parce que tu ne voulais pas le savoir.

— Je ne voulais pas le savoir ?

— Non.

— Je ne comprends pas.

— Tu es un loup, Beth. Tu te souviens de la première fois où je t'ai présenté ma fille ?

— Bien sûr. C'était la plus belle petite fille que j'aie jamais vue de ma vie.

— Et tu te rappelles la réflexion que tu m'as faite ce jour-là, à propos de son odeur ?

— Évidemment. Elle sent la rose et…

— Et ?

— … et quelque chose d'autre, une sorte de parfum âcre, très désagréable.

— Pour un loup ?

— Heu… oui.

— Et tu n'avais aucune idée de ce que ça pouvait être ?

— Non, mais je m'y suis habituée, pourquoi est-ce que tu…

Elle s'interrompit brusquement.

— Qu'est-ce que tu essaies de me dire ?

Cela faisait sept ans qu'elle était en plein déni, je ne m'attendais pas à ce qu'elle accepte la vérité facilement, mais là elle commençait à m'agacer.

— Son père est un vampire, dis-je, la gorge nouée. Alors enlève un peu tes œillères et arrête de m'emmerder avec les mecs et la façon dont je devrais gérer ma vie sentimentale. Parce que, crois-moi, je suis une vraie catastrophe dans ce domaine et j'aurais tout intérêt à continuer de les éviter.

Elle écarquilla les yeux et pâlit brusquement.

— C'est impossible… les vampires ne peuvent pas… ils sont incapables de… Non mais tu délires ou quoi ?

Elle respira un grand coup.

— Il t'a… forcée ?

— Non, juste séduite, j'avais seize ans et aucune expérience et puis… il était magnifique et brillant.

— C'était aussi un ennemi, dit-elle d'un air réprobateur, et un mort vivant. Comment a-t-il pu te mettre enceinte ? C'est impossible.

— Je sais. C'est pas de bol, hein ? dis-je d'un ton amer. Bon, je vais prendre une douche et dormir une heure ou deux avant d'aller patrouiller.

— Rebecca… murmura-t-elle d'une voix peinée.

— Tu es toujours d'accord pour t'occuper de Leo pendant mon absence ? Non, parce que si ça te gêne qu'elle soit à moitié vampire…

Elle me regarda, visiblement outrée.

— Ça ne va pas, non ? Pour moi, ça ne change rien. Je suis désolée d'avoir réagi de cette façon mais avoue quand même que ça fait un choc…

— J'imagine que oui.

Elle se mit soudain à sourire.

— Remarque, il faut voir le bon côté des choses. Ta fille est unique. Unique et merveilleuse. Si on m'avait dit un jour que j'aimerais un vampire…

— Elle n'est pas morte, alors à proprement parler ce n'est pas un vampire.

— Non. Non, tu as raison, dit-elle précipitamment.

— Leo grandit, Beth, dis-je en soupirant, je n'ai aucune idée de ce qui va se passer.

— Que veux-tu qu'il se passe ? C'est une adorable gamine, mature, intelligente et débrouillarde.

— Et très puissante.

— Et très puissante, d'accord. Mais ce n'est pas une tête de linotte, elle sait se contrôler.

— Pour le moment. Mais l'adolescence approche à grands pas, et avec elle son déluge d'hormones et de transformations. Comment crois-tu qu'elle va pouvoir gérer ça ?

Beth grimaça, soudain mal à l'aise.

— Tu as peur qu'elle s'attaque aux humains ?

— C'est une simple question de temps. À un moment donné, sa véritable nature va faire surface. Ce sera plus fort qu'elle, elle sera incapable d'agir autrement.

— Est-ce que tu essaies de me dire qu'elle va ressentir l'appel du sang ?

— Ça paraît probable. Chaque jour qui passe, elle devient plus forte et petit à petit, son énergie se transforme et prend la couleur ambre, froide et acidulée des morts vivants. Et je t'avoue que je ne sais pas comment affronter ça.

— Forme-la. Apprends-lui à se battre et à canaliser les pouvoirs qu'elle va acquérir au fur et à mesure qu'ils arriveront. Et si elle représente un trop grand danger pour les autres, isole-la, le temps qu'elle se contrôle suffisamment pour ne pas risquer de tuer ou de se faire tuer.

La meute enfermait systématiquement les jeunes loups lors de leurs premières transformations, le temps pour eux d'apprendre à maîtriser leur instinct de chasseur et de prédateur.

Ça évitait les carnages.

— C'est une idée intéressante.

— Et qui a fait ses preuves, ajouta-t-elle en souriant. En plus, avec un professeur comme sa mère, ce sera facile. Je n'ai jamais vu quelqu'un – à part Raphael, bien sûr, fit-elle en me faisant un clin d'œil – capable de montrer autant de self-control que toi. Tu restes toujours froide, rationnelle, tu ne te laisses jamais guider par tes émotions.

J'éclatai de rire.

— Tu parles. Je suis tombée enceinte d'un vampire et après dix ans d'abstinence, je me suis tapé un inconnu dans une voiture, alors mon côté rationnel, tu sais...

Elle se mit à rire à son tour.

— Bon, d'accord. Tu as une drôle de façon de gérer ta vie privée mais pour le reste, tu es géniale. Leo a beaucoup de chance d'avoir quelqu'un comme toi pour la guider. Je ne sais pas comment tu as appris à gérer tes pouvoirs et à dominer tes émotions, mais tu ferais bien de lui donner la même formation que celle que tu as eue.

— Non, fis-je sèchement.

— Mais...

— Leo n'est pas une sorcière comme moi. Malgré tous ses pouvoirs et sa force, elle n'y survivrait pas.

Elle me fixa d'un air perplexe.

— C'était à ce point ?

— Tu n'as pas idée…

— Bon, eh bien, ce n'est pas grave. Fais-lui un programme spécialement conçu pour elle afin qu'elle apprenne à devenir un gentil petit vampire. Au fait, tu crois qu'il va lui pousser des crocs ? fit-elle en souriant.

— Je n'en ai aucune idée, il n'y a jamais eu un métissage pareil avant, pourquoi ?

— Parce que je pourrais enfin l'emmener à la chasse avec moi, fit-elle avec enthousiasme, ce serait sympa…

— T'as raison, ce serait vraiment « sympa », dis-je en lui pinçant le bras jusqu'au sang.

— Aïe ! Si on ne peut plus plaisanter, alors…

Chapitre 12

J'avais pris la liste des bars et des boîtes de la région. Il y en avait plus d'une douzaine sans compter ceux de Winooski, de South Burlington et autres. La plupart de ces endroits étaient complètement bondés. La clientèle était en majorité composée d'étudiants et de jeunes des environs. En entrant au Brooklyn, le troisième night-club, je croisai un groupe de jeunes près du bar. L'un d'entre eux, un grand blond dégingandé, se tourna vers moi, un verre à la main. Je le reconnus aussitôt.

— Bonsoir, madame Kean, fit-il.

— Bonsoir, Kevin.

— C'est la première fois qu'on vous voit ici, dit-il d'une voix assez forte pour couvrir le bruit de la musique qui crevait mes tympans

Tu m'étonnes. Je me sentais aussi à l'aise parmi ces danseurs frétillants et grisés par l'alcool qu'une carpe sur un banc de sable.

— Effectivement, Kevin, effectivement. Mais dis-moi, j'espère que tu as terminé ton commentaire sur *Voyage au bout de la nuit* parce que je n'accorderais aucun délai supplémentaire cette fois. Tu peux le dire aux autres, dis-je en faisant signe au barman.

Je le vis déglutir, hocher la tête en silence et se tourner rapidement vers ses amis. J'esquissais un sourire. Mettre des limites, c'est mon credo. Rien de tel qu'une prof tyrannique et obsessionnelle pour décourager les jeunes dragueurs en herbe.

— Qu'est-ce que vous désirez boire ? me demanda le barman en me jetant un regard admiratif.

Il devait avoir environ vingt-cinq ans, portait une chemise très moulante et une boucle d'oreille. Son visage était assez ordinaire mais je sentais chez lui une énergie caractéristique qui, elle, ne l'était pas.

— Je peux vous parler une seconde ?

— Mais c'est ce que tu fais, chérie, répondit-il avec un sourire charmeur.

— Commander un verre, ce n'est pas une discussion, mon petit loup, dis-je.

Il se figea aussitôt et me fixa, l'air pensif.

— Qui êtes-vous ?

— Une amie de Gordon et de Beth.

— Qu'est-ce que vous voulez ?

Des étoiles jaunes étaient apparues dans le marron de ses yeux. Le petit dragueur banal et sans consistance avait disparu et avait fait place à ce qu'il était vraiment : un prédateur.

— Un renseignement.

— Désolé, je ne vous connais pas.

Décidément, je n'avais vraiment pas de chance avec les barmen.

— Appelle ton Alpha et dis-lui que Rebecca est là. Il n'y aura pas de problème, tu verras…

— Je le lui demanderai la prochaine fois que je le verrai, repassez dans quelques jours, me répondit-il d'un ton condescendant.

Je lui attrapai la main et envoyai une onde de pouvoir insuffisante pour le blesser mais bien assez forte pour lui faire mal.

— Je n'ai pas le temps de jouer. Je ne suis pas une de vos femelles, alors il est inutile de chercher à me dominer. Est-ce que c'est clair ? fis-je d'un ton autoritaire.

Il se massa la main, les traits crispés par la douleur.

— Ça va, dit-il, je l'appelle.

Quelques instants plus tard, il se tenait devant moi. Son visage avait perdu toute trace d'arrogance et une lueur étrange brillait dans ses yeux... de la curiosité peut-être.

— Je m'appelle Bruce et je suis à votre disposition, charmante dame, dit-il en s'inclinant légèrement.

Bruce ? Beth m'avait déjà parlé de lui. Il avait intégré la meute deux ans plus tôt. Elle l'aimait bien et le trouvait attachant... Ah non... non. Sexy et attachant.

— Je cherche un homme, un humain d'environ trente ans. Grand, brun, extrêmement séduisant. Il doit faire dans les 80 kilos et s'appelle Quentin. Est-ce que ça te dit quelque chose ?

Après plusieurs secondes de réflexion, il dit :

— Je n'en suis pas sûr mais il me semble avoir vu ce type avec un ou deux habitués.

— Des humains ?

— Oui.

— Tu te souviens de leurs noms ?

— Ils s'appellent Max et Debby mais je ne les connais pas plus que ça. Ils viennent en général le samedi, je ne me souviens pas de les avoir vus le week-end dernier.

— Tu n'as aucune idée de l'endroit où ils habitent et comment les joindre ?

Il secoua la tête.

— Non.

— À quoi ressemblent-ils ?

— Debby a la quarantaine bien tassée, elle est blonde, vulgaire et maquillée comme une voiture volée, Max a du bide, un début de calvitie et il porte des chemises improbables.

— Ça va être difficile de les louper, dis-je en riant.

— Tu parles, les beaufs, ce n'est vraiment pas ce qui manque ici, soupira-t-il.

— Et Quentin ? Est-ce que tu as remarqué quelque chose de particulier en ce qui le concerne ?

— Je ne l'ai pas vraiment approché. Il n'a jamais passé directement de commandes au bar. Il était installé dans le carré VIP et c'est ma patronne, Hope, qui s'occupe personnellement de ce genre de clients.

— Elle est ici, ce soir ?

— Non. Elle n'est jamais là, le jeudi.

— Tu peux me donner son adresse ?

— Tu es déjà allée chez Raphael ? demanda-t-il en souriant.

— Pourquoi me poses-tu cette question ? fis-je, surprise.

— Hope vit avec Raphael, dit-il avec un air de sous-entendu. C'est un vampire.

Je sentis mon cœur se serrer malgré moi.

— Vu ta tête, ça n'a pas l'air de t'enchanter. Tu as un problème avec les buveurs de sang ? demanda-t-il en riant.

Lorsqu'il riait, son visage passait de la catégorie « ordinaire » à la catégorie « beau gosse ».

— Je ne les apprécie pas particulièrement, admis-je.

— Et pourtant, je ne vois pas de croix autour de ton cou…

— Elles ne fonctionnent qu'avec les très jeunes vampires, ce ne sont pas eux qui m'effraient le plus.

Et puis, j'avais renoncé à porter tout symbole religieux à cause de Leonora. Lorsqu'elle n'était encore qu'un tout petit bébé, elle avait saisi ma croix dans sa main et ça l'avait sévèrement brûlée. Depuis, elle portait au creux de la paume la seule cicatrice que son corps n'avait jamais réussi à guérir.

— Hum… dit-il en me scrutant, si tu as besoin de renfort, je termine mon service dans une heure, je pourrai t'accompagner.

— C'est très galant de ta part, dis-je.

— Comme je te l'ai expliqué plus tôt, Gordon m'a demandé de me mettre à ton entière disposition, quoi que tu me demandes, dit-il d'une voix suave.

L'allusion au sexe était claire mais je ne m'en offusquais pas. Le type était du genre à baratiner toutes les filles et je sentais qu'il me draguait plus par habitude que par réel intérêt.

— Je te laisse ma carte, si tu vois Quentin, Max ou Debby, appelle-moi, dis-je.

— Et si je ne vois rien ? Je peux tout de même t'appeler ? dit-il d'un ton amusé.

Je ne pus m'empêcher de sourire.

— Laisse tomber, Bruce, je ne suis pas ton type.

— Oh que si ! répondit-il tandis que je m'éloignais.

À la sortie de la boîte, je croisais deux hommes de type caucasien, un grand brun plutôt maigre et un petit trapu aux cheveux frisés. D'après leur signature énergétique, il s'agissait de deux jeunes vampires. Je passai devant eux et les sentis aussitôt m'emboîter le pas. (Je commençais à me demander si je n'avais pas besoin d'un exorciste... j'étais un vrai aimant à emmerdes ces derniers temps.)

Le bon côté des choses, c'était que les buveurs de sang âgés de moins d'un siècle ne présentaient pas de réelle menace. Je décidais donc de les attirer vers une ruelle loin des réverbères et des regards curieux.

— Bonjour belle dame, vous désirez un peu de compagnie ?

Le petit trapu avait une grosse tête et des yeux globuleux. Ses joues étaient flasques et la graisse qui pendouillait sous son menton formait un goitre peu ragoûtant. Le ou la vampire qui l'avait transforme avait vraiment des goûts douteux.

— Et si vous m'évitiez les banalités ? fis-je en le fixant.

— Je crois que la petite dame préfère décliner ta proposition, Phil, traduisit son compagnon en sortant les crocs.

Lui, avait un visage anguleux et un long nez. Ses yeux étaient rapprochés et ne brillaient pas par leur intelligence.

— Tuer ou hypnotiser des humains est interdit dans cette ville, messieurs, dis-je d'une voix glaciale, si vous avez faim, il faudra vous contenter du dépôt qui se trouve sur Main Street, on vous fournira selon vos besoins.

Se nourrir directement à la source était proscrit par le traité dans les villes et les agglomérations de moins de 400 000 habitants. En dessous de ce chiffre, les meurtres et les disparitions risquaient d'attirer l'attention des humains et de la police. Depuis plus d'un an, les vampires étaient donc obligés de se ravitailler dans des banques de sang privées, détenues par la communauté.

Évidemment, au début, il y avait bien eu quelques grognements et des réticences, surtout parmi les jeunes vampires, les plus sensibles à l'appel du sang. Mais après quelque temps, et l'élimination systématique des plus récalcitrants, les choses avaient fini par s'installer.

Le grand brun me lança un regard surpris.

— Qui es-tu ?

Je levai les yeux au ciel.

— Quelqu'un qui va te tuer si tu continues à poser des questions idiotes, répondis-je avec agacement.

— Elle n'a pas froid aux yeux, pas vrai, Phil ? fit-il en me lançant un regard curieux.

— Ça ne va pas durer, fit le petit grassouillet.

Quand on est con, on est con...

— Ça c'est sûr, dis-je en souriant.

Une lumière rouge m'entoura tout à coup, je concentrai mon pouvoir de feu et envoyai sur le trapu vindicatif une boule d'énergie qui l'embrasa en quelques dixièmes de seconde.

— Poussière, tu redeviendras poussière *et cætera, et cætera*, dis-je en me retournant vers le grand brun.

— Salope, rugit-il en bondissant vers moi.

Mais j'avais déjà esquivé son attaque et le pouvoir de la terre l'avait envoyé valser contre la porte en fer du petit immeuble puis l'avait fait imploser.

— T'as le choix. Ou tu rentres chez toi pour ne plus jamais revenir, ou je te tue. Qu'est-ce que tu préfères ? Dépêche-toi, tu n'as pas toute la nuit pour décider.

Il se releva rapidement. Puis il se mit à sourire étrangement.

— Après mûre réflexion, je crois que je préfère rentrer chez moi. Les femmes y sont moins jolies mais plus reposantes.

— Excellente décision, fis-je tandis qu'il disparaissait prudemment.

— Alors, on aime rosser les gamins mal élevés, sorcière ?

Mon regard se braqua sur les ténèbres et je sentis soudain une présence étrange et une aura que je n'avais jamais croisées jusqu'alors.

Je décryptai son énergie et me figeai. Il était à la fois homme et animal mais aussi vampire et démon. C'était comme si les morceaux étaient vraiment différenciés mais imbriqués dans un seul puzzle et il émanait de lui quelque chose de captivant et de monstrueux.

J'étais subjuguée, comme face à une catastrophe naturelle. Lorsqu'il sortit enfin de l'obscurité, je m'aperçus qu'il était entièrement masqué et couvert d'une cape noire qui le cachait de la tête aux pieds.

Je m'arrachai de force à ma contemplation malsaine pour lui répondre :

— Qui es-tu ?

Je sortis mon arme et la braquai dans sa direction. J'avais utilisé pas mal d'énergie pour me débarrasser des deux abrutis et je ne savais pas combien de temps il me faudrait pour retrouver la pleine capacité de mes pouvoirs.

— On m'a dit que tu me cherchais et comme j'avais très envie, moi aussi, de te connaître…

— Pour quelle raison suis-je censée te chercher ?

— Tu es l'Assayim, non ? Le Directum t'a chargée de me liquider.

— Je ne suis pas l'Assayim, je recherche des personnes disparues. Tuer les responsables de leurs enlèvements ne fait pas partie de mes priorités.

— Je suis ravi de l'apprendre, plaisanta-t-il.

Je me mordis la lèvre pour ne pas exploser. La patience n'était pas mon point fort.

— Qu'est-ce que tu veux ?

— Une fille comme toi me conviendrait.

— Tu me demandes en mariage ou tu veux me tuer ?

— Ni l'un ni l'autre, grogna-t-il en avançant dans ma direction, mais je suppose que même si je suis très poli et que je te demande de me suivre gentiment, tu émettras quelques objections… « Pas ce soir, je suis trop fatiguée »… « Désolée, j'ai un autre rencard », ou… « Oh, je ne peux pas, je ne suis pas habillée pour l'occasion ».

Je ne pus m'empêcher de sourire.

— Je vois que les femmes ne t'ont pas beaucoup ménagé.

— Ne t'en fais pas pour moi, j'obtiens toujours ce dont j'ai envie.

— Pas cette fois.

Je tirai une fois, deux fois, puis vidai mon chargeur mais il continuait à avancer comme si de rien n'était. L'air crépitait d'énergie.

Je sortis une dague en argent de ma ceinture. J'avais été formée au combat rapproché mais je n'étais pas très douée dans ce domaine. Mon cœur se mit à battre violemment dans mes oreilles. Combattre à mains nues ne risquait pas d'allonger mon espérance de vie mais le toucher semblait le moyen le plus sûr d'utiliser l'énergie qui me restait pour le pulvériser.

J'entamai une psalmodie tandis qu'il se tenait maintenant à un mètre de moi.

— Tu veux te battre, beauté ?

Je reculai sans le quitter des yeux vers un bâtiment où se trouvait un jardin minuscule. Je m'agenouillai sur le sol qui trembla sous mon corps. Les végétaux sortis de nulle part poussèrent tout à coup entre mes jambes et le pouvoir de la terre coula lentement dans mes veines, tel un goutte-à-goutte. Le monstre saisit mon bras pour me relever et je projetai le peu de magie que je venais de récupérer tout en lui entaillant violemment le bas-ventre.

Il poussa un grognement de dépit et recula, sonné. Une sorte de liquide noirâtre coulait le long de sa jambe. J'étais couverte de terre, épuisée et frustrée. Je me plaquai contre le mur de l'immeuble en me demandant si j'avais encore assez de ressource pour l'achever.

Une sorte d'agitation parcourut la créature. J'entendis son claquement de langue et un rugissement furieux. Ouille. Il était en bien meilleur état que moi. Pas la peine de dégainer mon flingue à nouveau, les balles en argent ne lui avaient fait aucun mal. Je rassemblai le peu de force dont je disposais encore et me mis à courir. Les ombres et la lumière dansaient sur les murs des habitations. Je regardai par-dessus mon épaule et aperçus les deux yeux rougeoyants qui me poursuivaient. Heureusement pour moi, il était blessé et ça le ralentissait.

Je croisai un ou deux passants et décidai de m'arrêter de courir et d'allonger le pas pour économiser mon souffle et ne pas attirer l'attention. Je devais garder assez d'énergie pour fuir et semer cette monstruosité.

Je repris quelques secondes ma respiration et j'allais me remettre à cavaler lorsqu'une voiture s'arrêta devant moi. Je reconnus immédiatement celle de Mark.

Il ouvrit la portière brusquement.

— Rebecca, monte ! hurla-t-il.

Je ne me fis pas prier et bondis à l'intérieur aussi vite que je le pouvais.

Un hurlement de rage retentit à travers la rue, le prédateur venait de réaliser que j'avais réussi à lui échapper et, visiblement, ça l'avait terriblement contrarié.

— Ça va aller ? me demanda-t-il, l'air inquiet.

Je hochai la tête.

— Qu'est-ce que tu fais là ? dis-je en tentant de cacher mon soulagement.

— Comme tu m'as laissé tomber, je suis allé boire un verre. Je t'ai aperçue dans la rue, tu courais, alors j'ai pensé que tu avais peut-être besoin d'un coup de main.

— Bien vu, dis-je en souriant.

— Qu'est-ce qui s'est passé ?

— Rien. J'avais envie de faire un jogging.

Il regarda mon jean et mon blouson et eut un petit rictus :

— Un jogging, hein ?

Je haussai les sourcils en lui jetant un regard mauvais.

— Quoi ?

— Rien, rien, fit-il aussitôt. Je te ramène ?

J'acquiesçai et collai ma tête contre la vitre en fermant les yeux.

— Prends à droite sur College Street, fis-je, les yeux toujours fermés.

— Tu es sûre que tu vas bien ? me demanda-t-il en caressant doucement ma joue.

Je ne pus m'empêcher de frissonner à son contact.

— Je suis juste un peu crevée, c'est tout, le rassurai-je.

Il soupira mais ne dit rien. De profil, ses boucles brunes cachaient ses beaux yeux bruns et ses pommettes hautes et je me retins difficilement de dégager son visage en repoussant ses mèches avec mes doigts. Mon désir pour lui commençait à devenir vraiment embarrassant.

— Rebecca…

La voiture s'était immobilisée devant mon immeuble et je ne l'avais même pas senti.

— Arrête de me fuir, s'il te plaît.

— Je ne te fuis pas. C'est juste que je ne te connais pas et que les choses sont allées beaucoup trop vite pour moi.

— En principe, je serais d'accord avec toi mais…

Il posa sa main sur ma hanche et le reste de mon corps s'embrasa. Putains d'hormones.

Moins d'une seconde plus tard, je me retrouvai dans ses bras l'embrassant à pleine bouche, sa main sur mon soutien-gorge.

— Ton holster me gêne, mon cœur, dit-il, ses lèvres collées aux miennes.

— Le fait que je sois armée n'a pas l'air de te perturber, dis-je, surprise.

— Hum.

Il m'embrassait doucement, tendrement.

— Tu as un permis de port d'arme ?

— Oui.

— Alors si c'est légal, pas de problème pour moi, dit-il en abaissant le dossier de mon siège.

— Attends !

— Quoi ?

— Il y a quelque chose dehors, fis-je en tournant soudain la tête vers la vitre.

— Tu es sûre ?

— Certaine, dis-je en me redressant.

— Tu comptes le descendre ou tu veux que j'appelle la police ? demanda-t-il, amusé.

— Ni l'un ni l'autre et pourtant je trouve la première option assez tentante, soupirai-je en ouvrant la portière.

— Attends, je te raccompagne, dit-il.

— Ne t'inquiète pas. Je sais qui c'est. On se voit demain, tu passes me prendre vers 20 h 30, je connais un restau qui fait un chili extra.

— Génial, j'adore ça, dit-il d'un ton enjoué. Tu es sûre que tu ne veux vraiment pas que je te raccompagne ?

Church Street était une rue piétonne, aucune voiture ne pouvait normalement y rouler sauf en cas de livraison, mais Mark avait passé outre et m'avait déposée au pied de chez moi.

— Non. Je n'y tiens pas, dis-je d'un ton dur.

— Très bien, dit-il en acquiesçant. À demain.

J'attendis que la voiture se soit suffisamment éloignée pour lever la tête vers le toit de l'immeuble.

— Raphael !

Le vampire descendit avec grâce, ses longs cheveux blonds flottant autour de lui. Ses traits fins étaient figés et beaux comme ceux d'un éphèbe grec. Il portait un pantalon de toile blanc, un pull blanc et un long manteau blanc qui lui descendait jusqu'en bas des chevilles. Apollon lui-même aurait blêmi devant tant de perfection. Mon imbécile de cœur se mit à battre à toute vitesse et je me mordis les lèvres pour ne pas me pâmer.

— Je ne savais pas que tu appréciais aussi les démons. La guerre a beau être finie, ce genre de promiscuité est un peu… surprenante, dit-il d'un ton neutre.

— De quoi est-ce que tu parles ?

— Je parle de Mark Feldman, le nouveau professeur de droit.

— Ce… ce n'est pas possible, haletai-je comme si j'avais piqué un cent mètres.

— Tu ne savais pas que c'était un semi-démon ? demanda-t-il d'un ton condescendant.

Je sentis ma tête prête à exploser.

— Tu mens. Je l'aurais senti si ça avait été le cas. Je sais que tu mens !

Je n'étais pas triste ou blessée, juste vexée. Vexée qu'il puisse avoir raison.

— Vraiment ? Et pourquoi est-ce que je te mentirais ?

Il parlait d'une voix douce mais des flammes blanches ondulaient dangereusement dans ses yeux clairs et quelque chose en moi me soufflait de faire très attention.

Malheureusement, j'étais trop énervée pour ne pas m'en moquer. J'avais besoin de me défouler et comme toujours dans ces cas-là, je m'attaquais au premier qui me tombait sous la main.

— J'en sais rien. Par sadisme, par amusement, les vampires sont…

— … quoi ? Les vampires sont quoi, Rebecca ?

Son ton était devenu cinglant. J'étais en train de le mettre sacrément en rogne. Défier Raphael dans l'état où j'étais aurait été du suicide. Mon instinct de survie prit le dessus et il me fallut moins d'une trentaine de secondes pour me calmer.

— Tu es vraiment sérieux ?

Je le scrutais. Il s'était détendu lui aussi et semblait attendre patiemment que je reprenne mes esprits.

— D'après toi ?

— Évidemment. D'ailleurs, je ne vois pas pourquoi tu inventerais une histoire pareille, dis-je la gorge serrée. Le Magister de la Nouvelle-Angleterre a d'autres choses à faire qu'à se mêler de mes histoires de cœur. Désolée.

Il me lança un regard étrange mais ne répondit pas. Je me demandai soudain la raison de sa présence devant ma porte.

— Pourquoi es-tu venu ?

Il me sourit.

— Je suis venu te remercier. Il paraît que tu as eu des problèmes avec deux vampires renégats cette nuit et que tu t'en es chargée.

— Ce sont eux qui ont commencé, pas moi, dis-je aussitôt, sur la défensive. En plus, je n'en ai tué qu'un sur les deux, l'autre, je l'ai laissé repartir.

— Tu as été plus magnanime que moi, dit-il en souriant.

— Tu l'as tué ? dis-je, stupéfaite.

— Il avait enfreint les règles et il t'avait attaquée. Deux bonnes raisons pour mériter la peine de mort, non ?

— Si tu le dis…

Certains mecs vous offrent des fleurs ou des chocolats. Raphael, lui, faisait la peau des vampires qui me taquinaient d'un peu trop près. Je ne savais pas si je devais trouver ça adorable ou complètement flippant.

— Rebecca, hormis ta rencontre avec les deux imbéciles, il n'y a rien eu de spécial ?

— Tu sais bien que si. C'est même pour ça que tu es là, non ?

Il me sourit et hocha la tête.

— Alors, qu'est-ce que c'était ? Mes informateurs n'étaient pas vraiment sûrs de ce qu'ils ont vu. Il paraît que tu cours très vite quand tu veux.

— Qu'est-ce que tu veux, tout le monde ne peut pas voler. En fait, je ne pourrais pas vraiment te dire ce qu'était cette chose. Tout ce que je sais, c'est qu'elle a Kathryn et Franck.

— Et Tom Cohen, ajouta-t-il, narquois.

— Et le démon, confirmai-je.

— Tu veux qu'on organise une sorte de chasse à l'homme ?

— Non. Ça ne servira à rien. De toute façon, j'ai quelque chose qu'il désire.

— Quoi ?

— Moi, fis-je en souriant.

— Il a tenté de t'enlever ?

Je sentais de l'angoisse dans sa voix mais je devais me tromper. Mon imagination me joue parfois des tours sous l'effet de la fatigue.

— Oui, mais ça a été moins facile qu'il ne l'espérait.

— Feldman était avec toi ?

— Non. Je suis allée patrouiller seule.

Je vis une ombre passer brièvement sur son visage.

— Je ne veux pas que tu prennes de risques, Rebecca, dit-il d'un ton péremptoire.

Je haussai nonchalamment les épaules.

— J'en ai vu d'autres…

— Ce n'était pas un conseil mais un ordre.

— Je n'ai pas d'ordres à recevoir de toi, répliquai-je, soudain irritée.

— Très bien. Alors c'est moi qui t'accompagnerai la prochaine fois.

— Tu plaisantes ? Je suis une guerrière, Raphael, je n'ai pas besoin d'ange gardien.

— Ça, c'est ce que tu dis. Je ne voudrais pas remuer le couteau dans la plaie, mais je te signale que tu embrassais un démon ce soir…

Oui, bon, là, d'accord, j'avais été complètement stupide. Mais je ne voyais pas en quoi ça concernait Raphael…

— C'est toi qui as voulu que je m'occupe de cette enquête, toi qui as fait en sorte que je me retrouve dans ce merdier et maintenant tu me dis que je ne suis pas capable de régler le problème sans ton aide ? lançai-je d'un ton amer.

— Exactement. Je suis désolé, Rebecca, je crois que je t'ai un peu trop surestimée.

Il gardait un visage impassible mais quelque chose au fond de moi me hurlait qu'il mentait.

— Je vais te dire une chose : primo, je n'ai pas l'intention de bosser avec toi, deuzio, je vais terminer le boulot parce que je n'ai pas le choix, et tertio, ne te mêle plus jamais de ma vie privée. Est-ce que c'est clair ?

— Limpide. J'espère que tu mettras autant d'énergie pour retrouver les kidnappeurs que tu en as mis pour te jeter dans le lit de ce démon.

Je tentais de le gifler mais il retint mon bras en l'air et m'attira contre son torse.

— Tu as attendu dix ans, pourquoi lui ?

Il me fixait de ses yeux sublimes et je plongeais dans son regard comme une luciole contre un réverbère.

— Comment sais-tu que je n'ai pas… pendant dix ans ?

Il esquissa un sourire et je compris.

— Tu as lu dans mes pensées quand on a mêlé nos pouvoirs, c'est ça ?

— Ce n'était pas mon intention.

— Oh, et puis merde, je m'en fous, dis-je d'un ton las. J'ai plus urgent à faire pour le moment que de me disputer avec toi.

— Dommage. Moi, j'adore avoir quelqu'un avec qui me disputer. Personne à part toi n'ose jamais me contrarier. Je trouve ça… rafraîchissant.

Et moi plutôt angoissant. Quel genre de personne est assez mégalo ou assez dangereuse pour que personne n'ait le courage de la contredire ou de défier son autorité ?

— Eh bien, si tu veux, on remet ça à plus tard. Je dois d'abord voir ta petite amie.

— Ma petite amie ? fit-il d'un air perplexe.

— Bon, je suppose que tu en as un sacré paquet mais celle qui m'intéresse vit avec toi. Elle s'appelle Hope.

— Je vois, dit-il en me dévisageant longuement. Qui t'a parlé d'elle ?

— Peu importe.

— Tu es jalouse et tu as l'intention de la provoquer en duel ? dit-il d'un ton railleur.

— Raphael. Il est 2 heures du matin, je suis crevée et de très mauvaise humeur, alors…

— Très bien, ma douce.

Il agrippa mes hanches, me colla contre lui et nous nous soulevâmes rapidement dans les airs.

— Qu'est-ce que tu fais ? fis-je en claquant des dents.

— Tu veux discuter avec Hope, je t'emmène la voir.

Le vent était glacial et je fermai les yeux pour ne pas hurler de frayeur.

— J'aurais préféré prendre la voiture, gémis-je en posant ma tête dans le creux de son épaule.

— Je suis désolé, je ne savais pas que tu avais le vertige, murmura-t-il dans mon oreille.

Le vent fouettait mon dos et les lumières de la ville scintillaient à cent mètres sous mes pieds.

— Tu trouves ça ridicule, hein ?

— Non, fit-il en me serrant davantage.

Ses cheveux volaient contre ma joue. Ils étaient doux comme de la soie et avaient une odeur de lavande.

Instinctivement, je me raidis.

— Je ne te lâcherai pas, ma douce, je te le promets.

Ça, j'avais compris. Il était impossible de l'éviter ces derniers temps. À croire que l'univers tout entier s'était ligué contre moi et cherchait à me tourmenter.

— Qu'est-ce que je dois faire pour que tu arrêtes de m'appeler comme ça ? soupirai-je.

— Rien, dit-il en riant.

Chapitre 13

Une jeune femme blonde d'une vingtaine d'années, aux formes féminines et aux jambes interminables, était installée sur un tabouret haut. Elle se tenait adossée contre le mur de la cuisine et faisait face à Hector, le majordome. Tous deux sirotaient un liquide rouge dans des verres à whisky. Du sang, très probablement. Ils ne devaient pas être réveillés depuis longtemps, j'imaginais que c'était un petit déjeuner tout aussi valable que des œufs, des céréales ou des tranches de bacon.

Ils se turent à mon entrée dans la pièce.

— Bonsoir, fis-je poliment.

— Bonsoir madame, répondit Hector.

La blondasse me snoba ouvertement et Raphael crut bon d'insister.

— Hope, je te présente Rebecca, dit-il.

Mais elle n'avait toujours pas tourné la tête et s'entêtait à boire son breuvage sanglant en faisant mine d'ignorer ma présence.

— Elle souhaiterait s'entretenir avec toi, ajouta Raphael.

Au bout de quelques secondes, elle finit par poser nonchalamment sa tasse et me scruta des pieds à la tête d'un air méprisant.

— Vraiment ?

Elle se leva et avança vers moi. Sa démarche était gracieuse et chaloupée. Elle était sexy en diable et en avait parfaitement conscience.

— C'est une jolie humaine, Raphael, fit-elle en s'approchant assez près de moi pour que je puisse sentir l'odeur du sang dans son haleine, j'espère que tu comptes partager.

— Partager ? demandai-je.

— Raphael ne nous autorise aucun écart, nous sommes condamnés à boire ces foutues poches de sang insipides mais il existe une exception à la règle : lorsqu'un humain découvre notre existence, il nous est alors possible de nous nourrir de lui avant de le tuer.

Je sentais la soif du sang émaner d'elle comme un courant irrésistible et violent.

— C'est un petit assouplissement que le conseil a jugé nécessaire, Rebecca, fit Raphael.

Je ne pouvais pas le contredire sur ce point. Trop de frustration risquait d'entraîner la révolte et de créer des renégats comme les deux vampires que j'avais rencontrés plus tôt dans la soirée. Alors, entre la peste et le choléra…

— Je vois, dis-je, sauf que la règle ne s'applique pas dans mon cas : je ne suis pas humaine.

— Il n'y a en toi ni énergie ni magie, susurra-t-elle, par contre, ton sang est pur et il m'appelle comme le plus doux des nectars.

Elle avait parfaitement raison. Le sang qui coulait dans mes veines n'était pas infecté par un gène mutant comme celui des lycanthropes ou des muteurs et il ne contenait pas de virus qui puisse rendre fou comme celui des potioneuses ou des chamans.

— Elle est toujours aussi agréable ou j'ai droit à un régime de faveur ? demandai-je en me tournant vers Raphael.

— Laisse-la tranquille, ordonna Raphael.

— Pas question. C'est la loi, ta loi, mon cher, dit-elle en agrippant ma gorge.

— Raphael…

Ma voix était aigue. Trop aiguë pour ne pas trahir ma panique. Je ne pouvais pas la tuer, j'avais besoin de ces foutus renseignements. Mais je ne pouvais pas non plus la laisser me mordre sans réagir.

— Qu'est-ce que tu t'imagines, humaine ? Que Raphael va trahir les siens et venir te sauver ? Il ne le fera pas parce que ta vie n'a aucune importance, tu n'es rien, rien pour lui.

Le pouvoir du feu picotait désormais ma peau et j'avais de plus en plus de mal à le contrôler.

— Tu te trompes, Hope, dit Raphael, la voix neutre et le regard vide.

Les yeux de Hope firent la navette de lui à moi, puis de moi à lui comme si elle suivait un fil invisible qui nous liait l'un à l'autre.

Un sourire déplaisant releva le coin de ses lèvres et un désir de tuer emplit son regard.

— Tu es vraiment prêt à me tuer pour protéger cette fille, Raphael ?

— Si tu ne me laisses pas le choix… fit-il.

J'écarquillai les yeux, surprise. Malheureusement, ce moment d'inattention me fit perdre le peu de contrôle qui me restait et le pouvoir se déversa sans que je puisse le repousser.

— Je ne te le laisserai pas, humaine, fit-elle en sortant ses crocs et en les enfonçant dans ma gorge.

Soudain la magie explosa et se propagea jusqu'au vampire qui se mit à hurler. Raphael la projeta loin de moi mais il était trop tard. Une odeur de chair brûlée envahissait déjà mes narines.

— Rebecca ! fit Raphael d'un ton glacial en se dirigeant rapidement vers Hope.

Sous le choc, elle ne bougeait pas. Je ne l'avais pas réduite en cendres mais une bonne partie de son visage, celle qui avait été en contact directement avec ma peau, semblait avoir fondu. Elle était totalement défigurée.

Je le fusillai du regard.

— Tu aurais pu, tu aurais dû éviter ça ! crachai-je d'une voix étranglée. Pourquoi n'es-tu pas intervenu plus tôt ?

Raphael ne répondit pas et prit doucement la tête de Hope pour la poser sur ses genoux.

— Pourquoi ne lui as-tu pas dit que j'étais envoyée par le Directum et que j'étais une sorcière ? Pourquoi as-tu laissé les choses s'envenimer à ce point ? dis-je en luttant pour ne pas hurler.

Je me précipitai vers la porte pour prendre un peu l'air, chasser la nausée que je commençais à ressentir et ne plus entendre les gémissements de la femelle vampire.

Hector me rejoignit et posa une veste sur mes épaules. Je ne m'en étais pas encore rendu compte mais j'étais en train de grelotter.

— Merci, fis-je en m'asseyant sur le perron.

— Rien de ce que mon maître aurait pu dire n'aurait changé quoi que ce soit, fit Hector en soupirant. Hope savait parfaitement qui vous étiez.

— Mais alors pourquoi... ?

— À cause du maître. Elle voulait tester son attachement pour vous. Vous savez, rien de ce qui se passe ici ou ailleurs ne reste longtemps secret.

— Je ne comprends pas.

— Raphael s'est montré particulièrement bienveillant à votre égard. Vous l'avez défié. Et plusieurs fois. D'abord en le provoquant devant le conseil, puis en torturant l'un de ses protégés au Glam's et enfin en déclenchant une bagarre. Ça fait beaucoup. Surtout pour quelqu'un comme lui.

— Vous ne voulez quand même pas dire que le fait qu'il ne m'ait pas encore tuée a rendu Hope jalouse ?

— Si. C'est exactement ce que je veux dire.

— Génial, il ne manquait plus que ça, fis-je.

Je pensai que l'attitude de Raphael à mon égard était due au fait qu'il m'avait confié une mission et qu'il était prêt à me supporter du moment que je découvrais la vérité. Mais, apparemment, les choses étaient beaucoup plus complexes qu'elles n'en avaient l'air.

— Vous êtes très séduisante, madame, fit Hector en caressant son menton.

Son geste me fit penser à mon grand-père. Lui aussi tripotait son menton lorsque quelque chose l'intriguait.

— Pour ce que ça m'avance...

— Et très puissante pour une espèce inférieure, fit-il en me dévisageant.

— Les espèces inférieures, comme vous dites, vous ont botté le cul pendant des siècles, grommelai-je.

— C'est une façon amusante de voir les choses. Tronquée mais amusante.

— Vous avez près de deux cent cinquante ans, je ne vais pas vous faire un récapitulatif de vos défaites. Vous les connaissez certainement bien mieux que moi.

— Effectivement, madame, fit-il en fronçant les sourcils.

Il s'agenouilla près de moi et retira quelque chose de mon cou.

— Qu'est-ce que c'est ?

— Vous avez des bouts de peau et de chair collés sur votre gorge…

J'eus soudain la nausée.

— Je dois m'en aller. Il faut que je prenne une douche.

— Je vais vous aider, dit-il en s'agenouillant près de moi. Regardez, ça s'enlève tout…

Il se tut tout à coup et me fixa d'un air étrange.

— Vous êtes marquée, dit-il en plissant les lèvres.

— Je dois m'en aller, répétai-je en me relevant brusquement.

J'étais vraiment en rogne. Je venais d'échapper de justesse à la mort, j'avais grièvement blessé un témoin que j'étais censée interroger et je n'avais toujours aucune piste sérieuse.

Toute cette enquête tournait au désastre. Il semblait que, quoi que je fasse, les choses aillent systématiquement de travers.

— Au revoir et merci, Hector. Tenez, reprenez votre veste, fis-je en lui tendant le vêtement.

— Non. Gardez-la, quelque chose me dit que je vous reverrai bientôt…

Il me salua poliment puis s'éclipsa.

Raphael me rattrapa au bout de quelques secondes.

— Je vais te raccompagner chez toi, dit-il.

— C'est inutile, j'ai envie de marcher.

— De quoi as-tu besoin ? Pourquoi voulais-tu voir Hope ?

— J'ai besoin du listing de la clientèle du Brooklyn. Il me faut surtout l'adresse d'un couple qui s'appelle Max et Debby. Et puis, dès qu'elle sera en état, demande-lui ce qu'elle sait à propos d'un dénommé Quentin, il a la petite trentaine, il est brun et plutôt bien fait de sa personne.

— C'est le type qui accompagnait Kathryn au club ? Celui qui a payé Dzung pour qu'il verse une potion dans les verres de Kathryn et Franck ?

— Oui. Apparemment, Max et Debby le connaissent et comme ce sont des habitués du Brooklyn…

— J'ai compris, je m'en occupe.

J'allais partir quand la question qui me trottait dans la tête depuis tout à l'heure s'échappa de ma bouche.

— Tu peux m'expliquer pourquoi elle ne s'est pas enflammée ? demandai-je, intriguée.

— Elle est de ma lignée, c'est moi qui l'ai faite. Mon sang est trop puissant pour que tu puisses détruire l'un des miens aussi facilement.

C'était bon à savoir. Si un élément aussi puissant que le feu avait du mal à venir à bout d'un jeune vampire de deux cents ans, rien ne pourrait détruire son créateur.

— Laisse-moi te raccompagner. On prendra ma voiture, cette fois.

— Non, je te l'ai dit, j'ai envie de marcher, fis-je sèchement.

Ses yeux scrutèrent mon visage et apparemment ce qu'il y trouva ne dut pas lui plaire parce qu'une lueur d'inquiétude s'alluma dans ses yeux.

— Hope n'est pas ma petite amie, soupira-t-il.

— Petite amie, maîtresse, je n'en ai strictement rien à foutre. Tu es censé diriger ton clan, non ? Eh bien, laisse-moi te dire que tu fais un boulot de merde !

— Tu n'es vraiment qu'une petite conne arrogante et teigneuse, dit-il en français.

— Et toi un grand con suffisant. Tu vois, on fait la paire tous les deux ! répondis-je dans ma langue natale.

Je m'éloignais rapidement de l'énorme maison de maître en direction de la grille. Des vampires se tenaient cachés et me suivaient du regard. La garde rapprochée de Raphael, probablement. Tant qu'ils maintenaient leurs distances, je n'y trouvais rien à dire.

À peine sortie de la propriété, je vis les phares d'une voiture qui roulait lentement derrière moi. Je me tournai. C'était une jeep dernier modèle. Elle avança à mon niveau et le conducteur baissa la vitre.

— Et moi, est-ce que tu m'autorises à te raccompagner ?

Il me fallut quelques secondes pour reconnaître Bruce, le barman loup-garou de la boîte de nuit. Il avait enfilé un pull gris et je remarquais qu'il portait une montre en or, une Cartier d'au moins vingt mille dollars. Il paraissait désormais beaucoup plus à sa place dans sa voiture de luxe toutes options que derrière un comptoir de bar à servir des humains.

— T'as gagné à la loterie ? raillai-je.

— Non, dit-il en me lançant un regard amusé.

— Qu'est-ce que tu fais là ?

— Je t'espionnais.

— Tu ne t'es pas fait repérer par les vampires ?

— Je suis beaucoup trop futé pour ça.

Oui. Futé et sacrément doué. Les vampires avaient une ouïe presque aussi fine que celle des loups.

— Gordon m'a remonté les bretelles pour t'avoir laissée venir voir Hope toute seule, ajouta-t-il d'un ton taquin. Il la trouve un peu trop… imprévisible.

— Il est fin psychologue…

— Oui, mais ça ne l'aurait pas empêché d'être surpris par ce que je viens d'entendre. Vous avez l'air plutôt intimes, toi et Raphael, fit-il d'un ton plein de sous-entendus.

Oh, ça ne va pas recommencer…

— Si tu estimes que passer son temps à se disputer avec quelqu'un fait de deux parfaits étrangers des intimes, alors oui, nous le sommes, répondis-je avec amertume.

— Crois-moi, quand on le connaît, la scène à laquelle je viens d'assister semble complètement surréaliste, dit-il. Bon, alors, je te ramène ?

— Ça marche, fis-je en montant rapidement dans la jeep.

— Au fait, j'ai les renseignements que tu voulais, dit-il en me regardant m'affaler dans son fauteuil en cuir crème.

— Tu as l'adresse de Max et de Debby ? fis-je, surprise.

— Ouais. Je suis allé faire un tour dans le bureau de la direction et j'ai fouillé un peu.

Il me tendit un bout de papier que je saisis et glissai aussitôt dans la poche de mon jean.

— Tu aurais dû me dire que tu pouvais les obtenir, ça aurait évité le gâchis de ce soir, dis-je d'un ton de reproche.

— Peut-être, mais ça aurait été beaucoup moins drôle.

— Ah ? Parce que t'as trouvé ça drôle, toi ? demandai-je en attrapant une boîte de chewing-gums posée dans le vide-poche.

— Oh oui. Voir le terrible Raphael se faire engueuler par une jeune et jolie sorcière est de loin le spectacle le plus amusant auquel il m'ait été donné d'assister ces derniers temps.

Il esquissa un sourire, alluma l'autoradio et dit en souriant :

— Si en plus de me faire rire, tu aimes le jazz, alors je t'offre définitivement mon cœur, ma jolie…

— Laisse tomber, j'affiche complet, murmurai-je en sentant le sommeil m'envahir.

— Dommage…

— Tu peux augmenter un peu le chauffage ? fis-je en bâillant et en m'enfonçant plus profondément dans mon siège.

— Si tu t'endors avant de me donner ton adresse, je vais devoir t'emmener chez moi, Rebecca, dit-il d'une voix amusée.

— Alors c'est comme ça que tu t'y prends ? Tu ramènes de pauvres femmes soûles ou endormies chez toi et tu abuses sauvagement d'elles ?

— Aussi souvent que je le peux, fit-il d'un rire qui démentait ses affirmations.

— 87 Church Street, Burlington, fis-je en fermant les yeux.

Une seconde plus tard, je glissais dans les bras de Morphée.

Chapitre 14

Le lendemain matin, je m'étais réveillée la tête lourde et légèrement vaseuse. J'avais dormi à peine quatre malheureuses heures et je me sentais encore trop vidée pour être performante. Ces derniers temps, j'avais dû faire une croix sur mes habitudes et mon planning quotidien s'était considérablement alourdi. Le boulot, ma fille, l'enquête et ma vie sentimentale, ça commençait à faire beaucoup. Heureusement, j'avais pris un thermos de café, histoire de me requinquer, et j'en étais à la troisième tasse lorsque je vis enfin rentrer chez eux les amis de Quentin.

Debby avait la cinquantaine, un pantalon de cuir noir moulait son derrière rebondi. Elle avait autour du cou une chaîne dorée qui mettait en valeur son décolleté plongeant. L'homme qui l'accompagnait jusque chez elle était pratiquement chauve. Il portait une chemise à manches courtes légèrement tachée sur le devant qui laissait apparaître ses bras maigres et presque décharnés.

— Madame Morgan ? dis-je en m'approchant d'elle.

Elle avait introduit la clé dans la serrure et était entrée avec son horrible petit compagnon dans la maison avant que j'aie pu les atteindre.

— Madame Morgan ? fis-je devant la porte.

Je sonnai. Pas de réponse. Ils commençaient à sérieusement m'agacer.

Je posai ma main sur la porte et me servis d'un sort d'ouverture pour pénétrer dans la maison.

— Qu'est-ce que vous faites ici ? Comment êtes-vous entrée ? demanda Debby en me voyant avancer dans l'entrée.

— La porte était ouverte, dis-je en affichant un air innocent.

— Eh bien, je vous demande de sortir, mademoiselle, dit-elle d'une voix grave, cassée par la cigarette.

Elle grattait nerveusement ses bras grassouillets avec ses ongles vernis.

— Désolée mais j'ai vraiment besoin de parler avec vous, fis-je d'un ton ferme.

— Max ? Tu peux venir une minute ?

Elle tordait ses lèvres d'un air exaspéré en me toisant.

Si elle comptait sur son gringalet pour me mettre dehors, elle allait être cruellement déçue.

— Qu'est-ce que tu veux ? dit-il en me reluquant, l'œil lubrique.

— Cette fille ne veut pas comprendre qu'elle doit s'en aller, tu peux le lui expliquer, s'il te plaît ?

Bon. Ce petit cinéma avait assez duré.

— Écoute-moi bien, Ducon, dis-je en sortant mon Beretta et en le visant, tu t'approches, je te tire dans les burnes, est-ce que tu as compris ?

Debby me regardait, les yeux écarquillés par la surprise.

— Toi, la pouffiasse, pose ton gros cul flasque sur le canapé que nous puissions parler tranquillement tous les trois.

Oui, je sais, j'ai un vocabulaire de charretier...

— Je ne comprends pas, on vous a déjà payée, fit-elle d'une voix tremblante.

— Je ne sais pas pour qui tu me prends mais je m'en fous royalement. Moi, je suis là parce que je veux que vous me parliez d'un ami à vous, un dénommé Quentin.

Ils échangèrent un regard furtif et Debby hocha la tête.

— Je le connais à peine, ce type. On s'est rencontrés dans un bar et on est sortis deux ou trois fois ensemble tous les trois, c'est tout.

— Vous savez où il habite ?

— Non, fit Max un peu trop vite.

Les habitants de Burlington n'étaient décidément pas très coopératifs. Qu'ils soient humains ou non. Peu importe, je savais m'adapter.

— Dommage...

Je pris un flacon dans ma poche et le lui tendis.

— Bois ça.

— Qu'est-ce que c'est ?

— Bois, je te dis, fis-je en pointant mon arme en direction de son cœur.

Debby fit mine de se relever mais je la giflai violemment avec ma main libre et elle retomba aussitôt sur les coussins.

— Non mais vous êtes pas bien ? hurla Max.

— Tais-toi et fais ce que je t'ai demandé avant que je ne descende ta petite copine, dis-je d'un ton neutre.

Il ferma les yeux et avala le contenu du flacon en grimaçant.

— Très bien. Bientôt, tu vas être atteint d'incontinence verbale. Ne cherche pas à lutter, tu souffrirais inutilement.

Je jetai un coup d'œil rapide à ma montre. La potion ne devait pas prendre plus d'une ou deux minutes avant de faire effet.

— Bon. Alors, est-ce que tu sais où habite Quentin ?

Max eut du mal à déglutir. Ses yeux pleuraient mais il finit par ouvrir la bouche.

— Oui. 206 Lexington Lane.

— Quel est son nom de famille ?

— Growley.

— Eh bien voilà, c'était pas compliqué, tu vois ? Allez, parle-moi un peu de Quentin Growley.

— Il voulait s'offrir du bon temps et comme il connaissait personne dans cette ville, il sortait avec nous. C'est un beau gosse, remarquez, et généreux ! Il nous a offert des verres à l'œil et payait pour les boîtes. Alors, pour le remercier, on lui présentait tous les gens qu'on connaissait et on disait que c'était un cousin venu nous faire une petite visite.

— Pourquoi mentir ?

— Ben il a dit que les gens se méfiaient des étrangers et qu'il voulait se fondre dans le paysage…

C'était plutôt bien vu. Le Directum surveillait de près les inconnus qui débarquaient sur le territoire et restaient plus de quelques jours. Se trimballer avec ce couple connu dans toute la ville et se faire passer pour l'un de leurs parents humains était une excellente couverture.

— Qui lui avez-vous présenté ?

— Des filles, des mecs, un peu de tout.

— Connaissez-vous Kathryn Germann et Franck Wikman ?

— Kathryn et Franck, oui. Elle, elle bosse dans le magasin de fringues du centre-ville où s'habille Debby.

— Vous lui avez présenté Quentin ?

— Oui, et Franck aussi. Lui, c'était un sacré fêtard, si vous aviez vu le nombre de filles qu'il s'envoyait. On le croisait tout le temps en boîte, son truc, c'étaient les petites étudiantes hyper bien roulées.

Eh oui... toujours la libido sur la brèche les lycanthropes...

— Depuis quand date cette rencontre ?

— Je sais pas, il y a un mois environ...

La potion faisait pleinement effet maintenant. Ses yeux étaient dilatés et les mots sortaient de sa bouche naturellement.

— Tu es déjà allé chez Quentin ?

— Oui.

Sa compagne lui lança un regard surpris.

— Un soir, il m'a demandé de passer le chercher.

— Il vit seul ?

— Je n'en sais rien. Il était déjà dehors quand je suis arrivé.

— L'as-tu vu avec d'autres personnes ? Des personnes que tu ne connaissais pas ?

— Oui, un jour, je l'ai vu discuter avec un type, une espèce de colosse quand on était au Brooklyn.

— Est-ce que tu dois le revoir prochainement ? Vous avez fixé un rendez-vous ?

— Non. Il a dit qu'il retournait dans son patelin pour reprendre le boulot.

— Je suppose que tu as son numéro de téléphone ?

Il hocha la tête et prit le portable qui se trouvait dans sa poche. Je mémorisai rapidement le numéro inscrit sur son répertoire puis l'effaçai.

— Debby ? dis-je en pointant mon arme sur elle.

— Je l'ai noté sur le calepin près du téléphone.

J'acquiesçai doucement.

— Avez-vous prêté un vêtement ou possédez-vous un vêtement que Quentin ait porté ? Même très peu de temps ?

— Non.

— Je te remercie pour cette petite discussion et de ta coopération, Max, fis-je en souriant.

— Et maintenant ? Vous... vous allez vous en aller ? demanda Debby d'une petite voix.

Oui, et maintenant ? Je pouvais aisément les tuer et faire passer leur décès pour un suicide ou un accident mais pour être franchement honnête, je n'en avais pas vraiment envie.

Après tout, ces deux losers ignoraient les intentions de Quentin et même s'ils ne s'étaient pas posé beaucoup de questions à son sujet, ça ne méritait pas la peine de mort.

Du moins pas selon mes critères. Mais je devais trouver une solution pour les empêcher d'appeler les flics ou de prévenir Quentin dès que j'aurais le dos tourné. Au bout de quelques secondes d'hésitation entre des solutions radicales et des options plus douces, je décidai de leur lancer un sort d'oubli. Ce type de sortilèges pour débutants ne fonctionnait en général que sur les humains et les esprits faibles, et heureusement pour eux, Max et Debby étaient les deux.

— Max, Debby, regardez-moi.

Quand je franchis leur palier quelques minutes plus tard, ils avaient oublié la quasi-totalité de la matinée.

Chapitre 15

Les renseignements que Max m'avait donnés sur Quentin Growley ne m'avaient pas permis de savoir si ce salopard vivait seul ou non. Et comme je ne voulais pas prendre le risque de tomber sur une horde d'amis à lui (ou pire, sur le monstre qui m'avait attaquée) et de le voir m'échapper, je décidai d'aller chercher des renforts et de passer prendre Beth à la fac. Ce matin, elle devait faire une conférence sur « l'influence de la nature dans la littérature américaine » prévue depuis trois mois. Les étudiants, certains de ses collègues, quelques pontes et des membres du conseil d'administration de l'université s'étaient déplacés spécialement pour l'occasion. C'était le genre d'événements qu'on pouvait difficilement remettre. Du moins pas si on voulait éviter de se mettre à dos tout ce beau monde. Et Beth n'était pas du genre à négliger sa carrière ou son irréprochable réputation.

Il était déjà près de 13 heures quand j'entrai dans l'amphithéâtre qui servait aux réceptions. Il ne me fallut que quelques secondes pour trouver Beth, superbe et raffinée dans un tailleur noir de chez Chanel, en train de se faire congratuler par un septuagénaire à la magnifique crinière blanche et au costume impeccablement coupé.

— Bonjour, Rebecca, fit-elle en me voyant arriver.

Une petite ride s'était formée entre ses sourcils et je compris à son regard désapprobateur qu'il y avait un problème.

— Bonjour, fis-je poliment.

— Professeur Thomson, je vous présente Mlle Kean, notre professeur de littérature française.

Ses yeux vairons, l'un marron, l'autre vert, lui donnaient un regard étrange, presque hypnotique. Le reste de son physique, sa mâchoire carrée, sa large arête nasale, ses sourcils broussailleux, était loin d'être banal mais j'aurais été incapable de dire si c'était une bonne ou une mauvaise chose.

— Enchanté, mademoiselle. Voulez-vous que je demande à ce qu'on vous débarrasse de votre... heu... blouson ? demanda-t-il galamment en tendant son bras vers mon dos.

— Ne vous inquiétez pas, professeur, Mlle Kean ne va pas rester. Elle venait simplement me rapporter les clés de mon bureau.

OK. J'avais compris. Ma tenue (jean-sweat-baskets et coupe-vent) n'était franchement pas adaptée pour l'occasion mais je n'avais ni le temps de me changer ni celui de faire des mondanités.

— Effectivement, je ne donne pas de cours aujourd'hui et je suis simplement venue déposer des documents, fis-je en souriant.

— Oh, une jeune femme telle que vous, mademoiselle Kean, peut-elle accorder à un vieux monsieur quelques minutes de sa charmante compagnie ? Voudriez-vous une coupe de champagne, dit-il en faisant signe au serveur qui arriva immédiatement avec son plateau.

— Euh… bon, d'accord, mais vite fait. Je suis désolée mais je ne peux pas m'attarder. J'ai un rendez-vous très urgent, dis-je d'un ton appuyé en fixant Beth.

— Le professeur Thomson est un généticien et un fabuleux chercheur, fit-elle avec admiration. J'ai été tellement surprise d'apprendre sa présence dans nos murs que je n'en reviens pas.

Si elle continuait à faire des ronds de jambe au lieu de me suivre, j'allais l'étrangler.

— Un généticien ? Et vous vous intéressez aussi à la littérature ? demandai-je d'une voix polie mais crispée par l'impatience.

— Oui. C'est aussi un de mes dadas, mais contrairement à Mme Mattison, je ne suis qu'un dilettante dans ce domaine, dit-il en souriant.

Beth se mit à rougir et je ne pus m'empêcher de pousser un soupir d'exaspération.

— Vous me flattez, professeur, et surtout vous êtes beaucoup trop modeste. Il m'est arrivé de lire certains de vos travaux sur l'éthique et la génétique qui avaient plus trait à la philosophie qu'à la science.

— Oui. Voyez-vous, la génétique est pour moi la seule réponse que l'on peut apporter à la mort parce qu'elle concerne l'enfant, celui à travers lequel on continue de vivre, et elle est métaphysique parce qu'elle aborde les secrets de la vie, dit-il.

Cette fois, je ne tenais plus…

— Je suis désolée mais je vais devoir vous quitter, les interrompis-je d'un ton faussement contrit.

— Oh, comme c'est dommage, nous n'avons même pas encore fait connaissance, dit le vieux professeur avec un charmant sourire.

Je ne sais pas pourquoi mais faire la connaissance d'un génie scientifique ne figurait qu'en 9 000e position de ma liste de choses à réaliser avant de crever...

— Qu'à cela ne tienne, Beth va prendre rendez-vous et nous déjeunerons tous les trois, fis-je en reposant ma coupe de champagne.

— Voilà qui serait parfait, dit-il en me tendant une carte de visite. Je compte sur vous, mademoiselle Kean. Vraiment, insista-t-il.

— Sans problème, dis-je en glissant sa carte dans ma poche.

— Rebecca, attendez ! Je veux vérifier avec vous les documents que vous avez apportés.

Ah, enfin, elle se réveillait... c'était pas trop tôt.

Elle se tourna vers le professeur Thomson.

— Je suis désolée, professeur, mais je dois absolument récupérer ces dossiers avant que Mlle Kean ne disparaisse. Puis-je vous abandonner quelques instants ?

— Mais bien entendu, chère amie. Faites donc, je vous en prie. Moi, je vais me rendre au buffet, dit-il d'une voix grave et chaleureuse.

— Je vous rappelle dès demain pour fixer notre déjeuner, comme convenu, précisa-t-elle.

— Oui, oui, ce serait parfait. Vous savez, je ne reste que jusqu'à la fin de la semaine.

— Eh bien alors, nous ferons vite, je vous le promets.

— Je vais te tuer, murmurai-je à Beth tandis que nous marchions en direction de son bureau situé dans l'aile principale de la faculté de lettres.

— C'est plutôt moi qui devrais te tuer, fit-elle en haussant les sourcils. Tu n'as aucun sens des convenances et aucune éducation. Brookman et Jones, deux des membres les plus influents du conseil, te fusillaient du regard. Tu n'es plus une gamine, Rebecca, mais un professeur de faculté et tu ne devrais pas avoir le culot de te rendre à une réception habillée comme…

— … comme quoi ? Comme quelqu'un qui doit porter des vêtements assez pratiques pour pouvoir se battre, cacher un holster et sauver ton petit cul des méchants quand c'est nécessaire ?

— Tu ne fais jamais de compromis, hein ? Ça t'aurait coûté tant que ça de faire un effort pour quelques minutes ? Y compris avec cet homme adorable ? Nous aurons toujours des urgences à cause de ce que nous sommes, Rebecca, mais n'oublie jamais que nous devons aussi vivre avec les humains et selon leurs règles.

Là, elle marquait un point. Elle arrivait à concilier sa vie sociale et sa carrière humaine avec son poste de Raani au sein de la meute et son travail pour le Directum. Pourquoi ne parvenais-je pas à en faire autant ?

— D'accord. S'il n'y a que ça pour te faire plaisir, je te promets que la prochaine fois je ferai un effort, dis-je d'un ton sec.

Nous étions à présent dans son bureau. Il était incontestablement plus grand et beaucoup plus ordonné que le mien. Elle disposait d'une armoire pour ranger ses affaires et d'un ravissant petit canapé en tissu marron glacé.

— Je sais que ce n'est pas facile, Rebecca, et que tu n'as pas eu ma chance mais s'il y a quelqu'un capable de s'adapter à tout et d'être assez pragmatique pour y trouver un intérêt, c'est bien toi, fit-elle en accrochant tranquillement son tailleur sur un cintre.

Beth était issue d'un milieu d'intellectuels très aisés. Ses parents, des lycanthropes, lui avaient apporté la stabilité affective et le vernis nécessaire pour évoluer dans des univers diamétralement opposés et s'y sentir à l'aise. Moi, je n'avais connu que la guerre et la rudesse d'une éducation spartiate. Mais ce n'était pas une excuse.

— Puisque tu as décidé de rester ici, il faut que tu arrêtes de te comporter comme une sauvage et que tu développes un côté relationnel avec les humains, à commencer par tes élèves, ajouta-t-elle en enfilant un survêtement vert en parfait accord avec le roux flamboyant de ses cheveux.

— Oh, eux, ils n'auraient rien contre. Surtout les garçons, dis-je d'un ton sarcastique.

Elle fit la moue et me fixa de ses incroyables yeux noirs.

— Ah oui, j'oubliais, c'est vrai que vous avez presque le même âge…

— Ça y est ? Tu es prête ? Parce qu'il faut vraiment qu'on se magne !

— D'accord, d'accord… Alors, où est-ce qu'on va ?

— Chez Quentin Growley, dis-je avec un sourire triomphant.

— Pourquoi ne me l'as-tu pas dit plus tôt ? dit-elle en sortant précipitamment du bureau.

— Oh, je ne voulais pas gâcher ton petit sermon, fis-je en lui emboîtant le pas.

Nous courûmes jusqu'à sa voiture et entrâmes aussi vite que nous le fûmes dans la mini-coupé.

— La prochaine fois, dis-moi de la fermer et tire-moi par les cheveux jusqu'à ce que je t'écoute, dit-elle en tournant la clé de contact.

— Quoi ? Tu veux me priver de tes discours pontifiants et de tes remontrances ? Jamais de la vie, fis-je en m'esclaffant.

Chapitre 16

La rue était bien entretenue. Les maisons de bois aux volets et aux portes blancs, parfaitement alignées. Une bande de gazon soigneusement tendu séparait les trottoirs de la route. C'était un petit coin résidentiel typique de la région. De bon goût et sans histoire. Je m'arrêtais au 256 Wesly Road.

— C'est là, fis-je en indiquant la maison en bois blanc et aux volets clos.

— Je passe par-derrière, ce sera plus discret, fit-elle en m'adressant un sourire carnassier.

Je la vis disparaître tandis que je grimpai rapidement les marches du perron. Quand je tournai la poignée de la porte, il n'y eut pas de résistance. On entrait directement dans le salon. Je repérai rapidement les lieux.

Une petite pièce à droite, la cuisine à gauche et un escalier au fond de la pièce. Les meubles étaient laids mais fonctionnels. Pas de photos ni d'objets personnels. Rien qui pût indiquer la présence de quelqu'un ou donner un indice quelconque sur sa personnalité.

— Qu'est-ce que vous faites là ? dit un homme balaise, en braquant son browning dans ma direction

Il était blond aux cheveux courts. Sa carrure était surdéveloppée et ses biceps proéminents. Je le classais immédiatement dans la catégorie mercenaire ou ancien militaire.

— Je cherche Quentin. Et vous, qui êtes-vous ?

Un léger tic secouait sa lèvre supérieure.

— Il n'y a personne de ce nom ici.

En voyant le sac à dos, plein à craquer, posé sur le sol, je compris qu'il s'apprêtait à quitter définitivement la ville.

— Vous êtes dans une propriété privée, je serais dans mon droit si je décidais de vous tirer dessus, alors foutez-moi le camp et tout de suite, fit-il plein d'arrogance.

— Ça fait deux fois aujourd'hui qu'on m'explique que je ne suis pas la bienvenue, je vais finir par me vexer si ça continue, dis-je d'un air faussement innocent.

Une vague de pouvoir avait envahi la pièce mais l'humain ne pouvait pas le sentir. Pas plus qu'il ne pouvait entendre les pas furtifs du prédateur qui se tenait derrière lui. Un déluge d'énergie sortit de mes mains et frappa violemment l'homme. La douleur parcourut son corps, le paralysant complètement.

— Donne-moi ton arme, fis-je en la lui arrachant.

Il ouvrit la bouche pour m'insulter mais ne provoqua qu'un gargouillis.

Je souris et approchai mes lèvres des siennes. Le sortilège de douleur se glissa dans sa bouche et il commença à tressauter.

— Je sens que je vais prendre beaucoup de plaisir à jouer avec toi, dis-je en souriant.

Puis je regardai Beth et lui dis d'un ton joyeux, presque badin :

— Allonge le monsieur par terre, s'il te plaît.

Tandis qu'elle posait ses grosses pattes velues sur l'homme et le renversait, je sentis soudain une présence étrangère et humaine.

— Beth !!! hurlai-je tandis qu'une série de balles passait à quelques centimètres de sa gueule.

Je levai les yeux et aperçus un homme brun, mince, au visage juvénile et au costume de marque. Il tenait un fusil en haut de l'escalier. Je lui envoyai une boule d'énergie de faible intensité qui le projeta en bas des marches.

— Ça fait longtemps que je te cherche, Quentin, lui susurrai-je dans l'oreille en lui plantant un couteau sous la gorge.

— Qu'est-ce que vous voulez ? dit-il d'une voix tremblante.

Lui n'avait rien d'un mercenaire, c'était juste un jeune con un peu plus mignon que la moyenne avec de gros besoins d'argent et un talent pour séduire les dames.

— Où sont Franck Wikman, Tom Cohen et Kathryn Germann ?

— Je ne les connais pas, désolé.

Le problème, quand on est une femme, c'est que les mecs dans son genre n'arrivent pas à vous prendre au sérieux...

— Ah, tu ne les connais pas ?

— Non, je viens de vous le dire. Je ne connais pas ces gens !

J'évitais en général d'utiliser mon pouvoir sur les humains, particulièrement quand je voulais les interroger parce qu'il m'était parfois arrivé de les tuer avant qu'ils aient pu ouvrir la bouche. Quant à l'autre option, l'option naturelle, celle de la torture physique basique, elle prenait du temps et je n'étais pas certaine qu'on ne serait pas dérangées.

— Tu n'as aucune idée du guêpier dans lequel vous vous êtes fourrés, toi et ton pote, mais puisqu'il te faut les sous-titres, je vais te l'expliquer, fis-je en plantant mes yeux de glace dans les siens.

Je me tournai vers Beth. Ses babines retroussées dévoilaient une rangée de dents impressionnante.

— Bouffe-le, ordonnai-je froidement.

La louve se tenait toujours au-dessus du mercenaire blond. Il était complètement immobile et semblait incrédule.

— Vous rigolez ? dit-il d'une voix blanche.

— Non.

Beth était un loup-garou et les loups-garous avaient pour habitude de dévorer les cadavres de leurs ennemis après les avoir tués. C'était une sorte de rituel métaphysique, une manière de s'accaparer la force et le pouvoir de leurs adversaires (et il avait l'avantage non négligeable de faire disparaître des preuves compromettantes).

— Tu n'es qu'un bout de barbaque pour ma copine, ajoutai-je d'une voix dénuée de la moindre émotion.

Beth eut un grognement de désapprobation mais ses crocs se plantèrent dans la chair humaine et commencèrent leur travail de mastication avec en fond sonore les hurlements de douleur et d'horreur de sa victime.

Un masque de terreur s'était formé sur le visage de Quentin Growley.

— Bien, alors, est-ce que tu es d'accord pour coopérer, maintenant ? demandai-je en lui adressant mon plus mauvais sourire.

Il hocha la tête et dit, à mon grand étonnement, d'une voix tremblante :

— C'est vous ? Vous êtes l'assassin qu'ils ont envoyé ? Celui qu'ils appellent l'Assayim ?

J'entendis un feulement à travers les cris et bruits d'os brisés. Beth riait. (Elle allait continuer à me chambrer pendant un bout de temps avec cette histoire d'Assayim.)

— Qui t'a parlé de moi ? répondis-je, stoïque.

— Notre boss. Il a dit que vous nous cherchiez et qu'on devait quitter la ville aujourd'hui. Mais on n'aurait jamais pensé que vous étiez une femme, fit-il en déglutissant difficilement.

Nos ennemis étaient bien informés, beaucoup trop bien informés pour que ça ne pose pas de réel problème. Mais je repoussai mes inquiétudes à plus tard.

— Très bien, alors, on reprend tout depuis le début. Je cherche Kathryn Germann, Franck Wikman et Tom Cohen.

Il déglutit et dit d'une voix tremblante :

— Je ne sais pas où ils ont été emmenés, je vous jure. Moi, j'étais juste chargé de leur donner la potion pour faire diminuer leurs pouvoirs, c'est tout.

Je le dévisageai. Avec ses lèvres pleines, ses yeux en amande et ses pommettes hautes, il n'était pas désagréable à regarder mais pour le reste dame nature avait été un peu chiche ou distraite. Son cerveau n'avait pas été livré avec les bonnes pièces.

Je secouai la tête.

— Tu commences mal…

— Non, non, je vous jure, gémit-il aussitôt.

Je levai la tête. Le grand blond venait de cesser de hurler. Il était mort d'hémorragie, de frayeur ou de douleur ; je ne savais pas trop. Et je m'en moquais éperdument. Ça ne semblait pas perturber Beth qui continuait paisiblement à le dépecer. Tant mieux. Ça ferait toujours un cadavre de moins à transporter.

— Pour qui est-ce que tu travailles ?

— Je n'en sais rien. On nous donne des ordres et on se contente de faire le boulot. Tout ce que je peux vous dire c'est que le client s'appelle M. Willow. Au début, quand il nous a contactés, on l'a pris pour un barje avec ses histoires de loups-garous, de vampires et de sorcières mais après…

— … après tu as découvert que c'était la vérité.

— Oui, acquiesça-t-il.

— Comment as-tu su que Kathryn, Franck et Tom n'étaient pas humains ?

— Je n'en savais rien, c'est le client qui nous a donné leurs trois dossiers. Je me suis servi de Debby et de Max Colman pour approcher Kathryn en premier. On ne voulait pas qu'elle se méfie. Un après-midi, j'ai accompagné Debby dans le magasin de fringues où Kathryn travaillait, elle nous a présentés et voilà.

— Voilà quoi ?

— Ben, je lui ai plu, dit-il avec une pointe d'arrogance.

Je le fixai et laissai transparaître mon mépris dans mon regard.

— Et puis, un soir, Max m'a présenté Franck, dit-il d'un ton beaucoup plus humble.

— Et en ce qui concerne Tom Cohen ?

— Kathryn jouait avec lui au bridge le vendredi soir. J'ai sympathisé avec lui et ils m'ont invité à me joindre à leurs parties.

Putain… et dire que je ne savais même pas qu'il y avait un lien entre ces deux-là…

— Comment est-ce que tu communiques avec ton patron ?

— Avec des téléphones jetables, mais maintenant c'est fini.

— Tu as toujours son numéro ?

— Si vous voulez mais ça ne sert à rien, on ne peut plus le contacter. J'ai déjà essayé, fit-il avec un rictus.

Je lui adressai mon sourire le plus inquiétant et il se mit à blêmir.

— Pour quelle raison Kathryn t'a-t-elle emmené au Glam's, toi, un humain ?

— Je… je n'y suis jamais allé… je ne sais pas de quoi vous parlez.

— … Arrête de mentir.

Je lui envoyai une légère décharge d'énergie mais il ne broncha pas. Et soudain je compris que quelque chose n'était pas normal. Je sondai son énergie et trouvai quelque chose d'inhabituel. Quentin mentait. Il mentait depuis le début.

— À qui appartiens-tu ?

— De quoi me parlez-vous ?

— Qui est ton maître ?

Il déglutit difficilement.

— Ne bouge pas, dis-je en ouvrant la boucle de sa ceinture de pantalon.

À force de désaper les hommes que je torturais, j'allais finir par me choper une réputation de sadique perverse et j'aurais du mal à opposer aux mauvaises langues une défense crédible.

Après avoir baissé son pantalon et trifouillé son caleçon sous son regard outré, je trouvai enfin ce que je cherchais : deux trous creusés dans la chair au niveau de l'aine.

— Je te répète ma question, qui est ton maître ?

Quentin était lié par le sang avec un vampire ou du moins il lui servait de garde-manger ambulant et probablement de *sex toy*. Le vampire ne l'avait pas « marqué » comme partenaire, il ne portait pas de tatouage mais l'avait transformé en esclave et par là même condamné à une mort certaine. Posséder un serviteur humain était proscrit par le Mortefilis depuis près de deux siècles et puni de peine de mort et ça valait aussi bien pour le maître que pour l'humain qu'il avait dévoyé.

— Va te faire foutre, dit-il d'une voix mal assurée.

Un peu du sang du vampire circulait dans ses veines mais pas suffisamment pour le protéger de la douleur. Et encore moins de moi.

— Tu n'es pas un mercenaire, aucun inconnu ne te contacte par téléphone et toute cette petite comédie n'a été créée que pour brouiller les pistes. Tu es sûr que tu ne veux rien me dire avant que je commence à m'occuper sérieusement de ton cas ?

— Il vous tuera, vous êtes déjà morte, fit-il d'un ton qu'il voulait menaçant.

— Mon chéri, qui que soit ton maître, je le retrouverai et je le tuerai parce que c'est mon job et que j'aime ça, fis-je d'une voix furieuse.

J'avais à peine fini ma phrase qu'il se mit soudain à hurler.

Il ne me fallut qu'une seconde pour réaliser que mon pouvoir était en train de se déverser sur lui tel un torrent de lave. Et tout ça sans que j'aie même eu le temps de l'appeler ou de le doser.

— Merde ! fis-je en me redressant brusquement.

Beth leva vers moi un regard d'incompréhension.

— Je ne peux pas continuer, fis-je d'un ton contrarié.

J'avais de plus en plus de mal à contenir l'énergie qui picotait ma peau. Je devais me calmer, et vite. Il était hors de question que je le tue avant d'avoir obtenu toutes les réponses.

— Lève-toi, fis-je à Quentin qui convulsait, en me lançant un regard terrifié.

La peur suintait par tous les pores de sa peau, et il y avait de quoi. Ces derniers temps, ma magie devenait de plus en plus imprévisible et puissante, signe que la chasseuse faisait lentement surface. Si je continuais à subir stress et contrariété, l'instinct prendrait le contrôle et ce serait la catastrophe.

— Beth ? Tu as terminé ? On peut y aller ? fis-je d'une voix tendue en levant la tête vers elle.

Le corps du mercenaire avait maintenant totalement disparu (les garous aimaient particulièrement les os et la puissance de leurs mâchoires leur permettait aisément ces petites fantaisies culinaires). Elle grogna et finit de lécher les traces de sang qui lui collaient aux poils.

— Ça va aller ? fis-je, inquiète.

Après tout, je venais tout de même de lui demander de dévorer un être humain vivant, c'était une grande première pour elle...

— Ne t'en fais pas, dit-elle en reprenant sa forme humaine. Il l'avait mérité, c'était un ennemi de la meute.

Oui... d'accord... si tu le dis, je veux bien faire semblant de te croire.

— On l'emmène, fis-je en lui indiquant Quentin qui n'avait toujours pas bougé.

— Pourquoi ? demanda-t-elle en fronçant les sourcils.

— Je n'ai plus assez de patience et je ne veux pas prendre le risque d'avoir à demander aux chamans d'interroger son cadavre.

— Ah, dit-elle sobrement.

— Ben oui.

J'aidai Quentin à se relever et sortis mon Beretta de mon holster par mesure de précaution mais je savais que c'était inutile. Le regard du jeune homme était éteint et la peur le tétanisait complètement. À frapper à la porte du diable, on risque un jour de le rencontrer...

— On va le conduire chez Gordon, j'ai idée que ton Alpha sera heureux de faire sa connaissance.

Ses yeux s'illuminèrent de plaisir.

— T'es gentille, fit-elle en souriant.

Gentille ? Je n'étais pas certaine que Quentin Growley trouve le terme approprié...

— Va chercher la voiture, s'il te plaît, dis-je en lui lançant le jogging que j'avais rangé dans mon sac à dos.

Elle l'enfila rapidement et se précipita dehors.

Je me tournai vers Quentin et lui lançai un sort d'entrave. Il ne pouvait plus crier, parler ou même courir. Je passai mon bras sous le sien et l'accompagnai jusqu'à la voiture. Beth m'aida à le monter à l'arrière de la mini coupé.

— Je n'ai pas le temps de vous accompagner, dis-je en jetant un coup d'œil à ma montre. Je dois rentrer préparer le repas pour Leo et vérifier qu'elle a fait ses devoirs. Dis à Gordon que je passerai l'interroger vers 22 heures, une fois qu'elle sera couchée.

— Tu veux que je vienne la garder ce soir, pendant que tu termines avec monsieur ? dit-elle en lui adressant un regard sadique.

— Ça me rassurerait, fis-je en souriant.

— Pas de problème, je prendrai un peu de travail avec moi. Au fait, comment est-ce que tu comptes rentrer ?

Mon appartement se situait à seulement deux ou trois kilomètres de là, pas de quoi fouetter un chat.

— À pied, j'ai un peu négligé l'entraînement ces derniers temps.

Elle hocha la tête et démarra. Je regardai un instant la voiture s'éloigner puis je me mis à courir. Pas question de ralentir ou de perdre du temps. Ce début mai était plutôt frisquet, à peine dix degrés, et je n'avais sur moi qu'un pull-over et un léger coupe-vent. Les gens que je croisais me lançaient des regards intrigués. Ici, aucune personne sensée ne faisait de jogging dans les rues, tout le monde préférait aller se dépenser en forêt ou sur les bords du lac Champlain. Mais ça m'était égal. Je ne me sentais pas très à l'aise en pleine nature. Ça devait probablement être lié à l'enfance et aux stages de survie que les Vikaris nous imposaient dès cinq ans. Des épreuves étaient alors organisées en plein air. Elles servaient principalement à supprimer les plus faibles d'entre nous. Chaque semaine, certaines rentraient, d'autres non. Tout dépendait de ce que nous avions à affronter, de ce à quoi nous devions échapper ou de notre condition physique. À onze ans, plus de la moitié de mes amies avait succombé à nos « entraînements sportifs ». Un euphémisme pour décrire les actes de torture et de barbarie dont nous faisions l'objet. Depuis, je préférais le vélo d'appartement à celui destiné aux randonnées et les courses au milieu des voitures plutôt que dans la nature.

Chapitre 17

En arrivant à la maison, je trouvai Leonora installée devant un dessin animé. Comme une enfant normale de son âge. Ça avait quelque chose à la fois d'étrange et de rassurant.

— Tu sens le sang, fit-elle les yeux toujours rivés sur l'écran.

Je jetai un coup d'œil sur mes vêtements mais ne notai rien de particulier.

— Là, fit-elle en se levant et en montrant une légère trace marron foncé sur mon jean.

Je déglutis.

— Ah oui. J'ai dû me couper ou…

— … ce n'est pas le tien, maman. Tu sais, ce n'est pas la peine de mentir. Je me moque de qui a été blessé sauf si c'est toi ou Beth et comme ce sang n'est ni le tien ni le sien…

— Tu… tu veux dire que tu es capable de savoir à qui appartiennent des gouttes de sang séché ?

— Ben oui, fit-elle en haussant les épaules. Par exemple, celui-là est humain. Il sent très bon.

Ouch ! Beth avait raison. J'allais devoir sérieusement lui parler.

— Bon, eh bien, je crois que je vais aller me changer, dis-je en me dirigeant vers ma chambre. Je dois ressortir, c'est Beth qui viendra te garder.

— Elle arrive à quelle heure ? demanda Leonora alors que j'enfilai vite fait un pull à col roulé rouge et un pantalon noir et souple.

— Vers 21 h 30. Mais tu ne peux pas l'attendre. Je veux que tu te couches à 20 heures maxi, tu as école demain.

— Je ne suis plus un bébé, râla-t-elle.

Bébé ou pas, elle avait besoin de se reposer et de dormir au moins une bonne dizaine d'heures.

— Bon, alors voilà le programme : tu fais tes devoirs, tu prends ton bain et pendant ce temps je te prépare mon fabuleux bœuf bourguignon. Ça te va ?

Je tenais cette recette de ma grand-mère, Leo adorait ça.

— Et après manger, je pourrais quand même l'attendre ?

— Je t'ai déjà dit non. Ne m'oblige pas à me répéter.

— D'accord, mais j'avais vraiment envie de la voir, soupira-t-elle en me lançant un regard de chien battu.

Ma fille était très forte à ce petit jeu. Elle savait apitoyer ou culpabiliser les gens mieux que personne. Et quand ça ne marchait pas, elle utilisait des moyens pour parvenir à ses fins beaucoup moins sympathiques. Je ne pouvais pas le lui reprocher. Savoir gérer les frustrations m'avait pris pas mal de temps à moi aussi. Et je n'étais pas sûre d'y être d'ailleurs parfaitement parvenue.

— Tu veux un coup de main pour les maths ? Tes professeurs m'ont dit que tu avais des problèmes en géométrie, demandai-je, narquoise.

Elle prit un air ennuyé et secoua la tête.

— Euh… non, non, ça ira.

— Parfait, dis-je en entendant la sonnerie de mon portable, mais je veux pouvoir vérifier ton travail quand tu auras fini.

Elle soupira comme si le ciel lui tombait sur la tête et partit dans sa chambre.

— Allô ? fis-je en décrochant.

— Bonsoir, ma douce, j'ai ton adresse, dit une voix que j'aurais pu reconnaître entre mille.

Je me concentrai et fis une incantation.

— Bonsoir Raphael, trop tard, je n'en ai plus besoin, j'ai retrouvé Quentin Growley, il est l'hôte involontaire de Gordon, en ce moment.

— Pourquoi l'as-tu gardé en vie ?

— Je n'en ai pas encore terminé avec lui, dis-je sèchement.

— T'a-t-il dit où se trouvent Franck et les autres ?

— Bien sûr, mais j'ai pensé que ce serait plus amusant d'attendre un petit peu avant d'aller les délivrer, fis-je d'un ton railleur.

— Inutile d'être sarcastique, répondit-il d'une voix calme et froide.

— Écoute, Raphael, je fais de mon mieux, et crois-moi, ce n'est pas aussi facile que ça en a l'air. Ce Quentin Growley est un serviteur humain.

— Tu en es certaine ?

Je lui narrai brièvement les événements de la journée et la capture de Quentin. Il m'écouta attentivement jusqu'à ce que je lui dise que le mercenaire était au courant de la mission dont le Directum m'avait chargée et qu'ils savaient que je n'allais pas tarder à les retrouver.

— Tu crois que nous sommes espionnés et que tu es suivie ?

— Espionnée, certainement. Suivie, c'est peu probable. Je les aurais trop facilement repérés.

— À quoi est-ce que tu penses ?

— Des humains sont impliqués, donc, évidemment, je pense à des micros, des puces GPS ou même à des traîtres parmi les nôtres.

C'était une manière habile de ne pas lui balancer qu'il aurait intérêt à regarder son entourage de plus près…

— En gros, tu m'expliques que quelqu'un est peut-être en train d'écouter notre conversation ? fit-il d'un ton amusé

— Non, ils sont peut-être en train de t'écouter, toi. J'ai jeté un sort de confidence à ma voix. Tu es le seul pour le moment à être capable de l'entendre.

— Je vois.

Il avait compris le message et allait faire le nécessaire. Les créatures surnaturelles sévissaient dans tous les domaines, y compris dans l'ingénierie et la haute technologie. Si des espions avaient joué aux petits malins, ils allaient en être pour leurs frais.

— Si ce Quentin est réellement assujetti à un vampire, je peux venir avec toi, je reconnaîtrai sans doute un peu de l'essence de son maître, suggéra-t-il.

— Ça m'étonnerait, il est ici depuis près d'un mois et il ne reste vraiment que d'infimes résidus du sang de son maître…

— … Dans ce cas, je peux pénétrer son esprit.

— Autant être claire, Raphael, je suis tout à fait capable de le faire parler mais à partir de cet instant, il va m'être très difficile de te rendre compte de ce qu'il se passe. Je bosse pour le Directum, pas pour toi…

— Et tu te méfies de moi parce que au moins un vampire est impliqué dans cette histoire, n'est-ce pas ?

— Je me dois de rester neutre et d'agir seule mais je tiens à te prévenir que je vais trouver et buter ce vampire.

— Rebecca, il a utilisé des humains et transgressé à la fois le traité et les lois du Mortefilis, tu peux donc le tuer à ta guise, je ne t'en empêcherai pas. Je te proposais simplement mon aide.

— Non merci, maintenant, il faut que je te laisse, fis-je sèchement.

— Attends. Tu es toujours en colère après moi ?

Oh que oui…

— En colère ? Mais pour quelle raison serais-je en colère ? Ah oui, maintenant que tu m'y fais penser, je suis carrément furax : ta petite amie a failli me buter cette nuit, Raphael !

— Elle n'en avait pas le pouvoir et en est sortie défigurée, corrigea-t-il.

— Je suppose que les dégâts sont pratiquement réparés. Moi, j'ai toujours deux trous dans le cou, assénai-je.

Il soupira.

— Tu as raison. J'ai fait une erreur hier soir, j'aurais dû prévoir que Hope tenterait de te tuer. Mais tu dois comprendre que ce n'est pas facile pour quelqu'un comme moi d'anticiper ce genre de réactions irrationnelles. Surtout de la part de mes semblables.

— Qu'est-ce que je dois comprendre ? Que tu es un être froid, incapable de prévoir des réactions émotives simples comme la jalousie ou la passion ? C'est de ça que je devrais t'excuser ?

— En quelque sorte.

Aïe, ça faisait mal et je ne savais pas pourquoi...

— Hope n'a pas ton expérience. Son humanité n'est pas loin derrière elle, comme la tienne. Elle peut encore aimer. Tu n'aurais effectivement pas dû négliger ses sentiments ou tout au moins tu aurais dû envisager la possibilité qu'elle puisse en avoir. Ne t'inquiète pas, ça ne m'arrivera plus à présent, fit-il d'un ton énigmatique.

— Qu'est-ce qui ne t'arrivera plus ? Quoi ? Tu as enfin pris en compte ses ressentis ?

— Pourquoi ? Ça t'ennuierait ?

Je ressentais soudain un début de crampe d'estomac et une envie irrépressible de lui raccrocher au nez.

— N... non. Ça me surprend, tout au plus.

— Tu sais que je suis capable de sentir quand tu me mens ? fit-il en s'esclaffant.

— Au revoir, Raphael, dis-je en reposant le combiné.

Bizarrement, je me sentais perturbée. Raphael était-il sérieux au sujet de Hope ?

Jusqu'à présent, j'avais refusé de me pencher sur le cas de la grande blonde mais je savais que je devais me montrer extrêmement prudente. La vampire était brutalement passée, le soir de notre rencontre, de la colonne « petite amie jalouse et vindicative » à celle de « psychopathe assoiffée de vengeance » et j'avais la certitude qu'elle essaierait d'une manière ou d'une autre de me tuer. Ce n'était qu'une question de temps.

— Maman ?

Je levai les yeux, surprise.

— Qu'est-ce qu'il y a ?

— De quoi est-ce que tu me parles ? lui demandai-je.

— Ben, tu as fait trembler tous les murs et les étagères du couloir sont tombées.

— Ce n'est rien, ma chérie. Je suis juste un peu contrariée.

Elle écarquilla les yeux, perplexe.

— Eh ben dis donc, tu dois être sacrément énervée. T'inquiète, dit-elle en sortant de la pièce, je vais chercher le balai.

Il allait vraiment falloir que je me reprenne et vite, sinon mon problème ne se cantonnerait pas seulement à quelques bibelots brisés...

— Leonora, dis-je en me levant prestement de mon lit, tu as rapporté le balai ?

Ma fille était déjà à l'ouvrage et ramassait consciencieusement les morceaux de porcelaine. Ma collection de petites figurines chinoises y était passée.

— Va terminer tes devoirs, ma chérie, je vais m'en occuper, dis-je en me baissant à mon tour.

— Ça ne me dérange pas, tu sais, fit-elle en repoussant sa queue-de-cheval dans le dos.

— C'est moi qui ai fait une bêtise, c'est à moi de la réparer, allez file ! dis-je en l'embrassant.

— T'es vraiment bizarre en ce moment, fit-elle en me dévisageant d'un air curieux.

— Ah bon ? Tu trouves ?

— Oh oui.

— J'ai quelques soucis. Il s'est passé des choses graves et je dois aider les clans d'ici à les régler.

— Tu parles de ce qu'il est arrivé à Mme Tillbourn ?

— Ça en fait partie, oui.

— Tu vas tuer les méchants ?

À croire que je n'étais vraiment bonne qu'à ça...

— Je vais plutôt essayer de sauver des gens.

— Hum... fit-elle, l'air dubitatif.

— Leo, je veux bien reconnaître que je suis plus douée pour tuer les méchants, comme tu dis, que pour jouer les secouristes mais tu pourrais peut-être me laisser le bénéfice du doute.

— Mais, maman, je sais que tu es gentille, enfin, avec Beth et moi en tout cas, mais tu avais dit que tu ne voulais pas qu'on se mêle des histoires des autres. Alors ça m'étonne mais bon... enfin, je veux dire...

Elle avait l'air un peu gêné. Je voulais bien reconnaître que je manquais souvent de sensibilité et que je n'avais rien d'une mère Teresa mais je m'étais quand même drôlement améliorée, ces dernières années.

— D'accord, j'avoue. On m'y a un peu obligée mais je dois reconnaître que c'est plutôt bien. Depuis la guerre, je ne sers plus vraiment à grand-chose, alors si je peux aider un peu, pourquoi pas ? Qu'est-ce que t'en dis ?

— J'en dis que ce serait chouette. J'aime bien vivre ici, tu sais ?

— Oui, je sais, mon ange, dis-je en la serrant dans mes bras.

Deux heures plus tard, elle avait fait ses devoirs, pris son bain, dîné et j'avais même eu le temps de lui lire une histoire avant de la regarder s'endormir. Quand j'étais tombée enceinte à seize ans (âge de la majorité des femmes de mon clan), je ne me sentais pas vraiment capable d'élever un enfant et je n'avais aucune expérience véritable de ce qu'était une famille normale et de la manière dont je devais me comporter en tant que mère. L'éducation des enfants chez les Vikaris tenait plus de celle des Spartiates que de celles des pédagogues ou des psychologues spécialisés dans la protection de la jeunesse. Alors, évidemment, lorsque j'étais partie me cacher aux États-unis et que j'avais été par là même confrontée au monde des humains pour la première fois, ça avait été un véritable choc. D'un coup, je découvrais les rapports que les parents entretenaient avec leur progéniture, la tendresse et l'amour que les mères ressentaient pour leurs enfants et leurs échanges physiques et affectifs. La mienne était morte jeune (et je n'avais jamais connu mon père) mais je savais que ça n'aurait absolument rien changé à la manière dont j'avais été éduquée. Elle ne m'aurait jamais serrée dans ses bras, elle ne m'aurait jamais consolée, et elle ne m'aurait pas permis de survivre si je n'avais pas été assez forte pour contrôler ma peur, mes pouvoirs et mes émotions de manière satisfaisante. Avec Leonora, j'avais tenté de faire une sorte de mélange éducatif fondé à la fois sur celui des humains et sur celui que j'avais connu. Malheureusement, mon affection pour elle m'avait vite fait oublier la rigueur et la discipline que j'aurais dû lui infliger. J'espérais que je n'aurais pas à le regretter.

Après avoir passé un coup de balai et récuré la cuisine, je décidai d'aller me détendre devant la télé. Ils repassaient les vieux épisodes de *Buffy* et j'adorais cette série kitch où les vampires étaient la plupart du temps assez complaisants pour accepter de se faire planter un pieu dans le cœur par une ravissante petite blonde de 45 kilos. D'ailleurs, en y réfléchissant, j'adorais toutes les séries télévisées (si un jour je devais reprendre une vie de solitude, d'entraînement et d'isolement, ce serait ce qui me manquait le plus...).

J'étais à peine installée sur le canapé, une énorme glace Cookie'n'Cream dans les mains, que j'entendis sonner à la porte.

Chapitre 18

— J'espère que je ne suis pas en retard ?

Mark se tenait débout sur le palier. Il affichait un grand sourire. Avec tout ce qui s'était passé, j'avais complètement oublié de décommander notre rendez-vous.

— Désolée mais la petite soirée est annulée, fis-je d'un ton sec.

— Tu as un imprévu ?

— On peut voir ça comme ça mais la vérité c'est que je ne dîne pas avec les démons, dis-je en plantant mon regard dans le sien.

— Alors pas de problème, je ne suis qu'un semi-démon, répondit-il sans se départir de son sourire.

Je n'avais jamais rencontré de semi-démons, et ce, pour deux raisons. La première tenait au fait que les démons n'étaient pas attirés par les humaines. Elles étaient trop fragiles pour supporter de coucher avec un démon et succombaient pendant l'acte sexuel. Perdre son partenaire de jeu au milieu des ébats s'avérait plutôt frustrant, même pour un démon.

La seconde était que le fruit d'une union entre les deux espèces n'était généralement pas viable.

— Peu importe, tu ferais mieux de disparaître avant que je ne perde patience et que je décide de te faire payer très cher cette petite plaisanterie, fis-je d'un ton agressif.

— Heureusement que je ne suis pas aussi sectaire que toi. Moi, je n'ai aucun *a priori* contre les sorcières, répondit-il avec des yeux qui pétillaient d'amusement.

— D'habitude, je suis capable de décrypter les énergies démoniaques, avec toi je n'ai rien senti, comment tu as fait ?

— Je suis un semi-démon, pas un démon. Je suis à moitié humain.

— Les gènes de démon prédominent sur les gènes humains, alors je te repose la question, comment as-tu fait ?

— Tu tiens vraiment à en discuter sur le palier ? demanda-t-il d'une voix si sensuelle que j'eus du mal à respirer.

L'effet qu'il avait sur moi n'était pas normal.

— Non, mais je ne tiens pas non plus à prendre de risques.

Il s'approcha si près que je pouvais sentir son souffle contre mes lèvres.

— Je peux entrer ?

Il me colla contre sa poitrine, ses mains agrippèrent mes cheveux et il redressa mon visage à quelques centimètres du sien.

— Je peux entrer ? répéta-t-il, la voix rauque. Si tu ne réponds pas, je te prends contre la porte.

Je laissais échapper malgré moi un gémissement de désir.

— Tu crois que je ne sens pas que tu as envie de moi, murmura-t-il en caressant mes seins.

Mon corps se cambrait malgré moi. J'étais en train de perdre tout contrôle.

— Si tu ne me lâches pas, je te tue, dis-je d'une voix étranglée

Une lueur dangereuse passa dans son regard mais il fit ce que je lui demandais.

Je reculai sans demander mon reste et le laissai enfin entrer.

— Ça t'amuse ? demandai-je aussitôt.

— Qu'est-ce que tu crois ?

Il passa sa main dans ses cheveux Je ressentais le besoin impérieux de le toucher, de le laisser me caresser. Mon cœur battait à tout rompre.

Je poussai un long soupir.

— Je crois que tu veux te servir de moi et que tu as la bêtise de penser que je te laisserais me manipuler sous prétexte que j'aime baiser avec toi. Tiens, au fait, quel sort as-tu utilisé pour que je me sente tout à coup autant attirée vers toi ?

Je vis sa mâchoire se crisper.

— Je ne suis pas un vampire, Rebecca, je n'ai pas le pouvoir de provoquer le désir chez les humains et encore moins chez une sorcière comme toi.

Je me mis à blêmir.

— Qu'est-ce que tu insinues ?

Il me lança un regard plein de sous entendus. Et merde, pensai-je, il est au courant.

— Je n'insinue rien. Je te dis simplement que moi je ne te ferai jamais de mal.

Il attrapa ma main et la posa sur son torse.

— Cette attirance qu'on ressent tous les deux est particulièrement rare, Rebecca, dit-il. Chez les démons, ça s'appelle le Malaat. Je ne pensais pas que ça pouvait exister entre un semi-démon et une sorcière.

— Le Malaat ?

— C'est une sorte d'attirance sexuelle irrépressible qu'éprouvent certains démons. Je l'ai ressentie dès que je t'ai aperçue.

— Et tu crois que je vais gober un truc pareil ?

— Si tu savais l'effort que j'ai fourni pour ne pas te sauter dessus et te faire l'amour sur le parking la première fois où je t'ai vue…

— Pourquoi t'es-tu retenu ? Habituellement, ceux de ton espèce ne rechignent pas devant un petit viol…

Il me lança un regard glacial.

— Tu sais très bien que ça n'aurait pas été un viol. Tu crois que je ne savais pas que tu ressentais exactement la même chose ? Tu crois que je ne sentais pas ton désir ? Il aurait suffi que je t'embrasse une fois, rien qu'une fois…

— Pourquoi ne l'as-tu pas fait ?

Il se racla la gorge et me dit d'une voix douce :

— Je ne voulais pas te faire peur, je voulais que tu apprennes à me connaître avant, et peut-être que tu t'attaches à moi.

— Je ne suis pas une midinette. Je ne « m'attache » pas aussi facilement.

— C'est ce que j'ai cru remarquer, dit-il avec tristesse, d'autant que tu es déjà prise, pas vrai ?

— Quoi ?

— Je sais qu'il y a quelqu'un, je l'ai deviné.

— Je ne… ce n'est pas ton problème.

— Oh si, ça l'est. Qui est-ce ?

— Pourquoi ?

— Parce que je vais le tuer.

Super, il était jaloux. Jaloux et détraqué.

— Il n'y a personne.

— Tu mens. Je veux que tu sois à moi et uniquement à moi, Rebecca.

Ça, ça ne risquait pas d'arriver...

— Tu es masochiste ?

Il se mit à rire.

— Non.

— Depuis quand sais-tu que je suis une sorcière ?

— Depuis la première fois où je t'ai rencontrée.

— Les sorcières naissent pour tuer les démons, dis-je fermement, pas pour baiser avec eux.

— C'est ce qu'on verra, dit-il avec arrogance.

L'étonnement me laissait sans voix.

Il semblait réellement croire que nous resterions amants et il énonçait ça comme un fait inéluctable mais que j'étais trop stupide ou trop aveugle pour accepter.

J'allais vite fait bien fait renvoyer cet imbécile à l'enfer auquel il appartenait. Je lui jetai un œil glacial et commençai à appeler le pouvoir des éléments.

— Attends, avant de faire quelque chose que tu risques de regretter, dit-il avec nonchalance.

— Quoi ?

— Baetan ne t'a pas laissé deux numéros de téléphone et une personne à contacter en cas de besoin quand il t'a demandé de retrouver Tom Cohen ?

Je m'en souvenais à présent. J'avais balancé le dossier qu'il m'avait donné dans un coin, je n'avais pas l'intention de me décarcasser pour retrouver un démon.

— Et alors ?

— Et alors c'est ta faute. Si tu avais fait correctement ton boulot, tu aurais su que l'un des numéros n'était autre que le mien et que j'étais la personne qui était censée t'épauler dans cette mission.

Je déglutis avec peine.

— Toi ?

— Oui. Ne t'inquiète pas, je n'ai pas dit à Baetan que tu n'avais pas encore bougé le petit doigt jusqu'à présent. Il n'est pas du genre patient et n'apprécierait certainement pas le peu de cas que tu fais de la disparition de son ami.

— J'avais d'autres priorités.

— Le loup et la potioneuse ?

— Oui.

— C'est la même chose, si tu en retrouves un, tu trouves les trois. Mais tu as été assez stupide pour laisser ta haine pour nous t'écarter de la découverte de la vérité.

— Vraiment ? dis-je, soudain irritée.

— Tu es une Vikaris, une chasseuse de démons, tu as été conditionnée et élevée pour nous démasquer et nous éliminer, alors réfléchis, tu ne crois pas qu'il aurait été plus facile pour toi de retrouver Tom que de chercher un lycanthrope et une sorcière ?

— J'ai déjà expliqué à Baetan que je ne disposais pas, seule, d'un pouvoir suffisant pour appeler un démon et le localiser.

— Il semble penser le contraire.

— Eh bien il a tort. Je peux, si je croise un démon, le détruire, mais pas l'appeler à distance, ni le repérer tant que je ne l'ai pas sous les yeux.

Il me fixa longuement sans rien dire.

— Tu as ma parole, ajoutai-je.

— Je te crois. Enfin, du moins, je crois que tu es sincère.

— C'est trop gentil de ta part, dis-je d'un ton sarcastique.

— Tant pis, fit-il en s'asseyant sur le canapé, on va procéder autrement. On pourrait d'ailleurs peut-être commencer par cette « chose » que tu as rencontrée la nuit dernière.

— Tu l'as vue ?

Il hocha la tête, l'air soudain soucieux.

— Oui.

Le fait qu'il m'ait récupérée et aidée à fuir en me faisant grimper dans sa voiture n'était donc pas dû au hasard...

— C'est lui qui a Kathryn, Franck et probablement ton démon, fis-je.

— Comment le sais-tu ?

— Je le sais parce qu'il me l'a dit. Mais si tu as un doute, n'hésite pas à lui poser la question la prochaine fois que tu le rencontreras. Sa conversation est passionnante et sa compagnie très agréable, tu verras.

— Tu n'es pas obligée d'être sarcastique, fit-il en fronçant les sourcils.

— Désolée, j'ai tendance à avoir les nerfs lorsqu'un monstre complètement tordu tente de m'enlever.

— J'ai cru qu'il voulait simplement te tuer.

— Simplement, comme tu dis… non, s'il avait réellement voulu me tuer à ce moment-là, ça ne lui aurait pas posé de problème.

— Je suis retourné dans la rue où il t'a poursuivie. Tu l'as blessé, il a laissé des traces de sang. J'en ai prélevé sur le sol, un de mes amis est en train de l'analyser en ce moment même.

— C'est pas con.

— Merci. À quoi ressemble-t-il de près ? Je n'ai pas vraiment eu le temps de l'apercevoir en détail.

— Je ne sais pas. Il doit faire environ deux mètres, il est très fort, insensible aux balles en argent et faiblement vulnérable à la magie. Au début, j'ai pensé que c'était le fruit d'un métissage entre un humain et un loup ou un muteur, et qu'il s'était passé une sorte d'accident génétique mais je n'en suis plus aussi sûre.

— Pourquoi ?

— Son énergie n'était ni humaine ni animale.

— Peut-être parce que c'est un métis et qu'il a sa propre énergie ?

— Peut-être, dis-je en pensant à Leonora.

— En tout cas, ce n'était pas un démon.

— Non, à moins que mes pouvoirs n'aient été si diminués que je ne m'en sois pas rendu compte.

— Les tiens étaient sans doute diminués mais les miens ne l'étaient pas. Je peux reconnaître l'un des nôtres à des kilomètres à la ronde et localiser précisément son énergie, dit-il avec assurance.

— Tu nous aurais été utile, fis-je avec un rictus.

— Pour quoi ?

— Pour la chasse. La chasse aux démons.

— Tu essaies d'être drôle ?

Je me levai.

— Je compte sur toi pour m'appeler dès que tu auras les résultats du labo. Pour l'heure, je crois qu'on s'est tout dit.

— Non. Tu ne m'as pas encore parlé de Quentin Growley, fit-il en me fixant.

— Tu me surveilles ?

— C'est mon boulot. Je suis censé bosser avec toi sur ces disparitions.

— Je n'ai pas terminé son interrogatoire mais je ne crois pas qu'il sache qui se cache réellement derrière tout ça ni où se trouvent maintenant Tom, Kathryn et Franck.

— Pourquoi n'as-tu pas fini de l'interroger ? me demanda-t-il, surpris.

— Je n'ai à justifier mes décisions ni devant toi ni devant personne. Mais puisque ça a l'air de t'intriguer, je te dirais simplement ceci : il valait mieux pour sa petite santé et pour le reste de mon enquête que je ne poursuive pas notre petite conversation. Ça te va ?

— Ça a été si dur que ça de ne pas le tuer ? dit-il en esquissant un sourire.

— Encore plus que tu n'es capable de l'imaginer.

Il me dévisagea un instant puis dit d'un ton grave :

— Une sorcière ne devrait pas ressentir ce genre d'impulsion. Qu'est-ce qu'il se passe, Rebecca ?

— Rien qui puisse t'intéresser, fis-je d'un ton sec.

— Au contraire. Baetan m'a dit que tu étais une sorcière de guerre et j'en sais suffisamment pour être au courant des dégâts que vous êtes capables de provoquer en cas de perte de contrôle.

— Vraiment ?

— Vraiment. Et je n'ai pas envie d'assister à ça, dit-il d'un air anxieux.

— Ne t'inquiète pas. Je n'en suis pas encore là. Mais si ça peut te rassurer, viens avec moi ce soir, je dois passer voir l'humain chez Gordon, l'Alpha de la meute.

— « Garde tes amis près de toi et tes ennemis encore plus près », c'est ça, hein ?

— On peut voir ça comme ça.

— À quelle heure est-ce que je dois passer te prendre ?

— On se retrouve chez Gordon à 22 heures.

— Dommage. Je pensais que tu avais trouvé ma voiture confortable, murmura-t-il à mon oreille.

Je sentis mes joues s'enflammer.

— Barre-toi avant que je ne mette fin de manière sanglante à notre nouvelle collaboration, fis-je d'un ton agressif, en me levant pour le raccompagner.

Chapitre 19

Lorsque je quittais l'appartement, une heure plus tard, en laissant Beth et Leo, le voile noir de la nuit recouvrait toute la ville et un vent froid, porteur de menace, s'était levé. La rue était déserte. Ma voiture était garée à peine cinq cents mètres plus loin. J'avais une étrange sensation, un peu comme quand on regarde un film d'horreur et qu'on sait que le monstre est caché quelque part et qu'il guette l'héroïne mais que cette idiote, au lieu de s'enfuir, continue bêtement à avancer vers les ténèbres. Je n'étais pas une idiote et j'entendais parfaitement la petite musique angoissante qui s'était déclenchée dans mon cerveau mais je ne pouvais pas non plus prendre mes jambes à mon cou comme une petite fille effrayée.

— Rebecca Kean ?

Je ressentis immédiatement quelques picotements sous la peau et mon nez se mit à me chatouiller. Vampires.

— Vous ne voulez pas qu'on remette ça à demain, j'ai eu une journée plutôt difficile et elle est loin d'être terminée, dis-je d'un ton blasé.

— Désolé de l'apprendre mais ça ne peut pas attendre, fit un rouquin en me dévisageant.

À vue de nez, il avait au moins quatre siècles et son copain était du même acabit. Le combat allait s'avérer difficile.

— Qu'est-ce que vous voulez ? Ne me dites pas que Raphael m'a envoyé chercher manu militari ? S'il veut me voir, il n'a qu'à se déplacer lui-même.

— Raphael ne nous a rien demandé du tout, fit le rouquin au teint blanchâtre d'un ton cassant. Nous sommes envoyés par le Mortefilis et nous devons vous ramener avec nous, toi et ta fille.

Je les regardai d'un peu plus près. Ils portaient tous les deux des costumes noirs très bien coupés, de marque européenne, Hugo Boss ou Armani, ainsi que des chemises blanches. On aurait dit les « Men in Black ».

Une vague de magie parcourut mon corps. Mes cheveux s'illuminèrent de rouge. Je me mis à envoyer une onde de pouvoir en direction du petit rouquin.

Il poussa un râle de surprise et s'effondra par terre mais le deuxième eut le temps de bondir sur moi, avec une grâce fluide et animale. Il me percuta violemment, je sentis mes épaules et le reste de mon corps s'affaisser. Quand j'ouvris les yeux, il se tenait allongé au-dessus de moi, ses crocs luisant dans le noir. Nos regards se croisèrent. Les siens étaient noirs comme l'ébène.

— Tu n'es vraiment pas raisonnable, fit-il en levant les sourcils.

Il était grand, au moins un mètre quatre-vingt-dix, et bien plus fort que moi. S'il l'avait voulu, il m'aurait déjà brisée en deux comme un vulgaire brin de paille.

— Je ne veux pas te suivre, je ne vois pas ce qu'il y a de déraisonnable là-dedans, fis-je sèchement.

Il secoua sa chevelure brune.

— Je suis désolé de te l'apprendre, mais tu n'as pas le choix, dit-il en me mordillant le lobe de l'oreille.

La faim et l'envie de me mordre le tenaillaient.

La sueur dégoulinait le long de mes reins et mon souffle n'était plus qu'un halètement.

— Non, c'est moi qui suis désolée, dis-je d'une voix rauque.

Le pouvoir du feu coulait dans mes veines comme autant de flammes minuscules. Mes mains avaient pris une étrange couleur écarlate.

— Tu sais, on m'a demandé de te ramener vivante mais on ne m'a pas précisé dans quel état...

Il me mordit la jugulaire puis soudain se mit à hurler. Sa gorge, sa bouche s'étaient embrasées. Le feu le consumait sans qu'il puisse l'arrêter et se propageait en même temps que mon sang dans tous ses organes. Je ressentais les brûlures sur ma poitrine et sur mes jambes tandis que les flammes continuaient à le dévaster. Quand je pus enfin me dégager, j'avais mal, très mal.

Le jean m'avait partiellement protégée mais mon sweater avait fondu sur la peau de mon épaule et de mon ventre à certains endroits. Saloperie d'acrylique. Sous l'effet du choc et de la douleur, je me mis à trembler et à tomber sur les genoux comme une fillette. J'étais en petite culotte et soutien-gorge et je sentais le vent froid caresser mon visage mais il ne soulageait pas le feu intérieur qui me consumait. Je devais trouver de la glace, et très vite. Je regardai autour de moi. Le rouquin commençait à bouger mais je ne lui laissai pas le temps de reprendre ses esprits. J'utilisai mes dernières ressources et bientôt la terre s'ouvrit sous ses pieds pour enfouir son corps à plusieurs mètres de profondeur. Le temps qu'il se sorte de là, j'avais tout loisir de disparaître. Du moins c'était ce que j'espérais. Parce que je n'avais plus la force de combattre, seulement celle de me faire tuer en essayant.

Je ramassai rapidement mes affaires tombées sur le sol puis grimpai dans ma voiture. J'avais la ferme intention de ne pas modifier mes projets et de me rendre chez Gordon. Il me fournirait sans hésiter quelques vêtements et les médicaments nécessaires pour soigner mes blessures. Je démarrai mais en jetant un coup d'œil dans mon rétro, je sentis mon cœur prêt à éclater dans ma poitrine : un troisième vampire volait à une centaine de mètres plus loin et me fondait littéralement dessus.

La panique m'envahit. Je grillai un feu puis deux en priant pour ne pas croiser de voiture sur mon chemin. Mes nerfs étaient à vif. Je massais mon cou en essayant de le soulager de la tension qui le nouait. Si les flics me coinçaient, j'allais avoir du mal à leur expliquer pourquoi je me promenais à moitié nue, dans une Toyota lancée à 120 miles à l'heure sur une route limitée à 50.

Je gardai ma main gauche sur le volant et fouillai dans mon sac avec mon autre main pour trouver mon portable.

— Allô, Beth, écoute-moi, je n'ai pas beaucoup de temps. Je veux que vous quittiez l'appartement et que tu emmènes Leonora chez toi. Il y a un vampire qui me suit, je vais chez Raphael.

Pourquoi chez Raphael ? Je n'en savais strictement rien. J'avais instinctivement pris la route qui me menait chez le vampire. De toute manière, je n'allais certainement pas attirer ce salopard de mort vivant chez Gordon, il était hors de question que je les mette en danger, lui et la meute.

La voiture se lançait désormais sur la D17. Le vampire gagnait du terrain au fur et à mesure que j'avançais. Il se tenait si près maintenant que je pouvais le voir afficher un sourire jovial que contredisait son regard noir et menaçant.

Il paraissait avoir une quarantaine d'années humaines et son visage rond, sans caractère, était encadré par des cheveux courts châtain foncé.

Les vampires capables de voler n'étaient pas monnaie courante, même chez les plus âgés. Celui qui me collait aux fesses ne devait pas avoir moins de sept ou huit cents ans.

Je tournai à gauche, et il ne me restait désormais qu'une centaine de mètres avant d'atteindre la maison de Raphael. Je devais pouvoir tenir jusque-là mais je n'aurais que quelques secondes pour me ruer dans la maison avant que l'autre fou furieux ne me rejoigne. Autant dire que c'était pas gagné.

Trois hommes discutaient près du portail situé dans l'entrée du domaine. Par chance, je reconnus immédiatement la tenue vestimentaire surannée de l'un d'entre eux. Je baissai ma vitre et hurlai :

— Hector, poussez-vous, j'ai des ennuis !!!

Les vampires possèdent une excellente vue et une ouïe presque aussi fine que celle des loups. Il me reconnut aussitôt et je fis signe aux deux autres hommes de s'écarter pour me laisser passer. L'allée était suffisamment éclairée pour que je puisse apercevoir dans mon rétro les gardes du corps de Raphael intercepter mon poursuivant et Hector dépasser ma voiture pour me précéder.

Je freinai brutalement et me garai devant l'entrée. Hector se tenait juste devant moi.

Je le regardai, les yeux écarquillés. Il était vraiment rapide, même pour un vampire.

— Bonsoir madame, fit-il avec flegme.

— Bonsoir Hector. Où est votre maître ? demandai-je en sentant mes jambes se dérober.

Il ouvrit la porte d'un air poli.

— Dans la salle de séjour, madame. Puis-je vous apporter une robe de chambre ?

— Ce serait extrêmement délicat de votre part, dis-je avant de trébucher et de m'affaler lamentablement dans les bras de Raphael, apparu heureusement, comme par enchantement.

— Je t'ai entendue, ma douce, fit-il en souriant.

Soudain, la porte s'ouvrit à la volée et le pisteur fit irruption dans l'entrée. Ses vêtements étaient déchirés, sa lèvre fendue. Il n'avait pas dû apprécier le comité d'accueil et le lui avait fait savoir.

— Le conseil veut cette fille, Raphael, dit-il, ses yeux luisant de colère.

— Bonsoir David, c'est toujours un plaisir de te voir… répondit-il d'une voix neutre.

— Tu le savais. Elle était sur ton territoire et tu le savais.

— Oui, dit Raphael

— Pourquoi n'as-tu pas prévenu les anciens ?

— Parce que je n'ai absolument pas l'intention de la leur confier.

Il se tourna vers Hector et me transféra délicatement dans les bras du majordome.

— Prends soin d'elle.

— Bien entendu, maître, lui répondit le vampire d'un ton solennel.

Je me tournai tout à coup vers la porte et vis un loup-garou à la fourrure brune entrer à son tour dans la maison. Je reconnus immédiatement Beth. Les vampires l'ignorèrent et poursuivirent leur conversation comme si de rien n'était.

— Et qu'est-ce que tu comptes en faire ? Ne me dis pas que tu t'intéresses à cette vermine, je ne te croirais pas.

— Je ne te la laisserai pas, répondit Raphael.

Son visage était de marbre et son expression impénétrable.

— Comment as-tu appris qu'elle était ici ?

— J'ai mes sources, répondit-il d'un ton suffisant. Alors tu t'opposes vraiment aux décisions des anciens ?

— Je n'aime pas me répéter, fit Raphael.

— Très bien. Je transmettrai ton refus au conseil, à mon avis, ils ne vont pas apprécier, ils ne sont pas du genre à tolérer les caprices. Pas même les tiens. Ma prochaine visite risque d'être fort déplaisante…

Je sentis une onde de pouvoir émaner de Raphael. Puissante. Violente. Si compacte que je pouvais presque la percevoir avec mes doigts.

— Tu crois que je ne sens pas ta rage, David ? Tu n'as pas l'intention de la ramener vivante…

Le vampire blêmit et des crocs poussèrent le long de ses lèvres.

— Elle a tué Simon, fit-il en me lançant un regard haineux.

— Tu n'es qu'un imbécile, dit Raphael en le giflant violemment.

Une grande balafre zébrait maintenant son visage de poupin.

— Le conseil a besoin de Rebecca, morte elle ne leur serait plus d'aucune utilité. Tu n'es même pas bon à cela…

— Je suis l'envoyé du conseil, j'ai tout pouvoir de décision, cracha le vampire, visiblement vexé.

Les yeux de Raphael ressemblaient à deux flammes blanches, magnifiques et dangereuses. Raphael s'approcha et je sentis son pouvoir grandir à chacun de ses pas. Il formait désormais une sorte de brume.

— Ici, tu n'as aucun pouvoir, David.

— Je ne… Tu n'oserais pas, dit le vampire, soudain inquiet.

— Ah non ?

Je me détournai mais je ne pus m'empêcher d'entendre le bruit d'un sifflement et la tête du pisteur qui roulait soudain sur le sol avant de s'enflammer.

— Cet incompétent a sali le marbre, occupe-t'en, dit Raphael avec nonchalance.

Seigneur, si j'avais encore eu des doutes sur sa formidable puissance, la facilité avec laquelle il avait liquidé un vampire de plus de sept cents ans venait de les faire disparaître en un centième de seconde.

— Oui, monseigneur, dit Hector en me posant délicatement dans les bras de Beth qui avait repris forme humaine.

Beth me porta avec précaution jusqu'à l'immense salle de bains du rez-de-chaussée, et me déposa dans un fauteuil en tissu rose pâle, près du somptueux jacuzzi blanc, le temps d'attraper du tulle gras dans l'armoire à pharmacie.

— Où est Leonora ? Pourquoi n'es-tu pas avec elle ? dis-je en grimaçant de douleur, tandis qu'elle posait adroitement les bandes vertes sur mes brûlures.

— Tu avais besoin de moi. Je l'ai amenée chez Gordon, me rassura-t-elle.

— Merci.

— Ce n'est pas moi que tu dois remercier mais ce salopard de vampire arrogant… persifla Beth.

— Ne pousse pas, Beth, il vient tout de même de me sauver la vie.

— Oh, j'en ai bien conscience, crois-moi… Alors, tu m'expliques ?

— De quoi parles-tu ?

— Je parle du fait que lorsque tu as senti le danger, ce n'est pas chez tes amis que tu as couru te réfugier mais chez Raphael…

— Je ne voulais pas vous faire courir de risques, répondis-je.

— Non, tu as préféré mettre ta vie entre les mains de ce psychopathe ! Ce qui me fout le plus en rogne, c'est que tu as eu raison, et ça, tu vois, j'ai un peu de mal à le digérer…

Elle commençait sérieusement à me taper sur les nerfs.

— C'est quoi ton problème, tu aurais préféré que j'y reste ?

— Non, mais j'aimerais bien comprendre les raisons qui ont poussé Raphael à prendre le risque de défier son clan pour toi…

— Il faut croire qu'il a vraiment envie que je trouve celui qui fout la merde sur son territoire.

— Je ne voudrais pas te vexer, mais je ne pense pas que tu sois indispensable à ce point…

Je relevai la tête.

— Tu m'emmerdes, Beth.

Raphael fit soudain irruption dans la salle de bains, un morceau de tissu noir dans la main.

— Je t'ai apporté une robe. Je pense qu'elle est à ta taille. Tu vas bien, Rebecca ? demanda-t-il en m'effleurant doucement la joue, l'air inquiet.

— Oui, ne t'en fais pas, je survivrai.

Sa caresse était si délicate que je posai instinctivement mon visage dans sa main en oubliant que Beth nous observait. Lorsque je le réalisai, il était déjà trop tard.

Elle bouillait de colère et de réprobation.

— À quoi est-ce que vous jouez tous les deux ?

— Pardon ? demanda Raphael d'une voix glaciale.

Elle se tourna vers moi et lança avec amertume :

— Tu as oublié qui il est ou ce qu'il est, Rebecca ? Tu veux encore commettre la même erreur ?

— C'est ce que tu penses ? répondis-je.

— Je ne pense plus rien. Je vois.

Elle se tourna vers le vampire.

— Tu ne devrais pas faire mumuse avec elle, Raphael, parce que je la connais : elle n'hésitera pas à te tuer en cas de besoin, même si ça lui brise le cœur.

Raphael fixa Beth dans les yeux et se contenta de répondre laconiquement :

— Je ne suis pas en train de jouer, loup.

Je me mis à rougir malgré moi.

Elle nous adressa un regard dégoûté et sortit en claquant la porte.

— Elle a raison. Il vaudrait mieux que nous restions loin l'un de l'autre, fis-je.

— Pourquoi ?

Il me fixait, ses yeux azur rivés aux miens.

— Pourquoi as-tu fait ça ? Quel intérêt as-tu à me protéger ?

Il continuait à me regarder et je sentis mon ventre se serrer.

— Tu comptes me parler ou tu vas continuer à m'écouter monologuer comme une imbécile ?

— Pourquoi es-tu venue te réfugier chez moi ? demanda-t-il d'une voix tendre.

— Je n'en sais rien.

Il m'attira à lui et lova son corps autour du mien.

— Vraiment ? fit-il d'un ton ironique.

J'avais envie de m'éloigner de lui, de résister à son contact mais je ne le fis pas. Je ne comprenais pas ce qui l'avait poussé à m'aider mais je ne pouvais m'empêcher de lui en être reconnaissante.

— Nous devons partir, ma fille et moi.

Il secoua d'un geste gracieux ses longs cheveux blonds

— Il n'en est pas question.

Mon cœur battait la chamade et je tentais de m'écarter de lui.

— N'aie pas peur, murmura-t-il en posant ses lèvres sur les miennes.

Mes sens s'enflammèrent et je ne pus m'empêcher de gémir. Je glissai mes mains autour de son cou et l'embrassai si fort que je me coupai sur l'un de ses crocs. Je sentis le vampire aspirer doucement ma langue et boire mon sang. Je le repoussai. Chaque fibre de mon être se mit à protester de dépit et je sentis monter en moi une impression de manque.

Raphael prit mon visage entre ses mains et murmura :

— Je ne te laisserai jamais t'éloigner de moi, Rebecca.

— Tu n'as pas le choix, le Mortefilis enverra quelqu'un d'autre. Ils te tueront, Raphael.

— Tu t'inquiètes pour moi ? fit-il, une lueur amusée dans le regard.

— Non… je… oh et puis merde !

J'enfilai la robe noire décolletée qu'il avait posée sur le fauteuil. Elle m'allait parfaitement mais ne cachait pas les taches jaunes qui commençaient à apparaître sur mes bras et mes épaules. Se faire renverser par un vampire, c'était un peu comme passer sous un poids lourd. Très désagréable et peu seyant au teint.

— Elle te va à ravir. On a de la visite, ma douce… chuchota-t-il en posant sa bouche sur mon front.

— Écarte-toi d'elle.

Mark regardait Raphael d'une manière peu amicale. Ses yeux étaient remplis de flammes rouges.

Le vampire s'envola et se posa devant lui avec grâce. Il ne m'avait jamais paru plus dangereux.

— Tu as pénétré chez moi sans ma permission, dit Raphael d'une voix trop douce pour ne pas être inquiétante.

— Je suis venu parce que j'étais inquiet pour elle, fit-il en dressant fièrement le menton. On avait rendez-vous chez Gordon pour interroger un type à 22 heures. Quand j'ai vu qu'elle n'arrivait pas, je suis retourné à l'appartement. J'ai vu des traces de lutte à l'endroit où elle garait sa voiture et je suis tombé sur un vampire rouquin assez antipathique qui tentait de sortir de terre. Le temps d'avoir une petite conversation avec lui et de retrouver l'aura de Rebecca et me voilà.

— Tu n'es vraiment pas doué comme garde du corps, démon. Je crois que je vais avoir une petite discussion avec Baetan, il semblerait qu'il ait largement surestimé tes capacités, dit-il d'un ton méprisant.

Alors là, je plongeais en plein cauchemar.

— C'est vous qui me l'avez collé dans les pattes ? hurlai-je, folle de rage en regardant Raphael.

— Oui, ma douce. Nous avons jugé que c'était plus prudent. Ce que je n'avais pas prévu, par contre, c'était qu'il coucherait avec toi, dit-il d'un ton amer.

Je baissai la tête en maudissant ma stupidité.

— Tu étais censé la protéger, pas la toucher, fit Raphael d'une voix étrange.

— Ce que je fais ou non avec elle ne te concerne pas !

Raphael faisait bien dix centimètres et vingt kilos de moins que Mark mais je n'aurais pas misé un kopeck sur le semi-démon.

— Au moins, tu as eu la courtoisie de me prévenir que Mark était un démon, fis-je en soupirant.

— Alors c'est toi qui lui as dit que j'étais un démon ? hurla Mark en lançant un regard furieux à Raphael.

Le vampire avança vers lui avec grâce. Il ne m'avait jamais paru plus dangereux.

— Si tu la touches à nouveau, je te tuerais.

— Vraiment ? Et pour quelle raison ? Je ne l'ai pas forcée, à ce que je sache ? Et je ne pense pas que cette histoire concerne le Directum ou le maître vampire de la Nouvelle-Angleterre. À moins que ce ne soit plus… personnel, ajouta-t-il en me regardant.

— Tu n'es absolument pas doué comme garde du corps, ça ne devrait pas être difficile de te trouver un remplaçant, fit Raphael en le soulevant par la gorge et en le collant violemment contre le mur.

— Vous devriez parler de ce problème de ressources humaines avec Baetan, je crains qu'il ne partage pas votre avis, fit Mark d'une voix étranglée.

Le démon tentait de se libérer. Des flammes rouges brillaient maintenant dans ses yeux et sa main flamboyante s'était posée sur le bras de Raphael.

— Je le ferai. Après t'avoir tué, répondit sobrement le vampire en resserrant la pression de sa main.

Le visage de Mark était en train de virer au bleu. Ses muscles étaient déformés par l'effort qu'il déployait pour ne pas mourir.

— Arrête, Raphael ! aboyai-je.

— Je croyais que tu ne supportais pas les démons ? fit-il en me dévisageant.

— C'est vrai mais j'ai une dette envers lui. Il m'a aidée à échapper au monstre qui me poursuivait l'autre nuit.

— Il ne faisait que son boulot, dit Raphael d'un ton dur.

— Peut-être. Mais je me sens redevable.

— J'ai senti ton désir pour lui, Rebecca, fit Raphael d'un ton étrange.

La vie de Mark ne tenait plus qu'à un fil. Raphael maintenait toujours la pression et je voyais bien que l'énergie du démon s'éteignait peu à peu.

— Je t'en prie, arrête, putain ! criai-je.

Il se tourna vers moi, ses yeux de nacre plantés dans les miens.

— S'il te plaît…

— Ne t'approche plus jamais d'elle, est-ce que je me fais bien comprendre ? dit Raphael en desserrant enfin sa prise.

— Rebecca, c'est un vampire, un très vieux vampire… il n'est pas capable de t'aimer, dit Mark d'une voix étranglée.

Une expression étrange passa le temps d'un éclair sur le visage de Raphael.

— Je crois qu'il y a des choses dont tu ne devrais pas te mêler, dit-il d'une voix menaçante.

— C'est toi qui te mêles de ce qui ne te regarde pas. Cette femme ne sera jamais à toi. Elle ne t'est pas destinée, elle est des nôtres.

Que voulait dire Mark ? Je n'en avais pas la moindre idée. L'ambiance était étrange.

Raphael se mit à le détailler de la tête aux pieds comme un insecte indésirable qu'il avait l'intention d'écraser.

Je commençais tout à coup à en avoir assez. Je levai les mains, rassemblai le peu d'énergie qui me restait et les propulsai chacun à un bout de la pièce.

— Je n'appartiens à personne. Je suis libre et, croyez-moi, il est hors de question que l'un de vous se permette de m'approcher à nouveau, lançai-je, furieuse, en courant vers la porte.

Mais Raphael fut plus rapide.

— N'essaie pas de quitter la ville, dit-il d'un ton rageur en m'empêchant de sortir.

— Arrête de penser que j'ai besoin d'être protégée, bordel, dis-je d'un ton agressif. Et vire-moi ton putain de garde du corps lubrique.

— Non. Pas tant que je n'ai pas trouvé quelqu'un d'autre.

— Très bien, alors je lui ouvrirai mon lit jusqu'à ce que tu lui trouves un remplaçant…

— Raphael, non ! hurla Mark.

Le bras du vampire s'était comme suspendu dans les airs, sa main à quelques centimètres de ma joue. Je reculai, saisie.

— Le calme, le calculateur, l'impassible Raphael sur le point de perdre son sang-froid à cause d'une femme… Jamais je n'aurais cru voir ça un jour, fit Mark.

Raphael émit un grognement de frustration et s'assit contre le mur aussi loin de nous qu'il le pouvait et fit retomber ses cheveux devant son visage comme pour se cacher.

— Je ne comprends plus rien, fis-je d'une voix douce.

— C'est pourtant simple. Raphael ressent des émotions mais il est si peu habitué à les gérer qu'il n'arrive pas à se contrôler.

Ça c'était pas bon. Pas bon du tout.

— Raphael… murmurai-je.

Je pouvais continuer de prétendre que je ne ressentais rien pour lui mais il devenait de plus en plus difficile de me mentir à moi-même.

— Rentre chez toi, Rebecca, fit Raphael d'une voix lasse.

Je mourais d'envie de lui parler, de m'expliquer, mais quelque chose dans son attitude me fit reculer. Mark me jeta un regard furieux.

— Tu vas devoir choisir.

J'éclatai d'un rire amer.

— Je choisis de trouver le ou les fils de putes qui s'en prennent aux nôtres et après je m'en irai. Tu vois, les choses sont simples, et crois-moi, elles vont le rester.

J'ouvris la porte d'un geste nerveux et m'enfuis de chez Raphael aussi vite que mon état me le permettait.

Chapitre 20

Sur le chemin du retour, j'étais passée prendre rapidement Leonora chez Gordon. L'Alpha n'avait pas fait de commentaire sur ma chair tuméfiée ou ma démarche hasardeuse mais il ne s'était pas étonné de me voir partir sans prendre le temps d'interroger Quentin Growley. De toute façon, ça ne pouvait pas faire de mal à cet imbécile de pourrir encore un peu plus longtemps dans sa saloperie de cage. J'espérais seulement qu'il n'y aurait pas de transformation de jeune lycanthrope durant la nuit parce que je doutais que Quentin survive plus d'une seconde, enfermé avec un adolescent loup-garou déchaîné.

— Maman ? Ça va ? Tu veux que je te porte ? me demanda Leonora en bas de notre immeuble, tandis que je m'extrayais plutôt difficilement de la voiture.

Je savais que ça ne lui aurait posé aucun problème mais ça en aurait foutu un sacré coup à ma fierté déjà bien entamée.

— Non, ma chérie. Ça va aller, ne t'inquiète pas.

Je grelottais. La robe que Raphael m'avait offerte était ravissante mais beaucoup trop légère pour la saison et je serrais les bras contre mon corps pour me réchauffer.

— Qui t'a fait ça, maman ? demanda-t-elle en fronçant ses ravissants sourcils.

— Un vampire.

— Un seul ? fit-elle, surprise.

— Non, ils étaient trois mais... ce serait trop long à t'expliquer, soupirai-je.

— Il est mort ?

— Oui.

— Et les autres ?

— Eux aussi.

Elle afficha un air de satisfaction béate et se mit à chantonner gaiement en montant les escaliers.

J'avais des tonnes d'heure de sommeil de retard et j'avais l'impression que mon corps était brisé. Toutes mes ressources physiques et psychiques étaient épuisées.

— Tu as les clés ? demandai-je à ma fille.

— Oui. Beth me les a données pour quand on rentrerait.

Elle ouvrit la porte comme une grande et m'aida malgré mes protestations énergiques à marcher jusqu'à la salle de bains.

— Il ne t'a pas loupée, hein ? fit-elle tandis que je m'examinais dans la glace.

Mes magnifiques cheveux bruns étaient couverts de poussière, mes grands yeux vert pâle cernés et j'avais un bleu au niveau de la mâchoire.

— Tu veux que je t'aide à l'enlever ?

— Non. Je vais le faire. Va te coucher, ma chérie, il y a école demain.

— Tu sais, j'ai déjà vu des films à la télé et dedans il y avait des dames que leurs maris tapaient, tu as à peu près la même tête qu'elles.

Super...

— Sauf que si un homme te faisait ça, et que je le connaissais, je le tuerais, dit-elle gravement.

Ses yeux étincelaient et sa main tordait le robinet du lavabo sans même s'en rendre compte.

— Moi aussi, dis-je. Mais ce n'était pas personnel, Leo, juste une affaire entre les vampires et moi. Rien à voir avec ton histoire de femmes battues. Alors relax et va te coucher, d'accord ?

— D'accord.

Après m'être assurée qu'elle avait quitté la salle de bains, je commençai à me déshabiller. La douleur provoquée par les brûlures avait totalement disparu et il n'y avait guère que quelques taches rouges pour me les rappeler mais mon dos me faisait un tel mal de chien que je décidai d'ouvrir les robinets de la baignoire et de me faire couler un bain. J'y jetai trois aspirines effervescentes en espérant que ça m'aiderait à détendre mes muscles endoloris. Puis je levai la jambe et me glissai dans l'eau en grimaçant. Pas de doute, il allait vraiment falloir que j'apprenne à ne plus chahuter avec les vampires. Et vite. Parce que si ça continuait comme ça, je me retrouverais bientôt à bouffer les pissenlits par la racine. L'ennui, c'était que pour prendre ce genre de bonnes résolutions, il fallait que les deux parties soient d'accord et les vampires, eux, avaient très envie de continuer à jouer avec moi. À commencer par Raphael. L'étrangeté des événements de la soirée m'avait tellement perturbée que j'avais beaucoup de mal à me convaincre de leur réalité. Pourquoi le maître vampire avait-il décidé de m'aider à échapper aux pisteurs du Mortefilis, en prenant le risque de défier sa hiérarchie et donc de mettre sa vie en danger ? Que voulait dire Mark quand il affirmait que j'étais des leurs ? Et pourquoi ses propos délirants avaient-ils rendu Raphael si furieux ? En y repensant, tout ça me paraissait de plus en plus dingue. J'avais la conviction que ces deux-là attendaient quelque chose de moi mais je n'avais pas la moindre idée de ce que ça pouvait bien être. Et à vrai dire, je n'avais vraiment aucune envie de le savoir. Non, la seule chose dont j'avais véritablement envie, c'était de décamper de cette ville de fous et de ne plus jamais y revenir. Mais avant, j'allais devoir régler ce petit problème de disparitions, d'abord parce que je m'y étais engagée et ensuite parce que je ne pouvais pas laisser Beth se dépatouiller seule et prendre le risque qu'elle tombe à un moment ou à un autre sur le monstre qui avait failli m'enlever et qu'elle se fasse tuer. Elle n'était pas du genre à abandonner sa meute dans les situations critiques et je n'avais pas envie de la perdre parce que ma vie privée devenait un véritable capharnaüm et que je me sentais un peu paumée.

Euh… Bon, d'accord. Carrément paumée.

Chapitre 21

Au début, je crus que je rêvais. J'étais à peine couchée depuis une heure que j'entendis une suite de soupirs et de gémissements. L'air était saturé de magie et me brûlait la peau. Puis tout à coup, plus rien. Rien sauf la peur. Je jetai instinctivement un coup d'œil au réveil, il affichait 5 heures du matin. J'enfilai vite fait un jean et un pull et me précipitai sur l'armoire où je cachais mes armes. Je saisis un vieux magnum, le chargeai de balles en argent puis me précipitai dans le couloir. J'utilisai rarement mon arsenal mais durant la guerre, il m'était souvent arrivé d'apprécier ce type de renfort. Après tout, ma magie était puissante mais s'amenuisait parfois avant que j'aie le temps d'éliminer tous mes adversaires. J'avançai dans le couloir et poussai discrètement la porte de la chambre de ma fille, elle dormait paisiblement. Je posai doucement une main sur sa bouche et elle ouvrit immédiatement les yeux.

— Chut… ne fais pas de bruit.

Elle huma l'air et hocha la tête.

— Tu crois que tu pourras sortir par la fenêtre et marcher sur les toits sans tomber ?

Elle haussa les épaules négligemment.

— Évidemment, chuchota-t-elle.

— Alors va chez Beth.

J'avais à peine fini ma phrase qu'elle disparut aussitôt. Moins d'une seconde plus tard, je distinguai à travers la vitre une petite ombre en pyjama rose qui se déplaçait à la vitesse de l'éclair et qui sautait prestement et élégamment du sommet d'un immeuble à l'autre.

Rassurée sur le sort de mon adorable semi-vampire, j'inspirai profondément et enlevai le cran de sûreté de mon arme. Puis je marchai sans faire de bruit vers la porte d'entrée. En fait, il ne me fallait pas vraiment faire preuve d'imagination pour savoir ce que j'y trouverais : à savoir un corps. Un corps de jeune loup agonisant. Je ne savais pas si c'était un piège ou non mais je ne me sentais pas le cœur de le laisser mourir seul sur mon palier.

Je rassemblai mon pouvoir et ouvris la porte brusquement. Un morceau de chair et de sang s'écroula aussitôt sur mes pieds, dos contre terre, et je dus l'enjamber pour sortir de l'appartement. Flingue au poing droit, je me collai contre le mur en jetant un coup d'œil précautionneux aux alentours, puis je propulsai mon énergie à la recherche de celui qui l'avait mis dans cet état. Mais je ne trouvai rien. Je me détendis un peu et me tournai vers le visage tuméfié et brûlé du lycanthrope. Je savais parfaitement de qui il s'agissait, j'avais suffisamment testé son énergie pour le reconnaître, même défiguré à ce point. Il s'agissait de Franck, du moins ce qu'il restait de lui. Son corps était lacéré de part en part, sa peau avait été arrachée en de multiples endroits, des morceaux de chair sur ses jambes et ses bras avaient disparu et ses tripes pendaient sous son ventre Je tâtai son pouls.

Il n'était pas tout à fait mort. Mais je n'avais aucun doute quant à ce qui allait se passer. Tuer un loup-garou sans utiliser l'argent, une matière hautement toxique pour eux, était relativement difficile. Ils guérissaient en général très vite de leurs blessures et s'autorégénéraient mais je savais qu'il était trop tard pour Franck. Il avait été torturé à outrance et même un lycanthrope aussi puissant que lui aurait été incapable de se remettre d'un tel traitement.

Je m'agenouillai près de lui, le cœur serré, et lui pris la main.

— Tout va bien se passer, je suis là, ne t'en fais pas.

Ses yeux étaient fermés, je remontai ses paupières avec mes doigts et plongeai mon regard dans le sien en projetant mon pouvoir.

— Franck, je suis là, tu n'es pas seul. Je vais apaiser ta douleur, est-ce que tu m'entends ?

Il ne réagit pas mais la magie l'entourait désormais de ses bras protecteurs.

— Je sens l'eau… le vent, la terre, gémit-il.

— Oui, c'est l'odeur des bois, de la nature et de la vie. Tu es rentré chez toi. Je m'appelle Rebecca, je suis une amie de Beth. Cela fait plusieurs jours que nous sommes à ta recherche. Sais-tu qui t'a enlevé ?

— N… non. Ils étaient plusieurs… j'ai mal… mon père…

— Il va arriver et prendre soin de toi avec le reste de la meute, mentis-je pour le rassurer. Concentre-toi. Tu dois te rappeler ce qui s'est passé. Comment étaient ces hommes ?

— Masque… sais pas… étrangers…

Sa bouche était crispée par la souffrance et sa respiration était de plus en plus faible. Ma magie ne pourrait pas le tenir en vie encore très longtemps. Je me penchai vers son oreille.

— Franck, où t'ont-ils emmené ? Nous devons les retrouver et les tuer.

— Ils sentaient nous… et humain.

— Nous tous ? Tu veux dire qu'il y avait des créatures surnaturelles ainsi que des humains ?

— Pas pareil… odeur…

Mon pouvoir me brûlait, signe que je devais le laisser partir immédiatement.

Je mis mes lèvres sur ses lèvres déchiquetées et envoyai dans tout son corps une onde de chaleur douce et réconfortante.

— Tu dois dormir maintenant, ne t'inquiète pas, je vais veiller sur toi.

Toute trace de terreur disparut alors du regard du jeune loup comme s'il avait compris que plus jamais personne ne pourrait lui faire de mal.

La mort se posa doucement en lui comme une brise légère et l'emporta dans un dernier baiser. Des larmes se mirent à couler sur mes joues tandis que je sentais la faucheuse absorber le peu d'énergie qu'il lui restait et la transporter au loin.

J'entamai alors le *Chant des morts*. Un chant magique d'amour et de paix que mon clan réservait aux héros et aux âmes pures.

Je finissais le dernier couplet lorsque Gordon, Jerry, Bruce et un loup que je ne connaissais pas firent leur apparition dans l'escalier.

— Pousse-toi de là, petite. Bruce, Linus, emmenez-le à l'intérieur et fermez la porte.

Jerry s'interposa :

— C'est mon fils, je m'en charge.

Il prit le corps de Franck dans ses bras aussi facilement que s'il n'avait pas pesé plus lourd qu'une plume et l'emmena vers le salon. Nous lui emboîtâmes le pas tandis que j'entendais la porte se refermer derrière moi comme un couperet. Je sentais la colère froide des loups envahir l'appartement et ça m'oppressait comme un millier de bras qui tentaient de me serrer ou de m'étouffer, je ne savais pas trop.

— Que s'est-il passé, Rebecca ? demanda Gordon tandis que je tentais de trouver un peu d'air pour respirer.

Il émettait des ondes de fureur telles que son énergie se mit à virer en un noir profond déclenchant ainsi mon pouvoir sans que je le veuille vraiment.

— Recule, Gordon, vite… murmurai-je.

Une lumière rouge m'entoura comme une barrière de protection et mes cheveux commencèrent à flamboyer. Les murs tremblaient et sous l'effet de la surprise, les loups se mirent instinctivement à hurler comme à l'appel de la lune en tournant en rond, désorientés.

Je fermai les yeux et tentai de calmer l'afflux de la magie qui se déversait tel un torrent furieux dans chaque parcelle de mon corps.

Jerry, totalement dévasté par la mort de son fils, fut le premier à réagir et à se transformer en un gros loup au pelage gris clair. Il s'élança vers moi en poussant un grognement bestial.

— Jerry, non !!! cria Gordon.

Je levai les mains et le propulsai contre le mur qui s'effondra partiellement sur lui. J'avais bien fait d'insonoriser l'appartement comme un studio de musique. Malheureusement, ça n'empêchait pas les vibrations.

— Gordon, dis-leur de rester tranquilles parce que je ne peux pas te garantir que je ne les tuerai pas, fis-je d'une voix glaciale, je me maîtrise de plus en plus difficilement.

Je ne devais pas lui montrer que j'avais peur, ni que je n'étais pas certaine de pouvoir affronter quatre loups déchaînés sans y laisser la vie.

Heureusement, Gordon me crut et hocha la tête, impressionné.

— Personne n'approche de cette petite, est-ce que c'est clair ?

Sa voix était normale mais je sentais que chacun de ses mots résonnait dans les oreilles des loups-garous comme un flux puissant auquel ils ne pouvaient résister. Sa volonté était désormais la leur.

De fait, Linus courba le dos et s'effondra sur le sol en gémissant de frustration. Bruce lui, ne bronchait toujours pas mais je sentais sa nervosité à cause de la crispation de son visage.

— Je ne voudrais pas t'en faire le reproche mais c'est toi qui donnes le ton, Gordon. Ils se contrôleront mieux si toi, leur Alpha, tu parviens à te calmer, dis-je d'un ton aussi aimable que possible.

La maîtrise de soi faisait partie des premières leçons que l'on enseignait aux jeunes loups et je ne pouvais m'empêcher d'en vouloir à Gordon d'un comportement que je jugeais inacceptable venant d'un Alpha aussi vieux et puissant que lui. Même si je comprenais que les circonstances étaient plutôt exceptionnelles et que les apparences ne jouaient pas vraiment en ma faveur.

— Tu es en train de me faire la leçon ? demanda-t-il d'un air incrédule.

— On dirait, oui... dis-je en souriant.

— C'est amusant, répondit-il sans que je parvienne à déterminer s'il approuvait ou non ma petite remontrance.

En tout cas, l'aura de magie qui m'entourait avait brutalement disparu, aussi brutalement que la colère dévastatrice des lycanthropes qui m'observaient maintenant d'un air curieux.

— Bon. Je vais résumer la situation, dis-je en soupirant. Je me suis réveillée brusquement et j'ai senti l'énergie de Franck mais aussi quelque chose d'autre, une menace devant ma porte. Lorsque j'ai ouvert, je l'ai trouvé dans cet état mais je n'ai découvert aucune trace de celui ou de ceux qui l'avaient déposé.

J'entendis un grondement sous les agglos du mur où j'avais projeté Jerry. Gordon fit un signe de tête en direction de Linus et Bruce. Ils allèrent aussitôt extraire leur compagnon des débris du pan de mur et l'aider à se relever.

— Et vous, pourquoi êtes-vous là ? demandai-je.

— Beth nous a appelés en nous demandant d'aller chez toi parce que tu avais des ennuis.

Logique. Leonora est allée se réfugier chez Beth qui a dû penser que j'avais besoin de renforts. Au lieu de venir elle-même (et pour ne pas laisser Leonora seule), elle m'a envoyé Gordon et une partie de la meute. Malheureusement, lorsque les loups sont arrivés, ils ont découvert le corps de Franck et moi à ses côtés. Vu leur tempérament colérique et leur faible capacité à gérer sereinement ce genre de contrariété, j'avais de la chance de m'en tirer sans bobos.

— Je suis désolée pour Franck. Il avait l'air d'être un gentil garçon, dis-je, la gorge nouée.

Gordon jeta un coup d'œil vers le cadavre posé sur la table et blêmit.

— Tu disais que tu avais senti son énergie, c'est donc qu'il n'était pas mort. A-t-il dit quelque chose ?

Jerry, toujours sous sa forme de loup, boitilla vers moi, ses yeux jaunes plantés dans les miens.

— Il était agonisant et sans connaissance. Je lui ai insufflé un peu de magie, d'abord pour le soulager, ensuite pour qu'il puisse parler mais il n'a pas pu vraiment m'aider. En fait, il m'a juste dit que ceux qui l'avaient enlevé sentaient à la fois les nôtres mais aussi les humains ordinaires et qu'il n'avait aucune idée de l'endroit où il était enfermé.

— Ça n'a pas de sens, fit Gordon en fronçant les sourcils.

— Je trouve aussi, dis-je. Mais je ne suis pas une spécialiste. Existe-t-il une créature dont l'odeur pourrait ressembler à un mélange entre un humain et un membre de nos clans et qu'un loup puisse confondre ?

Gordon secoua sa grosse tête et passa la main dans ses cheveux d'un air dubitatif.

— Si une telle créature existe, je n'en ai jamais entendu parler.

Il se tourna vers les autres membres de la meute.

— Linus ?

Le gros et grand homme aux épaules larges et aux cheveux châtain clair fit signe que non.

— Ça ne me dit rien, renchérit Bruce en m'adressant un sourire timide.

Je soupirai bruyamment et m'assis sur le canapé.

— Il y a bien quelqu'un dans cette foutue ville qui a remarqué quelque chose d'inhabituel, grognai-je.

— Pour quelle raison a-t-on pris la peine d'emmener Franck chez toi ? demanda Gordon en fronçant les sourcils.

— Par provocation ou pour me faire peur, je n'en ai aucune idée…

Il n'y avait vraiment rien qui tenait debout dans cette histoire, pas même moi. Et ça commençait à sacrément m'énerver. D'abord ces enlèvements, puis la torture… Je ne comprenais vraiment pas à quoi ces types jouaient. Mais ce que je savais, c'était qu'ils étaient en train de faire disparaître mon côté civilisé pour laisser place à la chasseuse et qu'elle prenait doucement et insidieusement possession de moi. Ma vraie nature essayait désespérément de faire surface. Mes sursauts de pouvoir intempestifs en étaient la preuve. Et ça n'était pas bon signe, non, pas bon signe du tout…

— Et il y a des raisons pour lesquelles on voudrait te faire peur ?

Je lui résumai brièvement les événements de la nuit dernière et ma rencontre avec l'homme masqué. Il m'écouta sans m'interrompre, inexpressif, du moins jusqu'à ce que je lui dise que je l'avais blessé et que son sang était en cours d'analyse.

— C'est malin, approuva-t-il. Au moins, comme ça, on saura à qui on a affaire… lequel des nôtres s'occupe de ça ?

— Leopold Fergusson.

Leopold était technicien dans l'un des deux labos de la ville et d'après ce que m'avait dit Mark, c'était aussi un muteur.

— D'après ce que j'ai compris de ton histoire, il a l'intention de s'en prendre à toi ?

— Ça m'a tout l'air d'être dans ses projets, approuvai-je.

C'est le moment que choisit Jerry pour reprendre sa forme humaine. Son corps dénudé était meurtri et couvert de bleus.

Il se tourna vers Gordon en m'ignorant complètement.

— Comment peux-tu être sûr qu'elle n'a pas inventé toute cette histoire ?

Il était tellement triste et furieux qu'il avait conservé ses yeux jaunes de loup dans son visage humain.

L'Alpha soupira et lui répondit :

— Parce que c'est cohérent et que ça correspond avec les informations que j'avais déjà. Ne la rends pas responsable de la mort de Franck, Jerry, elle n'y est pour rien.

Jerry baissa piteusement la tête et avança vers le corps de son fils.

— Elle est… elle aurait dû le sauver. C'est une sorcière, non ? Pourquoi n'a-t-elle rien fait ?

— Elle l'a accompagné jusqu'au bout. Tu as entendu son chant ? Tu as senti la pureté de sa magie ? Il ne pouvait pas trouver mieux…

— Mais si vous étiez certain en arrivant que je n'étais pour rien dans la mort de Franck, pourquoi étiez-vous aussi en colère contre moi ? demandai-je, intriguée.

Il me fixa de ses yeux noirs couleur de jais et dit d'une voix triste :

— Je n'étais pas en colère contre toi, j'étais en colère tout court. Je me suis oublié. Ce n'est pas très reluisant, hein ?

Non. Et ça signifiait surtout que Gordon était atteint du mal des vieux loups et qu'il ne pourrait plus diriger très longtemps la meute de Nouvelle-Angleterre. Il le savait et j'aurais parié que tous ceux qui l'accompagnaient ce soir le savaient également. Bientôt, il allait se replier sur lui-même, quitter le clan et devenir une vieille bête acariâtre et dangereuse.

— Tu es sûre que tu n'as rien d'autre à nous dire, petite ? demanda Gordon en me fixant.

— L'homme que Beth vous a ramené est toujours en vie ?

— Oui. Pas en excellent état, je dois bien l'admettre, mais en vie.

— Alors, on y va.

Je jetai un coup d'œil explicite au cadavre de Franck et Gordon hocha la tête :

— Les garçons vont s'en occuper.

— Oh non, c'est vrai, j'avais oublié. Ma fille est chez Beth, je dois l'appeler pour lui dire de rentrer. Elle a école. Je ne suis désolée mais je ne peux pas vous accompagner maintenant.

— Pas de problème. Bruce peut rester, il est assez doué avec les enfants, dit Gordon d'un ton rassurant.

— Vraiment ? fis-je d'un air méfiant.

Bruce ne put s'empêcher de s'esclaffer et avança vers moi d'un air décontracté.

— Parfaitement, madame. J'ai même un diplôme d'État pour le confirmer. Je m'occupe tous les ans d'accompagner les petits en voyage scolaire ou dans des centres sportifs.

Beau gosse, sympathique, charmeur et aimant les enfants. Ce loup n'était décidément pas un mauvais parti.

J'hésitai encore quelques secondes et acquiesçai.

— Elle prend un bol de céréales avec du lait. Je lui laisserai un mot pour lui dire qui tu es, dis-je en me tournant vers Bruce.

— Tu as de quoi faire des pancakes ?

— Oui, dans le placard de la cuisine.

— Pas de problème, ne t'inquiète pas, je me débrouillerai. Elle va à quelle école ?

— Elle te le dira elle-même, fis-je en emboîtant le pas de Jerry et de Linus qui saisissaient le corps de Franck.

— Une dernière chose…

— Oui ?

— Ne la touche jamais. Ne l'approche pas parderrière, elle a, disons… des réflexes particuliers.

Bruce haussa les sourcils, perplexe, mais ne fit aucun commentaire.

Preuve que c'était aussi un garçon intelligent…

Chapitre 22

Les loups avaient enroulé le cadavre de Franck dans un tapis. Un classique tellement éculé que je me demandais si quelqu'un y croyait encore. Heureusement, à 6 heures du matin, il n'y a pas foule dans les rues et j'avais constaté non sans satisfaction que nous n'avions croisé personne. J'avais insisté pour monter avec Linus tandis que Gordon et Jerry transportaient le corps du lycanthrope à l'arrière du 4 × 4 de l'Alpha. Je ne supportais plus la douleur que je voyais dans les yeux de Jerry, et étant donné son état d'esprit à mon égard, je ne tenais pas non plus à l'avoir assis derrière moi.

La maison de Gordon était à quatre ou cinq miles de Burlington, sur la route de Winooski. C'était une ancienne ferme avec un bâtiment central et des dépendances qui servaient de garage. Les loups ne voulaient pas attirer l'attention des voisins ou des promeneurs sur le nombre important de visiteurs que le chef de meute recevait chaque jour.

— Beth et vous êtes amies depuis longtemps ? me demanda Linus tandis qu'on se garait.

Je lui jetai un regard surpris. Il n'avait pas desserré les dents depuis le début du trajet.

— Sept ans.

— Pourquoi elle ne parle jamais de vous ? Vous avez l'air sacrément proches, pourtant.

— Je lui avais demandé d'être discrète. La discrétion, c'est un concept auquel les loups sont aussi très attachés, non ?

Le gros homme me sourit.

— Oui, ça c'est vrai m'dame, dit-il d'une voix caverneuse.

Nous descendîmes rapidement et nous dirigeâmes vers la maison sans attendre Gordon qui avait entre-temps été déposé Jerry chez lui. Il devait annoncer la mort de Franck à sa mère. En y pensant, je sentis mon cœur se serrer. Ç'avait beau ne pas être ma faute, je me sentais responsable de ne pas l'avoir retrouvé avant que ses ravisseurs le tuent.

Quand nous franchîmes le seuil, un jeune homme à la mine sombre nous dévisagea. Il était assis sur une chaise, devant un bol, en pyjama.

— Bonjour William, fis-je en le reconnaissant.

Le petit-fils de Gordon n'était visiblement pas ravi de me revoir. Et je ne pouvais pas lui en vouloir. J'étais passée à deux doigts de le buter alors qu'il pensait me faire ma fête.

— Bonjour, fit-il avec une réticence évidente, vous voulez un café ?

— Je suis heureuse de voir que ton grand-père a tenu parole et t'a appris à parler aux dames, fis-je, sarcastique.

— Oui, et c'est une leçon que je ne suis pas près d'oublier, dit-il d'un ton plein de sous-entendus. Vous savez, je voulais juste vous effrayer, je ne vous aurais pas touchée, enfin, je veux dire…

— Tu veux dire que tu bluffais ?

— Euh ouais. Mais je crois que j'éviterais de faire ce genre de blagues à l'avenir.

L'imposant Linus ne put s'empêcher de sourire.

— Tant mieux, petit, comme ça tu vivras plus longtemps.

William hocha la tête et partit en direction de la cuisine.

La maison de Gordon était plutôt éclectique. Les murs blancs étaient recouverts de tapisseries ethniques aux couleurs vives et de tableaux anciens du début XVIIIe représentant tous des scènes de chasse. Le mobilier était rural, presque austère, mais on pouvait apercevoir dans la pièce attenante des canapés design dernier modèle et un immense écran plasma.

Partout, des plantes et des bibelots venant du monde entier. J'imaginais, sans trop me tromper, qu'il s'agissait de cadeaux provenant des membres de la meute ou de personnes venues solliciter un service. Tous ces contrastes donnaient un charme exotique et étrange à la demeure.

William revint bientôt avec les cafés et nous nous assîmes avec lui, autour de l'immense table recouverte d'une toile cirée bleue.

— Merci, fis-je, tandis que Linus se contentait d'un simple hochement de tête.

— Vous attendez grand-père ? demanda William, les yeux dévorés de curiosité.

— Oui, fis-je laconique.

— Franck est mort, pas vrai ?

Linus leva la tête et le regarda avec surprise.

— Comment le sais-tu ?

— Je l'ai senti, se contenta de répondre le jeune loup.

— Tu... tu as été capable de le sentir ? balbutia Linus.

— Ben oui. Son énergie a rejoint la meute et je l'ai sentie brûler en moi.

Vu la tête que faisait Linus, j'imaginais que ce que venait de dire William devait être plutôt perturbant.

— Tu ne dois rien dire, William. À personne. Tu le promets ? dit Linus, les yeux affolés. Et vous, m'dame, ne répétez pas ce que vous venez d'entendre, s'il vous plaît, même pas à Beth, insista-t-il.

— Je ne dirai rien. Ce ne sont pas mes affaires, de toute façon.

Je commençai soudain à comprendre et mes soupçons concernant une probable guerre de succession venaient de se confirmer.

— Juste par curiosité, maintenant que Franck est mort, qui est le mieux placé pour devenir chef de meute ? demandai-je d'un ton léger.

Linus eut un regard sombre accentué par ses épais sourcils broussailleux.

— Dante, fit-il.

J'avais déjà croisé le loup-garou, un mastodonte teigneux et répugnant. Beth me l'avait dépeint comme une brute épaisse sans conscience. Elle m'avait conseillé de m'en méfier comme de la peste et d'après ce que je savais de lui, ce n'était pas un avertissement inutile.

— Il a raison, fis-je à William. Tu es encore trop jeune et trop inexpérimenté pour le défier. Cache que tu es un Alpha et que tu as hérité des pouvoirs de Franck. Apprends d'abord à te battre.

— Comment ? Qui vous a dit que… ? s'étrangla Linus.

— Ne t'inquiète pas, je suis de votre côté. J'espère que Gordon tiendra encore suffisamment longtemps pour permettre à William de tuer cet enfoiré de Dante.

— Vous m'aideriez ? demanda William.

J'avalai mon café de travers. Les loups méprisaient les autres espèces et les femmes en particulier. Ils n'appréciaient pas non plus de voir des étrangers se mêler de leurs affaires. Il y avait de quoi être étonnée.

— Ce serait une bonne idée, approuva Linus, à ma grande surprise.

— Ah oui ? Mais je vous signale, messieurs que je n'ai pas de griffes ni de crocs, moi, alors comment pourrai-je vous aider ?

— L'Alpha n'est pas seulement le plus fort d'entre nous, dit Linus. C'est aussi celui qui a les amis les plus puissants, les alliances les plus avantageuses. Vous êtes l'Assayim, Rebecca, et d'après ce que j'ai vu tout à l'heure (il me fit un clin d'œil), la sorcière la plus extraordinaire que j'aie jamais rencontrée. Et si vous me connaissiez mieux, vous sauriez que c'est un sacré compliment…

Je n'avais pas du tout envie de m'impliquer dans la meute ou dans leurs imbroglios politiques. Et puis, j'allais bientôt quitter la ville, alors…

— Je ne peux pas. Je ne suis devenue l'Assayim que le temps de retrouver les disparus et de liquider ceux qui ont été impliqués dans leur enlèvement. Après, Dieu seul sait ce que je ferai.

— Vous comptez partir ? demanda William, visiblement déçu.

— Je ne sais pas encore mais c'est probable.

— Et Beth ? Elle va partir avec vous ? demanda Linus, l'air inquiet.

— Je vous l'ai dit. Rien n'est fixé pour le moment.

Mais je doutais sincèrement que Beth abandonne la meute aux mains de Dante. Elle allait probablement le défier et tenter de le tuer avant de me suivre. Et elle y laisserait probablement la vie.

— William, va chercher les clés, fit Gordon en nous observant.

J'avais senti son énergie bien avant qu'il ne rentre dans la pièce. Son aura était sombre et triste.

— Suivez-moi.

Nous descendîmes l'escalier de la cave. Elle était spacieuse et n'avait rien de l'endroit sinistre auquel je m'attendais. Gordon l'avait aménagée et transformée en un immense salon souterrain. Des canapés, une table basse et même un lit y avaient été installés et trônaient devant une énorme cage aux barreaux d'argent. Je supposais que cet aménagement était réservé à la famille ou aux amis qui souhaitaient accompagner les adolescents durant leurs premières mutations. Je trouvais ça plutôt prévenant.

Quentin, lui, dormait à même le sol. Il était complètement débraillé et empestait l'urine.

— Growley, debout !

Il ouvrit les yeux et se mit à hurler.

— Y a pas à dire, vous faites de l'effet aux hommes, m'dame, fit Linus d'un ton sarcastique.

— William, viens avec moi, fis-je en souriant.

J'entrai dans la cage suivie du jeune lycanthrope. Gordon se tenait à l'écart et se contentait d'observer.

— Lève-toi, dis-je d'un ton glacial en regardant Quentin.

Il me lança un regard terrifié et se releva aussitôt.

— Pour quelle raison Kathryn Germann t'a-t-elle emmené au Glam's ? Savait-elle que tu n'étais pas un simple humain ?

— Je ne vois pas ce que vous voulez dire, répondit-il en tremblant de tous ses membres.

— William, tiens sa main, fis-je en saisissant mon couteau.

Le loup me regarda longuement mais obtempéra.

— Tiens-le bien.

Je coupai son index. Depuis mon expérience avec Dzung, j'avais pris soin d'affûter mon arme et la faible résistance que je sentis lorsque la lame atteignit les os me confirma que j'avais bien fait.

Quentin hurlait et je sentais William devenir de plus en plus nerveux à cause du sang.

— Le self-control, William. C'est ce qui fait la différence entre un Alpha et un mâle ordinaire, fis-je en plantant mes yeux dans les siens.

Il relâcha ses muscles tendus, ferma les yeux, puis sembla soudain se calmer.

— Qui est ton maître ?

— Allez vous faire voir !

J'avançai ma main vers son œil, les ongles en avant, et le lui crevai.

J'avais été entraînée pour torturer et obtenir les renseignements dont mon clan avait besoin mais je détestais ça. On m'avait enseigné que la fin justifiait les moyens et que rien ne devait jamais me détourner de mes objectifs. Mais il m'arrivait souvent d'en douter et de me demander si je ne ferais pas mieux de tout laisser tomber avant de devenir une psychopathe déjantée comme la plupart des Vikaris.

— Qui est ton maître ? demandai-je en priant pour qu'il finisse rapidement par céder.

— Charles Wintrop, fit-il en gémissant de douleur.

Ce nom ne me disait absolument rien.

— Et où puis-je le trouver ?

Un long filet de sang coulait sur la joue de Quentin. Je sentais William à la fois attentif et effrayé par ce que j'étais en train de faire.

— Je l'ai rencontré à Newport,

— En Pennsylvanie ?

— Oui.

— C'est un renégat ?

— Écoutez, je ne sais pas grand-chose sur lui. Il m'a envoyé et je devais juste suivre un plan. Je ne peux pas le contacter, c'est lui qui me trouve et s'il apprend que je l'ai trahi, je suis mort.

Il l'était de toute façon...

— Y a-t-il d'autres humains qui travaillent avec lui ?

Il baissa la tête et soudain je pensais à quelque chose.

— Tu as dit que tu avais couché avec Kathryn, elle a dû voir les marques causées par les crocs de ton maître sur ton corps, non ?

Il s'obstinait à ne pas répondre. Je commençais à perdre patience.

— Pourquoi Kathryn t'a-t-elle amené au Glam's ? répétai-je. Aucun humain ne peut y entrer, alors comment as-tu fait ?

— C'est un hasard, s'obstina-t-il, on est passés devant...

Il était plus entêté que je ne l'imaginais. Dommage pour lui...

Je posai ma main à quelques centimètres de lui et mon pouvoir se mit à ramper, le pénétrant comme les tentacules d'un énorme insecte prêt à le dévorer.

Il commença à se trémousser en poussant un cri strident, puis s'écroula sur les genoux, plié par la souffrance.

— Tu brûles, Quentin, tu te liquéfies de l'intérieur et ça va durer des heures. Après, quand tu seras mort, je retrouverai ton père, ta mère, tes frères, tes sœurs, tous ceux qui comptent pour toi et je leur ferai subir le même châtiment.

— Non !!! hurla-t-il. Non !

Il se traînait à genoux, vaincu.

— Kathryn est des nôtres... Elle connaissait mon maître.

— Alors ta rencontre organisée, tout ça n'était qu'une simple mise en scène afin qu'elle ne soit pas soupçonnée ? Y compris votre rencontre provoquée par Max et Debby ?

— Oui !!! Arrêtez ça, je vous en prie.

Je relâchai un peu la pression afin qu'il puisse s'exprimer. Jusqu'à présent, mon pouvoir se comportait normalement, j'espérais que ça continuerait comme ça jusqu'à ce qu'il m'ait tout raconté.

— Pourquoi prendre autant de précautions ?

— Elle voulait que si vous remontiez la piste, elle apparaisse comme une simple victime de mes manœuvres. Juste comme celle qui m'avait bêtement présenté ses amis. Et si elle était interrogée, plus tard, elle avait la potion qui vous empêchait de savoir si elle disait ou non la vérité.

— Alors pourquoi n'est-elle pas retournée chez elle ? Pourquoi a-t-elle disparu ?

— Mon maître a pensé qu'elle ne serait pas à la hauteur et il a changé ses plans. Mais je devais d'abord l'affaiblir. Alors, j'ai demandé au barman, Dzung, de mettre la potion dans son verre. Elle était beaucoup trop méfiante pour boire ou manger avec nous mais elle faisait confiance à ce foutu barman.

— Où sont-ils ?

— Je ne sais pas, dit-il, les yeux exorbités par la douleur.

— Il dit la vérité, fit William.

Je hochai la tête. De toute façon, aucune potion ne devait plus faire effet dans son organisme, à présent…

— Tu as une idée de l'identité des autres humains qui travaillent pour lui ?

Quentin transpirait du sang. Des gouttes coulaient le long de son visage. Il était en train de se liquéfier.

— Non. Je vous jure que non.

— Et Kathryn ?

— Oui, mais elle ne m'a jamais rien dit.

— Pourquoi, pour quelle raison les a-t-on enlevés ?

— Je ne sais pas. Il fallait des créatures très puissantes, c'est tout ce que je sais, dit-il en s'écroulant.

Il vomissait du sang qui se répandait maintenant sur le sol de la cage. Trois secondes plus tard, il était mort.

— Interrogatoire terminé, dis-je en regardant son cadavre. William, ne t'approche pas de lui, ses organes sont contaminés par la magie, dis-je en sentant l'excitation du jeune Alpha.

Beaucoup de loups-garous perdent pied devant l'odeur de la chair et du sang et certains d'entre eux pètent complètement les plombs.

Je ne tenais pas à ce que William se transforme en bête sauvage si près de moi.

Mais le danger ne se trouve pas toujours là où on s'y attend et j'entendis bientôt un grondement à l'extérieur de la cage.

— Linus, dit William en passant les barreaux, Arrête !

Sa voix était puissante, chargée de pouvoir.

— Linus ! répéta-t-il à nouveau.

Le gros loup-garou se mit alors à gémir et à ramper devant lui. Incapable de lui désobéir ou de bouger. Pas de doute, William était un véritable Alpha. Ou du moins il le deviendrait s'il ne se faisait pas tuer avant.

Gordon, qui était resté étrangement silencieux, le regardait avec un mélange de fierté, d'étonnement et d'inquiétude.

— Je vous remercie de votre aide, dis-je en inclinant légèrement la tête devant lui.

Il me regarda avec un sourire béat, indifférent à ce que je pouvais lui dire, et se retourna rapidement vers son petit-fils.

— William, viens ici.

Le jeune Alpha baissa la tête et avança lentement.

— Depuis quand est-ce que tu sais ?

— J'avais des doutes, mais ce matin j'ai ressenti la mort de Franck et le pouvoir revenir à la source. Il est entré en moi, grand-père.

Gordon ferma les yeux.

— Tu ne dois rien dire, William.

— Je sais, j'en ai déjà parlé avec Rebecca et Linus. Ils m'ont donné le même conseil.

Le vieux loup me lança un regard approbateur.

— Rebecca est une jeune femme sensée. Sensée et prudente, dit-il d'un ton appuyé.

Sa menace était claire mais inutile. De toute façon, je n'avais aucun intérêt à trahir le secret de William, bien au contraire.

— Je suis l'amie de Beth, Gordon, et je ne pense pas qu'elle supporterait que quelqu'un comme Dante devienne chef de meute. J'espère de tout cœur que William vous succédera en temps voulu, dis-je avec sincérité.

— Vous tenez beaucoup à Beth, n'est-ce pas ?

— Oui.

— Elle est ma Raani. C'est elle qui sera chargée de veiller sur William.

— Je sais, fis-je d'un ton suspicieux. Et alors ?

— Je suis l'Alpha. Et en tant que tel, je peux remplacer mon petit-fils si on le défie, le temps qu'il devienne plus fort, mais je crains que les partisans de Dante ne trouvent des moyens moins « compliqués » de l'éliminer et ne s'en prennent aussi à Beth. Que feriez-vous si c'était le cas ?

— Vous connaissez ma réponse, fis-je d'un ton glacial.

— Oui, je suppose que oui.

— Prenez garde, Gordon, ne mettez pas Beth en danger dans l'espoir que j'élimine Dante parce que, dans ce cas-là, c'est vous que je tuerais.

— Oh ! ça, ma jolie, je n'ai aucun doute là-dessus, fit-il en s'esclaffant.

Chapitre 23

Il était encore très tôt, à peine 10 heures, quand Linus me ramena à la maison. En entrant dans l'appartement, je me déshabillai aussitôt, bien décidée à dormir une ou deux heures. Le manque de sommeil commençait à cruellement me taper sur le système et j'avais besoin de récupérer un peu avant d'aller fouiller la maison de Kathryn et de rendre visite aux potioneuses. Malheureusement, en entrant dans ma chambre, je m'aperçus que mon lit n'était pas vide.

— Bruce ! hurlai-je.

Les baby-sitters ne sont pas censés dormir dans le lit des parents des enfants qu'ils gardent, si ?

Le loup-garou ouvrit les yeux et les écarquilla en découvrant que j'étais complètement nue.

— Désolé. Je suis resté pour te rassurer à propos de Leonora et te dire qu'elle avait parfaitement bien déjeuné et que je l'avais déposée à l'école mais je me suis endormi.

— Je te remercie et maintenant, dehors ! ordonnai-je.

Il me lança un regard admiratif qui me fit rougir jusqu'aux oreilles

— Tu es sûre ?

— Oui, elle l'est, fit soudain une voix derrière moi.

Je me retournai. Les yeux de Mark étaient rouge écarlate.

— On ne peut vraiment pas te laisser seule un instant, dit-il en respirant bruyamment.

Génial. J'étais nue devant un loup-garou que je connaissais à peine et un démon me faisait une crise de possessivité.

— Recule-toi, Mark, fis-je d'un ton menaçant.

Mais mon ex-amant n'avait d'yeux que pour Bruce. Sa rage était palpable et m'étouffait.

À ma grande surprise, le lycanthrope n'avait pas bougé. Il était toujours allongé sur mon lit et semblait observer la scène, décontracté.

— C'est ton petit ami ? demanda-t-il d'un ton amusé.

— Non, fis-je en attrapant un peignoir de soie dans mon armoire.

J'étais tellement crevée que je n'avais même plus la force de m'énerver et de demander ce que foutait ce démon chez moi.

— Si, fit Mark en me regardant.

J'éclatai soudain d'un rire nerveux. Les deux hommes me dévisagèrent comme si j'étais devenue folle.

— Tu trouves ça drôle ? demanda Mark d'un ton furieux.

— Je crois qu'elle est à bout de forces, dit Bruce, l'air inquiet.

Mark fronça les sourcils, exaspéré.

— Rebecca ? Ça va. ?

— Oui, fis-je en pouffant. Vous… vous devriez vous en aller.

La fatigue, le stress, la griserie provoquée par l'énergie que dégageaient les deux hommes étaient en train de me faire dérailler complètement.

— Va-t'en, loup, je m'occupe d'elle, dit Mark d'un ton autoritaire.

Bruce m'interrogea du regard et je hochai la tête.

— Je te rappelle tout à l'heure, dit-il en se levant enfin de mon lit.

J'acquiesçai et me glissai sous les draps.

Mark m'observait, les sourcils froncés.

— J'ai les résultats du labo. Dors un peu, j'attendrai que tu ailles mieux, dit-il avec cette intonation que prennent les humains pour s'adresser aux malades nerveux.

— C'est ça, on fait comme ça, murmurai-je tandis que le sommeil me submergeait comme une vague chaude et apaisante.

Trois heures plus tard, je sautai hors de mon lit et me dirigeai vers la salle de bains pour prendre une douche et enfiler rapidement une jolie robe en laine blanche, une paire de boots et mon holster contenant mon Beretta. Je traversai le salon, la partie du mur qui s'était écroulée derrière le canapé avait été évacuée par Bruce. Ce garçon était décidément bourré de qualités. Je me dirigeai vers la cuisine. Mark m'attendait.

— Tu as bien dormi ? demanda-t-il en abaissant son journal.

Je me serais crue dans un sitcom. La cuisine était impeccable et je humais une délicieuse odeur de nourriture et de café.

— Oui. Si je parviens à passer une bonne nuit ce soir, tout devrait revenir à la normale, fis-je en m'asseyant devant une assiette chaude contenant des œufs et du bacon.

J'appréciai cette petite attention à sa juste valeur et le lui fis savoir par un sourire.

— Je ne savais pas si tu les préférais brouillés, à la coque ou à la florentine.

— Je les aime sous toutes les formes, fis-je en commençant à manger.

— Alors, c'est parfait, fit-il en se levant.

Son jean noir et son pull en V posé sur sa musculature développée lui donnaient un côté à la fois viril et sexy. Ses boucles brunes descendaient sur son beau visage et son sourire adoucissait la rudesse de ses traits. Il avait vraiment un charme fou.

— Bon, maintenant que je suis rassasiée, j'aimerais que tu m'expliques ce que tu fais chez moi et tu as intérêt à avoir une bonne explication, crois-moi.

— Je suis passé prendre les résultats du labo concernant les traces de sang qu'a laissées la « chose » qui s'en est prise à toi l'autre soir, je voulais les glisser ce matin sous ta porte mais je l'ai trouvée ouverte et tu t'es mise à crier, alors je suis venu voir ce qu'il se passait.

— C'est aussi simple que ça ? J'ai simplement oublié de fermer ma porte ?

— Parole d'honneur. Tu étais tellement fatiguée que tu n'as pas fait attention en rentrant chez toi ce matin. D'ailleurs, à ce propos, j'ai appris que les ravisseurs ont tué le jeune loup, je suis désolé.

Pas tant que moi...

— Tu as déjà joué au football ? demandai-je en jetant un regard appuyé sur ses épaules et ses bras musclés.

— Non. Je suis beaucoup trop fort pour jouer avec des humains. Une étincelle d'amusement pétilla dans ses yeux.

— C'est vrai que ce ne serait pas très fair-play, dis-je en riant.

— Non. Et de toute façon, les jeux que je préfère se situent à un autre niveau.

— Comment ça ? fis-je d'un ton suspicieux.

— Je suis avocat, tu l'avais oublié ?

— Tu es réellement avocat ?

— Absolument et j'ai la réputation de faire partie des bons, voire des très bons spécialistes en droit des affaires. Je travaille habituellement pour de grandes firmes privées, fit-il en s'asseyant près de moi.

— Mais alors, comment se fait-il que tu sois venu enseigner ici ?

— Je devais un service à Baetan. Je n'ai pas eu d'autre choix que d'accepter, dit-il en baissant la tête.

— Oui. Il m'a fait le même coup, fis-je en plantant mes yeux dans les siens. Mais quand on aura résolu cette histoire, tu pourras rentrer chez toi et reprendre une vie normale.

Il esquiva mon regard et se tourna vers la fenêtre.

— Je crains que ce ne soit plus aussi simple, maintenant, dit-il d'une voix rauque.

— Pourquoi ?

— À cause de toi.

— Je veux que les choses soient claires, Mark. Je ne t'aime pas.

Nous nous regardâmes un instant en chiens de faïence. Immobiles. Ses coudes appuyés sur la table et sa tête entre ses mains.

— Possible, mais on n'a pas besoin de s'aimer quand on partage le Malaat. Mon corps est lié à toi, Rebecca, je n'y peux rien.

— Ce n'est qu'une attirance physique un peu plus forte que la moyenne, Mark, on devrait pouvoir surmonter ça.

— Tu as déjà été marquée par un vampire ?

Je sursautai.

— Oui, bien sûr, je sais que tu l'as été, j'ai vu le tatouage de sang sur ton cou. Eh bien, pour le Malaat, c'est la même chose, mais version démon.

— Eh bien alors, ce n'est pas un problème. Ce genre de lien métaphysique ne fonctionne pas pour moi, dis-je en haussant les épaules.

Il fit la moue, visiblement sceptique.

— Enfin si, avouai-je en rougissant, mais je suis capable de me maîtriser.

— Ce n'est pas mon cas, dit-il d'un air malheureux.

— Je suis désolée, je n'avais aucune idée de... il y a un moyen de briser ce lien et de te libérer ?

— Non. Il ne disparaîtra qu'à la mort de l'un d'entre nous.

— Tu plaisantes ?

— Je n'en ai aucune envie.

— Alors, tu aurais tout intérêt à...

Mais je ne pus finir ma phrase. Les mots semblaient coincés dans ma gorge.

— ... à te tuer ? Non, fit-il en soupirant, j'en serais incapable. Aucun de nous ne peut tuer l'autre. C'est la raison pour laquelle tu ne m'as pas encore fait disparaître de ta vie et que tu m'as défendu contre Raphael.

Soudain, je me figeai, tétanisée. Je comprenais tout à coup mon étrange indulgence à son égard. Après tout, c'était un démon et j'aurais déjà dû le renvoyer depuis longtemps à l'enfer auquel il appartenait. Mais au lieu de ça, je l'avais épargné et même protégé.

J'avais agi à l'encontre de mon instinct de chasseuse sans même m'en rendre compte.

Il y avait vraiment quelque chose de pourri au royaume du Danemark…

— Tu as raison. Si j'avais été dans mon état normal, je t'aurais pulvérisé depuis longtemps.

— Je sais, dit-il, laconique.

Vu le ton qu'il employait, je me demandais s'il ne préférait pas mourir plutôt que de partager le Malaat avec moi. En ce qui me concernait, j'étais plus pragmatique : je préférais trouver un moyen de le tuer plutôt que de partager le Malaat avec lui.

— Bon, c'est bien joli tout ça mais ce petit problème ne fait pas partie des priorités. Pour l'instant, on se concentre sur le boulot et pour le reste, on verra plus tard, d'accord ?

Il acquiesça et se leva pour prendre un dossier posé sur la petite table basse rouge du salon.

— Voilà les résultats des prélèvements de sang du monstre de l'autre soir. Quand je suis allé les récupérer, Leopold Fergusson, le toubib muteur, était dans tous ses états. Il m'a dit que les échantillons ne ressemblaient à rien de ce qu'il avait déjà vu jusqu'ici et que c'était un mélange de toutes les espèces.

— Oui, je sais, fis-je d'un ton déçu.

— Oui, mais ce que tu ne sais pas, c'est que ce monstre n'est pas né dans la nature.

— Tu veux dire qu'il a été créé ?

— Oui. Les humains font d'énormes progrès en matière de génétique. La recherche avance à grands pas et je ne serais pas étonné que cette chose soit une sorte d'expérience de labo qui se serait échappée ou un truc du genre…

— Tu penses à quoi ? À un grand groupe pharmaceutique ? À l'armée ? On est partout et aux plus hauts niveaux… On l'aurait appris…

Il se rembrunit.

— C'est probable, oui.

— Alors que reste-t-il ? Un savant fou ou…

Je me tus brusquement.

— À quoi viens-tu de penser, Rebecca ?

— Lors d'une conférence, Beth m'a présenté un généticien, le professeur Thomson. Elle avait l'air vraiment surprise de voir une pointure pareille traîner dans les parages. Bon, je voudrais pas cracher dans la soupe mais ce type a plus sa place dans les universités de l'Ivy League que dans celle du Vermont.

— Thomson a été pressenti deux fois pour le prix Nobel. C'est un génie, fit Mark avec déférence, et il a une excellente réputation. Je doute qu'il ait quoi que ce soit à voir là-dedans.

— Qu'est-ce que tu sais d'autre sur lui ?

— Pas grand-chose, c'est quelqu'un de très secret.

— Il a semblé s'intéresser beaucoup à moi, on devait même déjeuner ensemble… fis-je, songeuse.

— Bizarre. Ce type ne fréquente personne, rien ne l'intéresse à part ses travaux

— Oui, c'est bizarre, comme tu dis, fis-je en me dirigeant vers mon sac à main, posé sur la commode dans l'entrée.

Quelques secondes plus tard, je composai le numéro indiqué sur sa carte de visite.

— Allô, professeur Thomson ?

— Oui ?

— Je m'appelle Rebecca Kean, l'amie de Beth Mattison. Nous nous sommes rencontrés lors de la conférence.

— Je me souviens très bien de vous, chère mademoiselle, dit-il d'un ton courtois, j'espérais que vous m'appelleriez plus tôt.

— Je vous prie de bien vouloir m'excuser mais j'ai eu beaucoup de travail. Je pourrai me libérer pour déjeuner demain midi, êtes-vous libre ?

— J'avais pris d'autres engagements mais je me ferai un plaisir de les décommander. Où souhaitez-vous que nous nous retrouvions ?

— Il y a un charmant petit restaurant sur Main Street appelé le Wine and Bread, cela vous convient-il ?

— Mais oui. Beth Mattison nous accompagnera-t-elle ?

Sûrement pas. Je n'avais pas envie de me faire crever les yeux par une louve furax qu'on puisse penser du mal de son idole...

— Non. Je suis désolée. Est-ce que ça pose un problème ?

— Oh non, pas du tout, bien au contraire, voyez-vous, à mon âge, on a si peu l'occasion de déjeuner en tête à tête avec une jolie femme... Ça me rappellera le bon vieux temps.

Pitié, pourvu qu'il ne joue pas les vieux libidineux...

— Au revoir, professeur.

À peine avais-je raccroché que Mark me dévisageait, l'air soupçonneux.

— Tu ne vas pas maltraiter cet humain ?

— Pourquoi as-tu l'air contrarié ?

— Le professeur Thomson est une sommité. Tu ne peux pas le traiter comme un vulgaire suspect.

— Mais pour qui me prends-tu ? dis-je en lui jetant un regard faussement innocent.

— Tu es une Vikaris, je te connais, toi et ceux de ton espèce, la vie des autres ne compte pas pour toi !

Tout compte fait, je crois qu'il ne m'appréciait pas plus que je ne l'appréciais.

— Et c'est un démon qui me dit ça ? répondis-je, vexée.

— Un semi-démon, me corrigea-t-il. Je n'ai jamais tué quelqu'un de sang-froid, Rebecca.

J'écarquillai les yeux.

— Quoi ?

— Je ne tue que pour me défendre et je ne retire aucun plaisir à le faire, crois-moi.

— Eh bien, pour ta gouverne, apprends que je ne suis pas assez stupide pour m'en prendre à un humain sans raison. Je sais que je vais devoir prendre des pincettes avec lui. Je ne suis pas une tueuse, Mark, je suis une chasseuse, je ne m'attaque pas aux innocents, fis-je, furieuse.

— Ravi de l'apprendre, mon cœur, dit-il en posant brusquement ses lèvres contre les miennes.

— Dégage ! criai-je aussitôt en le repoussant.

La sonnette de la porte d'entrée se mit alors à résonner.

— Tu as de la chance, crétin, fis-je en allant ouvrir.

— Qui est le crétin ? fit une voix familière derrière la porte.

— Beth ?

— Bruce m'a dit que tu avais besoin de te reposer. J'ai attendu un peu mais je ne tiens plus, alors…

Son visage était décomposé. Elle était complètement débraillée. L'élégante jeune femme, belle et raffinée, avait fait place à une créature excitée et désorientée. Quand elle ôta ses lunettes noires, je m'aperçus que des yeux de louve avaient remplacé ses magnifiques yeux noirs et rieurs.

— Oh, oh… fis-je en fronçant les sourcils.

Je ne l'avais pas vue depuis la nuit dernière, depuis que Leonora était allée la rejoindre en pleine nuit et que Beth m'avait envoyé Gordon à la rescousse. Pas vue depuis la mort de Franck.

— Viens t'asseoir, dis-je en saisissant son bras.

Elle se mit à grogner mais se reprit rapidement en m'entendant soupirer.

— Alors, où est le crétin ?

— Laisse tomber, dis-je, c'est seulement Mark.

Pendant que j'accueillais Beth, il s'était gentiment éclipsé dans la cuisine et était en train de préparer du café.

— L'humain de l'autre soir ? fit-elle en remettant ses lunettes noires sur son nez. Je croyais que tu ne voulais pas le revoir.

— Alors, toi aussi, tu le prends pour un humain ? Décidément…

— C'est ce qu'il sent.

— Mark n'est pas plus humain que toi ou moi, c'est un semi-démon…

— Tu veux dire que… ? Non, toi, Rebecca, tu laisses une pourriture pareille te toucher et circuler dans ta maison ?

— C'est une longue histoire, il travaille pour Baetan, je t'expliquerai, dis-je en ôtant ses lunettes et en les posant sur la table basse.

— Ah oui ? Comme pour Raphael ?

— Pas maintenant, s'il te plaît…

Beth ne répondit pas. Elle avait les yeux rivés sur Mark qui venait d'entrer dans le salon avec un plateau et trois tasses remplies de café instantané. Visiblement, elle appréciait le spectacle.

— Euh… dit-elle.

— Ferme la bouche, fis-je.

— Je m'appelle Mark Feldman, enchanté, dit-il en lui tendant la main.

— Beth Mattison, répondit-elle en souriant.

— Vous êtes la Raani de la meute, c'est ça ?

— Oui, et aussi la meilleure amie de Rebecca. Alors, comme ça, vous êtes un démon ?

— Oui, mais un gentil, fit-il d'un ton sérieux.

— Ça existe ? railla-t-elle.

— Il essaie de me faire croire qu'il ressemble plus à Charles Ingalls qu'à Hannibal le cannibale, dis-je en riant.

— Original, fit-elle avec un sourire pincé. Et tu comptes continuer à jouer le rôle de Caroline Ingalls pendant encore longtemps ?

Beth était souvent horripilée par mes constantes références aux séries télévisées mais elle savait aussi que c'était le seul moyen que je possédais parfois pour exposer clairement ma pensée.

— Tu ne crois pas qu'on a d'autres priorités en ce moment que ma vie sexuelle ? dis-je.

— Si. Mais tes priorités ne sont plus les miennes. Gordon m'a demandé de rester avec la meute et de préparer les funérailles de Franck avec Maggie et Jerry. Je n'ai pas pu refuser.

Le message de l'Alpha était on ne peut plus clair : Franck était mort, Kathryn une complice des ravisseurs et le dernier disparu, Tom Cohen, un vulgaire démon. Qu'on retrouve des survivants ou non n'était donc plus son problème.

— Très bien, fis-je. Je comprends.

— Il m'a demandé de te dire que c'était maintenant à l'Assayim de jouer et de faire son boulot. Je me suis arrangée avec Bruce pour garder Leo. Il a pris quelques jours de vacances et il est d'accord pour s'en occuper avec moi. On veut que tu aies les mains libres pour faire ce que tu as à faire, dit-elle avec une rage rentrée.

— Merci, répondis-je d'un ton presque solennel.

Après le départ de Beth, Mark avait passé près de dix minutes sans desserrer les dents. Il avait débarrassé la table puis avait entrepris de faire la vaisselle. Il paraissait étrange et spécialement renfrogné.

— Qu'est-ce qu'il y a ? finis-je par dire, au moment où il s'attaquait à mon four.

— Rien, grogna-t-il.

— Comme tu veux. Bon, écoute, je dois sortir, alors ce serait sympa de lâcher cette éponge et de rentrer gentiment chez toi. Mon four est autonettoyant.

— Ça te plaît vraiment, hein, ce boulot d'Assayim ? demanda-t-il en se tournant vers moi.

— Non, mais il n'y a personne d'autre pour le faire à ma place. J'ai accepté le job, Mark. Je dois aller jusqu'au bout.

— Tu crois que Tom est toujours vivant ?

— Franchement, je n'en sais rien. Comment est-il ? Tu le connais ?

— Tu t'intéresses à la personnalité d'un démon, toi, maintenant ? demanda-t-il d'un ton amer.

— Il faut croire, dis-je en esquissant un sourire.

— C'est un type chouette. Il n'est pas passé d'un corps d'humain à un autre corps d'humain comme le font la plupart des démons. Il occupe l'enveloppe charnelle de Tom depuis près de trois cents ans et il l'a fait parce qu'il était de toute façon condamné et qu'il ne lui restait que quelques semaines à vivre.

— Je vois. Un vrai petit saint, en somme, fis-je d'un ton sarcastique.

— Il voulait seulement vivre sur terre, dans un corps humain. Il ne tue pas et n'éprouve aucun mépris pour les hommes, seulement de l'intérêt.

— C'est une sorte d'anthropologue, si je comprends bien ?

— Oui. À sa façon.

Pour moi, les démons étaient tous les mêmes. Ils prenaient des corps humains, fomentaient des guerres, des massacres et n'avaient qu'un objectif : détruire la vie.

— Était-il puissant ?

— Oui, mais il ne se servait pas de ses pouvoirs, sauf pour permettre à son corps de ne pas se détériorer, bien sûr.

— Pourquoi Baetan veut-il à tout prix le retrouver ? Quelle était son utilité ?

— Je crois qu'il l'aime bien.

— Tu te fous de moi ?

— Non. Ils se connaissent depuis des siècles. Je sais que ça te fait mal d'entendre ça mais certains démons sont capables d'attachement.

Oui. Comme des morpions sur des parties génitales…

— Tu sais que tu as un drôle de sens de l'humour, toi…

Mark poussa un soupir excédé.

— Ma mère était humaine et mon père un démon. Ils se sont beaucoup aimés, figure-toi, et mon père est resté près d'elle jusqu'à sa mort.

— Arrête tes salades, Mark, fis-je d'une voix menaçante.

— Quoi ? Ça t'étonne ? Eh bien, tu as tort. Je veux bien t'accorder qu'il y a de sacrées pourritures parmi eux mais tous ne sont pas des monstres. J'adore mon père, ajouta-t-il, et il me manque.

— Il est reparti en enfer ?

— Tu utilises le mot « enfer » comme une chrétienne, ce que tu n'es pas. En plus, tu emploies un concept théologique au lieu d'utiliser un concept scientifique. L'enfer n'existe pas, Rebecca. C'est juste un mot pour qualifier une autre dimension.

— Je sais cela, mais je ne vais pas changer son nom de baptême à moi toute seule !

— Alors donne-lui son vrai nom : *Gerle ad.*

— Très bien, si ça peut te faire plaisir…

Contrairement à ce qu'imaginait Mark, j'étais une fervente croyante. Je croyais à un Dieu tout-puissant, créateur de vie, je croyais à la nature et à sa force et je croyais dans les êtres vivants qui foulaient des pieds la terre de ce monde.

— Alors, où va-t-on ? demanda-t-il. Tu n'as pas oublié ta liste d'hommes à abattre, j'espère ?

— Arrête de me juger. Tu ne me connais absolument pas.

— *Elle est mortelle mais elle n'a ni cœur ni âme. Elle inflige la souffrance et invoque une justice ignorée. Elle est le glaive et la main qui la guide s'appelle vengeance. Ne la croise pas sur ton chemin car cruauté est son nom et ton sang est son emblème.* C'est un extrait d'un poème sur les Vikaris, on l'enseigne dans les écoles de *Gerle ad*, sympa, non ?

— C'est un peu exagéré et complètement faux en ce qui me concerne, dis-je en grimaçant. Je te l'ai déjà dit, tu ne me connais pas.

— Oh j'en connais bien assez : je sais que tu n'as pas de mal pour t'endormir après avoir tué quelqu'un, je sais que tu es capable des pires exactions quand c'est nécessaire, je sais que tu détestes ce que je suis et que tu me prends pour un monstre, dit-il en enfilant une veste en cuir, taille XXL.

Cette fois, j'en avais ma claque. Pas question de supporter ce type plus longtemps.

— Je ne veux pas que tu m'accompagnes. Je n'ai pas besoin d'un garde du corps bourré d'états d'âme et rongé par une pseudo-morale à la noix. Je ne sais pas si tu as l'instinct du sacrifice, mais moi, j'ai celui de conservation, fis-je en claquant la porte.

Chapitre 24

Mark m'avait pompé l'air et j'avais décidé de l'éviter au maximum. Il était horripilant et plein d'idées reçues, ce qui pour moi révélait un esprit plutôt étriqué. De toute façon, j'avais d'autres projets pour cet après-midi, à commencer par aller bosser. J'avais déjà annulé trop de cours ces derniers jours et les examens approchaient dangereusement. Il n'était pas question de m'absenter encore aujourd'hui (d'autant que le jeudi, je n'enseignais que deux malheureuses heures en plein après-midi). Et puis reprendre une vie normale sans vampires, démons et autres empêcheurs de tourner en rond me permettrait de souffler un peu et de prendre un peu de recul sur les événements de ces derniers temps.

— Bonjour, dis-je en entrant dans la salle de cours. Je tiens tout d'abord à vous demander d'excuser mes absences de ces derniers jours. J'espère que vous en avez profité pour terminer la pièce de Jean-Paul Sartre que je vous avais conseillée.

Tim Walters, le petit blondinet un peu fadasse que j'avais croisé en discothèque, hocha la tête.

— Oui. C'est une œuvre intéressante quoiqu'un peu particulière.

— Développe et argumente, fis-je en m'asseyant derrière mon bureau.

Deux heures plus tard, j'avais effectué un survol de l'œuvre du philosophe français et abordé *Huis clos* plus en détail. J'aimais Sartre et je partageais avec lui la conviction que « l'enfer c'est les autres ». Et ce n'était certainement pas l'apparition de Bruce à la fin de mon cours, après le départ de mes élèves, qui me ferait changer d'avis. Bien au contraire.

— Qu'est-ce que tu fais là ? lui demandai-je en rangeant mes affaires. Je n'aime pas que tu viennes sur mon lieu de travail.

Il me fixa de ses beaux yeux marron, couleur châtaigne, puis cligna des paupières et je remarquai pour la première fois la longueur incroyable de ses cils.

— Je suis désolé mais on a un problème.

— C'est pas un scoop. Et je te dirais même qu'on en a plusieurs. Alors, qu'est-ce qu'il se passe ?

— Aligarh a téléphoné, il semble qu'un muteur a été enlevé.

— Qui ? demandai-je en croisant les doigts que ce ne soit pas Khor, le petit ami de Beth.

— Ralph Mayer.

— Et c'est un… ?

— Un ours-garou.

Il fallait vraiment avoir du cœur au ventre pour s'encombrer d'un bestiau pareil…

— Tu le connais ?

— Oui, malheureusement. D'ailleurs, je ne vois pas pourquoi Aligarh s'inquiète, Ralph est tellement insupportable que ses kidnappeurs risquent de le lui renvoyer dare dare…

Je ne pus m'empêcher de sourire.

— À ce point ?

— Tu n'as pas idée. Il est antipathique, bagarreur, alcoolique...

— ... Ah bon. Il n'y a pas de quoi s'inquiéter alors.

— Ben justement si. Les muteurs doivent se réunir ce soir. Il semble qu'Aligarh ait décidé de le retrouver par ses propres moyens.

— C'est son droit...

— Non. Tu ne comprends pas, Rebecca, il a convoqué les métamorphes les plus dangereux de son clan. Et certains parmi eux ne doivent surtout pas perdre leur contrôle, ni être vus sous leur forme animale par ici.

— Effectivement. C'est un problème, mais qu'est-ce que tu veux que j'y fasse ? Ça concerne le Directum.

— Il est trop tard pour provoquer une réunion du Directum et rien ne dit qu'Aligarh s'y rendra de toute façon, dit-il en secouant la tête.

— D'accord, mais je te le répète : qu'est-ce que tu veux que j'y fasse ?

— Ni Gordon, ni Raphael, ni aucun autre chef de clan ne peut aller sur le territoire des muteurs sans risquer de déclencher une guerre mais par contre l'Assayim lui, en a la possibilité. Il est comme un médiateur entre les espèces parce qu'il représente tous les clans à la fois, il a un pied partout.

Ben voyons. Tueuse, politicienne et quoi d'autre encore ?

— Je ne suis pas réputée pour mon tact, Bruce, bien au contraire.

— Nous n'avons pas d'autre solution. Nous sommes pieds et poings liés, tu dois nous aider, dit-il en me lançant un regard suppliant.

Je soupirai, hésitante.

— Je sais que nous t'en demandons beaucoup, enchaîna-t-il, et que tu aurais bien voulu vivre ta vie autrement, Beth me l'a dit, et je te comprends… mais la situation est grave. Si Aligarh disjoncte, on aura vraiment du mal à s'en sortir.

Le loup se maîtrisait mais je sentais à la chaleur qui se dégageait de son corps qu'il mettait toute son énergie à gérer son stress. Le barman beau gosse aux attitudes plaisantes et au style décontracté était en train de faire place à un prédateur aux abois. Traits tirés, yeux cernés et trop brillants, veines sur le point d'éclater.

— Très bien. À quelle heure doivent-ils se réunir et où ?

— À 19 heures, je t'y conduirai. Ça se passe dans leur Welki, en pleine forêt.

Super, je mourais d'envie de me précipiter seule, dans les bois, au milieu de muteurs dangereux et exaltés.

— Ça me convient, dis-je en consultant l'horloge au-dessus du bureau, et j'aurai le temps de faire une petite visite aux potioneuses avant d'y aller.

— Gordon nous a dit que Kathryn nous avait trahis et qu'elle était complice des enlèvements, fit-il, tu penses que les sorcières étaient au courant ?

— Non, pas vraiment. Je pense simplement que Maurane n'a pas dit tout ce qu'elle savait pour ne pas incriminer son clan.

— Ça lui ressemblerait assez. Elle paraît douce, fragile, mais dans le fond, c'est une vraie garce et une fieffée menteuse.

— Tu sembles bien la connaître, dis-moi…

— On a travaillé ensemble durant la guerre, dit-il, l'air un peu trop évasif.

— Ensemble… vraiment ? dis-je d'un ton taquin.

— Oui. Mais c'est de l'histoire ancienne, je suis passé à autre chose, en fait, je suis passé à beaucoup d'autres choses… dit-il, l'œil égrillard.

Les marques d'anxiété avaient disparu de son visage dès que j'avais accepté d'aller chez les muteurs et il avait retrouvé l'air nonchalant, décontracté et taquin qu'il affichait d'habitude.

— Inutile de préciser, je n'ai jamais douté de ton succès auprès des femmes, Bruce.

— Pourtant, je n'ai pas l'air de t'intéresser beaucoup… dit-il en souriant.

— Ne le prends pas personnellement, je suis un peu « spéciale », mes goûts sont…

— Tout aussi spéciaux… oui, j'avais cru remarquer. À ce propos, où est donc passé ton prétendant ?

— Mon prétendant ?

— Le primate aux biceps surdéveloppés…

Il parlait de Mark, mon encombrant semi-démon…

— Ah, lui…

— Tu pensais à quelqu'un d'autre ? fit-il en me dévisageant.

— Je n'ai pas l'intention de discuter de ça avec toi, Bruce.

— Tu sais, je n'ai pas de conseil à te donner mais si j'étais toi, je me tiendrais loin de Raphael.

— Pourquoi est-ce que tu me dis ça ? Qu'est-ce que Raphael a à voir là-dedans ?

— Je ne suis pas aveugle et encore moins sourd. Ce que j'ai entendu l'autre soir, votre dispute devant sa porte, ressemblait plus à une scène de ménage qu'à une discussion entre un chef de clan et son Assayim.

— Qu'est-ce que vous avez tous à vous mêler de ma vie privée ces derniers temps ? D'abord Beth et puis toi… et je ne te connais même pas !

— Tu as raison. Qu'est-ce que tu veux ? C'est mon côté chevalier servant, j'adore secourir les jeunes femmes en détresse.

— Parce que j'ai l'air d'une jeune femme en détresse ? fis-je en haussant les sourcils.

— Je ne suis pas assez idiot pour m'imaginer que tu n'es pas dangereuse ou que tu ne sais pas te défendre, Rebecca, mais Raphael… je veux dire, ce n'est même pas un vampire ordinaire, il est autre chose. Crois-moi, nous avons des rapports sur lui extrêmement précis.

— Vous avez enquêté sur Raphael ?

— C'était l'un et même le plus puissant de nos ennemis, évidemment que nous avons enquêté sur lui et chaque meute l'a fait avant nous, on a pu remonter son passé depuis mille ans en échangeant nos informations avec les Européens…

Mille ans… même pas la moitié de son existence.

— Je t'assure que je suis tout à fait consciente de ce que peut être Raphael. De toute façon, je boucle cette histoire de disparition et je quitte la ville, tu vois, ce n'est pas la peine de t'inquiéter pour moi.

— Tu veux partir ? fit-il, surpris.

— Je veux vivre au calme et le moins qu'on puisse dire depuis que je suis ici, c'est que c'est tout, sauf calme.

— Ça ne t'ira pas non plus…

— Quoi ?

— Le calme. Ça ne va pas avec ta personnalité.

— Et qu'est-ce que tu peux bien savoir, toi, de ma personnalité ? fis-je en riant.

— Je commence à m'en faire une petite idée, figure-toi, même si tu te la joues froide et réservée.

— Froide et réservée ? fis-je d'un ton amusé.

— Froide et réservée, parfaitement, madame, répondit-il sur le même ton.

— Eh bien, la dame froide et réservée a du boulot, alors…

Il jeta un coup d'œil à l'horloge suspendue au-dessus de mon bureau et fronça les sourcils.

— T'as raison, moi aussi, il faut que j'y aille. Je dois passer prendre Leo à l'école, l'aider à faire ses devoirs, lui préparer son goûter, avant de la déposer chez Beth.

— Je pourrais peut-être t'embaucher à plein temps, dis-je en plaisantant. Tu serais mon Tony Michelli attitré.

— Tu sais comment ça a fini entre Tony et sa patronne ?

— Ouais, mais non, fis-je en grimaçant.

Je commençais vraiment à apprécier Bruce mais je ne l'aurais certainement pas choisi comme petit ami et encore moins comme mari.

Il s'esclaffa puis se dirigea vers la porte.

— Tu sais, ta fille n'est vraiment pas banale… dit-il en se retournant.

— Qu'est-ce que tu veux dire ? fis-je en lui lançant un regard noir.

— Rien d'autre que ce que je viens de dire, répliqua-t-il avant de disparaître.

Chapitre 25

Maurane m'ouvrit la porte et m'invita à entrer d'un geste gracieux. Elle portait une longue robe écrue. Ses longs cheveux roux et bouclés étaient attachés en chignon. Elle semblait étrangement irréelle, comme le personnage d'un tableau de l'ère victorienne.

— Bonjour Rebecca.

— Bonjour Maurane.

— On m'a dit pour le loup qui s'est fait tuer. Je suis désolée. Beth doit être dans tous ses états.

— Elle a connu des jours meilleurs… fis-je en m'asseyant sur le ravissant canapé liberty du salon de la potioneuse.

— Qu'est-ce qui se passe, Rebecca ?

— Kathryn est la complice des meurtriers de Franck, de Mme Tillbourn, et elle a participé aux enlèvements.

— Ce n'est pas possible…

— Je suis étonnée que Gordon ne t'en ait pas déjà informée.

Un éclair de colère passa dans ses yeux, laissant rapidement place au doute.

— Comment… je veux dire, tu es sûre que… ?

— Crois-moi, celui qui m'a donné l'info n'était pas en mesure de mentir, fis-je en lui adressant mon sourire le plus mauvais.

Elle se mit à frémir.

— Je ne sais pas quoi dire, fit-elle d'une voix enrouée.

— La vérité, ce serait bien. Pour changer.

— Je ne comprends pas.

— La potion dont je t'ai parlé la dernière fois, celle qui empêche les lycanthropes et les vampires de savoir si quelqu'un ment… C'est toi qui lui as appris comment la fabriquer ?

— Il faut que tu comprennes, Rebecca. La guerre n'est pas si loin et pouvoir mentir à d'autres espèces sans qu'ils puissent le deviner est un avantage stratégique considérable pour les potioneuses, tenta-t-elle de se justifier.

— Je sais, mais ce n'est pas le problème, Maurane. Tu as menti et tu m'as fait perdre un temps précieux, dis-je d'un ton glacial.

Bon, d'accord, j'étais de mauvais poil…

— Qui es-tu pour me parler sur ce ton et me faire la morale ? hurla-t-elle.

Une veine battait dans son cou délicat et son visage avait pris une adorable teinte rosée.

— Je suis un chef de clan, je n'ai pas de leçons à recevoir d'une obscure petite sorcière sans importance !

— Je suis ce que vous avez fait de moi : l'Assayim. Et en tant que tel, je peux m'adresser à toi comme bon me semble depuis que tu as trahi le Directum.

— Je n'ai jamais fait ça !

— Ah non ? Alors pourquoi m'as-tu caché des informations capitales pour l'accomplissement de ma mission ?

— Tu n'es pas l'Assayim, Rebecca !

Pour une fois que j'accepte enfin mon titre de flingueuse, voilà qu'on me le conteste...

— Alors convoque le Directum. Il semble que je n'aie pas bien compris mon rôle ou les limites de mes attributions.

Elle devint soudain très pâle. J'ajoutai :

— Je n'ai pas envie de jouer à vos petites luttes de pouvoir. Je suis en colère, Maurane, en colère parce qu'un gosse est mort sur le palier de ma porte et que tu aurais peut-être pu éviter ça en me faisant confiance...

Elle sembla réaliser que c'était sans doute vrai et sa colère sembla s'estomper.

— De quoi as-tu besoin ? grogna-t-elle.

— De vérité. Et cette fois, pas de tergiversations, pas de secrets, dis-je en plantant mes yeux dans les siens.

— Très bien, je t'écoute.

— Connais-tu le moyen d'ôter ou d'amoindrir le pouvoir d'une créature surnaturelle ? Définitivement ou momentanément, peu importe...

— C'est ce qui s'est passé ? C'est comme ça qu'ils ont été enlevés ?

— Oui.

Elle soupira.

— Écoute, je n'en suis pas certaine mais j'ai entendu parler lors d'un colloque à Newport d'une potion qui aurait ce genre d'effet mais ce n'était qu'une simple rumeur, il n'y avait rien de concret.

— Qui t'en a parlé ?

— Un groupe de vieilles sorcières excentriques, pendant le dîner. J'ai cru qu'elles cherchaient à attirer l'attention, tu n'imagines pas ce que ces vieilles taupes sont capables d'inventer pour se faire mousser.

— Tu peux retrouver leurs noms ?

— Peut-être. Je vais passer un coup de fil à Valérie Berg, c'est elle qui avait organisé la réunion, elle jettera un coup d'œil sur le listing.

— Fais-le, c'est vraiment important.

Elle acquiesça nerveusement.

— Est-ce que tu avais remarqué quelque chose à propos de Kathryn ?

— Quoi ? Qu'elle jouait à l'apprentie sorcière ? Qu'elle trahirait son clan et qu'elle nous mettrait tous en danger ? Non. Je ne sais pas ce qui a pu se passer dans sa tête, l'attrait de l'argent, peut-être... elle a toujours été fascinée par la richesse et le pouvoir. Elle n'aimait pas sa vie et ne comprenait pas l'intérêt qu'il y avait à être une sorcière si ce n'était pour gravir plus facilement les échelons de la société. J'aurais dû faire plus attention à elle, elle devait vraiment être malheureuse et frustrée pour en arriver là.

— Tu sais, on ne peut pas toujours tout contrôler. Elle n'est pas la première et ne sera pas la dernière sorcière à payer le prix de sa cupidité et de sa bêtise.

— Je suppose que tu vas la tuer ? dit-elle, la gorge serrée.

— C’est la loi mais tu peux t’en charger toi-même, si tu veux. Ça fait partie du privilège d’un chef de clan lorsqu’il est trahi par l’un des siens.

— Non. Je suis incapable d’exécuter une de mes amies de sang-froid, dit-elle en baissant les yeux.

— Ça va peut-être te surprendre, mais je ne prends aucun plaisir à tuer, moi non plus. Le Directum m’a transformée du jour au lendemain en Assayim mais pas l’un d’entre vous ne s’est demandé si j’étais capable de gérer ce genre de choses et si j’avais le cœur assez bien accroché.

— Tu as raison. Nous nous sommes fiés à Raphael qui nous a certifié que tu étais la personne qu’il nous fallait pour faire ce job. Les clans ne se font pas suffisamment confiance, la guerre est trop récente pour laisser un ennemi potentiel enquêter librement. Il nous fallait quelqu’un de neutre et de suffisamment puissant pour que chaque clan accepte de te recevoir et de répondre à tes questions sans réticence. Tu t’es trouvée au mauvais endroit, au mauvais moment, tu n’as pas eu de chance.

— C’est tout moi, ça.

— Bon, maintenant que tu m’as donné mauvaise conscience, tu désires autre chose ?

— Il me faudrait les clés de Kathryn, je vais passer chez elle. Son mari et son fils sont toujours en exil ?

— Ils sont sous la surveillance des Krymnes qui les ont interrogés, ils ne savent rien.

Les Krymnes étaient un clan de sorciers en Alaska. Pas très sympathiques, d’après mes souvenirs, mais très efficaces. S’ils affirmaient que les membres masculins de la famille ne savaient rien, c'était qu'ils ne savaient rien.

— Que comptes-tu faire d'eux, après ?

— Je ne sais pas trop. Philip, le père, est un sorcier médiocre pour ne pas dire inexistant mais il vient d'une famille respectable de braggans. Je ne sais pas s'il faut ou non l'avertir de ce qu'a fait Kathryn ni de sa condamnation à mort.

— Tu crains sa réaction ?

— Cet imbécile est très amoureux de sa femme, alors…

Elle me lança un regard appuyé.

— Non, répondis-je d'un ton sec.

Ma conscience pouvait s'arranger avec pas mal de choses mais flinguer des innocents n'en faisait pas partie.

— Ne compte pas sur moi, ajoutai-je.

— Je comprends. J'espère qu'il se montrera raisonnable.

— Je ne comprends pas qu'elle ait fait courir un risque pareil à sa famille, dis-je en soupirant. Et pour Sophia ?

— Quoi, Sophia ?

— Qu'est-ce que tu comptes faire ? Tu vas lui dire la vérité sur Kathryn ? À moins qu'elle la connaisse déjà…

— Tu ne penses tout de même pas que cette gosse… ?

— Cette gosse, comme tu dis ,est une psychopathe, ou pire, une sociopathe. Elle est dangereuse et n'a rien d'une enfant, comme tu aimes à le croire. Tu dois absolument savoir si elle était au courant de ce que faisait sa mère, Maurane.

Elle hocha la tête.

— Tu as raison. Je vais lui parler.

— Non. Fais-lui boire une potion de vérité et parle-lui après. Tu vas avoir des surprises, crois-moi.

Chapitre 26

Bruce était passé me prendre devant mon appartement vers 18 h 15 et nous avions déposé ma fille chez Beth. Elle habitait dans un ancien bâtiment industriel dont les étages avaient été transformés en de gigantesques lofts. J'aimais bien son appart et le style résolument moderne et épuré de sa décoration mais Leo ne s'y était pas sentie à l'aise. Résultat des courses, Beth avait décidé de lui laisser une chambre qu'elle pouvait décorer à sa guise et ma fille s'en était donné à cœur joie en nous faisant remarquer qu'elle passait presque autant de temps chez Beth qu'à la maison. Sur le coup, j'ai trouvé ça gonflé mais ça a eu l'air d'amuser Beth, alors je les ai laissées se débrouiller.

— Tu es armée ? demanda Bruce d'un ton qui se voulait léger mais que je sentais voilé d'une légère inquiétude.

— Bien sûr.

Nous avions déjà fait plus d'une cinquantaine de kilomètres en direction de Green Mountains, et il se mit à tourner vers un sentier forestier. Les herbes et les branchages ralentissaient légèrement la progression du 4 × 4 et nous étions ballottés de droite à gauche selon les obstacles qui surgissaient devant nous.

— Je comprends maintenant l'utilité de ce genre de voiture, dis-je en souriant. Au fait, comment se fait-il que tu portes des vêtements de marque, une montre Cartier et que tu conduises ce genre d'engins ? Ça gagne tant que ça, un simple barman ?

— Non. Disons que j'ai certains avantages qui me viennent de ma famille, fit-il sobrement.

— T'es un gosse de riches ?

— On peut voir ça comme ça.

— Où sont tes parents ?

— Ils vivent à Philadelphie. Tu comptes m'interroger moi aussi ? Parce que j'ai vu ce que tu as laissé de la dernière personne qui a subi l'un de tes interrogatoires et je ne postule pas pour devenir le prochain sur ta liste, figure-toi.

— Ah non ?

— Non.

— Oh, tu me fais de la peine, tu sais ? fis-je en éclatant de rire.

Bruce s'esclaffa à son tour puis coupa le moteur de la voiture.

— On est arrivés ?

— Oui. Je ne peux pas aller plus loin, tu vas devoir continuer à pied, c'est à peine deux kilomètres en marchant vers le sud. Je ne suis pas rassuré de te laisser y aller seule, mais…

— Je sais. Tu ne peux pas pénétrer sur le territoire des muteurs sans leur autorisation. Ne t'en fais pas, Bruce, nous sommes ici pour tenter de trouver une solution, pas pour envenimer les choses.

Il toucha nerveusement sa gourmette en or et me dévisagea soudain, d'un air sérieux.

— Aligarh a des attitudes un peu… primaires mais ne t'y fie pas, il est extrêmement intelligent.

Le ton qu'il avait employé en utilisant le prénom du chef du clan muteur était légèrement hostile. J'aurais mis ma main à couper qu'il était loin d'apprécier le métamorphe.

— Autre chose ?

— Il ne manque ni de force ni de courage mais il peut se montrer parfois un peu obstiné et son ego surdimensionné peut lui faire commettre des erreurs. Tu devras te montrer très prudente avec lui.

— Quoi ? C'est un psychorigide ?

— Il supporte très difficilement qu'on le contrarie mais il n'est généralement pas assez stupide pour s'entêter dans une voie sans issue.

— Donc, tu me conseilles d'agir avec diplomatie et de le convaincre qu'il commet une erreur ?

— En quelque sorte… Ah… une dernière chose : il n'est pas insensible au charme féminin, fit-il avec un rictus.

Je ne pus m'empêcher de sourire.

— Vous avez eu un problème à cause d'une femme, Aligarh et toi ? devinai-je.

Une immense tristesse voila tout à coup son regard.

— Disons que nous avons été rivaux.

— Que s'est-il passé ? demandai-je soudain d'un ton sérieux.

Il prit une forte respiration et répondit, d'une voix déformée par l'émotion :

— C'était une potioneuse, elle a été tuée à la fin de la guerre, il y a deux ans…

J'ouvris la bouche puis je me ravisai. Je ne croyais pas que balancer une phrase aussi banale que : « Je suis désolée » soit une réaction appropriée venant de quelqu'un qui considérait, il n'y a pas encore si longtemps, que mourir au combat était la plus belle mort qu'on pouvait souhaiter à un soldat.

— Je croyais que fréquenter les membres d'une autre espèce vous était interdit ? fis-je. Je veux dire, je connais les règles et elles sont particulièrement strictes pour les loups.

— Pendant les batailles, nous sommes tellement proches les uns des autres qu'il n'est pas toujours facile de garder ses distances, dit-il. Tu sais ce que c'est : la tension, la peur, le stress et l'impression qu'on peut se faire tuer à tout moment, ça change les perspectives…

J'eus tout à coup l'impression qu'il ne parlait pas seulement de sa propre expérience mais qu'il m'envoyait une sorte de message.

— Sans doute, répondis-je d'un ton évasif.

Il hocha imperceptiblement la tête et dit :

— Sois prudente, Rebecca.

— Je le serai.

Je descendis de la voiture et m'engageai seule dans le sentier forestier. Les ronces, les orties, les branches s'agrippaient à mes jambes comme autant de petites mains griffues qui cherchaient à me ralentir. Bruce m'avait dit de continuer à marcher durant au moins deux kilomètres et ensuite de me fier à l'énergie que dégageraient les muteurs pour me guider vers leur Welki, leur refuge sacré. Il se situait en pleine forêt, sur une ancienne terre indienne, en plein centre du parc national de Green Mountains. Et évidemment, le chemin était en pente. Je maudissais intérieurement les muteurs, les loups, les vampires et tous les clans qui me forçaient à jouer un rôle que je n'avais jamais souhaité. J'étais conditionnée pour faire la guerre, pas pour jouer les médiatrices. En plus, mes talents de diplomate ont toujours été assez discutables. Après avoir avancé, comme me l'avait conseillé Bruce durant deux bons kilomètres, je commençai à sonder l'énergie autour de moi.

En fait, si je voulais être honnête, j'avais senti le souffle du pouvoir des muteurs depuis que j'étais descendue de voiture mais je voulais m'assurer de ne pas tomber sur des groupes isolés mais bien sur Aligarh, le chef de clan. Et pour ça, je devais me rendre directement au cœur de leur centre de pouvoir. Je me concentrai puis me laissai doucement guider par l'énergie des muteurs. J'atteignis rapidement une clairière et rencontrai deux gardes censés écarter les visiteurs inopportuns. Je reconnus immédiatement Khor, le lion-garou, l'amant de Beth.

— Bonjour, Khor, fis-je poliment.

— Qu'est-ce que tu fais ici, Rebecca ? demanda-t-il d'un ton contrarié.

Il avait noué ses dreadlocks dans le dos et portait un survêtement bien moins élégant que celui de chef de sécurité du Glam's, le club de Raphael.

— Je dois parler à ton chef, je dois voir Aligarh.

— Tu n'es pas la bienvenue ici, Assayim, répondit-il, les yeux étincelants de rage.

— Cela fait partie de mes prérogatives, lion. Je peux aller et venir où bon me semble, dis-je d'un ton glacial.

— Non. Pas dans notre Welki. Cette terre est sacrée, tu ne la souilleras pas avec le sang que tu as sur les mains, sorcière.

— Écoute, tu peux dire ou faire ce que tu veux, mais je te promets que d'ici deux minutes, je serai en train d'avoir une discussion avec Aligarh, fis-je d'une voix menaçante.

L'autre muteur, une femme, une panthère-garou, me dévisageait avec hostilité. Je sentis d'après son énergie qu'elle n'allait pas tarder à se transformer.

— Tu veux vraiment que je la tue ? demandai-je à Khor, en la désignant.

Il déglutit et parut réfléchir durant quelques secondes.

— Pourquoi veux-tu parler à Aligarh ?

— Écoute, je sais qu'on n'est pas partis du meilleur pied tous les deux et j'espère sincèrement que nos relations vont s'améliorer mais je suis ici dans le cadre de la mission que m'a confiée le Directum et je n'ai pas de temps à perdre, alors ne te mets pas en travers de mon chemin, s'il te plaît, fis-je en avançant.

La panthère-garou l'interrogea d'un signe de tête, elle était prête à me sauter dessus. Du moins, c'était ce qu'elle croyait.

— Non, Tina, ne t'approche pas d'elle, fit-il avec autorité. Laisse-la passer. De toute façon, elle le fera avec ou sans notre accord.

— C'est exact, confirmai-je en m'éloignant.

Chapitre 27

Aligarh, le chef de clan, avait rassemblé une cinquantaine de muteurs autour de lui. Il parlait d'une voix agréable et claire mais je sentais la rage qui l'animait.

Les « bêtes » réagissaient à ses propos. Leurs yeux luisaient, les corps se tendaient, les dents claquaient. Puis, soudain, ils se mirent à hurler. Leurs cris de haine résonnaient dans ma tête comme autant de promesses de mort rapide et terrifiante. Je me tenais debout, figée, et les observais en me demandant ce que je faisais là. C'était pas bon. Pas bon du tout. Je respirai profondément et décidai d'avancer. Lentement. Prudemment.

Je me frayai un passage jusqu'à Aligarh. Tous ses traits étaient tendus. Son visage mat était légèrement coloré par l'excitation et ses yeux gris brillaient comme deux spots fluorescents.

Une vague de grognements me fit hésiter une seconde mais je continuai. Je sondai rapidement les énergies des muteurs devant moi. Il y avait quelques hyènes, au moins deux guépards, trois ou quatre pumas et bien d'autres animaux qui n'appartenaient pas non plus à la faune locale.

— Moi, Rebecca Kean, Assayim du Directum du Vermont, sollicite un entretien avec Aligarh, chef du clan des muteurs, fis-je d'un ton solennel.

Les métamorphes étaient du genre pointilleux sur le protocole.

— Je sais pourquoi tu es là, mais nous avons décidé de prendre les choses en main. Nous ne tenons pas à retrouver le corps de Ralph sur ton paillasson…

Touché.

— L'enquête que je mène est longue et fastidieuse, dis-je, mais je dispose de suffisamment d'éléments pour commencer à y voir clair. Ce n'est plus qu'une question d'heures.

— On m'a dit que tu avais failli être enlevée, toi aussi, et que le monstre qui te poursuivait était particulièrement puissant. Comment comptes-tu t'y prendre pour le tuer ? Tu n'as pas notre force, ni notre rapidité.

Bonne question.

— J'ai d'autres avantages, fis-je en le dévisageant.

— Tu es courageuse mais trop faible, fit-il d'un ton méprisant. C'est à nous maintenant de nous en occuper.

— Et comment comptes-tu t'y prendre pour retrouver Ralph Mayer ?

— Nous allons pister son odeur.

— Tu veux dire que vous allez tous vous transformer et parcourir la ville et ses environs ?

— C'est à peu près l'idée.

— Tu ne peux pas faire ça. Si tu agis de cette manière, tu enfreins toutes les règles du traité et tu nous mets tous en danger. En plus ça ne servirait à rien.

Ça n'a pas marché pour les loups quand ils ont recherché Franck, je ne vois pas pourquoi ça marcherait pour les muteurs.

— Je ne te demande pas ton avis, cria-t-il en me fusillant du regard.

— Eh bien je te le donne quand même !

— Ce qui ne t'autorise pas à te mêler de nos affaires ou à me parler de cette manière, sorcière, dit-il en avançant vers moi.

Sa démarche était gracieuse et féline. Ses yeux hypnotiques. Je n'avais pas remarqué lors de la réunion du Directum à quel point il pouvait être séduisant. Séduisant et terrifiant.

— Ne crois pas que je vais me montrer aussi indulgent que l'est Raphael avec toi.

Quand il s'approcha encore plus près, je sentis tous les poils de mes bras se hérisser.

— Bien que je puisse le comprendre, dit-il en repoussant une mèche de cheveux tombée devant mes yeux.

Ne pas se laisser impressionner, ne pas se laisser déconcentrer...

— Un chef doit rester objectif, Aligarh. Tu n'as pas le droit de te laisser guider par tes émotions, dis-je en plantant mon regard dans le sien.

— Oh, mais je suis objectif. Tu es vraiment très belle.

J'avais envie de l'étrangler, ne serait-ce que pour ôter ce sourire arrogant de son visage.

— Je tuerai les responsables de tout ce bordel un par un. Il me faut juste un peu plus de temps.

— Tu les tueras ? Et si tu tombais sur quelqu'un comme moi, Rebecca ? Hein ? Qu'est-ce que tu pourrais bien faire contre quelqu'un comme moi ?

Son mouvement avait été si rapide que je ne l'avais même pas vu bouger. J'avais juste pris l'impact en pleine joue.

Il avait cogné fort. Ma tête tressautait de droite à gauche comme un balancier. Un liquide chaud coulait sur mon menton. Du sang. Mon dos était collé au sol, son corps allongé sur le mien, le souffle brûlant de sa respiration dans mon cou. Je voyais les nuages défiler dans le ciel et disparaître comme autant de minuscules barques flottant à l'horizon.

Alors, sans même que j'y pense, le pouvoir de la terre se mit à ramper le long de ma colonne vertébrale. La magie se mit à circuler dans mes veines rythmant les battements de mon pouls. Je le propulsai dans un bruit de tonnerre sur le côté et roulai sur le flanc. Il gisait maintenant près de moi, ses yeux tellement écarquillés que je pouvais voir le fond de son iris. Il ouvrit la bouche puis poussa un gémissement.

— Je suis l'Assayim, je ferai mon job, murmurai-je.

J'aurais pu l'achever : il était incapable de bouger. Les muteurs avaient fait silence autour de moi. Ils attendaient. La chaleur de leur pouvoir me picotait la peau. Je me tournai vers Khor qui se tenait près de nous, sa peau d'ébène brillait au soleil.

— Aide-le, s'il te plaît.

— Je ne peux pas, dit-il en baissant les yeux.

— Pourquoi ?

— Il t'a lancé un défi et il a perdu, dit-il d'un ton rageur.

Mes rencontres avec le petit ami de Beth ne se déroulaient décidément pas comme je l'aurais souhaité...

— Aligarh n'était pas sous sa forme animale et il a contrôlé sa force lorsqu'il m'a frappée, sinon, je ne serai plus de ce monde. Je ne suis pas une muteuse, je n'ai pas contesté son autorité et ce n'était pas un combat.

— Tu ne connais rien à nos règles, Rebecca. Ce n'est pas aussi simple... fit-il en soupirant.

— Mais il chahutait ! Il voulait me tarabuster comme le fait un chaton avec une pelote de laine.

Enfin un gros chaton vu les ecchymoses que j'avais dans le dos et sur la joue. Encore une chance qu'il ne m'ait pas brisé la mâchoire.

— Je sais, mais tu l'as maîtrisé. Et maintenant, il est à terre et tu es debout. Nous devons appliquer nos lois, que ce soit juste ou non.

— Très bien, alors, que suis-je censée faire ?

— Tu dois le tuer maintenant ou te soumettre à lui.

Je sentis toute expression déserter mon visage.

— Qu'est-ce que tu appelles « se soumettre » ?

Aligarh se tenait debout juste devant moi. Je ne l'avais même pas vu se relever. Il irradiait la colère comme un soleil prêt à imploser.

— Tu dois accepter mon autorité et ramper devant moi, sorcière, fit-il avec un sourire sadique.

Foutues règles... mais bon, je n'étais pas assez orgueilleuse pour refuser et mettre la pagaille dans un clan entier afin de m'éviter une humiliation. Surtout si elle m'offrait une opportunité intéressante.

— Je le ferai, je ramperai à tes pieds si tu m'accordes encore vingt-quatre heures.

— Ou sinon ? demanda-t-il, les yeux brillants.

— Ou sinon je t'exécute, comme tes lois le prévoient. Pour moi, ça ne changera pas grand-chose. Le clan des muteurs ne pourra pas agir tant qu'un nouveau leader ne sera pas choisi et j'ai dans l'idée qu'il y aura pas mal de prétendants et que les défis seront nombreux.

À ma grande surprise, il se mit à rire.

— Tout compte fait, il est bien possible que tu réussisses à faire ce que tu as dit.

Il sembla réfléchir quelques secondes puis hocha finalement la tête.

— Tu as tes vingt-quatre heures.

— Je te remercie. Alors comment on procède ?

Je sentais les regards mi-amusés, mi-courroucés des muteurs qui formaient un cercle autour de nous. Khor fronçait les sourcils, l'air inquiet.

— Tu t'agenouilles puis tu te mets à quatre pattes. Ensuite, tu verras.

Je n'étais pas vraiment rassurée. Ils étaient nombreux et sous tension depuis l'enlèvement de l'ours. Tous plus forts et plus rapides que moi. Et ce n'était pas le malheureux Beretta coincé dans mon jean, sous mon tee-shirt, qui me sauverait la peau en cas de problème.

— Je n'aime pas trop les surprises, Aligarh.

— Tu m'as provoqué et tu n'as absolument pas respecté les règles de bienséance en venant ici et en te mêlant de nos affaires sans y être invitée, dit-il comme s'il s'adressait à une gamine horripilante et mal élevée.

Ce qui m'agaçait, c'était qu'il n'avait pas tort. J'avais fait une bourde. J'aurais dû faire profil bas et attendre qu'il soit seul pour lui parler au lieu de le provoquer devant son clan tout entier. Résultat, il avait voulu m'apprendre les bonnes manières et je me trouvais maintenant dans une situation que j'avais pour beaucoup contribué à créer.

— Très bien, fis-je en m'affaissant sur mes genoux.

Il se mit à sourire comme si la situation l'amusait soudain follement. Je ne pouvais pas en dire autant de mon côté. Non. Moi, je frôlais l'arrêt cardiaque.

Il me fixa, les yeux étincelants, puis je sentis son pouvoir exploser et me prendre à la gorge.

Il était beaucoup plus puissant que je ne l'avais perçu lors de la réunion du Directum. À croire que j'avais pas été la seule ce jour-là à cacher soigneusement mon jeu. Je le sentis enfler et une décharge d'énergie rampa soudain sur ma peau.

Lorsque je levai la tête, je croisai le regard bleu-gris d'un gigantesque félin. Un mélange entre le tigre aux dents de sabre (deux très longs crocs sortaient de sa mâchoire) et un tigre blanc du Bengale.

J'arrêtai de respirer. Il pencha doucement sa gueule au-dessus de ma tête et posa sa patte sur mon dos. Son pouvoir s'embrasa et je me mis à hurler en m'allongeant face contre terre. Puis il me retourna d'un coup de patte et saisit délicatement ma gorge dans sa gueule. Je ne bougeai plus et me laissai faire. De toute manière, il lui aurait suffi de serrer un peu les crocs pour me déchiqueter le cou et l'exploser en des milliers de minuscules fragments de chair sanguinolents. Les métamorphes qui se tenaient autour de nous émettaient une multitude de sons, de bruits et de grognements approbateurs. Juste après qu'il eut lâché prise, il approcha sa gueule de mon visage et me lécha le menton et les lèvres. Sa langue était chaude et rugueuse. Je plongeai mes yeux dans les magnifiques miroirs ovales qui me contemplaient et sentis son pouvoir onduler sur ma peau comme une vague de caresses vibrantes. Il émit un feulement et projeta une sorte d'énergie tiède en moi et j'eus soudain envie de me coller à lui, de le laisser me caresser, me goûter.

Je comprenais un peu mieux à présent ce qu'Aligarh entendait par « se soumettre ». Il ne s'agissait pas seulement d'adopter la posture physique adéquate (c'était le moment où il m'avait attrapé la gorge) mais c'était aussi faire plier ma volonté, mes envies et mes désirs aux siens.

— Aligarh… dis-je en tentant de me relever.

Il posa ses deux pattes sur mon épaule (heureusement que ses griffes étaient rétractiles) et me força à ne plus bouger. Puis il s'allongea en partie sur moi, en prenant soin de ne pas m'étouffer. Je n'étais plus vraiment certaine de la décision que j'avais prise et le lui fis savoir en essayant de le repousser mais il était tellement fort et lourd que mes efforts me parurent vite inutiles.

— Aligarh, je viens de me soumettre devant la meute, qu'est-ce que tu veux de plus ?

Son rugissement me fit comprendre qu'il n'en avait pas terminé et je regrettai sur le coup de ne pas avoir demandé le mode d'emploi avant de me lancer dans l'aventure. Il projeta de nouveau son pouvoir en moi et je sentis la chaleur envahir une partie beaucoup plus secrète de mon anatomie. (Dire que je pensais que seuls les vampires étaient capables de ce genre de coups bas.)

Évidemment, je pouvais faire appel à ma propre énergie et le repousser mais je savais qu'il considérerait ça comme un défi, et la démonstration de force risquait de tourner au carnage. Je décidai donc de me figer et de le laisser jouer un peu. Après tout, le contact était purement métaphysique et son énergie n'était pas assez puissante pour que je ne puisse pas discrètement la canaliser. Au bout de quelques secondes, il dut comprendre ce que j'étais en train de faire parce que je le sentis bientôt se retirer. Quand je relevai la tête, Aligarh était redevenu humain et il affichait un sourire hilare.

— Ça t'a amusé, j'espère, crachai-je tandis qu'il s'esclaffait. Allez, pousse-toi de là.

— Ma nudité te gêne ?

— Je n'ai aucun goût pour l'exhibitionnisme, dis-je, excédée.

— Tu ne sais pas ce que tu manques.

— Bon, tu te bouges ou quoi ?

— Vos désirs sont des ordres, madame, fit-il en se relevant.

Je détournai la tête pour ne pas avoir à le contempler de nouveau. Je vis un morceau de tissu voleter devant mes yeux et une main le saisir. Quelques instants plus tard, Aligarh était vêtu d'une paire de jeans. Il m'attrapa le bras et m'aida galamment à me redresser.

— Merci.

Je me mis aussitôt à éternuer. Une fois, deux fois. Je ne pouvais plus m'arrêter.

— Tu es vraiment allergique aux fauves, alors ? demanda Aligarh.

— Ben oui, fis-je en reniflant.

Il suffisait d'un simple contact avec leur fourrure pour que mon nez enfle et me colle une terrible migraine.

Il se mit à rire et parut soudain très jeune.

— J'avais cru que tu avais dit ça pendant la réunion du conseil parce que tu avais peur que je me transforme et que je te dévore.

— Je me doutais bien que tu avais plus d'éducation que ça, dis-je en éternuant de plus belle.

J'étais couverte de poils, j'allais devoir rentrer rapidement à la maison, prendre une douche, changer de vêtements et avaler un ou deux antihistaminiques.

— Je suis désolée, mais vu le peu de temps qu'il me reste, tu ne m'en voudras pas si je vous fausse déjà compagnie ?

— Non. J'espère que tu ne nous décevras pas, Rebecca, dit-il en redevenant sérieux.

— Ce n'est pas mon intention. À dans vingt-quatre heures, fis-je en m'éloignant.

Je jetai un dernier coup d'œil à l'assemblée des métamorphes et adressai un salut de la tête à Khor. Le lion-garou me dévisagea une seconde puis s'inclina poliment.

Je n'avais peut-être pas gagné son cœur mais au moins j'avais acquis son respect en me soumettant aux lois de sa meute. Ça me satisfaisait. J'espérais qu'il en serait de même pour Beth.

Lorsque je revins vers la voiture, Bruce m'adressa un sourire soulagé.

— Tu as mis un sacré bout de temps, dis donc, fit-il.

— Tu avais raison. Aligarh n'est pas quelqu'un qui change facilement d'avis, mais nous avons vingt-quatre heures.

— Je sens son odeur sur toi, il t'a touchée ? demanda Bruce en plissant le nez.

— Disons qu'on a joué à dominant-dominé en changeant de rôle chacun son tour, fis-je en riant.

— Dominant-dominé, hein ? Tu m'apprendras ? J'adorerais y jouer avec toi, dit-il d'une voix suave où perçait une légère pointe d'humour.

— Je ne suis pas sûre que tu apprécierais, dis-je en reprenant mon sérieux.

Il me dévisagea, effleura ma joue puis planta ses yeux dans les miens :

— Chérie, je suis prêt à tenter l'expérience, même si tu n'y crois pas et que je ne t'intéresse pas. Il se pourrait que tu sois surprise... dit-il en démarrant le moteur.

C'était étrange, j'aurais presque dit qu'il était sincère.

— La dernière fois qu'un homme m'a surprise, j'ai découvert que c'était un semi-démon, alors permets-moi de décliner l'invitation.

— Ça valait toujours le coup d'essayer, fit-il en démarrant le moteur.

Il n'avait pas tort mais je me demandais comment il aurait réagi si j'avais fait mine d'accepter. Il faudrait que je tente l'expérience un jour et que je pousse ce petit joueur dans ses derniers retranchements.

J'étais certaine qu'il se défilerait et que ce serait assez amusant.

— Je dois passer prendre Leonora chez Beth, il est déjà tard.

— Cette fois, essaie de ne pas dormir dans mon lit et prends le canapé, fis-je d'un ton autoritaire.

— Oui, madame. Tu rentres avec moi à la maison ou je te dépose quelque part ? demanda-t-il.

— À la maison ? C'est de mon appartement que tu parles ?

— Qu'est-ce que tu veux, je passe plus de temps chez toi que chez moi, ces derniers temps, dit-il en haussant les épaules.

— Profite, fis-je, cette situation ne durera plus très longtemps.

— Tant mieux, comme ça je pourrais reprendre mon job et continuer à servir des verres à de stupides étudiantes ivres ou à des femmes névrosées en mal d'amour.

Je sentais une pointe d'amertume dans sa voix qui me laissait penser qu'il n'avait aucune envie de réintégrer son job.

— Pourquoi fais-tu ce boulot s'il te déplaît tellement ? Tu n'as aucun diplôme ?

Il sourit.

— Mon job ne me déplaît pas mais j'apprécie de retrouver une sorte de vie de famille et d'avoir quelqu'un dont je peux m'occuper. Leonora est vraiment attachante et j'aime bien sa mère.

— Ah ?

— Ben oui. Tu n'essaies ni de me séduire ni de me passer la corde au cou. J'ai tous les avantages d'avoir la compagnie de deux femmes ravissantes et merveilleuses sans en avoir les inconvénients.

— Tu ne crois pas que tu t'emballes un peu ?

— Non. C'est toi qui m'en as donné l'idée d'ailleurs avec ton allusion à Tony Michelli et à la série *Madame est servie*.

— Euh, c'était une blague et puis, je n'aurais jamais les moyens d'embaucher une nounou, un majordome ou je ne sais quoi à plein temps.

— Je n'ai pas besoin d'argent, Rebecca et je ne te demande pas de vivre avec moi, seulement de me laisser continuer à m'occuper de vous deux.

Les loups et leur instinct de protection... Je trouvais ça ahurissant.

— On se débrouille très bien, Leo, Beth et moi, on n'a besoin de personne, désolée.

Son visage se referma.

— Alors laisse-moi au moins continuer à t'aider jusqu'à ce que tu quittes la ville.

Ça, à la limite, c'était faisable étant donné que je comptais décamper dans quelques jours.

— D'accord.

— C'est une promesse ?

— Oui.

Ses beaux traits se détendirent brusquement et il se mit à siffloter « Every breath you take ». Je me demandai un instant ce qui se passait dans sa jolie tête puis je me mis à gamberger. Aligarh m'avait accordé vingt-quatre heures et je savais que je n'aurais pas une minute de plus pour régler cette histoire. Vu le peu de pistes sérieuses dont je disposais, je n'avais pas vraiment d'autre choix que de débarquer chez Raphael.

Lui seul pouvait me dire qui était Charles Wintrop, le vampire qui avait fait de Quentin Growley un esclave et l'avait chargé de participer aux kidnappings. J'espérais qu'il saurait où le trouver. Et si ce n'était pas le cas, j'avais une autre idée. Une idée un peu absurde, risquée, mais qui valait peut-être le coup d'être exploitée.

— Conduis-moi chez Raphael, dis-je au bout de quelques minutes alors que nous étions en train d'atteindre les abords de la ville.

— Tu ne peux manifestement plus te passer de lui, répondit Bruce en souriant.

— Tu ne crois pas si bien dire, fis-je d'un ton pensif.

En arrivant devant la grille du domaine de Raphael, Bruce descendit de la voiture et me tendit les clés.

— Et toi ? Comment comptes-tu rentrer ?

— Je suis un loup, les loups courent, c'est même ce qu'ils font de mieux.

— Tu es sûr ?

— Allez, file retrouver le suceur de sang en chef et résous enfin cette histoire. Je ne sais pas pourquoi mais quelque chose me dit que vous ne formez pas forcément une mauvaise équipe, après tout. Et puisque tu es dans les petits papiers de l'un des prédateurs les plus dangereux de la planète, je suppose que tu ne risques rien. À part ta vertu, bien sûr, susurra-t-il d'un air amusé.

— Va te faire voir ! lançai-je alors que sa silhouette disparaissait dans les ténèbres du crépuscule.

Chapitre 28

Raphael était assis dans un fauteuil, en face de la cheminée. Quand il se leva, je remarquai qu'il portait une chemise de soie bleu ciel de la couleur de ses yeux et un pantalon de cuir noir. Ses longs cheveux blonds flottaient sur ses épaules. Comme à son habitude, il était trop beau pour être réel…

— J'ai besoin de toi.

Il afficha un sourire éloquent. Je baissai la tête et je me mis à rougir.

— Je ne viens pas te faire une déclaration mais te demander un renseignement.

— Je t'écoute.

— Qui est Charles Wintrop ?

— Un vampire, sept cents ans environ, fervent opposant à la paix et à la signature du traité, et scientifique compétent quoique sans génie. Pourquoi ?

— C'est le maître de Quentin Growley.

— Charles est de la lignée d'Arthur, le maître de Newport.

— Newport ? demandai-je.

— En Pennsylvanie, tu connais ?

La réunion des potioneuses dont m'avait parlé Maurane avait eu lieu à Newport. Ça ne pouvait pas être une coïncidence.

— Non. Mais je n'ai rien contre les voyages.

— Pas question que tu te rendes seule là-bas pour tuer Charles. Je vais passer un coup de téléphone à un vieil ami, il s'en chargera avec plaisir.

— Il ne pourrait pas plutôt nous le ramener ?

— Ça devrait être faisable, à condition d'y mettre les formes.

La politique, toujours la politique, c'était vraiment pas mon truc…

— Et si les ordres viennent d'Arthur, le maître de la ville ?

— Mais, ma douce, les ordres viennent d'Arthur. Et même de Glastrow, le Magister de Pennsylvanie. Charles n'agirait jamais de son propre chef.

— Et pourquoi un Magister comme Glastrow ferait-il enlever des membres des autres clans ? Il espère relancer la guerre ?

— Ça semble peu probable. Personne ne songerait à relancer une guerre pour quelques enlèvements commis par des détraqués. Non, il doit y avoir une autre raison. Tu sais, Glastrow est un piètre combattant mais un excellent stratège. Ça ne m'étonnerait pas qu'il ait décidé de déstabiliser mon territoire pour convaincre le conseil de le lui confier.

— Pourquoi ferait-il ça ? La Pennsylvanie est un territoire bien plus intéressant à diriger que la Nouvelle-Angleterre.

— C'est là que tu te trompes, ma douce. L'important n'est pas le nombre d'humains qui se trouvent sur un territoire mais le nombre de créatures surnaturelles qui y vivent, et en matière de population, mon territoire est le quatrième du pays.

— D'ailleurs, ça, c'est un mystère pour moi, tu peux m'expliquer ?

— Un jour, je te ferai un cours sur l'histoire de cette région mais je ne pense pas que ce soit le moment.

— Non, tu as raison. Il me reste vingt-deux heures et vingt-deux minutes pour retrouver les disparus et tuer les responsables.

— À cause d'Aligarh ? On m'a dit que tu étais partie négocier avec lui.

— Oui, et ça n'a pas été une partie de plaisir, ce type est entêté au possible.

— Tente de négocier avec des harpies et on reparlera de ce qu'« entêtement » veut dire.

— Des harpies ? Je croyais que c'étaient des personnages nés de la mythologie. Elles ont vraiment existé ?

— Oui. Elles ont été décimées il y a deux mille trois cents ans et je ne les regrette pas, tu peux me croire.

— Oh, mais je te crois sur parole. Écoute, cette conversation est intéressante et instructive et je n'aurais rien contre une petite leçon d'histoire mais…

Je m'interrompis. Je devais lui demander de m'aider mais je ne savais pas vraiment comment m'y prendre. Et surtout, je n'étais plus vraiment sûre que ce soit une bonne idée. Même si je ne voyais pas d'autre solution.

— Qu'est-ce que tu n'oses pas dire, Rebecca ? demanda-t-il en s'avançant vers moi.

— J'ai eu une idée mais je ne suis pas certaine du résultat.

Il fallait vraiment que je sois désespérée pour en arriver là…

— Parle toujours.

— Accepterais-tu d'unir de nouveau tes pouvoirs aux miens ? bredouillai-je.

La dernière fois, j'avais involontairement lié mes pouvoirs à ceux de Raphael. Si je pouvais une fois encore unir mon énergie à la sienne, alors tout était possible…

— Rebecca, tu as conscience de ce que tu me demandes ?

Ses mâchoires étaient serrées et ses traits s'étaient durcis.

— Je ne vois pas d'autre solution pour les retrouver. En tant que Vikaris, je peux localiser les démons, donc l'ami de Baetan, Tom Cohen, mais je n'y arriverai pas seule. J'ai besoin de ton pouvoir pour pratiquer le rituel.

— Un rituel Vikaris ?

— Oui. Normalement, on lie nos énergies les unes aux autres et on fait venir le démon que l'on veut tuer.

— Quelle que soit la distance ?

— Quelle que soit la distance.

— Livraison des victimes à domicile… c'est fort, très fort, dit-il avec aigreur.

— Raphael, s'il te plaît. Arrête.

Il approcha son visage si près du mien que j'en eus le souffle coupé.

— Je ne suis pas de ton espèce, Rebecca. Qu'est-ce qui te fait dire que ça peut marcher ?

— On peut toujours essayer. Je sais que ça n'aurait pas dû être possible, mais on l'a déjà fait, on a lié nos pouvoirs. J'ai senti ton cœur battre et ça aussi, ce n'était pas possible…

— En effet. Pas plus d'ailleurs que d'avoir un enfant avec un vampire…

— Je ne comprends pas.

— Tu as le don d'insuffler la vie au cœur même de la mort, ma douce. Tu ramènes les vampires au monde des vivants.

— C'est ce que tu crois ?

— C'est ce que j'ai ressenti. C'est ce que je ressens toujours en ta présence. Comment expliquer autrement les sentiments que j'éprouve pour toi ? Je n'ai pas eu une seule émotion en dix siècles, Rebecca, et aujourd'hui je me sens comme un adolescent de quinze ans face à son premier amour. Tu trouves ça normal ?

Il y avait de la souffrance dans sa voix. Et ça me rendait furieuse.

— Je suis une sorcière mais je suis aussi mortelle, aimer est on ne peut plus normal pour nous, dis-je en plongeant mes yeux dans les siens. On ne considère pas ça comme une tare.

— Ce n'est pas ce que j'ai dit.

— Quand tu as compris ce que ma magie te faisait, pourquoi ne m'as-tu pas tuée ? crachai-je.

La colère a décidément le don de rendre les gens stupides.

— Parce que ça aurait été comme de mourir à nouveau.

— Laisse tomber pour le rituel, je me démerderai autrement.

Je me dirigeai vers la porte lorsque je sentis plusieurs mouvements derrière mon dos.

— Retourne-toi, dit-il d'une voix menaçante.

J'obéis lentement. Il tenait un poignard en argent extrêmement ancien.

— À quoi tu joues ?

— Je te donne la possibilité de te débarrasser de moi définitivement. Après, il sera trop tard, dit-il en le glissant entre mes mains.

— Et pourquoi devrais-je te tuer ?

— Parce que tu vas vouloir quitter mon territoire après avoir réglé cette affaire et que je ne te laisserai jamais partir loin de moi. Jamais. Est-ce que tu comprends, Rebecca ?

Je commençai vraiment à prendre ses menaces au sérieux...

— Je n'ai pas vraiment décidé de ce que je comptais faire mais rester à Burlington est trop risqué, dis-je avec conviction.

— Alors tu vas devoir me tuer.

— Si c'est vraiment ce que tu veux, dis-je en posant la lame sur son torse.

Je n'avais jamais véritablement envisagé de tuer Raphael et maintenant que j'étais au pied du mur, j'étais tétanisée.

— Ne m'y force pas, je t'en prie, fis-je, la gorge serrée.

— Je n'ai pas peur de mourir, ma douce. Seulement de te perdre, fit-il en posant ses mains au-dessus des miennes, sur le manche du poignard. Cette arme est unique. Les métaux et la magie qui l'ont forgée la rendent mortelle pour toutes les créatures surnaturelles y compris pour moi. Il ne te reste qu'à l'enfoncer là, juste là, fit-il en créant une pression suffisante pour que la lame pénètre sa chair blanche.

— Non, fis-je en regardant épouvantée le sang qui s'échappait lentement de sa poitrine.

J'arrachais ses boutons dans un mouvement de panique et essuyais maladroitement avec mes mains l'estafilade qu'il venait de créer. Il me saisit les poignets et colla son front contre le mien.

— Rebecca, arrête.

Les larmes coulaient sur mes joues sans que je parvienne à les arrêter.

— Je te déteste.

— C'est de bonne guerre, mon amour, dit-il.

Il arracha le reste de sa chemise, me fit basculer sur le dos et me colla par terre contre le tapis ; je ne pouvais plus bouger. Son corps me recouvrait entièrement et ses longs cheveux blonds formaient une sorte de rideau autour de ma tête.

Je ne parvenais pas à quitter des yeux sa peau cristalline et ses épaules fines mais développées. Quand je regardais le soleil, il m'éblouissait, me réchauffait. Avec Raphael, c'était pareil. Il illuminait tout autour de lui et le rendait beau. Et pour la première fois, mon corps et mon âme étaient en parfait accord. Je n'avais jamais senti un tel bien-être avec un homme et ça me terrifiait.

— Non, dis-je.

— Non ?

Il glissa délicatement sa main sous mon chemisier blanc et me caressa doucement les seins.

Je me mis à alors à trembler sans même pouvoir m'arrêter. Chacune de ses caresses sur ma poitrine provoquait une sorte d'orgasme qui devenait de plus en plus fort. Je ne comprenais pas ce qu'il m'arrivait. Je laissais transparaître mon étonnement dans mes yeux et sur mon visage. Il me sourit.

— C'est vraiment étrange. Je ressens des émotions humaines et il semble à mon contact que tu acquières petit à petit une sensibilité toute… vampirique.

— Vous… vous ressentez les choses tellement fort, haletai-je.

— D'un point de vue corporel, c'est exact, nos sensations sont démultipliées mais d'un point de vue émotionnel, nous mourons peu à peu.

Mes hanches se pressèrent contre les siennes et j'eus soudain l'impression que je pourrais mourir s'il s'éloignait ne fût-ce qu'un instant.

Je ne devais pas, je ne pouvais pas me permettre de me lier à lui, pas de cette façon.

— Attends… dis-je en lui caressant la joue avec le dos de ma main, je ne veux pas devenir ta maîtresse, Raphael. Je veux dire, ça ne marcherait pas. J'en ai déjà fait l'expérience, crois-moi, et puis, il y a Hope et je suppose qu'elle n'est pas la seule, je ne tiens pas à me faire plus d'ennemis que je n'en ai déjà.

— Je ne pense pas t'avoir jamais parlé d'autres femmes…

— Non, mais… enfin, je suppose que…

— Tu supposes mal.

Les vampires n'étaient jamais monogames. Leurs besoins étaient beaucoup trop importants pour qu'une seule femme puisse les combler, quand bien même il s'agirait d'une femme vampire.

— Tu plaisantes ?

— Non. J'ai plus de deux mille ans, mes besoins sont, disons… différents.

— Différents ?

— Différents, dit-il avec un sourire énigmatique.

Je me souvins de ce qu'avait dit Bruce à propos de Raphael et de sa mise en garde. Je me promis de jeter prochainement un coup d'œil aux archives de la meute concernant la particularité du vampire. Quelque chose me disait que les loups en savaient suffisamment pour apaiser ma curiosité.

— Très bien, mais ça ne change rien. Je ne te connais pas, Raphael, je ne suis pas prête à m'engager dans ce genre de relations avec toi.

— Et pourtant, tu as fait l'amour avec le démon.

— Non. J'ai baisé avec le démon, nuance, fis-je avec mépris.

Il me dévisagea.

— Et tu estimes qu'une liaison avec moi aurait plus d'importance, parce que… ?

— Je sais ce que tu as envie d'entendre et je ne te le dirai pas.

— Tant de femmes… tant de femmes m'ont déclaré leur flamme et se sont jetées à mes pieds et la seule que je désire, la seule qui compte vraiment, s'y refuse obstinément, je trouve ça désopilant, dit-il en s'esclaffant.

Je n'avais aucun mal à m'imaginer que toutes les femmes du monde se seraient damnées pour être dans ses bras, moi y compris, mais il était hors de question de le lui avouer.

— J'aurais toujours essayé… ajouta-t-il d'un ton léger en se relevant. Bien, puisque tu n'es décidément pas prête à succomber à mon charme pour le moment et que je n'ai aucune intention de te forcer la main, que dirais-tu de pratiquer un peu de magie ?

— De quoi est-ce que tu parles ?

— Je parle du rituel pour retrouver les démons.

— Vu l'effet que nos pouvoirs ont l'un sur l'autre, je ne sais pas si c'est très prudent, tout compte fait, dis-je, perplexe en me redressant à mon tour.

Il soupira.

— Tu as une autre option ?

— Non. Tu sais bien que non. Je dois retrouver l'ours-garou avant qu'Aligarh ne pète les plombs, alors…

— Alors, allons-y. Que dois-je faire ?

— Personne ne doit entrer dans la pièce pendant que nous serons en transe, fis-je. Commence par prévenir ton personnel.

La nuit était tombée depuis une heure déjà, je les entendais circuler dans la maison.

— Très bien.

Il ferma les yeux et deux secondes plus tard, Hector ouvrait la porte.

— Vous désirez, maître ?

— Préviens les autres de ne pénétrer dans cette pièce sous aucun prétexte et quoi qu'il arrive, dit-il d'un ton péremptoire.

Le majordome resta stoïque mais je sentis sa désapprobation muette.

— Mme Kean vous tiendra-t-elle compagnie, monsieur ?

Raphael hocha la tête et lui donna congé d'un signe de la main.

— Tu communiques avec Hector par la pensée ? demandai-je, surprise, après le départ d'Hector.

— Je suis télépathe, Rebecca. Je peux pénétrer dans l'esprit de la plupart des créatures vivantes ou non que je rencontre. *A fortiori* lorsqu'elles m'appartiennent.

— Alors pourquoi ne les as-tu pas tous prévenus toi-même ?

— Je ne peux contacter leurs esprits qu'individuellement, et en ce moment, il y a près de vingt vampires qui résident dans la propriété. Hector aura plus vite fait de relayer mes ordres.

— Je vois.

— Bien, et maintenant, que sommes-nous censés faire ?

Ses yeux luisaient de curiosité.

Je saisis le gros sac à dos noir que j'avais apporté avec moi puis je sortis six bougies, un couteau sacrificiel. Ensuite je disposai autour de nous quatre bols de bois. L'un contenant de l'eau, l'autre de la terre, le troisième un liquide inflammable et le quatrième, juste un peu d'air.

— Assieds-toi en tailleur sur le sol au centre des éléments, s'il te plaît, fis-je en le regardant, et tends ton bras. Je vais te prélever quelques gouttes de sang.

Il fit ce que je lui demandai et regarda avec concentration l'hémoglobine couler dans le petit récipient argenté que je tenais sous sa plaie. Puis j'entaillai ma main et laissai le sang s'échapper de mon poignet et se mélanger au sien. Pour la première fois depuis que nous nous étions rencontrés, je vis apparaître ses crocs au coin des lèvres.

— Désolé, fit-il, je ne me suis pas encore nourri, aujourd'hui, dit-il en les rentrant de nouveau dans ses gencives.

— Tu es sûr que tu vas tenir ?

— Tu es vraiment en train de me demander si je vais pouvoir me contrôler et si je ne vais pas te sauter dessus ? dit-il en riant.

— Je dois avouer que ça m'est venu à l'idée, fis-je en hochant la tête.

— Ne t'inquiète pas, ma douce, si j'ai faim, ce n'est pas de ton sang, fit-il toujours hilare.

Je me mis à rougir.

— Sois sérieux et concentre-toi deux minutes, d'accord ?

Depuis notre première rencontre, je trouvais que Raphael se comportait plus comme un jeune homme facétieux et tendre que comme le stratège de guerre glacial et terrifiant que tous semblaient craindre et respecter. Ce qui perturbait un peu mon jugement à son sujet. Oh, bien sûr, j'étais tout à fait consciente d'avoir en face de moi l'un des rares adversaires que j'aurais du mal à tuer, et je ne doutais pas de sa formidable puissance, mais j'avais un peu tendance parfois à l'oublier. Ou, plus exactement, il savait parfaitement bien me le faire oublier. Mais je ne savais pas encore si je devais trouver ses efforts flatteurs ou inquiétants.

— Je suis tout ouïe.

— Ne pousse pas trop, quand même… dis-je en souriant à mon tour. Je ne sais pas si ça va marcher, mais si c'est le cas, je préfère te prévenir que tu vas ressentir un afflux de pouvoir violent et que je n'ai aucune idée de l'impact de la magie des éléments sur un vampire.

— Si tu cherches à me dissuader de pratiquer ce rituel, il aurait fallu le faire avant de m'entailler le bras, dit-il en plaisantant.

— Je suis très sérieuse, Raphael. Tu prends un véritable risque en faisant ça.

— J'en suis conscient. Mais si tu avais mon âge et mon expérience, tu saurais que les choses les plus graves s'annoncent toujours d'un ton léger. Ça ne les rend pas moins inquiétantes mais plus agréables à entendre.

— Si tu le dis, fis-je en m'asseyant en face de lui, la coupe de sang posée sur le sol, formant un barrage entre nos deux corps.

J'attrapai ses mains et commençai mon incantation. Au fur et à mesure que je prononçai le nom de chaque élément, les bols se mirent à briller et des halos de lumière scintillèrent au-dessus d'eux. Rouge pour le feu, bleu pour l'eau, marron pour la terre et blanc pour l'air.

Le vampire observait silencieusement le processus mais je pouvais percevoir sa nervosité grâce à une légère crispation de sa mâchoire inférieure. J'imaginais qu'il n'avait pas dû souvent assister à ce genre de pratiques. Les vampires n'avaient jamais vraiment beaucoup apprécié les sorcières.

— Détends-toi, fis-je en serrant ses mains un peu plus fort.

— C'est une magie de la vie et je suis la mort, dit-il la voix rauque.

Je chassai cette pensée de ma tête et continuai à invoquer la puissance des éléments dans une langue si ancienne que Raphael lui-même ne pouvait la comprendre. Pourtant, en regardant son visage, je sus que quelque chose n'allait pas. Les mots qui sortaient de ma bouche semblaient résonner à son oreille comme une menace invisible et je le voyais petit à petit s'affaisser comme si un poids de plus en plus lourd pesait sur ses épaules.

— En moi, viens chercher ta force en moi, fis-je en brandissant la coupe qui contenait nos sangs et en la portant à sa bouche.

Il but presque la moitié de la *vitae* et je terminai le processus en buvant à mon tour.

Puis mon corps se colla instinctivement au sien. Mes cheveux étaient devenus rouges, ils se dressaient sur ma tête tels les serpents de Méduse et je fixai les yeux blancs et opaques du vampire en lui caressant tendrement la joue. Raphael attrapa mes hanches. Ses longs cheveux de soie étalés en partie sur mes épaules. Mes mains se crispèrent sur ses avant-bras, et soudain je sentis la magie traverser la peau lisse et blanche du vampire.

Mon pouvoir chaud et puissant était irrésistiblement attiré par le sien, plus sombre et plus compact.

— *Esquelbath, yamanthe, oquatem* Tom Cohen ! hurlai-je en appelant le démon.

Autour de nous, les quatre éléments forgèrent alors une véritable cage d'énergie et de lumière où nul ne pouvait pénétrer. Le piège était prêt. Tout était normal, du moins si on omettait les gémissements de plaisir de Raphael. Son visage était transformé par l'extase crée par la magie qui se déversait de mes mains dans ses veines. Je posai doucement mes lèvres sur les siennes et quelque chose d'étrange se précipita brutalement entre nous.

— Rebecca, non ! hurla-t-il.

La lumière jaillit soudain de mon corps et pénétra le sien comme un torrent furieux.

— Non, parvins-je à murmurer.

C'était comme si mon pouvoir le reconnaissait, comme s'il l'avait toujours cherché, comme si le vampire lui avait toujours appartenu.

— Rebecca !!!

Je sentais son angoisse mais je ne pouvais pas briser le raz-de-marée d'énergie qui imprégnait nos esprits et nos corps.

— Mon Dieu ! hurlai-je en sentant mon âme se déconnecter de ma chair.

Je la sentis s'ouvrir au vampire et se fondre dans la sienne. Les ténèbres qui peuplaient son cœur semblèrent alors se disperser comme les feuilles poussées par le vent, laissant place à une douce mélopée. Le chant des Vikaris.

Soudain, nous ne formions plus qu'un ; j'étais lui et il était moi. J'entrevis rapidement des images de son passé, des scènes de guerre et de sang, des costumes anciens, des batailles mais aussi des femmes, une femme… Je vivais ses souvenirs à travers lui. Intensément.

Puis la barrière invisible formée par les éléments s'ouvrit brusquement. Et la magie disparut.

Chapitre 29

Quand nous rouvrîmes les yeux, nous étions à genoux, collés dans les bras l'un de l'autre, tentant chacun de reprendre notre souffle. Comme deux rescapés après une tempête.

Jamais encore auparavant je n'avais connu d'union si effrayante et si parfaite. Pas même dans les grandes assemblées.

— Rebecca… fit Raphael d'une voix rauque.

— Chut, fis-je en posant mon doigt sur ses lèvres, regarde.

Je pris son menton et le tournai vers la droite. Un corps était affalé sur le marbre du salon.

Je me traînai vers lui. Je n'avais pas encore la force de me relever.

Ses traits étaient ratatinés, il avait l'air d'un vieillard et paraissait épuisé.

— Tom ? Tom Cohen ?

Il ouvrit lentement les yeux et me lança un regard effrayé.

— Ne vous inquiétez pas, vous ne risquez rien.

— Vous… vous m'avez appelé… bredouilla-t-il d'un ton hyper angoissé.

— Oui. Je vous appelé pour vous sortir des griffes de vos ravisseurs, pas pour vous tuer, fis-je d'une voix douce, pour essayer de le rassurer.

— Vous êtes une Vikaris ?

Il tremblait de peur, de douleur ou de froid, je ne savais pas trop.

— Oui. Mais ce n'est pas vous que je chasse aujourd'hui.

— Je suis soulagé de l'apprendre, fit-il en grimaçant.

Il tenta de se relever mais n'y parvint pas. Raphael, qui avait repris des forces, se précipita pour l'aider. Le démon parut soulagé lorsqu'il le reconnut.

— Merci, Raphael. Je... je te trouve en étrange compagnie, dis-moi, fit-il, le souffle court.

— En charmante et adorable compagnie, tu veux dire ?

Il ne répondit pas et continua à avancer lentement en s'appuyant sur le bras de Raphael jusqu'au canapé.

— Où suis-je ?

— Chez moi, répondit Raphael.

— Et le reste de l'assemblée ?

— Elle a fait ça toute seule.

Ouais. Si on veut...

Le démon eut un rictus bizarre puis me dévisagea.

— Alors, il doit s'agir de la Prima, fit-il en s'asseyant sur le coussin rouge.

Il semblait à bout de forces.

— La Prima ? demanda Raphael.

— Aucune sorcière, même pas une Vikaris, n'est capable d'agir seule. Leur magie agit en réseau sauf pour la Prima, la gardienne des sorts… et encore faut-il qu'elle soit extrêmement puissante.

— Vous avez l'air sacrément bien renseigné sur nous, Tom, ne pus-je m'empêcher de remarquer.

— Oui, bien forcé… vous et les vôtres avez tué beaucoup de gens auxquels je tenais, dit-il d'un ton triste.

— Tom appartient à l'ordre des Archivistes, dit Raphael.

— Et ? demandai-je.

— Et je suis spécialisé dans l'étude de votre clan, souffla-t-il. Comment vous appelez-vous ?

— Rebecca. Rebecca Kean.

— La Prima des Vikaris porte normalement le doux prénom de Constance, un nom français, dit-il en observant mes réactions.

— C'est vous qui avez imaginé que j'étais une Prima, moi, je n'ai jamais prétendu rien de tel, répliquai-je.

J'aurais mieux fait de me casser une jambe, le jour où j'ai décidé de venir m'installer dans cette ville.

Il me lança un regard amusé puis dit :

— Je sens que je vais devoir remettre en question certaines de mes certitudes, alors…

Je sentais le regard inquisiteur de Raphael sur moi. Il allait sans aucun doute tenter d'en apprendre davantage sur les Primas et je savais qu'il ne s'arrêterait pas avant d'avoir découvert tous mes secrets. Et ça ne me réjouissait pas.

Je devais absolument changer de sujet.

— Écoutez, tout ça n'a pas d'importance. Je vous ai appelé parce que j'ai besoin de savoir où vous vous trouviez et par qui vous avez été séquestré, fis-je d'un ton ferme.

Le démon me fixait sans rien dire.

— Il y a des vies en jeu, on n'a vraiment pas le temps de négocier avec vous, monsieur Cohen, ajoutai-je d'une voix menaçante.

— Elle a raison, Tom, s'il te plaît, insista Raphael. Réponds-lui.

— Puisque tu y tiens mais je ne pense pas que je vais vous être très utile. Je ne sais pas où j'ai été enfermé, je me suis réveillé un matin dans une cage de laboratoire. Il y avait des hommes, des humains et aussi une créature, un être abject avec une cape et un visage déformé.

— Vous n'avez aucune idée de l'endroit où vous étiez ? Je veux dire, même si ce n'est pas précis, vous devez bien avoir une vague idée...

— ... non, aucune, fit-il. Il n'y avait aucune fenêtre et je ne sais même pas... combien de temps suis-je resté là-bas ?

— Dix jours, fis-je.

— Ça m'a paru beaucoup plus long, dit-il d'une voix amère.

— Vous souvenez-vous d'un nom ?

— Un seul : Thomson.

— Le professeur « Thomson » ? Un type d'une cinquantaine d'années, yeux vairons, cheveux et barbe blancs ? m'exclamai-je aussitôt.

— Tu le connais ? me demanda Raphael.

— C'est un humain, un célèbre généticien. Il est en ville en ce moment, je l'ai croisé à l'université. Je dois déjeuner avec lui demain midi.

— Tu étais déjà sur sa piste ?

— Disons que j'avais des soupçons.

Je me tournai de nouveau vers Tom.

— Pourquoi n'avez-vous pas tenté de vous échapper en empruntant le corps de l'un d'entre eux ? demandai-je au démon.

— J'étais trop faible, drogué...

La potion agissait aussi sur eux, c'était bon à savoir...

— Avez-vous vu d'autres personnes avec vous ?

— Kathryn, cette garce de potioneuse. Tout ça, c'est à cause d'elle.

— Nous le savons, dis-je. Y avait-il aussi un muteur ? Un ours-garou ?

— Oui. Il est arrivé hier. Il n'a pas un caractère facile, ils ont eu beaucoup de mal pour le calmer. Et pourtant, je suis sûr qu'ils ont diminué ses pouvoirs, à lui aussi.

— Pourquoi ont-ils tué Franck ?

— Il avait blessé l'un des laborantins.

— Oui, mais pourquoi le torturer ?

— Ils nous ont fait des prélèvements de sang, de moelle osseuse et même de sperme. Mais ils pratiquaient aussi des tests de résistance à la douleur. Comme vous le savez, les lycanthropes et les métamorphes guérissent très vite.

— Et vous ?

— Oh, moi, je ne me régénère pas de la même façon, mais il leur a fallu pas mal de temps pour s'en apercevoir, dit-il en soulevant son pull.

Sa peau était lacérée et toutes les plaies ne s'étaient pas refermées.

— Ces pseudo-scientifiques sont de véritables sadiques, dit-il.

— Vous n'avez pas encore retrouvé vos pouvoirs mais je sais qu'ils vont revenir d'ici quelques jours, le temps que votre organisme élimine la potion, dis-je.

Je me surpris à espérer qu'il s'en sorte d'ici là. J'étais vraiment en train de me ramollir.

— Merci pour votre aide, Rebecca, fit-il en prenant ma main.

Puis, soudain, il sursauta et je vis ses yeux s'écarquiller et faire la navette entre Raphael et moi.

— Qu'est-ce que… qu'as-tu fait, vampire ? demanda-t-il d'une voix étranglée.

Je regardais Raphael. Il fermait les yeux. Je sentais confusément arriver le drame, un peu comme dans les pièces de théâtre de l'Antiquité où les héros se font manipuler par un destin déjà tout tracé qui les conduit à leur perte.

Chapitre 30

Tom Cohen nous dévisageait, terrifié. Le silence commençait à être pesant.

— Tu peux me croire ou non mais c'était un accident, Tom. Il n'y a même pas eu d'échange de sang entre nous, finit par dire Raphael d'un ton que je ne lui connaissais pas.

Le vieux démon se remit à tousser puis, quand il parvint à reprendre sa respiration, dit d'une voix basse :

— Tu veux dire que ça s'est produit naturellement ? Tu n'as procédé à aucune cérémonie ?

— Nous avons lié nos pouvoirs pour te faire venir ici, dit Raphael, le visage fermé.

— Tu aurais dû te tenir loin d'elle et me laisser crever, parvint-il à murmurer difficilement.

Ma gorge était nouée. J'eus soudain très froid.

— De quoi parlez-vous, Raphael ? Qu'est-ce qui se passe ? demandai-je d'une voix blanche.

— Quand nous avons uni nos pouvoirs pour faire venir Tom, il est arrivé quelque chose, Rebecca. Je t'ai marquée. Je ne savais pas… je ne pensais pas, murmura-t-il tandis qu'il me jetait un regard accablé.

— Marquée ? Mais de quoi est-ce que tu parles ? dis-je d'une voix tremblante. De toute façon, ça ne marche pas pour moi… regarde ce qui s'est passé avec Michael…

— Tu as partagé ça avec Michael ? demanda-t-il avec une rage rentrée.

— N… non, mais…

— Je ne voulais pas que ça arrive. Enfin pas là, pas maintenant.

— Raphael, dis-moi que ce n'est pas vrai.

Mais il ne répondit pas, se contentant de regarder dans le vide, sans rien dire.

Je me dirigeai vers le gigantesque miroir posé au-dessus de la cheminée et soulevai mes cheveux. La fleur de lys de Raphael avait remplacé l'ancienne rose de Michael.

— Je vais te tuer ! hurlai-je en fusillant le vampire du regard.

— Il n'est pas le seul responsable, sorcière, fit Tom en toussant violemment.

Je le dévisageai et fermai les yeux pour me calmer. Le démon n'avait pas tort, j'étais en partie responsable de ce qui venait d'arriver mais j'avais du mal à croire Raphael quand il affirmait qu'il s'agissait là d'un « accident ».

— Approche-toi, Raphael, fit le démon. Donne-moi ta main, j'ai senti quelque chose d'anormal dans votre lien.

Tom saisit la main tendue du vampire puis secoua la tête d'un air désapprobateur.

— Tourne-toi et soulève ta chemise.

Raphael fronça les sourcils mais fit ce qu'il lui demandait.

— Regarde son dos, Rebecca. Juste au niveau des reins.

C'est pas vrai, ça ne peut pas être vrai... pas sur un vampire...

— Tu as un tatouage au bas du dos, soufflai-je d'un ton blême.

— Un tatouage ?

— Une salamandre.

Raphael pinça les lèvres mais resta stoïque.

— Une salamandre ? Comme celle que tu as sur ton épaule ? Qu'est-ce que ça signifie ?

Je baissai la tête, la gorge trop nouée pour répondre.

Il se tourna alors vers le démon.

— Tom ?

— La salamandre est l'esprit élémentaire du feu. Il était écrit que la première Vikaris se baignait dans les flammes, c'est le symbole de leur clan.

Non. C'est l'âme de mon clan.

— Quand vous avez mêlé vos pouvoirs, la magie a gravé cet instant dans votre chair et vous a liés l'un à l'autre à jamais.

— Et concrètement ? Qu'est-ce que ça veut dire ? demanda Raphael.

— Je n'en sais rien... Personne ne peut normalement marquer une Prima Vikaris et, d'un autre côté, aucun homme ou aucune créature surnaturelle masculine ne peut subir la morsure du pouvoir de la salamandre sans en mourir. Mais, évidemment, Raphael n'est pas exactement un vampire ordinaire.

Super...

Raphael se mit à rire.

— Deux mille cinq cents ans, deux mille cinq cent ans et tant à apprendre encore, fit-il avec un sourire triste.

— Mais comment est-ce qu'on peut changer ce qui s'est passé ? demandai-je nerveusement.

— Je te l'ai dit, je l'ignore… Tout ce que je sais c'est que ça n'aurait jamais dû se produire, répondit-il en se grattant la barbe.

Je soupirai. Tout ça devenait bien trop compliqué pour moi. Je ne pouvais pas penser sereinement. Mon cerveau avait compris ce qui s'était passé, mes yeux avaient vu la salamandre mais mon cœur refusait de l'accepter. Les éléments, symboles mêmes de la vie, ne pouvaient pas s'unir avec un soldat de la mort. Raphael et moi étions par nature destinés à nous affronter, pas à nous perdre l'un dans l'autre.

— Tom est mal en point, je dois le ramener chez lui, dit Raphael en soupirant. Attends-moi, il va falloir qu'on parle.

— Parler ? Mais de quoi est-ce que tu veux parler ? Tu n'as pas compris ? Il faut à tout prix qu'on s'éloigne l'un de l'autre avant de détruire ce qu'il y a de plus important pour nous : notre liberté, nos convictions, tout ce qui fait de nous ce que nous sommes.

— C'est ce que tu as décidé ? demanda-t-il en reprenant soudain son masque impassible de maître vampire et ses expressions neutres.

— Oui.

Soudain, il fut tout près de moi.

— Tu as peur à ce point-là ? demanda-t-il en approchant son visage du mien.

— Oui, fis-je. Je ne veux pas perdre mon âme et c'est ce qui va se passer si la magie s'obstine à nous lier l'un à l'autre.

— As-tu seulement envisagé le fait que la magie puisse avoir raison ? Qu'elle sache bien mieux que nous ce que nous devons faire ?

— Raphael, arrête, fit le démon en secouant la tête. Rebecca a raison et tu le sais parfaitement. Tu t'es déjà perdu en partie, je te connais depuis longtemps et…

— … non, Tom. Celui que tu connais depuis longtemps, c'est « la mort blanche » et le chef de guerre au sang-froid légendaire mais il n'en a pas toujours été ainsi. Avant ça, j'étais capable d'aimer, de ressentir, j'étais Raphael, un humain plein de fougue et de passion.

— Tu veux dire que la fusion de vos pouvoirs t'a fait retrouver ton ancienne personnalité ? fit le démon d'un air curieux.

— D'une certaine manière, mais ça n'a rien à voir avec le mélange de nos pouvoirs. J'ai ressenti mes premières émotions au moment même où je l'ai vue, où je l'ai tenue dans mes bras.

— Intéressant… intéressant mais aussi préoccupant. Vous posez un problème unique tous les deux et qui peut s'avérer potentiellement dangereux.

Intéressant, préoccupant… moi, j'aurais plutôt dit stressant et contrariant.

— Potentiellement dangereux… c'est une excellente analyse, Tom.

Baetan, le chef des démons, était brusquement apparu devant nous. Il avait gardé la même forme que la première fois où je l'avais rencontré. La haine et la rage transpiraient de la bête. Ses yeux brûlaient d'une couleur que je n'avais jamais vue.

— Qu'est-ce qu'il fait ici ? m'exclamai-je en me tournant vers Raphael.

— Elle ne t'était pas destinée, tu n'aurais jamais dû te permettre de la lier à toi, fit le démon d'une voix glaciale.

Je me demandai tout à coup depuis combien de temps il nous espionnait.

— Qu'est-ce que tu crois ? Tu pensais que j'allais te demander la permission ? s'énerva Raphael.

— Ce sont des choses qui se font.

— Je ne savais pas que les démons régentaient la vie privée des vampires, dis-je d'un ton acide.

Le vampire et le démon se dévisageaient et semblaient m'ignorer complètement. La situation était ubuesque.

— Elle n'est pas à toi, tu n'avais aucun droit sur elle.

— Je n'ai pas cherché ce qui est arrivé, répondit Raphael d'une voix neutre.

— Tu l'as souillée ! gronda-t-il.

Mais qu'est-ce que ça pouvait bien lui foutre ?

— Je ne suis pas sûr que tu sois très objectif, répondit Raphael d'un ton serein.

— Et toi, tu t'es complètement fourvoyé, répondit-il d'une voix glaciale. Je t'avais prévenu de rester à l'écart… Tu vas me le payer, vampire, je te promets que tu vas me le payer, grogna-t-il avec rage.

Puis il saisit Tom dans ses grosses pattes et disparut en poussant un rugissement furieux.

— Décidément, ses sorties sont aussi intempestives que ses entrées, fis-je d'un ton las. Bon, tu m'expliques ce qui vient de se passer ?

— Je suppose qu'il n'apprécie pas notre « collaboration », répondit-il évasivement.

Il n'avait pas l'intention de me donner d'explications et à vrai dire j'étais bien trop fatiguée pour m'abaisser à le cuisiner.

— Rebecca, je...

— Non, n'approche pas ! dis-je en me dirigeant vers la porte et en réfrénant une terrible envie de pleurer.

M'attacher à Raphael était un luxe que je ne pouvais pas m'offrir. Je devais fuir le plus loin et le plus vite possible et mettre un terme à cette histoire.

— *Tu ne peux pas. Tu ne peux plus*, chuchota une voix dans ma tête.

Il avait pénétré mes défenses mentales sans que je le sente et lu dans mes pensées. Je rougis aussitôt en me rendant compte qu'il savait maintenant ce que j'éprouvais réellement pour lui.

— Va te faire foutre !

— Je suis à ta disposition, dit-il d'un ton amusé.

— Puisque tu lis dans mes pensées, tu sais certainement ce que je vais faire ?

— Oui, tu vas essayer de me tuer pour te libérer de mon emprise. Je suppose que si je te dis que je n'y suis pour rien, ça ne te fera pas changer d'avis pour autant ?

— Non.

Raphael ne répondit pas. Il ne bougeait pas. Son expression était neutre, indéchiffrable. De toute façon, je n'étais pas d'humeur à polémiquer.

Chapitre 31

— Je savais bien que c'était trop risqué, je suis vraiment une idiote, marmonnai-je en grimpant dans la voiture et me tapant la main sur le front.

Et soudain j'éclatai en sanglots. Mes larmes déferlèrent sur mes joues un bon moment avant que je me résolve à appeler Beth.

Dix minutes plus tard, elle était derrière le volant et conduisait.

— Comment es-tu venue ? Où est ta voiture ? dis-je en reniflant.

— Je me déplace plus vite à pied qu'en voiture, surtout quand il y a des embouteillages, répondit-elle avec légèreté.

Des embouteillages ? À Burlington ?

— Tu viens de te transformer ?

— Non, sinon je serais à poil et indécente et non pas vêtue de mon ravissant pyjama bleu.

Je n'avais même pas fait attention à ses fringues. Il y avait vraiment quelque chose qui débloquait chez moi.

— Désolée de t'avoir réveillée.

— Ta fille dort à poings fermés, elle ne se rendra pas compte que je me suis éclipsée pour venir te chercher.

Elle avait l'air inquiet et fatigué. Je l'avais appelée parce que j'étais trop choquée pour pouvoir conduire. Elle ne m'avait pas posé de questions et avait rappliqué. Il faut dire que je n'étais pas vraiment coutumière du fait, c'était même la première fois que j'agissais de manière si… humaine.

— Merci.

Elle ne dit rien et se contenta de pointer un doigt vers le tableau de bord.

— J'ai mis une boîte de Kleenex dans la boîte à gants.

Je me pelotonnai contre la portière et fermai les yeux.

— Si tu es gentille, il se pourrait même que je te fasse des pancakes en rentrant.

— Avec du sirop d'érable ?

— Avec du sirop d'érable.

— Toi, tu sais comment parler à mon cœur… dis-je en esquissant un sourire.

— À ton estomac, tu veux dire ?

— C'est pareil.

— Maurane a essayé de te joindre ainsi que Raphael mais… enfin bon. Sophia a disparu.

Évidemment, ce n'était pas parce que j'avais le cœur brisé et que j'allais devoir tuer Raphael que la terre allait s'arrêter de tourner. Non. Le monde se fout de mes états d'âme et de mes petites contrariétés affectives. Et ça vaut pour la plupart des emmerdes : elles ne font pas de pause le temps que vous régliez vos petits problèmes personnels. D'autant qu'elles arrivent en général par série. À croire que quelque part dans l'univers, des dieux pervers s'amusent à vous pourrir la vie histoire de se marrer un peu. Il faut dire à leur décharge que je leur facilite drôlement la tâche ces derniers temps.

— À quoi est-ce que tu penses ?

— Je m'apitoie sur mon sort.

— Ça me paraît cohérent.

Je baissai le pare-soleil et me regardai dans la glace. J'avais vraiment une sale tête. Je saisis les mouchoirs et essuyai rapidement mes joues salies par le mascara.

— Je me demande si je ne devrais pas me couper les cheveux, dis-je nonchalamment en soulevant ma longue crinière brune.

Elle se rembrunit et me jeta un coup d'œil angoissé.

— Ça va si mal que ça ?

— Je ne suis pas encore prête à en parler.

Elle me connaissait assez pour ne pas insister et nous rentrâmes à la maison sans plus échanger un mot.

Chapitre 32

Le Wine and Bread était un restaurant intime et décoré avec goût. Une dizaine de tables, des nappes et des serviettes saumon, des fauteuils molletonnés. J'étais arrivée un peu en avance, le professeur Thomson ne devait pas venir avant un bon quart d'heure ce qui me laissait un peu de temps pour peaufiner mon numéro. Bien sûr, j'avais prévenu Beth de l'implication du généticien dans les enlèvements et nous avions passé la matinée à faire les hôtels pour tenter de découvrir où il séjournait, mais sans succès. J'avais hésité à lui téléphoner de nouveau de peur qu'il ne se doute de quelque chose et n'annule notre rendez-vous. J'avais la ferme intention de l'enlever à mon tour et de lui faire avouer où se trouvait son laboratoire et où étaient détenues ses victimes. Évidemment, il me faudrait pour ça attendre la fin de notre déjeuner et œuvrer le plus discrètement possible. Beth, qui devait me donner un coup de main, attendait sagement, assise dans le bar d'en face, que ce cher professeur sorte du restaurant et qu'il se retrouve seul à un moment ou à un autre. De toute façon, elle connaissait parfaitement son odeur et serait capable de le repérer s'il se pointait à moins de deux cents mètres.

De fait, il arriva à 13 heures pile, vêtu d'un élégant costume italien gris et casqué de sa remarquable crinière blanche. Je remarquai pour la première fois l'épaisseur de ses traits et sa large arête nasale.

— Bonjour, professeur.

Ses yeux vairons se posèrent sur moi et détaillèrent la jolie robe blanche à pois noirs que j'avais enfilée avec soin. Les hommes d'un certain âge apprécient la féminité et sont enclins à vous imaginer bien plus inoffensive en robe qu'en pantalon. Allez comprendre…

— Bonjour, ma chère. Je ne vous ai pas fait attendre, j'espère ?

— Pas du tout, vous êtes remarquablement ponctuel.

Et nous voilà partis pour un flot d'échanges courtois et inintéressants au possible alors que je mourais d'envie de lui arracher la gorge lentement et lambeau par lambeau…

— J'en suis heureux, fit-il en s'asseyant. Vous avez déjà jeté un coup d'œil à la carte ?

Je la lui tendis courtoisement.

— Oui. Je vais prendre l'osso buco et ses tagliatelles fraîches, répondis-je.

— Pas d'entrée ?

— Non, mais si vous le souhaitez, prenez-en une, je serai heureuse de patienter.

— Faire attendre une femme pendant qu'on mange est particulièrement inconvenant pour un homme de mon âge, mademoiselle Kean, et il faut que je surveille mon cholestérol, je vais donc vous imiter et me contenter d'une escalope milanaise.

Ton taux de cholestérol sera le cadet de tes soucis quand j'en aurai fini avec toi, vieillard, pensai-je en lui adressant mon plus joli sourire.

Il héla le serveur et lui fit prendre la commande rapidement.

— Désirez-vous du vin ? demanda-t-il.

— Non, je ne bois jamais le midi, répondis-je.

— Vous avez tort, le vin italien n'est pas ce que je préfère mais il se marie très bien avec les pâtes.

— Non, vraiment, je vous remercie.

J'étais passée rapidement chez Maurane pour récupérer une fiole de potion de vérité, mais malheureusement elle était absente. Je supposai qu'elle était partie à la recherche de Sophia Germann, la fille de Kathryn qui s'était, tout comme sa mère, soudainement volatilisée.

Perdre l'une de ses novices avait terriblement contrarié la potioneuse et je n'aurais vraiment pas eu envie de me retrouver à la place de la gamine quand elle lui mettrait la main dessus. Mais en attendant, toute cette histoire n'arrangeait pas mes affaires. Et j'allais devoir supporter une conversation stérile avec le généticien alors qu'elle aurait pu s'avérer très instructive.

— Bon, eh bien alors, servez-moi juste un verre de chianti avec le plat ainsi qu'une bouteille d'eau, dit-il au serveur. Ça vous convient ?

— C'est parfait.

— J'ai été très heureux que vous me contactiez, mademoiselle Kean, dit-il en me fixant. Je vais quitter la ville très prochainement et nous n'aurions peut-être pas eu l'occasion de nous revoir avant longtemps…

Tiens donc…

— J'avoue que j'ai été très surprise de votre invitation et encore plus d'avoir suscité votre intérêt alors que nous exerçons dans des domaines si différents, fis-je d'un ton poli.

— Vous ne le devriez pas. Je suis spécialisé dans un domaine de recherche mais j'aime rencontrer des personnes qui évoluent dans d'autres sphères, ça m'empêche de me scléroser et de ne fréquenter que des vieillards pontifiants qui ne parlent que de génétique à longueur de journée.

— C'est un hobby habituel ?

— Quoi donc ?

— De multiplier les rencontres et de partager des repas avec de parfaits inconnus ?

Ses yeux de couleurs différentes lui donnaient un regard étrange.

— Non. Mais vous m'avez beaucoup intrigué.

— Pour quelle raison ?

— Vous êtes parfaite. Je veux dire, esthétiquement parfaite. Vous avez hérité de bons gènes.

Ça, je ne parierais pas là-dessus…

— D'où viennent vos parents ? À ce qu'on m'a dit, vous êtes française, d'où exactement ?

Le serveur arriva avec les plats et déposa une assiette chaude devant moi, ce qui m'évita d'avoir à répondre à cette question.

— Ça a l'air délicieux, fis-je.

Il hocha la tête, nous mangeâmes en silence quelques instants, puis je repris les rênes de la conversation.

— Qu'est-ce qui vous a poussé vers la génétique ?

— Un syndrome. Celui de Waardenburg. J'en suis atteint ainsi que mon fils et mon petit-fils, Malcolm.

— De quoi s'agit-il exactement ?

— D'une mutation d'un gène qui entraîne la surdité et d'autres symptômes tels qu'une dépigmentation des cheveux, ou des yeux vairons, et dans les cas les plus graves, des malformations des membres et une photosensibilité.

— Mais vous n'êtes pas sourd ? demandai-je, surprise.

— Si, je le suis, mais d'une oreille seulement. Mon fils a eu moins de chance et mon petit-fils ne peut même pas marcher. À croire que ça empire de génération en génération.

— Je vois. Donc vous vous êtes orienté vers la recherche pour trouver un traitement à cette maladie ?

— Vous savez, fit-il en reposant ses couverts, ce syndrome est une maladie orpheline. Les fonds qui nous ont été accordés sont infimes et il m'a fallu travailler sur des pathologies plus répandues avant de trouver un remède qui permettrait à mon petit-fils de marcher et de vivre normalement.

— Vous avez trouvé un remède ?

— Oui. Du moins je le pense.

— Et comment avez-vous trouvé les financements ?

— J'ai eu de la chance et j'ai su faire preuve de beaucoup d'imagination, mademoiselle Kean, répondit-il en buvant une gorgée de vin.

Il avait beau se la jouer respectable, je savais que cet homme ne reculerait devant rien pour atteindre son but et ce n'était certainement pas le fait de travailler pour des vampires ou sur des cobayes enlevés contre leur gré qui l'arrêterait.

— Êtes-vous croyante, Rebecca ?

— Pourquoi me posez-vous cette question ?

— Vous êtes française…

— La France est un État laïc et la majorité de sa population l'est également. Aux États-Unis, la foi a bien plus d'importance que dans mon pays natal. C'est d'ailleurs la raison qui pousse la plupart des Américains à nous prendre pour des communistes ou je ne sais quoi…

— Vous n'avez pas répondu à ma question.

— Eh bien oui, j'ai beau être française, je suis profondément croyante, dis-je en souriant. Et je ne dis pas ça pour éviter de passer pour une marginale, comme les athées qui vivent ici.

Il sourit puis eut un petit rictus.

— Je suis à la fois surpris et heureux de l'entendre.

— Pourquoi « surpris » ? À cause de mes origines ?

— Non. Je suis simplement surpris qu'une tueuse dans votre genre puisse croire en notre créateur. Vous êtes un monstre, Rebecca.

S'il savait qui j'étais, pourquoi avait-il pris le risque de venir déjeuner avec moi ?

— Je ne voudrais pas être désagréable mais je vous ferais humblement remarquer que cet avis est incroyablement subjectif et particulièrement étonnant dans la bouche d'un scientifique, répondis-je sans me démonter. Après tout, certaines anomalies génétiques ne font pas de nous des monstres, seulement des gens différents, tout comme vous, votre fils et votre petit-fils.

— Vous n'allez tout de même pas prétendre que c'est la même chose ?

Je fis signe au serveur que nous avions terminé.

— Et pourquoi pas ?

— Parce que vous, Rebecca, vous n'êtes pas atteinte d'un virus ou d'une mutation génétique…

— Alors que vous avez découvert que c'était le cas pour tous les autres, pas vrai ? remarquai-je en haussant les sourcils.

— Oui, du moins à l'exception des démons… D'ailleurs, je ne sais pas pourquoi vous êtes si différente des autres sorcières…

C'était étrange, il discutait calmement, comme s'il ne craignait absolument pas mes réactions.

— Comment avez-vous eu un échantillon de mon ADN ?

— Mon ami Charzac en a rapporté sur lui, le soir où il a tenté de vous enlever.

Ainsi le monstre encapuchonné de l'autre jour s'appelait Charzac ?

— Votre pouvoir n'est pas le résultat d'une évolution comme pour les autres. Et je n'ai pas pu en déterminer la source.

— Ça ne m'étonne pas. Avez-vous réussi à trouver ce qui rend les vampires vivants, je veux dire, ce qui les anime ?

Ben quoi ? On peut se renseigner, non ?

— Ce n'est pas le but de mes recherches.

— Vous n'avez jamais étudié de vampires ?

Le serveur apporta l'addition et le professeur lui tendit immédiatement sa carte de crédit.

Il paya et rangea son portefeuille dans sa veste à 3 000 dollars.

— Écoutez, ma chère, je n'ai pas l'intention de continuer à évoquer ce sujet avec vous.

— Vous me quittez déjà ?

Il jeta un coup d'œil à sa montre puis acquiesça.

— Je ne veux pas paraître rustre mais j'ai un rendez-vous urgent.

Oui, avec la mort. Tic, tac, tic, tac...

— Dites-moi, professeur, qu'est-ce qui vous a poussé à organiser ce déjeuner, ce midi ? Vous pensez réellement que les choses vont être aussi simples que ça ?

— Elles le seront, mademoiselle Kean, elles le seront, croyez-moi, répondit-il avec suffisance.

Je me sentais terriblement frustrée de ne pas pouvoir m'attaquer à lui à cause des nombreux témoins et de mes difficultés à canaliser ma magie, mais j'avais confiance en Beth pour saisir la moindre opportunité, une fois qu'il serait dehors. Je le laissai donc sortir du restaurant sans encombre. Puis je le suivis.

La rue était bondée d'étudiants, de touristes et de promeneurs. C'était toujours ainsi, les samedis après-midi. Le soleil avait fait une brève apparition et chacun en profitait du mieux possible. Je n'étais pas idiote, j'avais conscience que le vieil humain me guidait vers un piège et qu'il tenterait de s'enfuir. Beth n'était plus dans le bar et je la cherchai brièvement du regard mais je ne parvins pas à la localiser.

Thomson se dirigeait vers un break noir où un homme l'attendait. S'il parvenait à atteindre la portière, il serait trop tard. Je levai les mains pour le faire trébucher mais rien ne se passa. Je me concentrai et réessayai mais mes tentatives pour le stopper semblaient complètement inutiles. Alors, je repensai à cette foutue potion qui avait servi à annihiler pour un temps les pouvoirs de toutes les victimes. Cet enfoiré avait réussi, je ne sais comment, à en mettre dans ma nourriture. Il n'avait pas pu le faire à table, je ne l'avais pas quitté des yeux, mais un de ses acolytes avait dû œuvrer dans les cuisines. Lorsqu'il grimpa dans la voiture, il était beaucoup trop tard pour que je réagisse et je le regardai s'éloigner, impuissante... et folle de rage.

Chapitre 33

J'avais cherché partout mais sans résultat. Beth avait totalement disparu. J'espérais qu'elle allait bien et qu'elle était parvenue à suivre Thomson, comme prévu. Je ne pouvais parvenir à capter son énergie, de toute manière. Et pour la première fois depuis l'enfance, je me sentais vulnérable. Le moment ne pouvait être plus mal choisi pour se retrouver dans ce genre de situation, pourtant, ne plus porter momentanément un tel pouvoir avait quelque chose de grisant. Je pouvais rager, trépigner, hurler, frapper, sans risquer de mettre la ville à feu et à sang et ça ne me déplaisait pas. Je dirais même que je trouvais ce sentiment agréable, presque jouissif. Ne plus avoir à se contrôler en permanence me soulageait, c'était comme si un énorme poids avait été enlevé de mes épaules. Évidemment, je n'étais pas assez stupide ou inconsciente pour ne pas me rendre compte que c'était aussi extrêmement dangereux et que je pouvais subir une attaque à tout moment, mais ne plus être le dépositaire d'un tel pouvoir durant quelques heures (j'espérais que ça ne durerait pas plus longtemps) était relaxant. On m'avait élevée en me répétant sans cesse mes responsabilités, mes tâches, ma mission, l'héritage n'était pas facile à porter.

Lorsque mon portable se mit à sonner, j'étais dans ma voiture en train de vérifier que mon Beretta était correctement chargé.

— Rebecca ? C'est Maurane. J'ai retrouvé Sophia et elle a fini par parler.

— Où es-tu ?

— Je suis rentrée à l'école.

— Ne bouge pas, je te rejoins.

Je ne tenais pas à discuter avec elle au téléphone de peur d'être sur écoute et comme j'étais incapable de lancer un sort de silence ou un autre truc de ce genre, pas question de m'étendre sur le sujet.

En arrivant devant l'école, je croisai quelques pensionnaires qui sortaient par la grille. Elles avaient l'air joyeux, insouciant et riaient comme des bécasses. Je regrettai un instant de ne pas être née potioneuse, ma vie aurait été drôlement plus simple.

— Entre, fit Maurane.

— Bonjour.

— Jolie tenue, fit-elle en me détaillant. Je te trouve très sexy, cette robe à pois et ces talons hauts te vont à merveille.

— Ouais, eh bien crois-moi, ce n'est absolument pas pratique, fis-je en grimaçant. Viens-en au fait, Maurane.

— Tu avais raison pour Sophia, elle en savait bien plus qu'elle n'avait voulu nous l'avouer, dit la potioneuse, assise dans un ravissant fauteuil à fleurs.

L'image était charmante et Maurane avait l'air innocent et frais, comme à l'accoutumée.

— Que t'a-t-elle dit ?

— Elle m'a dit que sa mère lui avait laissé des instructions au cas où elle disparaîtrait et qu'elle lui avait fait promettre de n'en parler à personne.

Ça avait au moins un côté rassurant. Kathryn Germann n'était peut-être pas indifférente au sort de sa famille, tout compte fait...

— Tu les as récupérées ?

— Lis toi-même, fit-elle en me tendant une lettre.

Je parcourus rapidement le document. L'écriture de Kathryn était penchée vers la droite et ses lettres étaient en forme de pattes de mouche. Un graphologue vous dirait sûrement qu'elle se projette dans le futur et qu'elle est atteinte de diverses névroses, moi, je dirais simplement qu'elle mourra dès qu'elle croisera ma route et que je me fous de sa personnalité ou de ses problèmes existentiels.

— Alors ? Qu'est-ce que tu en penses ? me demanda Maurane.

— Je pense qu'elle s'est fait corrompre pour de l'argent ou du pouvoir. Qu'elle n'aurait pas dû vouloir jouer dans la cour des grands. Elle a conseillé à Sophia de rester avec son père et qu'ils quittent la Nouvelle-Angleterre s'il lui arrivait quelque chose. Et en plus elle lui a laissé la formule d'annihilation des pouvoirs...

— ... j'ai vu, qu'est-ce que tu en penses ?

— Je pense qu'il va falloir détruire tous ceux qui la connaissent et voudront s'en servir.

— Mais imagine qu'il y ait une autre guerre, tu vois l'avantage que cette formule peut nous procurer ?

— Et toi, imagine les dégâts que ça peut causer dans nos propres rangs si l'ennemi s'en empare.

— Très bien, alors, qu'est-ce que tu proposes ?

— As-tu retrouvé le nom des trois potioneuses qui en avaient parlé lors de la conférence de Newport ?

— Oui. Il s'agit de Frances Claiborn, Mary Welles, et Emma Brain.

— Combien d'entre elles vivent sur le territoire de Pennsylvanie ?

— Seulement Mary Welles. Elle habite Philadelphie, pourquoi ?

Bingo…

— Que sais-tu sur elle ?

— Pas grand-chose, c'est une vieille dame excentrique et plutôt inoffensive. Elle était très douée, à ce qu'il paraît, mais depuis qu'elle a perdu sa fille pendant la guerre, elle a perdu pied avec la réalité.

— Tu as ses coordonnées ?

— Bien entendu.

— Peux-tu l'appeler et me la passer, s'il te plaît ?

Maurane fit la grimace mais saisit son portable posé sur une console, près de son fauteuil.

Elle échangea quelques amabilités convenues avec Mary Welles puis lui dit :

— Écoute, Mary, je t'ai appelée au sujet de la potion de limitation des pouvoirs… oui, c'est ça. Est-ce que beaucoup de personnes sont au courant de son existence ?

— Non ? Vraiment, que vous trois ? Ah, et une petite qui est venue te rendre visite… Connais-tu son nom ? Maggie comment… ? Hum… J'ai une amie qui désire te parler. Oui. C'est très gentil de ta part.

J'arrachai presque le portable des mains délicates de Maurane.

— Bonjour madame Welles, oui, moi aussi je suis ravie, fis-je. Je suis une amie de Maggie moi aussi, oui. Brune, élégante, une quarantaine d'années (je faisais la description de Kathryn Germann et ça correspondait parfaitement), c'est ça. Elle m'a dit que vous lui aviez enseigné cette potion. Oui, oui, je comprends. Puis-je savoir combien de temps elle fait effet ? Tant que ça ? D'accord, et existe-t-il un moyen de s'en débarrasser ? Dommage… Eh bien tant pis. Au fait, Maggie m'a dit qu'elle avait des amis à Philadelphie, les avez-vous rencontrés ? Oh non, bien sûr. Où ça ? Non, non, ça ne fait rien.

Dès que j'eus raccroché, je croisai le regard de Maurane.

— Personne n'a pris ces vieilles femmes au sérieux lorsqu'elles parlaient de cette potion… dit-elle en secouant la tête. Il faut dire aussi que très peu d'entre nous ont suffisamment de pouvoir pour la fabriquer.

— Heureusement, répondis-je, tu imagines le problème, sinon ?

— Alors tu comptes réellement tuer trois des nôtres ? fit-elle, les yeux pleins de colère.

— Ça dépend.

— De quoi ?

— De toi. Si tu fais boire à ces charmantes ladies une potion d'oubli extrêmement puissante, ça devrait suffire. Mais tu dois agir vite.

— Et moi ? Après tout, je connais désormais la potion moi aussi.

— On va passer un accord, Maurane. Tu gardes le secret de cette potion au cas où une nouvelle guerre serait déclenchée (sait-on jamais…) mais tu promets sur ta vie de ne pas t'en servir ou de ne pas en parler à qui que ce soit. Ça te paraît équitable ?

Elle réfléchit un quart de seconde puis acquiesça.

— Et toi ?

— Je serai l'autre gardienne au cas où il t'arriverait quelque chose, dis-je.

— Au rythme où tu vas, il y a peu de chances pour que tu survives encore longtemps.

— Ne t'en fais pas pour moi, je suis bien plus coriace que tu ne l'imagines.

— Bon, eh bien je vais aller rendre une petite visite à ces trois femmes délicieuses, dit Maurane en souriant. Au fait, pourquoi as-tu demandé à Mary Welles si Kathryn avait des amis à Philadelphie ? Tu crois que ceux qui s'en prennent à nous l'ont contactée là-bas ?

— Oui. J'en suis pratiquement certaine.

— Alors tu sais qui est derrière tout ça ?

Un vampire du nom de Charles Wintrop, son boss Arthur, maître de Newport, et le boss de son boss, Glastrow, maître de Pennsylvanie. Il semblerait que ces trois-là aient, d'une manière ou d'une autre, subventionné les recherches de Thomson et lui aient permis de trouver des cobayes sur notre territoire, dans le but inavoué de déstabiliser Raphael. Mais je préfère garder tout ça pour moi, parce que je ne tiens pas à être le messager. On en veut toujours au messager.

— Tu ne m'as pas dit ce que tu avais fait de la petite…

— Sophia est en cellule d'isolement, pour l'instant. Et je t'avoue que je commence à penser comme toi à son sujet. Lorsque je l'ai retrouvée, elle m'a lancé un sort de chaman, si ses pouvoirs n'avaient pas été encore un peu trop faibles, je serais morte à l'heure qu'il est.

— Je vais tuer sa mère, Maurane, et la petite risque de très mal le prendre.

— Je sais.

— En plus, elle connaît certainement la formule, elle aussi, dis-je en lui remettant la lettre de Kathryn.

— Qu'est-ce que tu suggères ?

— Un sort d'oubli et une surveillance du moindre de ses faits et gestes ou alors…

Mon visage dut se montrer particulièrement expressif parce que je la vis pâlir.

— Je vais la confier à Charlotte. Elle appartient au conseil des potioneuses, elle verra ce qu'elle peut faire. Je ne peux pas la garder au sein de l'école. S'il s'avère qu'elle est vraiment irrécupérable, alors je demanderais à l'Assayim de se charger d'elle.

J'étais soulagée de penser que ce ne serait pas moi et que cette tâche reviendrait à mon successeur. Cette gosse avait beau être une psychopathe en herbe, elle restait tout de même une gosse.

Chapitre 34

Sur le chemin de la maison, je tentai de nouveau de contacter Beth. Mais encore une fois, sans succès. Je commençai à sérieusement m'inquiéter pour elle. Elle avait probablement suivi Thomson jusqu'à son antre et j'avais peur qu'elle se soit fait coincer par le monstre difforme (Thomson l'avait appelé Charzac) qui m'avait attaquée l'autre soir. Parce que, si c'était le cas, je ne pourrais pas l'aider. J'étais complètement « hors service ». Mes pouvoirs n'étaient toujours pas revenus et d'après ce qu'avait raconté la vieille potioneuse que j'avais eue au téléphone, ils ne seraient pas de retour avant de longues heures. Ce qui, au vu des circonstances, posait un véritable problème de sécurité et me faisait franchement flipper. Bien sûr, je portais mon Beretta (sans permis mais on n'allait pas commencer à chipoter pour si peu), mais si je devais me battre avec l'homme de main de Thomson, il ne me serait pas d'une grande utilité parce que « elephant man » n'était pas du genre à se préoccuper de ce genre de broutilles et qu'en plus il se foutrait probablement de ma gueule. Ce qui me vexerait au plus haut point. Quitte à mourir, je préférais faire dans le grandiose et au mieux de ma forme et de mes pouvoirs, question de fierté.

Lorsque je sortis enfin de mes idées noires, j'étais devant la porte de mon appartement. Et la réalité me sauta au visage. Quelque chose n'allait pas : la porte était entrouverte et je n'entendais aucun bruit à l'intérieur. Pourtant, Leo devait déjà être rentrée de l'école et Bruce aurait dû se trouver avec elle. Je ne connaissais pas le loup-garou depuis longtemps mais j'étais certaine qu'il n'aurait jamais été assez imprudent pour ne pas avoir refermé la porte à clé. L'angoisse m'envahit aussitôt et je dégainai mon arme. Lorsque je pénétrai dans le couloir, l'atmosphère me sembla tout à coup lourde, presque irrespirable. Dos au mur, j'avançai lentement, le Beretta braqué sur les angles opposés. Mon cœur battait si vite qu'il me semblait hurler dans le silence. En arrivant dans le salon, je poussai doucement du pied les bibelots, les livres et les morceaux de meubles cassés qui jonchaient le sol. Le canapé avait été soulevé et projeté à l'autre bout de la pièce. Il régnait une terrible pagaille. Dénuée de tout pouvoir, j'étais incapable de sentir la moindre énergie, ni de capter une quelconque présence. Je devais me contenter de mes yeux et des sens communs à tous les humains. Et ça me frustrait.

— Bruce ? Leo ?

Oui, je sais. J'aurais dû faire preuve de discrétion et faire le tour de l'appartement avant de signaler ma présence mais la vision de la pièce dévastée me faisait l'effet d'un coup de poing dans l'estomac. Je n'étais plus capable de penser et de me maîtriser.

Puis j'entendis un gémissement

Bruce était étendu derrière l'armoire renversée. Ses cheveux châtains emmêlés et collés par le sang. Des plaies défiguraient son beau visage. Il ouvrait la bouche comme pour aspirer un air qui semblait lui faire défaut. Ses vêtements étaient devenus rouges et un trou béant remplaçait son estomac. Je me mis à courir vers lui.

— Oh mon Dieu ! Parle-moi, je t'en prie !

— Leo, il a pris Leo, murmura-t-il.

Non, pas ça...

J'appelai Gordon pour lui demander de rappliquer. Mes pouvoirs n'étaient toujours pas revenus, je ne parvenais même plus à sentir l'énergie de Bruce et j'étais incapable de l'aider.

— Je suis désolé, Rebecca, gémit-il.

— Tais-toi et économise tes forces, espèce d'idiot, répondis-je en m'agenouillant près de lui.

Je lui pris la main et essayai d'évaluer les dégâts. Il était gravement blessé et je n'étais pas certaine qu'il survivrait à une attaque d'une telle ampleur. Il avait perdu tellement de sang que le bois du parquet qui l'entourait avait pris une teinte bordeaux. Ses entrailles étaient à nu et la scène me rappelait étrangement ce qui s'était passé avec le fils de Jerry, quelques jours plus tôt.

— Il était trop fort... dit-il avant de perdre connaissance.

Je ne voulais pas rester là, à regarder crever l'homme qui avait tenté de protéger ma fille et qui allait y laisser la vie.

— Ne me quitte pas, loup, s'il te plaît, murmurai-je en caressant son front, tu m'as promis que tu t'occuperais de nous, ne nous laisse pas...

Ma gorge était serrée et je sentais l'inquiétude et la rage envahir lentement mon corps et mon esprit. Et pour la première fois, je ne luttais pas contre. La magie ne circulait plus dans mes veines, elle ne pouvait plus causer de dégâts. Du moins, c'était ce que je croyais quand je ressentis soudain des picotements sous ma peau et la montée soudaine d'une énergie que je ne reconnus pas comme la mienne.

Elle m'envahissait, fraîche et rassurante, me berçant dans ses bras protecteurs comme un voile de brise légère en pleine canicule.

Je tentai de la canaliser et sentis son goût dans ma bouche… Raphael.

Je ne perdis pas de temps à me demander comment c'était possible, pas plus que je ne me lamentai sur l'effectivité du lien qui existait désormais entre le vampire et moi. Je puisai dans ses pouvoirs vitaux et tentai de les diriger vers mon centre d'énergie. Raphael m'avait dit que j'étais capable de transformer la mort en vie, c'était le moment ou jamais de tester son hypothèse et de me servir de la magie vampirique pour tenter de sauver Bruce.

Je fermai les yeux et me concentrai pour guider le flux argenté qui parcourait mon corps. Il dansait en moi comme un doux battement d'ailes et semblait calmer la légère chaleur qui m'envahissait. Je reconnus en elle des relents de mon pouvoir. Petit à petit, étape par étape, il semblait que la magie de mort abatte les murs qui contenaient mon énergie et se mêle à elle pour la libérer. Puis le flux atteignit mon cœur et soudain, ce fut comme si je respirais de nouveau et que la prison intérieure créée par la potion éclatait en des milliers de petits morceaux qui disparaissaient et fondaient dans mon sang comme des pierres dans une coulée de lave. Mes mains se mirent alors à luire et je les posai aussitôt sur le corps du lycanthrope. Puis je propulsai la magie vers ses points d'énergie (ses chakras, comme les appellent les hindous). Chaque point peut communiquer et ils sont à même de se compenser entre eux. J'avais appris ça, lors de mes formations, et, sans être guérisseuse, j'espérais que mes faibles connaissances parviendraient à le maintenir en vie suffisamment longtemps pour permettre à son corps de se régénérer.

— Rebecca ?

J'avais laissé la porte légèrement entrouverte pour que les loups puissent entrer. Gordon se tenait maintenant accroupi à mes côtés pendant que j'insufflais ma magie dans le corps de Bruce.

— Il va s'en sortir, Gordon, répétai-je sans cesse, il va s'en sortir.

— Oui, petite, continue, je sens que son énergie remonte, dit-il d'une voix douce.

Je captais la présence d'autres loups mais je ne tournais pas la tête pour regarder qui c'était. Je devais encore tenir quelques secondes même si je sentais que la magie se tarissait peu à peu et que mes pouvoirs n'étaient pas encore totalement revenus.

— Je ne tiendrai plus très longtemps, dis-je, essoufflée, la meute peut-elle quelque chose pour lui ?

Gordon acquiesça.

— Nous allons essayer.

Il fit un signe de tête et Linus, William et Jerry s'assirent en cercle autour du corps de Bruce. Le petit-fils de l'Alpha était visiblement ému et perturbé par l'état de Bruce. Je pariais que ces deux-là étaient assez proches l'un de l'autre.

— Allez-y, fis-je en ôtant mes mains du plexus du loup-garou, je n'ai plus assez d'énergie.

Certaines meutes étaient capables de soigner quelques-uns des leurs en puisant dans le pouvoir collectif pour le transférer au blessé. Mais cela ne fonctionnait que pour les clans les plus solidaires et il fallait que l'Alpha soit terriblement puissant. Or, Gordon s'affaiblissait de jour en jour. Je lui jetai un regard interrogateur mais il tourna la tête pour ne pas voir le doute s'insinuer dans mon esprit.

Bientôt, je n'entendis plus que le bruit de leur respiration et le battement de leur cœur. Ils fusionnaient et se trouvaient maintenant plongés dans un monde que je ne pouvais pas atteindre.

Mes pensées convergèrent immédiatement vers Leo. Je savais que Charzac (j'étais persuadée que c'était lui) travaillait pour Thomson et que l'ADN particulier de ma fille éveillerait suffisamment sa curiosité pour la maintenir en vie le temps que la cavalerie débarque. Restait à présent à savoir où le labo se trouvait et surtout si Beth était parvenue à le localiser.

J'allai dans ma chambre puis saisis mon portable. Je composai fébrilement le numéro de Beth mais elle ne répondit pas et je ne pus même pas lui laisser de message. Sa boîte vocale était saturée. Je tenais toujours l'appareil dans mes mains quand je l'entendis sonner.

— Que s'est-il passé ? demanda Raphael.

— Comment sais-tu que…

— Tu as puisé dans mon énergie, Rebecca, et j'ai senti ton appel.

— Je suis désolée, ce n'était pas volontaire.

— Où es-tu ?

— Je suis chez moi. Ils ont pris ma fille, Raphael, ils ont pris Leo… fis-je, la voix brisée.

— J'arrive tout de suite, fit-il d'une voix sans émotion.

Il avait beau se la jouer impassible, maintenant que j'étais entrée dans son esprit, que j'avais vu une partie de son passé et que nos pouvoirs étaient liés, j'étais passée au-delà des apparences. J'étais capable de sentir sa rage rentrée et une volonté aussi infinie qu'implacable de punir les responsables. Ça me rassurait autant que ça m'inquiétait parce que je me rendais compte soudain de l'importance que j'avais pour lui et que son intérêt pour ma personne s'étendait aussi à ma fille.

— Non. Gordon et d'autres membres de la meute sont là, ils tentent de sauver Bruce.

— Bruce ? Le barman du Brooklyn ?

— Oui. C'était lui qui gardait Leonora.

— Est-ce qu'il va s'en sortir ?

Je jetai un coup d'œil sur les loups, concentrés, les yeux fermés autour du lycanthrope blessé.

— Je ne sais pas.

Je ne comprenais pas en quoi le sort d'un vulgaire loup-garou pouvait l'intéresser.

— Je vais contacter son père au plus vite, dit Raphael d'un ton contrarié.

— Son père ?

— Bruce ne fait pas seulement partie de la meute, Rebecca, il était aussi sous ma protection. J'avais donné ma parole à son père que je veillerais sur lui. C'est moi qui avais demandé à Hope de l'embaucher.

— Je ne savais pas que les vampires avaient ce genre de relations avec les loups, fis-je, surprise.

— Disons que nous sommes en affaires et je ne voudrais pas qu'il m'en tienne rigueur.

Les vampires et leur fichue politique... Franchement, là, je n'étais pas d'humeur...

— Fais comme tu veux, je t'appelle dès qu'ils sont partis, dis-je en raccrochant.

C'est drôle, lorsque j'avais entendu sa voix, j'avais complètement oublié que j'avais décidé la nuit précédente de le tuer. En fait, j'aurais été heureuse de le voir débarquer. Il avait beau être un vampire, avoir une réputation à chier et m'avoir liée à lui pour l'éternité, j'avais besoin de lui. Et pas seulement pour m'aider à récupérer ma fille saine et sauve. Je me sentais fragilisée, angoissée, pour ne pas dire terrorisée par l'enlèvement de Leo. S'il lui arrivait quoi que ce soit, je serais complètement anéantie et il était fort possible que Raphael soit la seule personne capable de m'empêcher de provoquer une catastrophe qui mettrait en danger la vie de centaines d'innocents.

Chapitre 35

Quand je retournai dans le salon, je sentis tout de suite que quelque chose ne tournait pas rond. Et l'espace d'un instant, je crus que Bruce était mort et que la meute avait échoué à le maintenir en vie. Mais en m'approchant de Bruce, je vis sa poitrine se soulever et je sus que ce n'était pas tout à fait le cas. Jerry et Linus baissaient la tête et je croisai le regard suppliant de William qui prit soudain la parole.

— Grand-père, laisse-moi faire, s'il te plaît.

Gordon avait pris une expression constipée et sa bouche était pincée comme s'il venait d'avaler une bouchée de piment rouge.

— Tais-toi avant que je t'égorge. C'est encore moi le chef de cette meute, à ce que je sache, grogna-t-il.

William se tourna vers moi.

— Dis-lui, Rebecca, dis-lui que je peux le faire.

J'avais beau ne pas faire partie de la meute, je compris immédiatement de quoi il s'agissait. Gordon n'avait plus assez de pouvoir pour canaliser l'énergie et la renvoyer à Bruce, et évidemment, le petit William récemment déclaré Alpha voulait tenter sa chance. L'ennui, c'était que personne ne devait savoir la vérité avant que le gosse soit prêt.

Je jetai un coup d'œil à Jerry. Il était le seul loup présent à ne pas être au courant pour William.

— Tais-toi, fis-je en le dévisageant. Gordon, les cartes sont entre vos mains. Si vous pensez que Jerry peut vous trahir, alors je préfère le tuer maintenant que de voir Bruce mourir à cause de lui. Mais décidez-vous, et vite.

Jerry me regardait, les yeux écarquillés.

— Je peux savoir de quoi il s'agit ? demanda-t-il.

— Tu vas le savoir dans une minute, répondis-je en le fixant.

Jerry se releva et se planta devant Gordon.

— Tu me caches quelque chose qui concerne la meute ?

Bruce avait de plus en plus de mal à respirer et je sentais son énergie s'amenuiser. Nous n'avions plus le temps d'attendre.

— Je suis désolée, Jerry, fis-je en levant les mains.

— Non ! fit Gordon en se relevant brusquement. Ça ne servirait à rien. Dès que William fera appel au pouvoir de la meute, chacun de ses membres, présents ou non, le reconnaîtra et saura qu'un nouvel Alpha est né.

— Alors c'est ça ? William est un Alpha ? C'est lui qui va te succéder ?

J'avais l'impression que Jerry avalait une couleuvre. Franck, le fils de Jerry, devait succéder à Gordon mais il était un simple mâle Bêta, pas un véritable Alpha. Ces derniers se faisaient de plus en plus rares au sein des meutes.

— Il me succédera si on lui en laisse le temps, ce qui m'étonnerait fortement, fit Gordon d'un ton lugubre.

— Ne sois pas si défaitiste, grand-père, dit William en souriant. Je vais faire un ou deux stages avec Rebecca, après ça, il se pourrait que je sois au point.

Il surestimait grandement mes capacités à le maintenir en vie, je n'arrivais même pas à protéger ma propre fille.

— Bruce est en train de mourir, fis-je. Alors, qu'est-ce que vous avez décidé ?

— Grand-père, garder mon secret ne vaut pas que Bruce y reste, dit William en prenant une expression à la fois sérieuse et convaincante.

— Tu ne sais même pas si tu y arriveras, fit Gordon en secouant la tête.

— Je sais, mais laisse-moi essayer. C'est de mon ami qu'il s'agit, grand-père, et de mon secret, j'en assumerai toutes les conséquences.

William se leva et occupa la place du vieil Alpha pour montrer qu'il avait pris sa décision et je crus voir dans les yeux de Linus, cette montagne de muscles terrifiante et taciturne, une lueur d'approbation. Quant à Jerry, il puait la contrariété mais semblait partager le même avis. Ce qui eut pour effet de convaincre Gordon qui finit enfin par se rasseoir. Je sentis bientôt une masse d'énergie apparaître au-dessus de Bruce et pénétrer lentement son corps. William se mit à hurler. Canaliser en soi le pouvoir entier d'une meute était un exercice extrêmement difficile, même pour les Alphas les plus expérimentés, il pouvait y laisser la vie et en avait parfaitement conscience. Ce n'était pas un lâche. Mais pour autant, serait-il suffisamment puissant pour sauver Bruce ?

La réponse me parvint plus rapidement que je n'avais prévu et je regardai, un peu ébahie, le visage du lycanthrope se détendre et la douleur qui s'affichait sur chacun de ses traits s'estomper peu à peu. Je captai l'énergie que projetait William, c'était comme un vent chaud qui caressait ma peau et réchauffait mon âme. Même sans être un loup-garou, le pouvoir du jeune Alpha était si lumineux, si naturel que ma propre magie réagissait à la sienne et dansait dans mes veines comme des bulles dans un verre de champagne. La sensation était aussi apaisante que délicieuse et tous mes doutes quant à la probable guérison de Bruce avaient disparu. Il mettrait certainement un peu de temps à récupérer mais il était maintenant hors de danger. Les loups avaient toujours les yeux fermés, ils étaient concentrés sur leur tâche et lui permettaient de régénérer mais cet effort leur coûtait pas mal d'énergie et les déconnectait de la réalité. C'est la raison pour laquelle ils ne perçurent pas tout de suite l'arrivée d'une présence étrangère dans l'appartement.

Je leur jetai un coup d'œil et dégainai mon arme pour la énième fois de la journée. Il me semblait que mon appartement se transformait en hall de gare et les sorts que j'avais jetés pour le protéger étaient un peu trop faiblards pour éloigner des importuns aussi puissants que ceux que je fréquentais depuis quelques jours.

Je braquai l'arme en direction du couloir et capturai le pouvoir de l'air pour faire valdinguer mon visiteur inattendu au cas où il ne serait pas impressionné par mon joujou, ce qui, avec la poisse que j'avais ces derniers temps, serait probablement le cas.

— Tu as l'intention de me descendre ?

Mark avait vraiment le don de tomber au mauvais endroit, au mauvais moment. Sûrement un truc de démon.

— Fiche le camp, crachai-je. Je n'ai vraiment pas le temps de m'occuper de toi.

Il jeta un regard au désordre qui régnait dans la pièce et fronça les sourcils.

— Tu as changé la déco ?

— Tu me poses encore une question idiote et je refais la peinture avec ton sang.

L'attraction physique que j'avais ressentie pour lui au début et le soir où nous avions baisé était en train de se transformer en répulsion.

— Je suis désolé, fit-il en haussant ses larges épaules. Qu'est-ce qu'ils font ?

Il regardait les loups, impassibles et indifférents à tout ce qui pouvait se passer hors de leur cercle.

— Ils soignent Bruce, il a été blessé, fis-je en lui indiquant de me suivre dans la cuisine.

Il comprit immédiatement et attendit que nous soyons seuls pour continuer à parler.

— Dis donc, le type que la meute essaie de sauver, ce n'est pas le loup-garou qui était dans ton lit, l'autre jour ?

— Bruce est mon ami, alors fais attention à ne pas dépasser les bornes !

C'était sorti tout seul et je me rendais enfin compte que je m'étais attachée au lycanthrope beaucoup plus que je l'aurais supposé.

— Je ne savais pas qu'une Vikaris était capable d'avoir des amis, dit-il d'un ton acide.

— Écoute, je t'ai retrouvé ton pote le démon, Tom Cohen, alors maintenant tu n'as plus rien à faire ici. Fous le camp !

— C'est Baetan qui m'envoie.

Fantastique... le super extra terrifiant chef des démons de Nouvelle-Angleterre n'avait visiblement pas envie de me lâcher la grappe.

— Il t'envoie faire quoi, au juste ?

— Il m'a dit qu'il avait une dette envers toi depuis que tu as sauvé Tom et que je devais continuer à te protéger malgré ton sale caractère. D'ailleurs, il a bien fait. Je sais où se cache Thomson. J'ai suivi la chose qui a enlevé ta fille.

— Mais comment Baetan a-t-il su que j'aurais besoin d'aide ?

— Il m'a dit que tu étais si spéciale que les salopards qui avaient enlevé Tom ne résisteraient pas au fait de s'en prendre à toi ou à Leonora. Et comme tu leur avais échappé une fois, il s'est dit que ta fille serait une proie plus facile et plus malléable.

Pour un peu, je me serais jetée dans ses bras pour l'embrasser... oui, je sais, je suis assez changeante comme fille. Une minute j'ai envie de lui trouer la peau et quelques secondes plus tard, envie de lui rouler une pelle.

— Pourquoi ne m'as-tu pas prévenue plus tôt ? Pourquoi débarquer seulement maintenant ?

— Je ne savais pas si ta ligne téléphonique était surveillée et je ne voulais pas me faire remarquer. L'endroit où il crèche fourmille d'humains et j'ai repéré aussi un vampire assez ancien.

J'aurais mis ma main au feu qu'il devait s'agir de Charles Wintrop, le maître de Quentin Growley.

— Tu n'as pas vu Beth ? demandai-je en sentant mon ventre se serrer.

— Non. Pourquoi ? Tu n'as pas de ses nouvelles ?

— Non, pas depuis mon déjeuner avec Thomson. Elle devait le suivre.

— Et lui est venu manger avec toi et te provoquer pour t'éloigner de ta fille et s'assurer que tu ne serais pas dans les parages.

— Exact.

— Il devait s'attendre à ce que tu ne sois pas seule. Il a sûrement repéré la louve, dit-il d'un ton sinistre.

J'avais l'impression qu'une vipère remontait le long de mon dos. J'avais la nausée.

— Je vais encore tenter de la joindre et puis je vais aller récupérer ma fille, fis-je d'un ton sec.

— Attends la nuit pour t'y rendre. Les humains sont moins performants la nuit, ça mettra les chances de notre côté.

— Tu comptes venir avec moi ?

— Évidemment, répondit-il aussitôt en pinçant les lèvres, comme si je l'avais vexé.

Mark avait beau être gigantesque et posséder une force herculéenne, je ne l'avais encore jamais vu combattre et je n'avais aucune idée des pouvoirs que possédait un semi-démon. Mais il ne m'avait pas impressionnée lors du petit échange musclé qu'il avait eu avec Raphael. Le vampire aurait pu l'écraser aussi facilement qu'une mouche et ça ne me rassurait pas sur ses capacités. Je n'avais vraiment pas le temps de jouer les baby-sitters.

— Très bien. Si tu tiens vraiment à m'aider, j'aimerais que tu passes chercher Raphael.

— Il ne viendra pas, Rebecca, il n'est pas fait comme ça.

— Qu'est-ce que tu entends par « il n'est pas fait comme ça » ?

— Il n'a rien à gagner dans cette histoire et le grand général combat très rarement en personne, il est plutôt du genre à déléguer ce genre de petits problèmes à ses sous-fifres.

Mark pouvait toujours déblatérer, il n'avait aucune idée de ce qui nous liait, Raphael et moi. Depuis que nous avions nos marques, nous étions en quelque sorte connectés l'un à l'autre et je savais qu'il sentait ma détresse comme je pouvais maintenant capter ses émotions.

— Contente-toi d'aller le chercher. Nous partirons dès la tombée de la nuit. Rendez-vous ici dans deux heures précises. Si vous n'êtes pas là, alors, j'irai seule.

J'espérais avoir recouvré l'intégralité de mes pouvoirs d'ici là.

— Ce serait du suicide, affirma-t-il d'une voix calme.

Je lui jetai un regard méprisant et lui demandai l'adresse exacte de la planque du professeur Thomson et de ses hommes de main. Puis, voyant qu'il ne me ferait pas changer d'avis sur l'heure et la manière dont je comptais procéder, il quitta la cuisine aussi discrètement qu'il était venu.

Chapitre 36

Quand je retournai au salon voir Bruce, les loups étaient sortis de leur méditation et William, le petit-fils de Gordon, irradiait littéralement de fierté.

Je m'accroupis près du corps de mon baby-sitter et eus la surprise agréable de le voir ouvrir les yeux.

— Alors, Tony Michelli, on prend des libertés sur ses heures de travail ?

— Ne vous inquiétez pas, patronne, je rattraperai ça sur mon temps libre, parvint-il à répondre.

Gordon me lança un coup d'œil amusé.

— Vous avez l'air de bien vous entendre, tous les deux.

— Qu'est-ce que tu veux, j'ai toujours eu un faible pour les loups, répliquai-je avec un sourire triste. À ce propos, on a un autre problème, Gordon.

— Beth ?

— Oui.

— J'ai été très surpris de ne pas la trouver en arrivant. Que se passe-t-il ?

Je lui racontai brièvement ce qui s'était passé avec Thomson et il secoua la tête en signe de désapprobation.

— Ces types sont dangereux, vous auriez mieux fait de me prévenir au lieu d'organiser ce rendez-vous seulement toutes les deux.

Il eut l'air de réfléchir deux secondes puis me fixa, l'air ennuyé.

— Alors, comme ça, ces enlèvements ont été organisés pour faire des expériences ?

— En quelque sorte.

— Je vois.

Vu la colère qui s'imprimait sur chacun de ses traits, il voyait même trop bien.

— Je suppose que tu sais où il se cache ?

— Oui. Mais je ne m'y rendrai que ce soir. Il y a pas mal d'humains et je risque de devoir faire un massacre.

— Bon. Je vais me mettre sur la piste de Beth. Si ces humains ne lui ont pas fait boire de potion, je la retrouverai très vite. William, tu pistes Beth avec moi, dit-il en se tournant vers le jeune Alpha. Combien de temps est-ce que j'ai avant que tu te rendes là-bas ?

— Presque deux heures. Tu comptes m'accompagner ?

— Ils ont tué Franck, blessé gravement l'un de mes loups et enlevé une petite fille. Qu'est-ce que tu crois ? grogna Gordon.

— Si ça ne vous fait rien, je souhaite aussi venir, dit Jerry d'un ton soumis qui ne lui ressemblait pas.

— Jerry… dit Gordon.

— Ils ont tué mon enfant. Je veux venir avec toi et Rebecca, peu importe ce que nous serons obligés de faire.

— Pareil pour moi, dit Linus.

— Et pour moi, ajouta William.

Décidément, il allait y avoir foule. Ce qui commençait à faire pencher la balance de notre côté.

— Non, pas toi, William, dit Gordon d'un ton qui ne souffrait pas la contradiction.

Le jeune Alpha passa une main dans ses cheveux bruns et ses yeux couleur de nuit laissèrent entrevoir sa contrariété.

— Toi, tu dois rester hors de danger. S'il m'arrive quoi que ce soit, tu devras prendre ma place au sein de la meute, ajouta-t-il.

Gordon avait parfaitement raison de protéger son petit-fils. La bataille qui s'annonçait allait être sanglante et il n'était pas prêt à y participer. D'ailleurs, je n'étais pas certaine qu'aucun de nous ne le soit vraiment.

— Bien. Alors, tout est dit. On se retrouve dans deux heures à cette adresse.

Je pris un petit bout de papier et inscrivis l'endroit où se trouvait le laboratoire clandestin. Il le saisit et dit à Linus et à Jerry de transporter Bruce dans mon lit. Il était encore bien trop faible pour que les loups puissent l'emmener pour le moment.

— Linus, va chercher autant de viande que tu pourras, il en aura besoin pour régénérer, ordonna Gordon.

— Vous pensez qu'il sera capable d'avaler quoi que ce soit ? demandai-je.

Tout son système digestif était sorti de son corps, j'avais un peu de mal à concevoir qu'il puisse fonctionner après ça.

— Il sera bientôt assez fort pour se transformer, et quand il sera redevenu loup, il aura faim, très faim, répondit le vieil Alpha.

Ça sonnait presque comme une menace.

— Il va être dangereux ?

— C'est possible et c'est la raison pour laquelle Jerry restera à ses côtés dans l'heure qui vient. Bon, il est temps d'y aller. William ?

Gordon regarda son petit-fils qui le suivit aussitôt. Je croisai les doigts pour qu'ils retrouvent Beth au plus vite et qu'elle soit indemne, je ne pouvais même pas imaginer qu'elle ne s'en soit pas tirée.

Dès le départ des deux Alphas, Linus était sorti à son tour afin d'aller chercher de quoi permettre à Bruce de se requinquer avant d'avoir l'idée saugrenue de me sauter dessus pour me dévorer. Ce qui était plutôt sympa de sa part.

En attendant, j'étais assignée au rôle de garde-malade.

— Tout va bien, Rebecca ? me demanda Jerry en entrant dans ma chambre.

— Il dort encore, fis-je en regardant Bruce, sagement allongé sous mon nouveau couvre-lit.

— Tant mieux, il régénérera plus vite. Écoutez, je sais ce que vous éprouvez. On ne les laissera pas tuer votre petite fille comme ils ont tué mon fils, je vous le promets.

Son visage dévasté par la souffrance causée par la mort de Franck était comme le reflet terrifiant de ce à quoi pourrait ressembler le mien, si quelque chose de semblable arrivait à Leonora.

— Merci, Jerry, fis-je, la gorge nouée.

— Et puis… je voulais vous dire que je suis désolé. Je vous en ai voulu pour ce qui s'était passé alors que vous n'étiez pas responsable. J'ai été injuste.

— Ne vous en faites pas pour ça.

Je vis soudain remuer Bruce. Ses yeux étaient grands ouverts et avaient pris l'étrange couleur jaune des loups-garous sur le point de se transformer.

— Sortez, Rebecca ! ordonna Jerry.

— Je vous signale que vous n'arriverez pas à le maîtriser seul s'il disjoncte.

— Non. Du moins pas sous cette forme ni sous aucune autre, d'ailleurs, confirma-t-il tandis que j'entendais ses os craquer et que ses mains et ses pieds prenaient une forme impressionnante.

Si les deux loups se battaient dans ma chambre, ils allaient dévaster l'une des seules parties intactes qui restait de mon appartement. Et ça, c'était hors de question.

— Je te préviens, Bruce, si tu détruis mes affaires, je te pulvérise ! fis-je en le fixant

Il était toujours sous mon couvre-lit. Mais je ne pouvais entrevoir que son énorme gueule qui dépassait.

— Pour la bouffe, tu vas devoir attendre un peu. Linus est parti la chercher, ajoutai-je.

Je voulus m'approcher de lui mais Jerry s'interposa entre nous. Visiblement, il n'avait aucune confiance en son congénère.

Pourtant, Bruce ne montrait aucun signe d'hostilité et semblait se contrôler aussi efficacement que s'il avait été un loup Alpha.

— Ça va aller, Jerry, il a l'air calme.

Je m'aperçus soudain, quand je vis Bruce se dresser sur ses quatre pattes au beau milieu de mon lit, qu'il atteignait presque le plafond et faisait au moins deux têtes de plus que Jerry qui n'était pourtant pas un petit gabarit.

— Oh, la vache ! ne pus-je m'empêcher de m'écrier.

Il était particulièrement majestueux. Son pelage était épais et doré. Ses yeux étaient expressifs et une furieuse intelligence brillait dans son regard.

— J'espère que Linus va revenir avec un bœuf entier, ne pus-je m'empêcher d'ajouter.

Bruce émit une sorte de feulement que je pris pour un rire.

— Merde ! Mais qu'est-ce que tu es ? Je n'ai jamais vu un loup aussi gigantesque, fis-je en souriant.

Jerry semblait se détendre. Il tournait sa gueule de droite à gauche, comme le public sur un court de tennis et nous observait.

— Pousse-toi un peu. De toute manière, il pourrait t'arracher la tête s'il le voulait, lançai-je. Et toi, Bruce, descends de mon lit, tu es en train de ruiner mes lattes et mon matelas !

Il fit ce que je demandai en avançant vers moi. Il titubait légèrement et semblait manquer d'équilibre. Jerry se mit à grogner mais Bruce l'ignora complètement. Je me blottis contre lui et caressai sa fourrure en humant son odeur.

— Je suis heureuse que tu t'en sois tiré, fis-je en embrassant son museau.

Il grogna et posa délicatement sa patte sur mon bras.

— Hé ! Tu vas m'arracher le bras !

— Elle n'a vraiment peur de rien, c'te gamine, fit Linus en entrant dans la pièce, avec deux énormes morceaux de viande rouge devant peser près de 20 kilos chacun sur les épaules.

Bruce bondit aussitôt vers lui et, à la lueur de désir qui illumina son regard, je compris ce qu'il avait dû lui en coûter de ne pas m'avoir déjà égorgée pour me bouffer. Ses mâchoires broyaient et lacéraient la viande consciencieusement. Sa gueule fixée à quelques millimètres de la nourriture.

— Pourquoi est-il aussi énorme ? demandai-je à Linus.

— Beth ne te l'a pas dit ? fit-il, surpris.

— Non. Elle ne me parle généralement pas des affaires de la meute.

— Bah… ce n'est pas un gros secret. En fait, Bruce fait partie du clan des steppes. Ils sont plus grands que nous.

— Est-ce que c'est un mâle Alpha ?

— Gagné. Mais il ne fait pas tout à fait partie des nôtres. On le considère comme une sorte d'invité, presque comme un solitaire. Il ne pourrait pas remplacer Gordon en tant qu'Alpha, par exemple.

— Mais pourquoi ne vit-il pas avec son clan ?

Je regardai mon nouvel ami d'un œil nouveau.

— Ça, tu lui poseras la question, l'est pas du genre à se confier facilement, l'petit, et je le comprends, fit Linus en haussant les épaules.

Bruce continuait à se nourrir, obnubilé par la viande, et ne semblait pas prêter attention à notre conversation. Jerry était parti reprendre forme humaine dans la salle de bains et était revenu couvert de mon peignoir.

J'ouvris la bouche pour râler puis décidai de laisser tomber. Je n'avais pas envie de le voir à poil.

— Si Bruce n'était pas ce qu'il est, tu n'aurais pas pu le sauver, il serait mort comme mon fils. Ses blessures étaient tout aussi graves.

— Vous voulez dire qu'il est plus puissant que vous ?

— C'est un garou des steppes et un Alpha, deux raisons qui lui ont permis de survivre alors qu'on y serait tous passés, répondit Linus en grimaçant.

Je commençais à me demander si Bruce n'était pas réellement sérieux quand il m'a dit qu'il voulait s'occuper de Leo et de moi et qu'il avait besoin d'avoir une famille.

Un loup qui vit hors de son propre clan, c'est plutôt rare, et visiblement il n'était pas parfaitement intégré à la meute de Gordon. Pour les lycanthropes, il n'y a pas pire sentiment que la solitude, il arrive même que ça les tue mais pourquoi, dans ce cas, avoir choisi deux étrangères au lieu de retourner dans son clan et d'y trouver une véritable compagne ?

— Excusez-moi, Rebecca, mais je suis parti dans la précipitation et je n'ai pas emporté de vêtements de rechange dans la voiture, auriez-vous par hasard des vêtements d'homme à me prêter ? demanda Jerry, toujours revêtu de mon peignoir.

— Au risque de vous décevoir, Jerry, je n'en ai pas mais je devrais pouvoir mettre la main sur un vieux survêtement trop large pour moi.

— Pas de vêtements d'homme, hein… ? remarqua Linus avec un sourire en coin. C'est pas banal. La plupart des femmes ont des vieux sweats ou des chemises qui appartenaient à leur ex. Certaines les gardent même en souvenir.

— Le père de ma fille n'était pas du genre à abandonner sa garde-robe coûteuse dans les lits de ses maîtresses, fis-je d'un ton sec.

Linus fronça les sourcils et toussota d'un air gêné.

— S'cusez, j'voulais pas… enfin, je plaisantais.

— Je sais, Linus, répondis-je en fouillant dans mon armoire. Je suis juste très inquiète pour ma fille et pour Beth, désolée.

Ses larges épaules s'affaissèrent légèrement et je vis une lueur triste passer dans ses yeux.

— Vous voulez un coup de main ? demanda-t-il en me voyant grimper sur les étagères du dressing.

— Non, répondis-je en mettant enfin la main sur un vieux jogging noir, planqué sous une tonne de vieilleries.

— Prenez ça, Jerry, ça devrait vous aller.

— Merci, dit-il en s'éloignant vers la salle de bains.

Bruce avait terminé son repas et s'était allongé sur le sol, manifestement épuisé.

Certaines de ses blessures étaient cicatrisées mais je pouvais entendre à ses gémissements que les plus profondes d'entre elles mettraient du temps à guérir malgré la transformation et qu'il allait devoir rester couché pendant plusieurs jours au moins.

Je pris mon nouveau couvre-lit et le posai délicatement sur sa fourrure. J'étais bonne pour l'envoyer au pressing.

— Écoutez, Linus, vous n'avez pas besoin de rester. Il ne me fera pas de mal, dis-je en regardant Bruce endormi. Franchement, je préférerais de beaucoup que vous aidiez Gordon et William à retrouver Beth plutôt que de perdre un temps précieux à vouloir me protéger.

— Je suis de l'avis de Rebecca, dit Jerrry en entrant dans la pièce.

Linus lança un regard vers Bruce, sembla hésiter une seconde puis acquiesça.

— D'accord, mais pas d'imprudence, un loup blessé… enfin, vous savez c'que c'est, hein, m'dame ?

— Ne vous inquiétez pas. Si jamais vous avez des nouvelles de Beth, appelez-moi.

— C'est promis, répondit Jerry en entraînant Linus précipitamment avec lui.

Quand j'entendis claquer la porte de mon appartement, je jetai un coup d'œil à ma montre. Il me restait encore une heure avant la tombée de la nuit. Une heure d'attente insupportable à me demander ce que ces salauds avaient fait à ma fille et la manière dont je comptais bien les punir.

Chapitre 37

La nuit était très noire. La lune était cachée par les nuages. Comme mon cœur. Le silence était écrasant. Un homme se tenait à cent mètres juste devant moi. D'instinct, je dégainai mon Beretta. Quand il s'approcha, je reconnus Gordon.

— Je viens avec toi, les autres nous rejoindront sur place, dit-il en montant dans la voiture.

Le vieux loup était vêtu d'un survêtement noir et d'une vieille paire de baskets. Visiblement, il ne comptait pas rester habillé très longtemps.

— On a retrouvé Beth, ils lui ont tiré dessus avec des balles en argent, à une dizaine de kilomètres d'ici. Ils l'ont laissée en pleine forêt.

J'arrêtai brusquement de respirer.

— Elle est vivante ?

— Oui. Ils n'ont touché aucun de ses organes vitaux. Notre toubib l'a opérée pour extraire les balles et, tu le croiras ou pas, elle est déjà sur pied. William est avec elle.

C'était comme si le poids qui écrasait mon ventre depuis cet après-midi était devenu subitement un peu moins lourd. Restait maintenant à récupérer Leonora.

— Bon alors, tu démarres ? demanda Gordon.

— Non. J'attends du renfort.

— De qui parles-tu ?

— D'eux, fis-je en désignant Mark et Raphael qui avançaient vers nous.

Le loup me dévisagea un long moment.

— Et depuis quand le Magister de Nouvelle-Angleterre se déplace-t-il en personne pour régler ce genre d'histoires ?

— Raphael est membre du Directum du Vermont, en tant que tel, il doit veiller à la sécurité de son territoire, non ?

— Il a une bonne centaine de vampires qui pourraient le faire à sa place et il adore déléguer ce genre de tâches aux subalternes, alors pourquoi est-il ici ?

— Je ne sais pas, peut-être que ça l'amuse et qu'il aime ce genre de divertissements…

— Il y a quelque chose que tu ne me dis pas, petite ?

— Rien qui vous regarde, Gordon, fis-je en déverrouillant les portes.

Mark et Raphael entrèrent dans la voiture en silence et je démarrai.

— Bonsoir Gordon, fit Raphael au bout d'une trentaine de secondes.

— Bonsoir, grogna l'Alpha.

Mark ne prit pas la peine de se présenter et Gordon l'ignora délibérément.

L'ambiance était tendue et j'avais conscience de ce qu'une telle expédition pouvait avoir d'insolite. Nous avions participé dans des camps adverses à d'horribles batailles, les visages de nos morts trottaient encore dans nos têtes et on ne pouvait effacer en quelques jours des siècles de défiance et de haine mutuelles.

J'espérais simplement que les trois hommes pourraient, le temps d'une nuit, oublier leurs ressentiments et lutter physiquement côte à côte. Parce qu'il y avait un véritable gouffre entre créer un Directum, un conseil permettant une cohabitation sereine entre clans, et une véritable alliance militaire qui supposait une vraie confiance dans les capacités de l'autre à vous protéger et à vous sauver la vie.

Pour l'instant, le loup, le vampire et le démon fixaient silencieusement la route qui sinuait devant eux. Et moi, j'étais si oppressée par leur silence hostile que je me mis à siffloter pour tenter de masquer mes doutes et mes appréhensions.

— Tu ne voudrais pas plutôt allumer la radio ? demanda Raphael, les sens sans doute agacés par mon interprétation de « Cry me a river ».

— Ouais, enchaîna l'Alpha, parce que si tu continues, je descends et je finis à patte.

— Ou on te bâillonne le temps du trajet, surenchérit Mark.

Tout compte fait, peut-être parviendraient-ils à s'entendre.

— Vous ne trouvez pas que vous poussez le bouchon ? fis-je, un peu vexée.

— Non, ma douce. Pour des êtres munis de capacités auditives surnaturelles, je peux t'assurer que tes sifflements sont un véritable supplice, répondit Raphael en souriant.

— C'est d'ailleurs bizarre avec une si jolie voix, dit Gordon en riant.

— Tu l'as déjà entendue chanter ? demanda Raphael en avançant sa tête vers le loup.

— Oui et ça vaut vraiment le détour. Elle a une pureté, une sensibilité…

— … Rebecca ? intervint Mark, drôlement surpris.

— Ben oui. Elle a accompagné Franck pendant son passage de l'autre côté et c'était un instant que je ne suis pas près d'oublier, crois-moi, répondit le loup.

Je me mis à rougir.

— Quand on t'écoute, Gordon, on pourrait presque s'imaginer qu'elle a du cœur, dit Mark d'un ton acide.

— Si tu la connaissais mieux et n'étais pas bourré de préjugés, tu aurais compris depuis longtemps qu'elle n'est pas ce que tu t'imagines, répondit Raphael.

— Il me semble que je la connais bien plus intimement que toi, répondit Mark, vexé.

Raphael émit un ricanement et je sentis son regard brûlant se poser dans mon dos.

— Vous pourriez être assez gentils tous les trois pour ne pas parler de moi en ma présence ? C'est extrêmement malpoli et ça me déconcentre, fis-je d'un ton sec.

Tout compte fait, je les préférais silencieux et hostiles.

Je dépassai Milton et continuai vers Fairfax.

— C'est encore loin ? demandai-je en regardant Mark dans le rétro.

— Non. Tu continues encore durant trois kilomètres et après tu tourneras à droite sur un chemin de terre.

Nous roulâmes encore une bonne quinzaine de minutes et j'arrêtai le moteur.

En descendant de la voiture, je me rapprochai instinctivement de Raphael qui m'adressa un sourire lumineux.

La tenue du vampire contrastait terriblement avec celle du semi-démon et du loup. Et je le trouvais bien trop élégant avec son pantalon de toile beige, son pull en cachemire et ses chaussures de cuir crème pour participer à ce type d'expéditions. Mais Raphael n'était pas du genre à négliger son style vestimentaire, quelles que soient les circonstances.

— Comment te sens-tu ? demanda-t-il en prenant ma main.

— Angoissée, affolée, terrifiée… j'ai vraiment besoin de te le dire ? répondis-je en collant machinalement ma tête contre son épaule.

— Non. On va la récupérer, ma douce. Je te le promets.

C'était le deuxième homme à me faire cette promesse aujourd'hui, mais bizarrement les mots de Raphael me réconfortèrent plus que ceux qu'avait prononcés Jerry.

— Où est la maison ? demandai-je à Mark qui nous observait, crispé, tandis que Gordon ouvrait des yeux grands comme des soucoupes.

— Elle se trouve à deux kilomètres d'ici, sur le flanc de la colline, derrière les arbres, répondit-il d'un ton glacial.

Lui était visiblement prêt à se battre et avait mis un simple jean, un polo et une paire de baskets. Je songeais qu'il était dommage que son apparence légèrement bestiale ne soit qu'une illusion. Un guerrier aurait été plus utile en ce moment qu'un moraliste.

— D'accord, dis-je en allant ouvrir le coffre.

Je pris un sac. J'y avais glissé trois fusils-mitrailleurs, quelques grenades, cinq gigantesques couteaux en argent, deux magnums, et suffisamment de balles et de chargeurs pour tenir un siège.

— Mazette. Je vois que tu sais t'adapter à toutes les situations, fit Gordon tandis que Mark me lançait un regard noir.

J'enfilai vite fait un gilet pare-balles que j'avais dérobé sur le corps d'un flic lors de mon séjour à Detroit. Il s'était fait descendre par un gang dont le chef était un vampire.

— Arrête de me regarder comme ça, Mark, ou rentre chez toi, fis-je en vérifiant les munitions de mon Beretta.

— Il y a au moins une vingtaine d'humains, là-dedans, tu comptes tous les tuer ? fit-il d'un ton acerbe.

— On ne peut pas laisser de survivants, me contentai-je de répliquer.

Je le fixai. Mes yeux étaient aussi vides et froids que la haine qui dévastait mon âme.

Il baissa la tête, livide. Mark se tourna vers Raphael et lui adressa un regard qui signifiait : « Je t'avais bien dit que c'était une psychopathe », mais le vampire l'ignora et dit :

— Mes hommes viendront faire le ménage, une fois qu'on en aura fini avec eux, il est hors de question de laisser le moindre indice à la police humaine.

— Bien vu, dit Gordon, visiblement ravi de ne pas avoir à s'occuper des détails pratiques.

— Comment s'y prend-on ?

— On doit être prudents. Il n'y a pas que des humains, là-dedans, dis-je. Il y a un vampire et au moins une créature hybride. Elle ne sent pas les balles et n'est pas très sensible à la magie. Il se peut aussi qu'elle se transforme comme un muteur ou un loup.

J'omettai sciemment de leur dire qu'il était très puissant et que je n'avais aucune idée de la manière dont on pouvait le tuer. Leonora était dans cette maison, je n'avais aucune chance de l'en sortir seule, alors ce n'était pas le moment de prendre le risque de les faire changer d'avis et qu'ils me laissent me débrouiller. De toute façon, les hommes présents ce soir étaient presque tous des guerriers confirmés.

— Tu n'as rien d'autre à nous dire ? demanda Raphael qui avait sans doute réussi à pénétrer mes pensées.

Saloperie de marques...

— Non. Rien que tu ne saches déjà, dis-je en le défiant du regard.

À ma grande surprise, il se mit à sourire et poursuivit:

— Les loups peuvent s'occuper des humains, Mark du vampire et moi du monstre. Pendant ce temps, Rebecca se chargera de retrouver sa fille et de libérer les autres, ça te va ?

J'acquiesçai.

— Les miens arrivent, dit Gordon en humant l'air.

Je m'attendais à voir Linus et Jerry mais certainement pas Beth et William.

Et Gordon non plus, visiblement.

— Mais qu'est-ce que vous faites ici ? rugit-il.

— Tu m'avais dit de ne pas la quitter des yeux, non ? répondit William en souriant. Je n'ai fait qu'obéir aux ordres.

Il avait l'air plus jeune encore que d'habitude dans son short en jean. Je notai en passant ses jolis pectoraux.

— C'est moi qui ai tenu à venir. Cette petite, c'est aussi la mienne, Gordon. Tant que je serai vivante, personne ne touchera à un seul de ses cheveux.

Je n'eus même pas le temps d'essayer de la convaincre de rentrer pour se reposer qu'elle était déjà en train de se transformer. Imitée aussitôt par William.

— Mais vous vous croyez où ? En démocratie ? On ne vote pas, on ne conteste pas, on obéit ! continua de hurler Gordon.

Beth courba le dos mais parvint tout de même à lever la tête.

— C'est pas la peine de vous énerver, ils changeront pas d'avis, patron, constata Linus tout en effectuant lui aussi son changement.

Le visage de Gordon était devenu rouge brique et il semblait chercher du regard un appui extérieur mais Jerry était déjà devenu loup et il s'amusait à uriner allégrement contre un arbre. Le pauvre Gordon n'avait aucun soutien à espérer de ce côté.

— Écoute, Gordon, tu peux les forcer à t'obéir, ils ne pourront pas faire autrement, mais je te conseille de laisser Beth combattre ou elle ne te le pardonnera jamais, fis-je.

Le vieil Alpha soupira et hocha la tête.

— Beth peut venir. Pas William. C'est compris ? dit-il en fixant son petit-fils.

Aucun membre de la meute ne peut se soustraire au regard de l'Alpha et nul ne peut ignorer son autorité. William se contenta donc de courber l'échine et se mit à pousser de petits gémissements plaintifs. Il n'allait pas participer à l'attaque et j'en étais quelque part soulagée.

Je perçus l'onde de chaleur rassurante de Beth se poser sur ma peau. Une fois sa transformation achevée, elle avança vers moi puis me lécha la main. J'entourai son cou de mes bras et me collai contre sa gueule.

— Si tu savais comme je suis heureuse que tu sois là, dis-je d'une voix émue.

Elle émit une sorte de grognement affectueux.

— Ne t'approche pas du monstre ? D'accord ?

Mais je savais mes avertissements inutiles. Ce soir, Beth était dans le même état que moi : glacée par l'idée d'avoir peut-être perdu Leonora et dévorée par la rage.

— On y va, gronda Gordon.

— Attendez, dis-je, un muteur vient vers nous.

Les loups regardèrent vers l'orée du bois, humant l'air, pour sentir l'odeur de l'intrus. Je ne pris pas la peine de me retourner, même pas en entendant les mâchoires des loups qui claquaient tout près de moi. Je savais qu'il s'agissait de Khor, le lion-garou et l'amant discret de Beth. Il n'avait pas dû supporter l'idée de la laisser affronter seule le danger. C'était galant mais aussi très imprudent de sa part.

— Bonjour Khor.

— Rebecca, dit-il en me saluant.

— Voilà qui s'avère surprenant, dit Gordon en arborant un air satisfait. Alors, Aligarh a changé d'avis ? Il vient nous donner un coup de main ?

Je levai la tête, surprise. J'ignorais que Gordon était allé solliciter le clan des muteurs et qu'ils avaient refusé de nous aider.

— Non. Il ignore que je suis là.

Ouille...

— Tu as osé désobéir à ton chef de meute ? demanda Gordon en fronçant les sourcils.

Il avait l'air de penser que l'insurrection était à la mode ces derniers temps et ça le contrariait...

— Je ne suis pas d'accord avec sa décision. Après tout, l'un des nôtres a été enlevé par ces hommes et il y a encore quelques heures, nous étions prêts à arpenter chaque recoin de l'État pour le retrouver.

— Il va devoir te punir et sévèrement, le prévint Gordon.

— Il fera ce qu'il lui semble juste mais je suis certain que je ne regretterai pas d'être avec vous ce soir, affirma Khor en entamant sa transformation.

— Alors, c'est que tu ne connais pas très bien Aligarh, annonça le vieil Alpha d'un ton sinistre.

J'aurais donné cher pour savoir ce que risquait vraiment le lion-garou. Et je me promis de surveiller ça de près si nous nous en sortions vivants. Ce qui n'était pas gagné d'avance.

— *Tu devrais dire à Beth et Khor d'être plus prudents,* souffla Raphael dans ma tête. *Gordon n'est pas idiot. Il se doute bien que si le lion a osé désobéir à un ordre de son chef, il ne le fait pas seulement en vertu des grands principes mais pour des raisons personnelles. Il va chercher à comprendre.*

— *Ça fait longtemps que tu es au courant pour Beth et Khor ?* lui demandai-je.

— *Depuis que je l'ai lu dans tes pensées,* fit-il en me soulevant dans ses bras.

Il allait vraiment falloir que je trouve un moyen de renforcer mes barrières mentales.

— Cette fois, tout le monde est prêt ? demanda Gordon.

Le lion se mit à rugir et les loups à hurler en signe d'assentiment. Ça sentait bon la curée…

— Alors suivez-moi, ordonna Gordon.

En quelques secondes, ils disparurent tous dans la nuit. Et j'entendis William se mettre à grogner de déception.

— Je sais ce que tu penses mais imagine qu'il arrive quoi que ce soit à ton grand-père ? Tu dois rester vivant, William, vivant et fort. Tu as des responsabilités maintenant et la première d'entre elles est de rester en vie pour prendre la succession de l'Alpha, si besoin est, fis-je d'une voix douce.

William s'allongea alors sur l'herbe et posa son museau sur ses pattes avant. Il avait compris. Ça lui brisait le cœur, mais il avait compris.

— Eh !!! qu'est-ce que tu fais ? demandai-je, à Raphael en sentant mon corps se soulever de terre.

Je me retrouvai à environ dix mètres au-dessus du sol. De là, j'aperçus enfin la maison gigantesque qui surplombait une vaste étendue d'arbres, sur la colline. D'après ce que je pouvais voir dans la semi-pénombre (merci la pleine lune), c'était un mélange d'architecture oscillant entre l'ancien et le moderne sans jamais prendre parti. Pas vraiment une réussite.

— Je t'emmène sur le balcon, à l'étage. Tu es la seule qui puisse te faire passer pour une humaine, les créatures ne te sentiront pas venir.

— Bonne idée, me contentai-je de répondre en serrant mes bras autour de son cou.

— Et moi ? Que suis-je censé faire en attendant ? cria Mark, cloué au sol.

— On se retrouve à cent mètres de la porte principale, répondit Raphael.

Presque toutes les fenêtres étaient éclairées, comme autant de minuscules phares pour nous guider.

Le vampire me déposa en silence, son pouvoir l'entourait comme une cape et ses yeux avaient pris leur fameuse couleur neige. Je sondai la pièce derrière les vitres mais n'y captai aucune énergie. Ni surnaturelle ni humaine.

Je hochai la tête pour dire que tout allait bien et lançai un sort d'ouverture. Raphael ne pouvait pas entrer tant qu'il n'y avait pas été invité. Je savais que ce ne serait pas un problème. Quelqu'un trouverait bien un moyen de convaincre l'un des occupants de la maison de procéder à cette petite formalité. Je balayai rapidement la pièce du regard en y pénétrant. Elle était agréablement décorée et ressemblait à une immense bibliothèque. Partout, des étagères remplies de livres dont certains avaient l'air très anciens. Sur les murs encore libres, des dessins au crayon joliment encadrés et des cartes d'anatomie du corps humain. Et au bout de la pièce trônaient un magnifique bureau, un ordinateur et une tonne de dossiers. Je me dirigeai vers la porte quand j'entendis soudain un bruit de verre brisé. Je me concentrai et captai bientôt l'énergie des loups. Elle battait à mes oreilles comme un bourdonnement lointain. Ils avaient pénétré au rez-de-chaussée. Une seconde plus tard, j'entendis le premier coup de feu. Puis de nombreux échos.

Bientôt, les bruits de rafales, de cavalcades, de meubles brisés firent place aux cris et aux hurlements humains. Ils faisaient leur boulot, à moi de faire le mien. J'allai franchir le seuil du bureau quand je perçus un mouvement sur le palier.

— Dépêchez-vous, monsieur, ils ne vont pas tarder à arriver.

— Je dois récupérer le disque dur, répondit une voix familière.

Je me plaquai aussitôt contre le mur, derrière la porte, le doigt tendu au-dessus de la détente de l'uzi.

— Avez-vous demandé à Marshall de s'occuper de nos petits amis ?

— Oui. Bien sûr, monsieur, il est déjà en bas en train de les liquider.

— Parfait, parfait, dit-il en entrant. Nous ne devons pas laisser de traces. De toute façon, ils sont suffisamment affaiblis pour qu'on puisse s'en débarrasser sans problème.

Mon cœur loupa un ou deux battements. Ce n'était pas des loups qu'il parlait mais des prisonniers... J'attendis que le deuxième homme pénètre dans la pièce pour tirer.

Le corps de l'homme tressauta sous l'impact des balles de l'automatique et s'écroula en secousses brusques, comme un pantin désarticulé.

— Bonjour, professeur, fis-je d'un ton glacial.

— Mademoiselle Kean... murmura-t-il.

— Où est ma fille ? fis-je en pointant mon arme sur lui.

— Elle est au sous-sol, dans le laboratoire.

— Je te préviens, si on lui a fait du mal, je te ferai découvrir ce que signifient les mots « douleur » et « enfer ». Je détruirai l'œuvre de ta vie et tout ce à quoi tu tiens. À commencer par ton fils et ton petit-fils, dis-je en plantant mon regard dans le sien.

La sincérité de ma menace dut transparaître dans mon regard parce qu'une terreur, une terreur absolue s'afficha soudain sur son visage.

— Avance !

Je longeai le mur du couloir, mon arme braquée sur lui, en direction de l'escalier menant au rez-de-chaussée. Les tirs s'estompaient mais n'étaient pas totalement terminés. Ce n'était pas la première fois que je risquais d'être prise dans une fusillade mais je préférais en général les éviter.

Je ne possédais ni la vitesse des vampires ou des loups ni leur capacité à se régénérer.

— Rebecca, vous ne comprenez pas. Mes études sur toutes ces créatures sont fondamentales et pourraient résoudre un grand nombre de maladies qui dévastent ce monde.

Je pointais mon arme dans son dos, et lui essayait de me convaincre qu'il œuvrait pour l'humanité.

— Non, professeur. Je suis tout à fait à même de comprendre l'intérêt de la recherche mais vous avez raison : je ne comprends pas ce que vous faites dans le Vermont, je ne comprends pas votre alliance avec des vampires, je ne comprends pas les souffrances que vous avez infligées à des personnes innocentes.

— Vous savez combien coûtent ces recherches ? Lorsque Charles Wintrop est venu me voir et m'a parlé de l'existence d'êtres surnaturels, je ne voulais pas y croire. C'était incroyable. Il m'a fourni les moyens de travailler, de financer mes travaux.

— Que voulait-il en échange ? Quel marché avez-vous passé avec eux ? demandai-je en appuyant le canon dans son dos.

— Il voulait que je crée une espèce surnaturelle dont les vampires puissent se nourrir et se servir. Les humains sont trop fragiles et le sang des muteurs, des loups ou des autres créatures agit comme un poison sur eux.

Si je récapitule bien : les vampires veulent se fabriquer des esclaves au sang hyper dopant pour contourner les dispositions du traité qui leur interdit de se nourrir d'êtres humains.

— Et pourquoi êtes-vous venu vous installer ici ?

Je connaissais déjà la réponse. Wintrop et ses maîtres voulaient joindre l'utile à l'agréable. Il leur fallait des spécimens et quitte à s'attaquer à un territoire, autant déstabiliser celui d'un rival comme Raphael.

— Il y a ici beaucoup de créatures très puissantes, c'est un véritable vivier et nous ne pensions pas que vous réagiriez aussi vite, ni que les clans étaient déjà suffisamment organisés pour faire des recoupements.

— Vous vous trompez, professeur. Ces vampires espéraient que ces disparitions créent une véritable tension entre les communautés. Aucun vampire n'a été enlevé, les coupables étaient tous désignés, fis-je en entendant des pas dans l'escalier. Existe-t-il un autre accès pour aller au sous-sol ?

Il hocha la tête et m'indiqua une porte située quelques mètres devant nous.

— Qu'est-ce que c'est ?

— Un ascenseur. Je l'avais fait installer pour Tim, dit-il d'une voix rauque.

— On y va, dis-je en appuyant sur le bouton.

La première chose que je vis lorsque la porte de l'ascenseur se décida enfin à s'ouvrir, ce fut un cadavre. Enfin, une masse sanguinolente parce que le corps ressemblait plus à mes yeux à un amas de chair ou à une pièce de viande qu'à une dépouille humaine.

— Marshall, c'est Marshall, dit Thomson d'une voix blanche.

Le sang recouvrait les murs et les cloisons. Quelqu'un n'avait pas voulu se laisser tuer et j'avais une petite idée de qui il pouvait bien s'agir.

— Votre créature est d'humeur taquine, on dirait, dis-je à Thomson en repoussant du pied les organes dépecés qui avaient glissé hors de la cage d'ascenseur. Allez, venez avec moi et ce qu'il reste de votre ami, docteur Frankenstein.

— Non ! hurla-t-il, je ne veux pas ! Vous n'avez aucune idée de ce qu'il va nous faire, Rebecca !

— Ma fille est en bas, avec ce monstre, alors dépêchez-vous ou je vous tue, dis-je en le poussant dans l'ascenseur.

Soudain, des balles ricochèrent sur les murs, me forçant à m'écarter de lui. Je me jetai aussitôt à plat ventre et visai le tireur qui se tenait dans le couloir, à dix mètres de là. Après l'avoir descendu, je retournai mon canon sur Thomson.

— Vous ne voulez toujours pas venir avec moi ?

— Non, je...

Je ne lui laissai pas le temps de terminer sa phrase et tirai. Deux balles. Une doublette, dans le front. Je n'avais plus de temps à perdre.

J'enjambai son cadavre et grimpai dans l'ascenseur.

Cinq secondes plus tard, je pénétrai dans le laboratoire sous-terrain ultramoderne composé de différentes salles vitrées, installées en enfilade. En les traversant, je remarquai que chacune d'entre elles était équipée de microscopes, d'ordinateurs, de matériel médical et de tables d'examen munies de sangles. Je continuai un peu plus loin et aperçus soudain une dizaine de petites cellules d'emprisonnement. Certaines avaient des barreaux, d'autres, de simples portes de verre transparent, comme pour faciliter l'observation des cobayes. Je m'approchai de la première, l'angoisse au ventre et les larmes aux yeux. Un homme nu gisait sur le sol. Il avait été pratiquement découpé en deux. Malgré son état, je sus tout de suite qu'il s'agissait de Ralph Mayer, l'ours-garou.

Je respirai profondément puis avançai comme un zombie vers la suivante. Elle était vide. Idem pour les deux autres, puis je m'arrêtai brusquement devant la dernière de la rangée. J'avais instinctivement fermé les yeux. Mes jambes me portaient à peine, j'étais prête à m'écrouler. Quand je les rouvris, j'étais à genoux, les joues couvertes de larmes, devant Kathryn Germann. Elle avait les yeux ouverts mais le regard mort.

— Rebecca ?

Mark et Raphael se tenaient devant moi. Leurs vêtements étaient couverts de sang.

— Leonora n'est pas là, je n'arrive pas à la trouver, dis-je en reniflant.

— On va t'aider, fit le démon. On est désolés de ne pas être arrivés plus tôt mais il y a eu pas mal de casse là-haut. Les humains étaient une trentaine, tous d'anciens soldats et armés jusqu'aux dents.

Ses paroles me firent l'effet d'une décharge électrique.

— Combien de morts ? Et Beth ? dis-je en me redressant.

— Beth va bien, dit Raphael d'un ton rassurant. J'y ai veillé. Et je me suis aussi occupé de Charles Wintrop. Il a eu l'air très surpris et plutôt contrarié de me voir.

— Le maître de Newport ne va pas apprécier, raillai-je.

— Charles a brisé les règles en agissant sur mon territoire sans m'en demander l'autorisation. Il a été puni selon nos lois.

— Je dois aller chercher Leo, dis-je en rechargeant mon Beretta.

— J'ai repéré un passage de l'autre côté. Je pense que le monstre se cache quelque part dans le coin, dit Mark.

— Allons-y, dit Raphael.

Je les suivis vers un petit couloir, situé de l'autre côté de l'ascenseur. Le passage était étroit et peu éclairé. J'entendais le bruit rauque de ma respiration et un râle qui transperçait les murs. Je tournai ensuite sur la droite et captai enfin une signature énergétique faible. C'était Leonora. Je me mis à courir comme une folle dans sa direction, suivie par Raphael et Mark.

— Rebecca, fit Raphael en me saisissant soudain le bras, il se tient à peine à quelques mètres.

Je le croyais volontiers. Il faisait complètement noir mais l'obscurité n'était pas un problème pour un vampire et d'après les deux flammes rouges qui illuminaient le visage de Mark, pour un semi-démon non plus.

Je me concentrai et appelai le pouvoir du feu. Bientôt, une boule de lumière apparut juste devant moi, suspendue entre le sol et le plafond. Et j'aperçus enfin Charzac. Il n'essayait plus de fuir et tenait une minuscule poupée entre ses énormes bras. Leonora.

J'eus une remontée de bile. Un bâillon entravait la bouche de ma fille. Elle semblait endormie ou droguée. Son visage était tuméfié. Ils avaient du la frapper au moins avec des barres de fer pour réussir à lui laisser des marques. Sa peau se régénérait si facilement...

— Lâche-la, fis-je tandis qu'une vague de pouvoir déferlait autour de moi.

— C'est une gentille petite fille, fit la créature en caressant son bras.

Je sentais son envie de lui faire mal, de la blesser.

— Ne la touche pas, crachai-je.

— Et qu'est-ce que tu comptes faire pour m'en empêcher ?

Bonne question. Et aucune réponse valable ne me venait à l'esprit.

— Le professeur Thomson est mort. Je l'ai tué. Tu n'as plus ni à rester enfermé ni à te plier à sa volonté. Tu peux venir vivre parmi les tiens, on trouvera une solution.

Il se mit à ricaner et dit d'un ton amer :

— Il voulait utiliser ses recherches pour guérir les humains mais nous sommes des monstres, dit-il. Notre chair, nos cellules, notre âme sont corrompus. Ta fille est comme moi, si ce n'est que j'ai été créé par les hommes et elle par la nature.

— C'est pour ça que tu l'as sauvée ? Pour ça que tu ne les as pas laissés la tuer ?

Il hocha la tête.

— Comment as-tu fait ? demanda-t-il.

— Qu'est-ce que tu veux dire ?

— Comment as-tu fait pour avoir cet enfant avec un cadavre ?

— Pourquoi faut-il toujours qu'on me pose cette question ?... Je n'en sais rien. Vraiment, je n'en sais rien.

Leonora ouvrait lentement les yeux.

— Elle ne le savait pas. C'est moi qui le lui ai dit, fit-il en la regardant. Hein ? Petite ? Tu ne savais pas que ton père était un vampire ?

Elle secoua la tête de droite à gauche, le menton tremblant, comme si elle allait pleurer.

— Au début, elle ne voulait pas me croire mais je lui ai montré. Elle a des petits crocs juste là, prêts à sortir, dit-il en glissant un doigt sur ses gencives.

Leonora ne réagissait pas. Elle était tétanisée par la peur.

Mark et Raphael le regardaient, fascinés.

— Ne bougez pas ou il la tuera, ordonnai-je aux deux hommes.

— Il est trop tard pour la sauver, dit la créature en posant ses mains sur le cœur de ma fille.

— Maman... gémit-elle d'une petite voix en me tendant les bras.

Soudain un vent de panique m'envahit. Je propulsai mon pouvoir sur le monstre sans que ça produise aucun effet.

— Tu es trop faible, s'esclaffa-t-il.

— D'accord, alors, regarde, fis-je.

Je laissai tomber mes barrières laissant enfin la colère et la peur m'envahir totalement. Plus de contrôle. Plus de limites. Je sentis rapidement la bête tapie au fond de moi se réveiller et grandir. Bientôt, sa brûlure parcourut mes veines, transformant mon corps en un énorme brasier, un geyser de pouvoir prêt à éclater. Ce n'était plus moi qui chevauchais le pouvoir mais le pouvoir qui me chevauchait. J'étais incapable de le brider, il me dévorait le cœur et l'âme et réduisait ma volonté à néant. Je n'étais plus qu'un réceptacle créé pour accueillir sa main vengeresse et terrifiante.

— Rebecca ! fit Raphael, affolé. Qu'est-ce qui se passe ?

— Elle a répondu à l'appel des quatre éléments, ils sont réunis et prêts à frapper, dit Mark, la gorge serrée. On doit récupérer l'enfant et quitter cet endroit avant que tout n'explose !

— Et Rebecca ?

Je vis Mark secouer la tête tristement à travers un regard qui n'était plus le mien mais celui d'une créature inconnue et terriblement puissante.

— Pas question, dit Raphael en saisissant mon poignet.

Charzac me regardait, subjugué. Plus de sourire cruel, plus de provocation. J'aurais presque pensé qu'il comprenait ce qui allait arriver et l'attendait avec impatience.

— Pose mon bébé, dis-je.

Mes cheveux étaient écarlates et une lumière rouge entourait chaque parcelle de mon corps.

Je me libérai de la main du vampire d'un geste vif et dirigeai l'énergie sur le visage déformé de la créature.

— Mark, attrape Leonora ! criai-je tandis qu'une boule solaire percutait le monstre en pleine face et lui arrachait la tête.

Le semi-démon prit ma fille dans ses bras et disparut. Puis je me tournai vers le vampire.

— Va-t'en, Raphael ! Je ne peux plus la canaliser ! hurlai-je en me tournant vers lui.

La magie était sur le point d'imploser comme une bombe. Elle allait se répandre telle une mer de ténèbres et absorber toute vie sur son passage.

— Non, dit-il.

Je sentis soudain sa main dans la mienne. Son pouvoir froid me transperça la poitrine et jaillit en moi. Nos énergies se mêlèrent dans une danse de mort et de vie, se nourrissant l'une l'autre, s'absorbant, s'annihilant presque. Je tombai à genoux tandis qu'il me serrait dans ses bras et nous nous mîmes à hurler, le regard fou, dévastés par un pouvoir trop puissant pour tenir dans des corps si fragiles. Sous l'effet de la douleur, toutes mes perceptions s'engourdirent et je ne distinguai rien. Rien à part le merveilleux mélange de nos auras, l'une blanche, l'autre rouge, qui, ensemble, avaient la couleur unique d'un crépuscule de printemps.

Puis ce fut le néant.

Chapitre 38

Quand je me réveillais, j'étais allongée dans un lit à baldaquin, ma fille Leonora blottie contre moi. Je soulevai la couverture et vis sa cage thoracique se soulever doucement. Elle était profondément endormie et on l'avait revêtue d'une adorable chemise de nuit en dentelle blanche. La plupart de ses bleus et de ses blessures avaient disparu. Je me tournai vers elle, l'embrassai sur le front et me dégageai lentement pour ne pas la réveiller. Les rideaux de la fenêtre n'avaient pas été tirés et je vis que la nuit commençait à tomber. Je n'avais pas besoin de me demander où j'étais. J'avais tout de suite reconnu la chambre bleue de Raphael et ses ravissants meubles Louis XV. Je tentai de me mettre debout mais chaque muscle de mon corps me faisait atrocement souffrir. À croire que quelqu'un s'était amusé à me battre comme plâtre durant mon sommeil. (Bon, d'accord : vu ce qui s'était passé dans la maison du professeur Thomson, j'aurais dû être heureuse de m'en tirer à si bon compte...) Quand je posai un pied par terre, je remarquai tout à coup en voyant mes cuisses nues que je ne portais que mon slip et mon soutien-gorge. Je jetai un coup d'œil rapide autour de moi pour chercher mes affaires mais je ne trouvai rien.

Enfin… rien à part une longue robe de velours vert émeraude posée délicatement sur le canapé. Je grimaçai et me dirigeai vers la salle de bains pour découvrir que quelqu'un avait eu la prévenance d'y déposer une brosse à dents neuve, du dentifrice, une brosse à cheveux, une trousse complète de maquillage et même des sous-vêtements à ma taille. Décidément, Raphael avait le sens du détail.

Je pris une douche, enfilai la satanée robe longue et quittai la chambre en prenant garde de ne pas réveiller Leonora.

La gigantesque cuisine de la maison était déserte et j'ouvris plusieurs placards sans y trouver la moindre trace de café et le frigo était totalement vide hormis quelques poches de sang frais.

— Bonjour, madame.

Hector souriait. Ses crocs étaient sortis. Un phénomène courant chez les vampires à leur réveil.

— Bonjour, Hector.

— Vous désirez manger quelque chose ?

— J'avoue que je rêve d'un bon café mais il semble que vous n'ayez rien dans cette cuisine pour satisfaire les besoins de gens comme moi, fis-je en souriant.

— C'est parce que vous n'avez pas bien cherché, dit-il en saisissant une boîte et en en sortant des capsules de café. Tenez, la machine à *espresso* est juste derrière vous.

— Génial.

Deux autres vampires entrèrent dans la pièce et s'installèrent sur les tabourets hauts. Leurs visages m'étaient totalement inconnus mais Raphael m'avait dit qu'ils étaient près d'une vingtaine à vivre sur la propriété, alors, il n'y avait rien d'étonnant à ça. Hector sortit d'autres bols et mit en marche le micro-ondes. J'imaginai qu'il s'occupait de gérer l'intendance et assurait le service à la perfection.

— Désirez-vous que je vous serve le café au salon ? demanda Hector d'un ton prévenant.

Prendre le petit déjeuner en compagnie de vampires à 8 heures du soir me déstabilisait complètement. J'étais donc trop heureuse d'accepter sa proposition.

— Ce serait extrêmement gentil de votre part, fis-je en m'apprêtant à sortir de la pièce.

— Notre compagnie te dérange, sorcière ?

Je reconnus immédiatement la voix de Hope. Elle se tenait dans l'encadrement de la porte, son visage était redevenu parfait et elle me dévisageait d'un air haineux.

— À ta place, je ne serais pas assez stupide pour me provoquer au réveil, Hope. Parce que j'ai beaucoup regretté de ne pas t'avoir achevée la dernière fois où nous nous sommes vues.

— Tu me menaces ? Ici ? s'exclama-t-elle d'une voix stridente.

Ses cheveux flottaient sur ses épaules et ses crocs étaient descendus, tout comme ceux des autres vampires. Je jetai un coup d'œil à Hector et aux deux autres hommes qui buvaient tranquillement leurs bols de sang.

— Pourquoi ? Tu crois que l'un d'entre eux a des envies de suicide et qu'il va venir te défendre ?

Les trois hommes agissaient comme s'ils n'avaient rien entendu de notre altercation, et à leurs postures, je compris immédiatement qu'ils n'avaient pas l'intention de lever le petit doigt pour aider la belle blonde. Hope le constata également.

— Alors c'est comme ça ? Vous laissez cette sorcière vous intimider ?

— Mlle Kean est l'invitée du maître, Hope, et si tu lui manques de respect, alors, nous estimons que c'est à Raphael que tu manques de respect, dit Hector d'un ton calme.

— Tu prends parti pour elle ? Tu n'es vraiment bon qu'à être le lèche-cul de ton enfoiré de maître ! hurla-t-elle avec mépris.

— Ôtez-vous de mon chemin, Hope ! ordonnai-je d'une voix glaciale.

— Je vais te tuer, sorcière…

Je fermai les yeux et laissai la magie me submerger.

— Rebecca…

La voix d'Hector était presque suppliante.

— Quoi ?

— Ne faites pas ça. Hope est jalouse, elle ne sait même plus ce qu'elle dit.

— Tais-toi, larbin ! Je sais parfaitement ce que je dis et je vais saigner cette garce ! cria Hope d'une voix hystérique.

Je propulsai mon pouvoir sur sa gorge et elle se trouva bientôt à genoux.

Dans ma main droite brûlait une flamme que je m'apprêtais à lui lancer quand Raphael surgit brusquement. Je sentis son pouvoir froid m'entourer et la tension et la rage qui semblaient m'habiter s'effondrer. C'est ce moment-là que choisit Hope pour me bondir dessus, mais cette fois Raphael fut plus rapide et la projeta contre le sol.

— Je t'avais prévenue de ne plus jamais t'en prendre à Rebecca, Hope. Maintenant c'est terminé, fit-il.

Il la souleva de terre par les cheveux et fit un signe de tête à Hector et aux deux autres vampires toujours assis autour de la table.

— Ôtez-la de ma vue et enfermez-la. Je m'occuperai d'elle plus tard.

Les trois hommes acquiescèrent de concert et entraînèrent la vampire, complètement sonnée, hors de la cuisine avec eux.

— J'aurais vraiment préféré que tu me ramènes chez moi ou chez Beth, tu sais... fis-je.

— Je suis désolé. Je ne pouvais pas.

— Que s'est-il passé ?

— Tu ne te souviens de rien ?

Je me souvenais que Raphael ne m'avait pas abandonnée, qu'il avait risqué sa vie pour me sauver et que, grâce à lui, j'étais parvenue à juguler le pouvoir des quatre éléments déchaînés.

— Pas vraiment, mentis-je.

— Tu sais que je n'ignore pas quand tu me mens... alors fais-le au moins avec conviction.

— Merci, fis-je en caressant sa joue avec ma main.

— Ne me remercie pas avant que je t'aie tout raconté. Tu changeras peut-être d'avis, dit-il avec un air grave.

— Je t'écoute.

— Tu es restée inconsciente pendant près de douze heures et Leonora...

Il sembla hésiter

— Quoi, Leonora ?

— Elle allait vraiment mal. Plusieurs de ses organes internes ont été gravement touchés. Trop pour qu'elle puisse régénérer.

Je sentis les battements de mon cœur s'accélérer.

— Mais j'ai vu ma fille, elle dormait, elle avait l'air d'aller bien.

— Oui, mais il a fallu que je lui donne du sang.

— Je suppose que c'était nécessaire…

— Ta fille n'est pas complètement vampire, Rebecca, tu le sais, mais je ne crois pas que tu aies bien compris ce que ça implique.

— Qu'est-ce que tu essaies de me dire ?

— Il essaie de te dire qu'il était trop tard pour sauver Leonora même avec du sang humain.

Beth était en train de nous observer. Elle avait l'air épuisé et inquiet.

— Alors, je lui ai donné l'autorisation de nourrir Leo avec le sien.

— Tu veux dire que… ?

Je me tournai vers Raphael.

— Tu lui as donné ton sang ?

— Il n'y avait pas d'autre moyen, Rebecca. Elle était en train de mourir.

Raphael baissait la tête, nous savions tous deux ce que ça signifiait mais Beth n'en avait visiblement aucune idée.

— Elle n'est qu'à moitié vampire, son corps ne pouvait pas complètement guérir comme le font ceux de mon espèce, ajouta-t-il.

Mes sentiments étaient ambivalents. J'étais en colère et en même temps soulagée qu'ils aient tous les deux trouvé le moyen de sauver la vie de ma fille.

— Tu sais, c'était dingue, dit-elle. Elle ne respirait pratiquement plus et deux secondes après avoir bu le sang de Raphael, elle s'est mise à sourire et à parler. C'était comme si elle avait guéri d'un seul coup. Je ne savais pas que les vampires avaient un tel pouvoir.

Beth avait l'air impressionné et une partie de moi l'était tout autant. Mais pas pour les mêmes raisons.

— Je sais ce que ça signifie pour toi et pour Leo, Raphael. Il va me falloir un peu de temps pour digérer l'information, fis-je. Ne te méprends pas. Je te suis extrêmement reconnaissante mais…

— Je comprends, fit Raphael d'un ton grave.

Raphael avait offert à Leonora le don le plus précieux qu'un vampire pouvait accorder à un autre vampire : il lui avait conféré une partie de ses propres pouvoirs.

Dans le monde des humains, c'était un acte aussi important que celui d'adopter un enfant. Un tel geste se pratiquait habituellement en cérémonie. Il avait permis à ma fille de bénéficier à jamais de sa protection.

— Je suppose que ses pouvoirs risquent d'augmenter considérablement. Tu penses qu'elle saura les maîtriser ?

Beth me dévisageait et je sentais sur moi son regard interrogateur.

— Je ne sais pas. Je n'ai accordé mon don qu'une seule fois auparavant et j'étais bien moins puissant que je ne le suis aujourd'hui.

— Mais je croyais que les vampires transformaient les humains avec leur sang, c'est plutôt courant, non ? demanda Beth, étonnée.

— Nous ne donnons jamais notre sang à nos semblables, répondit Raphael. Sauf à vouloir aussi leur donner tout ou partie de nos pouvoirs. Évidemment, Leonora n'est qu'à moitié vampire, mais il est fort probable qu'elle développe bientôt certaines… capacités.

— Oh merde… lâcha-t-elle.

— Comme tu dis, fis-je. Elle n'était déjà pas facile à gérer…

— Je pourrais t'aider si tu en as besoin.

— Toi ? As-tu seulement la moindre idée de ce qu'est une enfant de dix ans, prête à entrer dans l'adolescence ?

— Eh bien, elle m'a semblé très raisonnable quand nous avons discuté tous les deux…

— Tu as parlé avec ma fille ?

— Elle était assez en forme, Beth était partie, et tu étais hors service alors j'ai dû m'occuper d'elle. Elle est aussi surprenante et belle que sa mère.

— De quoi… enfin, je veux dire, elle t'a posé des questions ?

— Oui. Apparemment, elle ignorait totalement ce qu'elle était avant son enlèvement. Pourquoi ne lui as-tu jamais dit que son père était un vampire ?

— Ah, tu vois ? Il n'y a pas que moi qui pense que tu aurais dû lui parler plus tôt, commenta Beth.

— Je ne sais pas, je crois que j'ai eu peur.

— Toi ? Je crois bien ne jamais avoir entendu ce mot dans ta bouche, dit-elle.

— Eh bien, pourtant, c'est la vérité. Vous ne m'avez pas raconté comment ça s'était passé pour les autres. Je veux dire : il y a des blessés ?

— Jerry est mort. Gordon et Linus sont très mal en point.

— Et Khor ?

Elle se renfrogna.

— Il a été salement amoché mais il devrait s'en sortir.

— Pourquoi n'es-tu pas avec lui ?

— Je viens à peine de le quitter. Aligarh devait débarquer chez lui. Je ne savais pas quoi faire.

J'allais devoir rendre une petite visite au chef des muteurs, mais il me faudrait attendre que je récupère un peu la forme. La discussion risquait d'être plutôt agitée.

— Tu as peur qu'Aligarh s'en prenne à lui ? demandai-je.

— Il ne fera rien pour le moment. Pas avant qu'il ne soit sur pied. C'est leur loi.

— Maître ?

Le majordome avait les traits tirés. Quelque chose venait de se passer.

— Oui, Hector ? dit Raphael.

Je sentis une sorte de connexion mentale entre eux. Ils communiquaient et j'aurais donné cher pour savoir ce qu'ils étaient en train de se raconter.

— Je dois te laisser, finit-il par dire. J'ai un problème à régler.

Il avait dit ça d'un ton neutre mais depuis que nous avions ce lien entre nous, je commençais à être capable de ressentir ses émotions et je sentais qu'il me cachait quelque chose de grave.

— Très bien. De toute manière, il va falloir songer à rentrer chez moi, dis-je.

— Leonora a besoin de repos. Reste encore cette nuit. Hector va t'apporter de quoi te restaurer.

J'hésitai quelques secondes puis finis par hocher la tête. Ma fille dormait et je n'étais pas pressée de la réveiller et de répondre aux milliers de questions qu'elle n'allait pas manquer de me poser.

— Entendu.

Il se dirigea vers le couloir puis se tourna vers moi.

— Au fait, cette robe te va magnifiquement. Tu es splendide.

— Eh bien, j'ai l'impression que votre relation a sacrément évolué, remarqua Beth une fois qu'il fut parti.

— Qu'est-ce que tu veux dire ?

— Je t'ai observée. Tu as oublié que c'était un vampire. Il n'y a même plus une once de défiance dans tes yeux quand tu le regardes.

— Étonnant, hein ? Enfant, j'étais la plus sauvage et la plus déterminée de toutes les chasseuses de mon clan. Quand j'ai eu cette histoire avec Michael, ça a été un vrai calvaire pour les miens. Pourtant, je n'avais pas changé d'un iota. Je n'avais jamais à aucun moment oublié ce que c'était qu'un vampire et je luttais sans cesse contre l'envie qui me tenaillait de le tuer.

— Tu aurais tué ton amant ? Le père de ta fille ?

— C'est ma nature, ça aurait été aussi inéluctable que le lever du jour après la nuit.

— Alors quel est le problème avec Raphael ?

— Raphael est l'exception qui confirme la règle. Avec lui, je n'ai jamais ressenti ce genre de pulsions. Je lui parle comme à un être vivant, j'entends son cœur battre comme si c'était un être vivant et j'ai envie de lui comme un être vivant, je ne…

Ma voix s'étrangla.

— Et tu l'aimes comme s'il était un être vivant, pas vrai ? m'interrompit-elle.

— À vrai dire, je ne sais pas ce que je ressens et ça me fait peur. Tu sais, les sorcières comme moi ne font pas réellement d'introspection. Nous nous efforçons de ne rien ressentir, de chasser toutes nos émotions, alors tu te doutes bien qu'on ne se pose pas la question de comprendre quelque chose qui n'est pas censé exister.

— Rebecca, à ce propos, il y a quelque chose maintenant que j'ai besoin de savoir…

— Quoi ?

— Hier, dans la maison de Thomson, j'ai senti quelque chose de terrible. Une sorte de magie que je n'avais jamais rencontrée avant et, franchement, j'ai cru que nous allions tous mourir. J'ai besoin de savoir, quel genre de sorcière est capable d'avoir autant de pouvoir ?

Elle avait le regard effrayé de quelqu'un qui sait mais qui refuse la vérité.

— Pourquoi poser la question si tu connais déjà la réponse ?

— Gordon avait beau être blessé, il a senti ton pouvoir de destruction et il m'a demandé pourquoi je ne lui avais pas dit que tu étais une sorcière de guerre.

— Je ne t'ai rien dit parce que je fuis mon clan et qu'il m'a condamnée à mort. Révéler ce que j'étais, c'était prendre le risque que les miens me retrouvent…

— Une sorcière de guerre… dit-elle d'une voix blanche. Jusqu'à cette nuit, je croyais qu'il s'agissait de simples légendes.

— Ces légendes sont bien réelles et pour la plupart parfaitement exactes, tu peux en être sûre, dis-je en esquissant un pauvre sourire.

— J'avoue que j'avais imaginé pas mal de choses sur ton passé et je me doutais qu'il était particulier, mais je ne m'attendais pas à ça.

Elle essayait de faire bonne figure mais je sentais qu'elle était profondément perturbée. Les histoires les plus atroces circulaient sur les sorcières de guerre, et je venais de lui confirmer non seulement que bon nombre d'entre elles étaient fondées mais que j'étais l'une de ces affreuses créatures de cauchemar.

— Écoute, Beth, tu me connais et je n'ai plus grand-chose à voir avec mes sœurs de clan, alors essaie de te détendre, d'accord ?

— Oui. C'est idiot, je suis désolée. Il faut dire qu'avec toi, on va de surprise en surprise, on n'a pas vraiment le temps de réaliser. Je ne sais même pas si je dois te comprendre ou t'engueuler.

— Tu me fais toujours confiance ?

— Oui, répondit-elle sans hésitation.

— Alors le reste n'a pas d'importance. Tu es un loup, laisse-toi guider par ton instinct.

— Ouais, ben pour l'instant mon instinct me dit que je suis fatiguée et que je meurs d'envie de savoir comment s'en sort Khor, alors…

— … alors vas-y. Leo et moi, on ne risque plus rien.

— Très bien. Je t'appelle demain matin.

Je vis qu'elle boitait en la regardant s'éloigner. Avec son survêtement débraillé, ses cheveux hirsutes et son air hagard, elle avait l'air d'une folle mais je me gardais bien de le remarquer à voix haute. J'étais certaine qu'elle était tellement à bout de nerfs et de fatigue qu'elle m'aurait incendiée et j'étais trop crevée pour me disputer avec elle.

Chapitre 39

Une semaine plus tard, tout semblait être rentré dans l'ordre. Gordon et Linus s'en étaient tirés, Leo avait repris le chemin de l'école et nous habitions momentanément chez Bruce, le temps que les ouvriers réparent les dégâts de mon appartement. Je comptais le revendre et quitter la ville dans une quinzaine de jours, juste après la période des examens. Quant à Beth, elle était totalement débordée entre Khor, son boulot et sa mission de garde du corps auprès de William. J'estimais que les chances de survie du jeune Alpha restaient, malgré tout, assez faibles. Dante, son rival, n'était pas du genre à attendre patiemment que William grandisse et gagne en pouvoir.

— Maman, il y a quelqu'un pour toi ! Il t'attend dans le salon.

— Qui est-ce ? demandai-je à travers la porte de la salle de bains.

— Un vampire. C'est drôle, moi, je pensais qu'il fallait les inviter pour qu'ils puissent entrer…

Je me précipitai hors de la salle de bains, en peignoir, une serviette sur la tête.

— … Tu plaisantes ?

— Ne t'en fais pas, c'est seulement Raphael.

— Va dans ta chambre.

Elle haussa les épaules et obtempéra tandis que je me précipitai en courant vers le salon où je trouvai Raphael, assis sur le canapé, un sourire moqueur aux lèvres. Il avait attaché ses longs cheveux blonds en une centaine de petites tresses, à l'africaine, et portait une chemise moulante sur un pantalon de cuir noir.

Mon cœur fit un looping dans ma poitrine. Une tension parcourut mon corps et le rouge enflamma mes joues sous la pression de mon désir. Je ne l'avais pas vu depuis seulement huit jours mais je me rendis compte en sentant disparaître le poids que je sentais sur l'estomac qu'il m'avait terriblement manqué. C'était complètement stupide et niais mais c'était la vérité.

Il jeta un regard sur la pièce et plissa légèrement les yeux.

— Alors, comme ça, c'est vrai ? Tu vis avec Bruce ?

— Il m'a proposé de rester chez lui le temps que les ouvriers fassent les travaux dans mon appartement. Pourquoi ?

— Tu aurais pu t'installer dans ma propriété, j'ai de nombreuses chambres vides et des chevaux qui plairaient à Leonora.

Oui, mais je n'avais pas assez confiance en moi pour vivre près de lui sans finir par céder à mon désir et par devenir complètement accroc, et ça, c'était hors de question…

— Écoute, les choses sont vraiment compliquées entre nous et… mais, au fait, comment es-tu entré ici sans y être invité ?

Les vampires n'étaient pas censés pénétrer chez les gens sans leur accord, c'était une règle immuable et qu'il n'aurait jamais dû pouvoir transgresser, putain de merde… !

Il soupira et dit d'une voix douce :

— Nous avons été liés par la magie, Rebecca. Tu ne peux rien faire pour m'empêcher de t'atteindre ou de te retrouver où que tu ailles mais c'est aussi valable pour toi. Tu sauras toujours où je me trouve et je ne pourrai plus jamais utiliser mes pouvoirs contre toi.

— En gros, c'est comme un mariage ?

— En quelque sorte…

— Très bien. Je veux divorcer.

Il éclata d'un rire sans joie.

— Déjà ?

Il se leva lentement, avec la grâce fluide des vampires les plus anciens, les plus puissants. Ma bouche devint sèche et mon pouls s'accéléra. Il posa ses mains sur mes hanches et avança son visage vers le mien.

— Non, dis-je d'une voix étranglée.

— Non ?

Mon cerveau me disait de reculer mais mes jambes étaient comme paralysées. J'avais de plus en plus de mal à respirer. Mes bras étaient collés le long de mon corps et je savais que je ne devais surtout pas le toucher si je voulais garder le peu de contrôle qui me restait encore.

— Tu m'as manqué.

— Arrête ça, Raphael, dis-je en tentant de le repousser, mais quand je sentis ma main sur son torse, je sus que j'avais commis une erreur.

Son baiser fut d'abord très doux puis sa langue força mes lèvres et tout s'embrasa. La pièce se mit à tourner autour de nous. Il me souleva pour m'empêcher de tomber et je sentis sa bouche glisser lentement le long de mon cou. Je ne pouvais plus bouger. Je ne voulais pas bouger. Son pouvoir pénétrait ma peau en même temps que ses crocs et je sentis quelque chose s'ouvrir tout au fond de moi, comme une faim jusque-là insatisfaite et soudain rassasiée. Il me remplissait tout entière et je me mis à gémir en sentant ma magie répondre à son appel.

Cela ne prit que quelques secondes mais durant ce court laps de temps, je compris qu'il n'avait pas exagéré sur le lien qui nous unissait et que ma liberté s'était envolée.

— Sois sage, nous ne sommes plus seuls, souffla-t-il.

Puis il me posa rapidement sur le canapé. J'entendis le bruit de la porte de la chambre où dormait Leonora se refermer. Elle se dirigeait vers le salon. J'ôtai rapidement la serviette sur mes cheveux pour la poser autour de mon cou.

— Bonjour.

Il la dévisagea et lui fit un sourire dévastateur. Leo cligna des yeux comme un papillon fasciné par la lumière.

— Bonjour Leonora.

Je ne savais pas comment il s'y était pris mais il n'y avait pas une goutte de sang sur ses lèvres ou sur ses vêtements.

— Je suis content de te revoir, dit-il en lui faisant un clin d'œil.

— Moi aussi, dit ma fille avec une chaleur dans la voix que je ne lui connaissais pas.

Je savais qu'il risquait d'exister entre Raphael et ma fille une sorte de lien affectif, créé par le sang que le vampire avait introduit dans ses veines pour lui sauver la vie. Mais la réalité me fit presque frissonner. Je pouvais pratiquement sentir la connexion quasi filiale qu'il y avait maintenant entre eux.

— Leo, je t'avais dit de rester dans ta chambre.

Elle me toisa avec un air de défi.

— J'ai senti l'appel de la magie jusque dans ma chambre… vos émotions sont tellement fortes. Pourquoi ne m'as-tu jamais dit ce qu'il y avait entre toi et Raphael ?

— Tu es encore petite et ce sont des histoires d'adultes.

— J'ai dix ans mais je ne suis pas « petite », maman. Tu comptes ces années comme les humains mais je ne suis pas humaine… Pourquoi penses-tu que je ne suis pas capable de comprendre ça ? demanda-t-elle, les larmes aux yeux.

— Parce que ce qui se passe entre nous est une erreur et que je vais mettre un terme à cette histoire.

Elle pâlit brusquement.

— Pourquoi ? Parce que c'est un vampire ? demanda-t-elle, révoltée.

— En partie, oui.

— Et moi, maman, je suis quoi ?

Je sentis ma gorge se nouer et les battements de mon pouls s'accélérer.

— Je… je ne comprends pas.

— Oh si, tu comprends. Regarde.

Elle ouvrit la bouche et je vis une minuscule canine qui poussait en haut de sa gencive.

— Elle est très mignonne, dit Raphael d'un ton posé tandis que je déglutissais difficilement

— Tu ne veux pas de lui parce que c'est un vampire et pourtant je suis ta fille et moi aussi, je suis à moitié vampire. Tu ne voudras plus de moi non plus ?

— Leo, tu ne comprends pas…

— Non. C'est toi qui ne comprends rien !

Elle partit et j'entendis la porte de sa chambre claquer violemment.

— Tu lui as enfin parlé de son père ?

— Pas encore.

— Eh bien, tu vas peut-être devoir t'y résoudre.

La tournure de cette conversation commençait à me déplaire fortement.

— Tu m'expliques ?

— Il semble que le Mortefilis ait apporté la preuve à Michael que tu es toujours vivante et qu'il l'ait autorisé à séjourner aux États-Unis. En échange, ton ex-petit ami aurait accepté de faire quelques concessions.

Je fermai les yeux pour calmer les battements de mon cœur affolé.

— Il arrive quand ?

— Dans deux mois.

— Il sait pour Leonora ?

— Je ne sais pas ce que le conseil a cru bon de lui révéler mais je pense qu'ils lui en ont dit le moins possible afin de garder une carte maîtresse et un moyen de transaction supplémentaire. Moi, c'est ce que je ferais.

— Comment le Mortefilis… ?

— … Hope. C'est Hope qui nous a trahis. Elle a appris que j'avais tué David et a appelé le conseil à ton sujet.

— Tu aurais dû tuer cette garce, fis-je en donnant un coup de pied dans la table basse.

— Ne t'inquiète pas de ça, je me suis occupé du problème, dit-il d'un ton glacial.

Quelque chose me disait qu'il l'avait même définitivement réglé.

— Tu as tué ta petite amie ?

Il fronça les sourcils et répondit avec un rictus :

— Je t'ai déjà dit qu'elle n'était pas ma petite amie.

La mort blanche... pas d'âme, de remords ou de conscience. Je le trouvais parfois complètement flippant.

— Apparemment pas, en effet. Bon, si je résume bien, tu vas avoir toi aussi quelques ennuis avec ta hiérarchie. Comment comptes-tu t'en sortir ? Tu me livres aux tiens pour te faire pardonner, tu me caches au fond d'un de tes adorables cercueils laqués ou tu me laisses partir pour me planquer à des milliers de kilomètres d'ici ?

— Je crois que j'ai trouvé une meilleure option. Tu n'arriveras pas à échapper aux miens, plusieurs personnes de ma connaissance m'ont demandé l'autorisation de séjourner en Nouvelle-Angleterre et j'ai la conviction que certains d'entre eux sont déjà là. Tu es sous surveillance et ils n'ont pas envoyé que des vampires.

— Je t'avais dit que je devais partir... fis-je, la gorge serrée. Alors, qu'est-ce que tu proposes ?

— Viens avec moi, je crois que j'ai trouvé une solution.

Soudain, j'entendis une clé dans la serrure. Raphael me jeta un regard étonné.

— C'est Bruce, fis-je.

— Bruce ? fit Raphael d'un ton contrarié.

— J'habite chez lui, je te signale. Il m'héberge, me sert de baby-sitter…

— Rebecca, un lycanthrope n'est pas exactement ce qu'il faut à Leonora, remarqua Raphael en fronçant les sourcils.

— Je crois qu'on parle de moi, dit Bruce en entrant au salon.

Il portait une chemise noire, largement ouverte sur son jean, et tenait négligemment une veste de velours bleu nuit sur l'épaule et un sac de courses à la main.

— Je suis désolé, je suis en retard. J'ai eu une journée plutôt fatigante, dit-il en avançant vers moi et en m'embrassant sur la joue.

Puis, soudain, il se tourna vers Raphael.

— Bonjour Raphael.

— Bruce, dit le vampire en plissant les yeux.

— Où est Leo ? demanda le loup.

— Dans sa chambre, répondis-je.

— Bon, je vais nous préparer une petite bouffe sympa.

— Je ne peux pas, je dois sortir.

— Toute la soirée ?

— Je ne sais pas. On en aura pour combien de temps, Raphael ? demandai-je en me tournant vers lui.

— Elle devrait être de retour dans deux heures, répondit le vampire en fixant le loup.

Son visage ne trahissait aucune émotion mais à cause de notre lien, je savais qu'il avait du mal à se contenir.

— Bon, alors je fais manger Leonora et je t'attends pour qu'on puisse dîner tous les deux. Ce sera plus sympa…

Il le faisait exprès ou quoi ? Raphael allait lui arracher la tête s'il continuait à se comporter comme ça.

— Très bonne idée, fis-je d'un ton faussement enjoué en me levant du canapé. Bon, je m'habille en vitesse et on y va.

Je quittai le salon un peu inquiète. Laisser Bruce et Raphael ensemble trop longtemps me semblait une très mauvaise idée. Je sautai donc rapidement dans un jean, enfilai un chemisier et une veste et me dirigeai rapidement vers le salon. Ça n'avait pas pris plus d'une minute mais je sentais une terrible tension en entrant dans la pièce.

— Tes cheveux sont encore mouillés, tu vas attraper froid, dit Bruce en secouant la tête.

Oui, il le faisait bien exprès… si je n'y prenais pas garde, il allait bientôt me pisser dessus pour marquer son territoire. Je ne pouvais pas lui en vouloir, tous les lycanthropes agissaient de cette façon lorsqu'un mâle dominant pénétrait dans leur intimité. Et depuis que j'habitais chez lui, j'en faisais indéniablement partie.

— Arrête de me couver comme ça, on dirait Beth… dis-je.

— Désolé.

— T'inquiète, je trouve ça mignon, fis-je en lui envoyant un baiser tandis que je me dirigeais vers la porte.

— Au revoir, Bruce, fit Raphael d'un ton sec.

— Raphael ? Prends soin d'elle.

— Arrête de me provoquer, ma patience n'est pas infinie, loup, fit Raphael en claquant la porte.

Chapitre 40

Je me retrouvais une nouvelle fois dans la salle de banquet de Raphael. Il n'avait pas décroché un mot durant le trajet et je comprenais maintenant la raison de son silence. Le Directum était réuni au grand complet. Gordon, Maurane, Aligarh, Tyriam et... Baetan. Il avait quitté sa forme de lycanthrope et avait revêtu pour l'occasion une séduisante enveloppe humaine. L'homme dont il avait volé le corps n'avait pas plus d'une trentaine d'années, il était blond, avait les cheveux mi-longs, de larges épaules et un bronzage soutenu. J'ignorais quelle pouvait être habituellement la couleur de ses yeux parce que, pour le moment, le démon me fixait avec ses prunelles rubis.

— Qu'est-ce que ça signifie ? lançai-je en me tournant vers Raphael.

J'étais furieuse. Je ne voulais plus avoir aucun contact avec les dirigeants de la communauté surnaturelle de cette ville et me faire oublier. Et Raphael me jetait une nouvelle fois dans la gueule du loup...

— Viens t'asseoir, petite, fit Gordon en souriant.

Sa guérison avait dû demander pas mal d'énergie et je voyais de nouvelles rides sur son visage. Il avait l'air fatigué, non, littéralement épuisé.

Je respectais le vieil Alpha et je lui étais reconnaissante de m'avoir aidée à libérer ma fille. Je ne pouvais pas l'envoyer balader, mais je serrai les dents en me promettant de le faire payer chèrement à Raphael.

— Très bien, dis-je en obtempérant.

Raphael s'assit à son tour. Je sentis son soulagement. Il ne perdait rien pour attendre.

— Elle a eu l'air surpris, tu ne lui as rien dit ? demanda Baetan, un rictus aux lèvres.

— Je ne pouvais pas engager le conseil sans votre accord, répondit Raphael d'un ton neutre.

Visiblement, j'avais été au centre d'un certain nombre de discussions et je commençais à avoir envie de me tirer en courant.

— Nous avons décidé de te proposer le poste d'Assayim, dit Gordon.

Tyriam, le maître des chamans, se racla la gorge. J'imaginais que c'était sa manière de marquer son désaccord. Il désapprouvait cette proposition tout autant que moi. Ça me permettait de refuser leur offre avec diplomatie

— Je croyais que c'était une décision qui devait être prise à l'unanimité ? fis-je en me tournant vers le sorcier chauve et gringalet.

— Tu dis ça à cause de moi ? demanda Tyriam avec un sourire mauvais. Sache, ma chère, que l'antipathie certaine que je ressens pour toi n'est pas suffisante pour oblitérer mon jugement. Tu as retrouvé les assassins de Christine Tillbourn et fait un excellent travail avec cette histoire d'enlèvement. Tu as été impitoyable et efficace…

Il me regardait avec intensité, ses yeux de serpent semblant percer mon âme.

— Je suis extrêmement flattée mais je ne suis pas certaine d'être la personne qu'il vous faut pour ce poste.

— Et nous, nous pensons que tu corresponds exactement à ce que nous recherchions, dit Maurane. Tu es puissante, intelligente, pragmatique et tu n'as pas peur d'utiliser les moyens nécessaires pour parvenir à tes fins.

— Et tu ne te laisses pas facilement impressionner, ajouta Aligarh en riant.

Je me mis à rougir en comprenant qu'il ne faisait pas seulement allusion à notre confrontation, après l'enlèvement de l'ours-garou, mais au fait que je l'avais vu entièrement nu.

— Je ne suis pas une tueuse, fis-je.

— Bien sûr que si, dit Baetan. Mais tu es tout à fait capable de te contrôler et tu sais t'imposer des limites. Nous ne sommes pas assez stupides pour croire que tu obéiras aveuglément aux ordres de ce conseil mais nous savons que tu sauras protéger au mieux les intérêts de notre communauté.

Super, voilà maintenant qu'un démon cherchait à m'embaucher... Ma vie commençait à vraiment prendre une tournure bizarre.

— Pour une fois, je suis de l'avis du démon. J'ai confiance en toi et en tes capacités, approuva Gordon.

C'est drôle. Il savait que j'étais une sorcière de guerre mais je ne lisais pas la moindre crainte dans ses yeux.

— Franchement, je suis extrêmement touchée et honorée mais…

Je sentis soudain la jambe de Raphael secouer un peu la mienne et j'abaissai mes défenses mentales.

— *Accepte, ma douce. Si tu deviens Assayim, le Mortefilis ne pourra plus rien contre toi,* chuchota la voix de Raphael dans ma tête.

— *Qu'est-ce que tu veux dire ?*

— *Les vampires ne pourront plus s'en prendre à toi sans que ce soit considéré comme une attaque envers le Directum, donc un acte de guerre contre les clans et une infraction grave au traité de paix.*

— *Tu n'as rien trouvé de mieux ?*

— *Je n'en ai pas eu le temps…*

Raphael savait parfaitement naviguer dans les eaux troubles de la politique. S'il n'avait pas trouvé d'autre solution pour me sauver du Mortefilis, c'était qu'il n'en existait pas. Fuir la ville était désormais inutile, les envoyés et les espions du haut conseil des vampires me suivraient où que j'aille, et sans sa protection et celle des clans, Leonora et moi, tomberions rapidement entre leurs mains ou, pire, entre celles des Vikaris. Ça ne me laissait pas vraiment le choix. Mais j'avais envie de hurler.

— Très bien, j'accepte de devenir l'Assayim du Directum du Vermont, dis-je d'un ton solennel. Mais je veux tout de même que les choses soient claires : je ne travaillerai pas pour assouvir des ambitions personnelles ou pour que ce Directum acquière un plus grand pouvoir ou élargisse son territoire. Ma mission consistera à faire appliquer nos lois, à protéger notre État et à garantir la paix et la sécurité de nos semblables. On est bien d'accord ?

— C'est entendu, fit Gordon.

— Oui, c'est d'accord, dit Aligarh.

— Ça me convient parfaitement, répondit Maurane.

Tyriam, Baetan et Raphael se contentèrent de hocher la tête en signe d'assentiment.

— Dans ce cas, je me mets à la disposition de ce conseil et je ferai tout ce qui est en mon pouvoir pour le représenter de mon mieux.

Tandis que je prononçais ces mots, une énorme boule se formait au creux de mon estomac. Pour la première fois, depuis que j'avais quitté mon clan, j'acceptais de me soumettre à une volonté autre que la mienne. D'aucuns estiment que c'est un petit prix à payer pour survivre mais la vérité, c'était que s'il n'y avait pas eu Leonora, j'aurais préféré crever que me plier à cette mascarade.

— Bienvenue au conseil, Rebecca, dit Gordon.

Baetan eut un sourire qui monta jusqu'à ses yeux de sang. Il semblait savoir parfaitement ce que je devais ressentir et se délectait ouvertement de la situation.

Je me tournai instinctivement vers Raphael et mon esprit pénétra tout à coup le sien.

— *Baetan est au courant pour le Mortefilis, pas vrai ?*

Je le sentis légèrement tressaillir mais son visage resta impassible.

— *Oui. L'un de leurs espions est un démon et il a dû lui expliquer les termes de sa mission avant que Baetan ne l'autorise à séjourner sur ses terres.*

— Alors pourquoi a-t-il soutenu ton projet de me faire nommer Assayim ? Il doit bien se douter que les vampires ne seront plus en mesure de me capturer maintenant.

— Il le sait. Mais, crois-le ou non, il tient autant que moi à te protéger.

— Tu rigoles... tout ce qu'il veut, c'est me voir souffrir. Regarde-le, il s'amuse comme un fou.

— Peut-être...

— Il y a quelque chose que tu ne me dis pas ?

Je sentis un mouvement derrière moi et reconnus la signature énergétique d'Aligarh.

— Rebecca ? Pouvons-nous nous entretenir en privé ?

Le chef des muteurs portait un vieux jean déchiré aux genoux, un sweat-shirt et une paire de tongs. Mais aucun de ses oripeaux n'aurait pu le rendre repoussant ou moins séduisant.

— C'est une affaire privée de la meute, tu permets, Raphael ? fit-il en adressant un regard moqueur au vampire.

— Une affaire privée ? demanda Raphael en haussant les sourcils.

— L'Assayim est censé régler les problèmes internes des clans, non ?

— Seulement si vous n'êtes pas capables de le faire vous-mêmes, répondit le vampire avec dédain.

— Je vous suis, Aligarh, fis-je en me levant.

De toute façon, je mourais littéralement d'envie de lui dire ce que je pensais de lui et de son attitude. Je n'avais pas oublié que Gordon était allé lui demander de nous accompagner, le soir où nous avions attaqué la maison de Thomson, et qu'il avait refusé.

Nous nous dirigeâmes vers l'extérieur et le muteur me fit signe de le suivre. Nous marchâmes en silence pendant au moins cinq kilomètres puis il finit par s'arrêter.

— Avoir une conversation privée avec des vampires et des loups aux alentours se révèle un peu compliqué, dit-il en plantant ses magnifiques yeux gris dans les miens.

— Je vous écoute.

— Je tenais à vous présenter des excuses.

— Pourquoi ? Pour ne pas m'avoir aidée quand ma fille a été kidnappée ? Ou pour avoir puni Khor pour vous avoir désobéi et être venu se battre à nos côtés ? dis-je d'un ton acide.

Le lion-garou m'avait interdit d'intervenir dans les affaires privées des muteurs et d'aller plaider sa cause auprès d'Aligarh.

Résultat, dès sa guérison, Khor avait été condamné à être fouetté durant des heures jusqu'à ce que son dos ne soit plus qu'un tas d'os et que toute chair et toute peau en aient été arrachées.

— Ce n'est pas ce que vous pensez...

— Ah non ? Vous savez, je suis l'Assayim, mais franchement, s'il vous arrivait quoi que ce soit, je ne serais pas certaine que je n'enverrais pas une délicieuse boîte de chocolats à votre meurtrier avant d'aller le buter.

Je vis au moins une douzaine d'émotions défiler sur son visage mais finalement il éclata de rire.

— Je crois que je commence vraiment à vous apprécier. C'est sérieux avec Raphael ?

— C'est tout ce que vous aviez à me dire ?

— Non, répondit-il en redevant brutalement sérieux. Je voulais vraiment vous présenter mes excuses et vous expliquer les raisons de mon attitude.

— Je ne vois pas…

— C'est à cause de ce qu'il s'est passé dans notre Welki. Quand vous êtes venue, vous m'avez provoqué et vous avez accepté de vous soumettre…

— … contrainte et forcée mais c'est exact.

— Pourtant, à aucun moment vous n'avez sollicité ma protection.

— Je ne comprends pas.

— En agissant comme vous l'avez fait, vous avez accepté ma protection. Il vous aurait suffi d'un geste, d'une demande, que je vous aurais accordée, pour que la meute entière vienne vous aider.

— Alors, si je comprends bien, vous n'êtes pas venu parce que je ne vous l'ai pas directement demandé ?

— Ce sont nos lois, Rebecca. Bonnes ou mauvaises, même moi, je ne peux y déroger.

— Et Khor…

— … Khor a agi sur mon conseil. Je ne pouvais pas le lui permettre officiellement mais nous avons eu une conversation et il a accepté de transgresser nos règles.

Et Beth qui pensait qu'il tenait vraiment à elle… ça aurait été comique si ça n'avait pas été si triste…

— Mais alors, pourquoi l'avoir puni ?

— Aux yeux de tous, il a désobéi, je me devais de le punir. Une meute est soumise à une discipline stricte, c'est notre manière de ne pas devenir de simples animaux.

— Alors je suppose que je suis censée vous remercier ?

— Non. Je ne l'ai pas fait pour votre fille mais pour nous venger de ceux qui ont enlevé Ralph.

Je sentis mon cœur se serrer au souvenir du corps de l'ours-garou, dépecé dans sa cage.

— Dans ce cas, vous n'aviez pas besoin que je sollicite votre aide, ça concernait aussi la meute.

Il sourit tristement.

— Vous m'aviez demandé de ne pas bouger pendant vingt-quatre heures, je ne pouvais pas intervenir sans transgresser notre accord. Nous ne revenons jamais sur notre parole, Rebecca.

— Exact. Bien, puisque tout est dit, on devrait rentrer, dis-je d'un ton las.

Je commençai à en avoir ma claque de toutes ces conneries.

— Rebecca ?

— Quoi ? demandai-je froidement.

— La prochaine fois, si vous venez me trouver, je ne refuserai pas de vous aider, mais faites-le dans les formes, dit-il en s'approchant d'un peu trop près pour que je me sente à l'aise.

Ce ne sera pas demain la veille...

— Le maître vous attend, madame, fit une voix que je reconnus aussitôt.

— Vous m'avez pistée, Hector ?

— C'est exact, madame.

— Vous avez bien fait. Aligarh et moi en avions terminé.

— C'est aussi ce que j'avais supposé, fit le majordome.

Durant un instant, je vis de la colère dans les yeux du muteur puis une lueur malicieuse la remplaça aussitôt.

— Vous êtes sous haute surveillance, Rebecca.

— Tu ne crois pas si bien dire.

Mark avançait vers nous. Aligarh et lui s'observèrent en silence. Le muteur avec un air étonné et le semi-démon avec l'expression de quelqu'un qui a l'air de vouloir en découdre.

— Un rival de Raphael ? demanda Aligarh.

— Écoutez, que ce soit bien clair. Je commence à trouver tout ça complètement ridicule. Qu'est-ce que tu viens faire ici, démon ? demandai-je d'un ton furieux.

— Baetan s'inquiétait de ne pas te voir revenir.

— Eh bien, tu lui diras que je reviendrai quand bon me semblera.

Non, mais qu'est-ce qu'il leur prenait à tous ? Ils venaient de me charger d'un poste à haut risque et en même temps, ils voulaient me faire croire qu'ils s'inquiétaient pour ma petite santé ?... Ça me semblait franchement paradoxal...

— Rebecca...

Sa voix semblait me caresser et je sentis mon corps réagir mais je connaissais trop les effets qu'il avait sur ma libido, maintenant, pour ne pas me contrôler. Foutu Malaat.

Le tigre-garou semblait s'en être lui aussi aperçu et me lança un regard surpris.

— Elle te désire...

— Oui, mais elle ne m'aime pas, répondit-il d'un ton si douloureux que je culpabilisais.

— Je te remercie d'être venu avec nous l'autre soir, Mark, et de m'avoir dit où se trouvait ma fille, fis-je en jetant un regard méprisant à Aligarh dont les traits se crispèrent aussitôt, mais je ne veux pas que tu me suives, je ne veux pas que tu fasses partie de ma vie.

— Ne me dis pas ça comme si j'avais le choix, parce que ce n'est pas le cas, répondit-il en baissant la tête.

— Je sais mais je te l'ai dit, il y a forcément une solution et on va la trouver. En attendant, je préférerais qu'on s'évite durant quelque temps, fis-je d'un ton sec.

Puis je me tournai vers le vampire.

— On y va, Hector ?

— Il me semble que la nuit est particulièrement fraîche. Vous permettez ?

Il posa sa jaquette sur mes épaules puis me souleva délicatement du sol.

Je posai ma tête contre son torse et soufflai :

— Merci, Hector, je suis fatiguée.

— On le serait à moins, madame, répondit-il tandis qu'il couvrait en quelques minutes la distance que je venais de parcourir en un peu moins d'une heure.

Chapitre 41

Ma proie savait se montrer discrète. Elle marchait tranquillement parmi la foule d'étudiants qui se trémoussaient, buvaient et riaient dans le club. Elle portait un jean et un simple tee-shirt et n'était ni assez provocante ni assez jolie pour attirer l'attention. Rapidement, je vis que son regard se posait sur un jeune homme isolé qui semblait mal à l'aise. Le genre de gamin un peu décalé auquel personne ne s'intéresse et dont on ne se rappelle jamais le nom. Il avait un visage poupin et des yeux un peu éteints par la quantité de bière qu'il avait dû avaler pour se donner le courage d'accoster une fille et la voir aussitôt repousser ses avances en riant.

Elle s'avança vers lui et lui sourit. Le gosse faillit s'étouffer et lâcher son verre, puis il se reprit et esquissa une sorte de grimace qu'il espérait avenante. Elle l'aurait d'ailleurs probablement été si un liquide jaunâtre n'était pas sorti en même temps de sa bouche.

S'il se met à gerber, j'en flingue deux pour le prix d'un, pensai-je, écœurée.

— Bonjour belle dame.

— Bonjour Bruce.

Le loup-garou avait repris la place de Hope depuis quelques jours et dirigeait le Brooklyn avec l'accord de Raphael. Il se tenait à mes côtés, appuyé contre le bar, et regardait la salle avec indifférence. Les filles, elles, ne le quittaient pas des yeux. Sa chemise était complètement ouverte sur son torse et ne cachait rien de sa musculature parfaite. Il aurait pu poser comme mannequin pour des photos destinées à vendre des jeans ou des parfums virils.

— Tu apprécies la soirée ? demanda-t-il d'un ton railleur.

— Non, mais je crois que ça va venir…

Il suivit immédiatement mon regard qui ne quittait pas le jeune couple et sourit.

— Je voudrais préparer un dîner très spécial demain, tu as des projets ?

— Je m'arrangerai…

Nous habitions toujours ensemble, les ouvriers n'avaient pas encore terminé les travaux de mon appartement, mais avec nos horaires décalés, mon boulot à la fac et mes nouvelles fonctions de porte-flingue du Directum, on ne se voyait pratiquement plus…

— À tout à l'heure, fis-je en l'embrassant sur la joue.

La vampire était en train d'entraîner le petit con vers la sortie. Avec la dose d'alcool qu'il avait ingurgitée, toutes ses inhibitions étaient tombées et elle ne mettrait que quelques secondes pour l'hypnotiser et lui ouvrir la jugulaire. Et bientôt son corps souillerait l'herbe humide de la forêt, se décomposant lentement jusqu'à ce que les muteurs ou les lycanthropes attirés par l'odeur le retrouvent. Nous avions découvert trois corps et il était fort possible qu'il y en ait d'autres. Heureusement, j'avais rapidement pu retrouver la personne responsable de cette hécatombe. Elle m'avait drôlement facilité la tâche en laissant sa signature énergétique sur les cadavres et en choisissant ses victimes au Brooklyn (elles portaient toutes le tampon du club sur le dos de la main).

Je les suivis durant deux kilomètres, jusqu'à la sortie de la ville. Puis ils pénétrèrent dans un chemin forestier et avancèrent entre les arbres. On aurait dit des ombres. Le vent agitait légèrement la végétation et j'entendais les brindilles craquer sous les pieds du jeune humain. La vampire, elle, semblait flotter au-dessus des feuilles et n'émettait pas le moindre bruit. Les étoiles brillaient au-dessus de nos têtes. J'envoyai à travers le pouvoir de la terre un courant d'énergie qui fit légèrement trembler le sol et murmurai son prénom.

— Jane ?

Elle se retourna et lâcha la main du jeune humain.

— Qu'est-ce que tu veux ? Pourquoi me suis-tu ?

Elle le fit pivoter comme une marionnette. Puis posa théâtralement sa tête sur son épaule en caressant sa nuque, avec ses longs ongles laqués fuchsia. Il était totalement sous son emprise, hypnotisé, totalement absent.

— Je suis l'Assayim de cet État.

Ses yeux s'agrandirent et une lueur d'incompréhension passa dans son regard.

— Tu as enfreint nos lois, Jane.

Ses cheveux tombaient sur ses épaules comme un rideau noir. Son front était plissé et son visage blafard avait pris une expression bravache, un peu touchante. Je sondai son énergie, elle n'avait pas plus de quinze jours.

— De quoi est-ce que tu parles ?

C'était un vrai bébé. Un bébé sanguinaire et incroyablement seul.

— Qui est ton créateur ?

Celui qui l'avait transformée ne lui avait rien expliqué des règles à suivre pour survivre en tant que vampire. Il l'avait abandonnée à sa soif de sang et ça me contrariait. Je ne savais pas pourquoi, mais ça me contrariait.

— Ça ne te regarde pas.

Elle avait raison. Avant, je ne me serais jamais intéressée à ce genre de détails, je l'aurais butée sans lui adresser un seul mot et sans me poser la moindre question. Mais depuis que mon pouvoir était connecté à celui de Raphael, quelque chose en moi avait changé, mon comportement s'était imperceptiblement modifié.

— Celui qui t'a fait ça est tout aussi responsable que toi des meurtres que tu as commis, fis-je d'une voix calme. J'aurais souhaité le punir lui aussi.

— Pourquoi ?

— Parce que ça me semble juste.

— Tu n'es qu'une vulgaire humaine, fit-elle en bondissant sur moi, comment peux-tu supposer que…

Elle s'arrêta en sentant la longue lame argentée qui perforait son cœur.

— Tu as beaucoup à apprendre mais il est trop tard pour ça, fis-je tandis que je regardais son sang gicler, son corps s'étioler et se disperser en des milliers de cendres flottant puis s'écrasant en tas sur le sol.

Je rangeai le poignard de Raphael dans son étui. Le même poignard avec lequel j'avais failli le tuer. Il me l'avait donné pour me protéger et me permettre d'utiliser ma magie le moins possible tant que les espions du Mortefilis seraient dans les parages. Évidemment, ça ne me facilitait pas la tâche, du moins pas maintenant que j'étais devenue Assayim. Ça ne faisait même pas deux semaines, il m'avait déjà fallu régler un conflit violent entre un muteur et un chaman, récupéré une jeune sorcière de quinze ans qui avait fugué, punir un loup ayant agressé sexuellement une jeune humaine et exécuté une jeune femelle vampire renégate. Et ça, c'était sans compter les demandes personnelles formulées par les uns et les autres ; à commencer par Gordon qui s'inquiétait pour William et voulait me le refourguer continuellement.

— Euh…

Je jetai un coup d'œil à l'étudiant imbibé d'alcool qui avait bien failli y passer. Il semblait émerger de l'état hypnotique dans lequel elle l'avait plongé.

— Monsieur ?

— Euh…

— Vous feriez mieux de retourner dans le club, d'appeler un taxi et de rentrer chez vous.

Le môme avait l'air d'un zombie. Il ne semblait plus savoir qui il était ni où il habitait. Et moi, ça commençait à sérieusement me fatiguer. Il était au moins 2 heures du matin et je mourais d'envie de rentrer me coucher.

— Vous avez entendu ce que je vous ai dit ?

— Qui… qui êtes-vous ?

— Quelqu'un qui n'a pas beaucoup de patience, fis-je d'un ton sec. Vous avez un téléphone portable ?

— Oui… fit-il en tâtant la poche de son blouson.

— Appelez vos parents, des amis, peu importe, afin qu'ils viennent vous chercher.

Il était hors de question que je perde plus de temps avec cet imbécile heureux.

Tandis que je m'éloignais, je sentis tout à coup une présence oppressante et malfaisante. Une énergie ancienne. Si ancienne, que je sentis ma gorge brutalement se serrer et la magie des éléments brûler mes veines. Mes cheveux avaient pris une teinte de feu et d'or et le torrent de pouvoir qui suintait par tous les pores de ma peau se mit à illuminer la nuit.

— Impressionnant… fit une voix derrière moi.

La fleur de lys de Raphael, sa marque, me picota le cou, puis je sentis se poser sur ma langue un liquide épais et doux. Des flashs qui ne m'appartenaient pas s'imposèrent soudain à mon esprit.

— Je connais ton sang, fis-je.

— Oui. Vraiment impressionnant. Alors comme ça, tu es liée ? Et à Raphael, qui plus est… tu me vois extrêmement surpris.

Il n'y avait pas que lui qui était surpris. Je n'aurais jamais dû être capable de faire ça.

— Que venez-vous faire ici, Baldius ?

Un petit homme au ventre rebondi couvert d'une sorte de long manteau noir sortit des ténèbres. Il avait une tête sympathique, des petites lunettes rondes et un air débonnaire auquel je savais ne pas devoir me fier.

Baldius était encore plus vieux que Raphael et il était le « créateur » de Michael, le père de ma fille.

— Michael m'a parlé de toi. Tu sais qu'il a l'intention de te retrouver, bien sûr ?

— Je suis au courant mais, pour être franche, je n'ai absolument pas l'intention de le revoir.

— Je te crois mais je crains que, sur ce sujet, il refuse d'entendre raison. Il pense que tu lui appartiens. Est-ce exact ?

— Non. Michael a tenté de me marquer mais…

— … mais visiblement ça n'a pas fonctionné.

— Non.

— Il m'a aussi dit que tu étais une Vikaris. Une Prima Vikaris. Par conséquent, il n'y a rien d'étonnant à ce que Michael n'ait pas réussi à pénétrer ton âme et encore moins ton cœur. Je le lui ai dit. Je le lui ai expliqué mais, que veux-tu, il est parfois extrêmement têtu.

— Pourquoi ne me dites-vous pas ce que vous attendez de moi, Baldius ?

— Je venais te tuer. Je ne veux pas que Michael vienne ici. Il a beaucoup d'ennemis qui veulent l'éliminer, beaucoup de vampires qu'il a vaincus ou qui ont été bannis. Je ne voulais pas qu'il prenne ce risque, pas plus que je ne voulais qu'il s'accouple avec une sorcière de ton espèce.

— Et vous avez changé d'avis parce que… ?

— Vois-tu, mon enfant, je vis depuis si longtemps que j'oublie parfois combien de choses étranges, surprenantes, la vie peut encore me réserver.

— Je ne comprends pas…

— Tu comprendras… tu comprendras même plus vite que tu ne le crois, dit-il en disparaissant si vite que je n'eus même pas le temps de cligner des paupières.

Pour une raison qui m'échappait, le vieux tordu m'avait laissée vivre et je restais là, tétanisée, à regarder le ciel. Le destin semblait me conduire vers des abysses si profonds que la mort elle-même semblait craindre de venir me chercher. Ça aurait dû m'inquiéter mais à part m'enterrer avec ma fille dans un minuscule trou de souris durant ces dix ou vingt prochaines années, je ne voyais pas de moyen d'arrêter le désastre qui se profilait à l'horizon.

J'étais devenue une tueuse patentée, Leonora et moi étions désormais liées de manière bizarre à un vampire (qui, soit dit en passant, était incroyablement sexy), mon ex allait débarquer dans moins d'un mois accompagné d'une horde de suceurs de sang, ma meilleure amie s'était engagée dans une liaison à haut risque avec un muteur et avait dû se transformer en garde du corps pour jeune Alpha peu coopératif, et un démon croyait qu'il existait une sorte de lien métaphysique et sexuel entre nous. Alors rentrer à la maison et dévorer la dernière saison de *Mon oncle Charlie*, avec un énorme paquet de chips, me sembla tout à coup la meilleure chose à faire…

Composition Nord Compo
Achevé d'imprimer en Espagne
par Litografia Rosés
le 16 février 2011
Dépôt légal février 2010. EAN 9782290032060

Editions J'ai lu
87, quai Panhard-et-Levassor, 75013 Paris

Diffusion France et étranger : Flammarion